1. Auflage 2018

ISBN 978-3-7641-7069-1

Dieses Werk wurde vermittelt durch die Agentur
EDITIO DIALOG, Dr. Michael Wenzel.

Lektorat: Angela Iacenda
Umschlaggestaltung: Alexander Kopainski
unter der Verwendung von Fotos von Mischoko/shutterstock.com;
BellonaAhillia/shutterstock.com; Valentyna Chukhlyebova/
shutterstock.com; gualtiero boffi/shutterstock.com;
Igor Zh./shutterstock.com; SWEviL/shutterstock.com;
ChiccoDodiFC/shutterstock.com; COLOA Studio/shutterstock.com;
sabri deniz kizil/shutterstock.com; tristan tan/shutterstock.com;
Eky Studio/shutterstock.com; NiTiKRAN PHOTOGRAPHER/
shutterstock.com; komkrit Preechachanwate/shutterstock.com

Druck und Bindung: GGP Media GmbH, Pößneck
Gedruckt auf Papier aus geprüfter nachhaltiger Forstwirtschaft.

www.ueberreuter.de

Almost a Fairy Tale
Vergessen

Mara Lang

Almost a Fairy Tale

Vergessen

ueberreuter

I

Dornen
versperrten ihr den Weg,
Schatten verschlangen ihre Seele.
Und als ihr Licht erlosch,
rief sie den Wind,
der ihre Tränen trocknete.

1

Sie werden ihn umbringen. Als Magischer bei einer Kundgebung von Pro Mensch aufzukreuzen, war an sich schon unklug. Dort auch noch die Stimme zu erheben, grenzte an ein Selbstmordkommando.

»Gleiche Rechte für Magische! Gleiche Rechte …«

Mit tief in die Stirn gezogener Kapuze schob sich Natalie durch die Menge auf den Aufwiegler zu. Dem Nieselregen zum Trotz hatten sich unzählige Anhänger der rechtsradikal orientierten Bewegung in der Dornröschenpassage eingefunden.

Alle hingen an den Lippen des Vorsitzenden Merten Salmwender, dessen Rede man auf der Videoleinwand mitverfolgen konnte. Er war ein Verwandlungskünstler. Auf der Bühne, unter den schwarz-weißen Logos von Pro Mensch, mutierte er zum Entertainer, der die Massen mobilisieren konnte.

Soeben wurde Raikuns Videobotschaft eingespielt, die sie im Zuge des Angriffs auf den Greifspalast an die Regierung gerichtet hatte. Pro Mensch hatte sie zusammengeschnitten und präsentierte lediglich die Kernaussagen – das perfekte Instrument, um die Stimmung gegen Magische anzuheizen.

»Die Übernahme der Kontrolle über den Greifspalast ist eine Demonstration unserer Macht … Wir verlangen sofortige Gespräche mit der Bundesregierung … Sollten unsere Forderungen nicht erfüllt werden, töten wir jede Stunde eine Geisel … töten wir jede Stunde eine Geisel … töten wir … töten wir …«

»Das, liebe Freunde«, rief Salmwender, »ein Szenario wie dieses – 650 Abgeordnete in den Händen einer magischen Terroristin – muss in Zukunft verhindert werden! Wir müssen uns vor solchen Angriffen schützen …«

»Gleiche Rechte! Gleiche Rechte für Magische!«

Der Schrei aus den hinteren Reihen trug weit über die Köpfe der Zuschauer hinweg. Natalie hatte den Magischen fast erreicht, um den sich inzwischen eine Gruppe zusammengerottet hatte. Er jedoch skandierte ungerührt seine Parolen.

»Nieder mit den Magiegesetzen! Gleiche Rechte für alle! Gleiche Rechte für Magische …«

»Halt's Maul!«, schnitt ihm einer der Umstehenden das Wort ab und andere fielen mit ein.

»Der braucht 'ne Abreibung!«

»Magischenarsch! Macht ihn fertig!«

Eine Faust knallte dem Magischen ins Gesicht und er taumelte zurück, direkt in Natalies Arme. Sie schob sich vor ihn, rief ihre Bannmagie herbei und schleuderte sie dem Angreifer vor die Brust. Pfeifend entwich seine Atemluft, er ging zu Boden. Die Magie summte, knisternd verflüchtigten sich silbrige Funken.

Für einen Moment herrschte fassungslose Stille. Natalie hob beide Hände, bereit zum Kampf.

»Natalie.« Kilians Stimme ertönte in ihrem Headset. »Was soll das werden?«

»Die werden ihn bei lebendigem Leib häuten«, murmelte sie. »Das kann ich nicht zulassen.«

Seit Monaten schon mussten die Magischen die »Maßnahmen zum Schutz der menschlichen Bevölkerung«, wie die neue Regierung ihr Anti-Magischen-Programm betitelt hatte, erdulden. Dass das nicht jeder schlucken wollte, konnte Natalie nur zu gut verstehen. Sie durften sich nicht den Mund verbieten lassen, von niemandem, zu keiner Zeit.

»Noch jemand?« Herausfordernd musterte sie die Runde.

»Provoziere sie nicht, Nat. Denk an den Job.«

Natalie warf einen Blick zur Bühne, wo Kilian Posten bezogen hatte. Gut, dass er ein Auge auf sie hatte. Er brachte sie zur Ruhe, wenn sie aufbrauste, er erdete sie.

Er hat recht. Ich sollte den Hass nicht noch mehr schüren. Kaum hatte sich der Magische aufgerappelt, hielt sie ihm ihre Marke hin. »OMB. Ihre ID-Karte bitte.«

Er presste ein Taschentuch an seine blutende Nase, machte aber keine Anstalten sich auszuweisen.

»Hören Sie schlecht? Ich möchte Ihre ID-Karte sehen!«

»Ich scheiß auf die OMB! Ich scheiß auf die Menschen! Ich scheiß auf euch alle hier!« Erneut begann er zu brüllen. »Nieder mit den Magiegesetzen! Gleiche Rechte für Magische!«

»Der hat noch nicht genug!« Auch der Rädelsführer der Menschen stand wieder auf den Beinen und rieb sich das lädierte Kinn. Er wirkte wie der typische Büromensch, den man allmorgens in der Schwebebahn traf. Damit bildete er keine Ausnahme. Die Anhänger von Pro Mensch waren Familienväter, Nachbarn, Arbeitskollegen, Freunde – was die Sache umso erschreckender machte. »Was jetzt, Frau Agentin? Nimmst du den Kerl fest oder müssen wir das erledigen?«

»Leg dich lieber nicht mit der an«, flüsterte ihm ein anderer zu. »Schau, der fehlt ein Finger – das ist die Bannmagierin der OMB.«

Das kam überraschend. Die Ermordung des Mächtigen war durch die Medien gegangen, Natalies Ernennung als seine Nachfolgerin – zweifellos durch ihn noch vor seinem Tod initiiert – aber eine Randnotiz geblieben. Man hatte einen Skandal vermeiden wollen. Einer kriminellen Magischen die Haftstrafe aufgrund ihrer unentbehrlichen Fähigkeiten zu erlassen, warf nun mal kein gutes Licht auf die OMB.

Natalie spürte, wie sich die Härchen in ihrem Nacken aufrichteten. Der Magische starrte sie hasserfüllt an. Er hielt ihrem Blick stand, bis sie selbst irritiert die Augen senkte.

»Ach ja? Ist sie das? Wen juckt's.« Der Büromensch deutete nach vorn. »Nicht mehr lang, und die Organisation ist genauso Geschichte wie die Scheißmagischen.«

Auf der Videoleinwand lief der aktuelle Werbespot des

Pharmaunternehmens MitranBiotec. Natalie wurde jedes Mal speiübel, wenn sie ihn sah, und der Gedanke, dass Paige an der Entwicklung von *Innovatis* mitgearbeitet hatte, stach wie mit glühenden Nadeln hinter ihren Schläfen.

»Fühlen Sie sich durch Ihre magische Abstammung beeinträchtigt?«, flötete die Sprecherin. »Haben auch Sie schon darüber nachgedacht, wie es wäre, ein *Mensch* zu sein? Magische in aller Welt müssen Abstriche in Lebensqualität und sozialen Standards hinnehmen, sie werden in ein Leben gepresst, das sie einschränkt und zunehmend belastet. MitranBiotec hat die Lösung: Mit Innovatis ändern Sie Ihren Status – von Magischer zu Mensch, ganz einfach, ganz natürlich. Treten Sie aus dem Schatten. Nutzen Sie Ihre Potenziale. Bieten Sie Ihren Kindern die Chance auf eine gesicherte Zukunft. Innovatis – menschlich in neue Zeiten!«

Abscheu zeichnete das Gesicht des Magischen. »Genauso gut könnten sie uns vergasen!«

Der Büromensch lachte kalt. »Wäre auch eine Idee.«

Die zwei wollten aufeinander losgehen, Natalie konnte gerade noch dazwischentreten.

»Wir haben Rechte!«, schrie der Magische. »Wir lassen uns nicht ausrotten wie … Ungeziefer!«

»Endlich rafft er's! Ungeziefer gehört vernichtet oder was denkt ihr?« Die Umstehenden nickten zustimmend, froh, ihr Sprachrohr gefunden zu haben.

In Natalies Magen ballte sich die altbekannte Wut. Zäh und klebrig, durchsetzt von Hilflosigkeit und Verbitterung, war sie zu ihrem ständigen Begleiter geworden, seit Raikun in ihr Leben getreten war. Zumeist konnte sie sich beherrschen, aber es gab Momente, da sie sich nicht anders zu helfen wusste, als die Wut herauszulassen.

Dies war so ein Moment.

Sie wollte ihnen ins Gesicht spucken, sie allesamt mit Magieschlägen aus dem Weg räumen. Ihnen zeigen, wie es sich anfühlte, wenn das Ungeziefer sich wehrte. Aber sie hatte Kilians Worte noch im Ohr und riss sich am Riemen. Der Magische war der Unruhestifter, *ihn* musste sie aus dem Verkehr ziehen, darauf kam es an, nicht auf ihre Gefühle.

»Ihre ID-Karte! Sofort!«, forderte sie abermals. Ein viertes Mal würde sie nicht darum bitten.

»Du kannst mich mal!«

Als er wieder seine Parolen anstimmte, rammte sie ihm einen Magiestoß in die Seite, sodass er nach Luft schnappte. Er wich zurück, tauchte in der Menge unter, aber Büromensch und Konsorten waren fix. Sie stürzten sich auf ihn und ehe Natalie sich's versah, war eine wilde Schlägerei im Gange. Sie wurde an den Rand gedrängt.

Die Statuten der OMB enthielten für einen solchen Fall konkrete Direktiven. Allein einzuschreiten war verboten, und obendrein gefährlich und dumm. Aber so wie sich der Kampf entwickelte, würde es noch Tote geben, bevor ein Agententeam vor Ort war.

»Kilian, ich brauche Verstärkung!« Hoffentlich war damit den Vorschriften Genüge getan.

»Bin unterwegs.«

Gut. Sie schmetterte den ersten Magiestoß in die Menge.

Bannmagie ließ sich auf vielerlei Arten nutzen: als Fesselung, als Schutzschild, als Käfig oder als Angriffswaffe. Natalie war ihre Anwendung in Fleisch und Blut übergegangen, sie gebrauchte sie intuitiv, wie einen zusätzlichen Körperteil. Eine Fähigkeit, die sie während ihrer Gefangenschaft entwickelt und für die Raikun sich doch tatsächlich Dankbarkeit von ihr erwartet hatte. Nun, Dankbarkeit rangierte auf ihrer Empfindungsskala irgendwo bei minus hundert. Hass, Wut, Rachegelüste hingegen ganz oben, sie waren das, was Natalie antrieb.

»Aus dem Weg!«

Die Schaulustigen wichen vor ihr zurück, teils von der Magie niedergestreckt, teils in Panik getroffen zu werden. Schlag um Schlag arbeitete sich Natalie zum Zentrum des Geschehens vor, wo der Büromensch und zwei andere den Magischen in die Mangel genommen hatten. Sie donnerte dem bulligsten der Kerle einen Magiestoß in die Nieren und er brach stöhnend zusammen. Der zweite sprang erschrocken beiseite, der Büromensch hielt mitten im Hieb inne.

»Scheiße, was soll das?«

»Verschwinden Sie hier, bevor ich Sie alle festnehmen lasse!«

Die Magie kräuselte sich um Natalies Hände, summend, pulsierend, eine Urgewalt, die nur sie zu beherrschen vermochte. Die Menschen konnten sie nicht wahrnehmen, dennoch ließen sie von dem Magischen ab. Er sprang auf. Sein Gesicht war von Schlägen verunstaltet, er blutete.

»Verhaften Sie besser ihn«, knurrte der Büromensch. »Das ist eine friedliche Kundgebung, Aufrührer haben hier nichts verloren.«

Natalie drückte dem Magischen den Lähmer an die Brust. »Mitkommen, sofort!«

Er schoss ihr einen erzürnten Blick zu, ließ sich aber wider Erwarten abführen. Abseits der Menschenmassen drängte sie ihn an eine Hausmauer.

»Bist du lebensmüde oder was ist mit dir los?«

Er lachte. Blut klebte an seinen Zähnen. »Das hast du missverstanden, Natalie. Es war nur ein Auftrag.«

»Was denn für ein …?« Er packte den Lähmer, trat ihr zwischen die Füße und wirbelte sie herum, dabei verdrehte er ihr die Hand, sodass sie die Waffe loslassen musste.

Jetzt stand sie mit dem Rücken zur Wand. Sie riss die Linke hoch, doch ehe sie ihm einen Magiestoß verpassen konnte, fing er ihr Handgelenk ab. Er drückte ihr beide Arme über den Kopf. Verzweifelt trat Natalie gegen seine Schienbeine, da schlang sich auf einmal ein Riemen um ihren Hals und schnürte ihr die Luft ab.

»Letzte Worte?«

»*Was?*«

»Bevor du stirbst. Ich sammle sie. Habe eigens ein Notizbuch dafür angelegt … ›Bitte nicht!‹ ist das Beliebteste, dicht gefolgt von ›Warum ich?‹ und ›Was habe ich getan?‹«

Sie war einem Killer auf den Leim gegangen. »Kilian! Ich brauche dich!«, krächzte sie.

»Auch hübsch. Er wird dich nicht retten. Niemand wird dich retten.«

Wenn sie eine Hand frei bekäme, eine nur! Aber der Griff des Kerls war fest und die Magie in ihr schrumpfte. Immer enger zog sich der Riemen. Röchelnd trat sie um sich. Helle Sterne tanzten ihr vor den Augen, ihr Puls hämmerte hinter ihren Schläfen, ein letztes Aufbegehren ihres sterbenden Körpers. Ihre Gegenwehr erlahmte mit jeder Sekunde mehr. Sie konnte kaum noch sprechen, trotzdem presste sie die Frage heraus.

»Wer hat dich … beauftragt? Raikun?«

»Diskretion ist in meinem Geschäft Voraussetzung.«

»Woher wusstest du …?« Aus. Nur noch ein Wimmern kam aus ihrem Mund.

»Dass ich die Richtige erwische? Ich wusste es nicht. Ich konnte mein Glück kaum fassen, als ich gleich beim ersten Versuch auf mein Opfer traf.«

Ein Ruck am Riemen, und gleißender Schmerz schoss ihr durch die Wirbelsäule, nahm ihr auch den letzten Lebenswillen. Der nächste würde ihr das Genick brechen.

»Sag auf Wiedersehen, Mädchen.«

»Auf Wiedersehen, du Arsch!« Eine andere Stimme. Ein Knall, wie von einer Faust, die Knochen zerschmetterte. Etwas Kühles glitt über ihren Hals, der Riemen löste sich. Frische, erquickende Luft strömte in Natalies Lungen.

»Nat!« Das war Kilian. »Bist du okay?«

»Ja.« Natalie nickte. Das Sprechen fühlte sich an, als steckte eine Messerklinge in ihrem Hals. Der Magische lag, durch Kilians Fausthieb niedergestreckt, zu ihren Füßen. »Das war knapp.«

Sie fielen in eine kurze Umarmung, dann fesselte Kilian den Kerl mit geübten Griffen und durchsuchte seine Taschen. »Keine Papiere. Was war mit dem los? Wieso ist er so ausgerastet? Ich dachte schon, der bringt dich um.«

»Das hatte er vor«, sagte Natalie. Der Adrenalinschub wich einer Art Schock. Ihr klapperten die Zähne, sie sackte an die Hausmauer. »Kilian, er sollte mich umbringen.«

Die weiße Schlange hing reglos im Baum, das Schwanzende um eine Astgabel geschlungen. Perfekt getarnt im Geäst der Birke. Das war gut. Ihr Treffen musste geheim bleiben.

»Ich habe nicht viel Zeit.« Das Handy in der Linken gab Natalie vor zu telefonieren. Sie fröstelte, was nicht bloß vom Regen und der für Mitte September ungewöhnlich kühlen Witterung herrührte. »Es gab Ausschreitungen bei der Kundgebung von Pro Mensch. Kilian braucht mich bei der Nachbesprechung.« Das war weniger als die halbe Wahrheit, aber im Moment wollte sie das Erlebte einfach nur vergessen.

»Es nimmt kein Ende, was?«

Natalie hatte sich an Jollys zischelnde Sprechweise gewöhnt, nicht jedoch an den Gedanken, dass ihre Freundin womöglich bis an ihr Lebensende ihr Dasein als Schlange fristen musste. Alle Versuche, sie zu erlösen, waren gescheitert. Nur Brisko, der den Zauber gesprochen hatte, konnte sie zurückverwandeln – es sei denn, man kannte das Hintertürchen. Aber Natalie wäre die Letzte, die es fertigbrächte, Jolly aufs Geratewohl den Kopf abzuhacken oder was auch immer nötig war, um den Fluch zu brechen.

»Nein. Es wird mit jedem Tag schlimmer.« Sie seufzte. »Also?«

»Paige konnte die Blutprobe mit der Datenbank abgleichen. Sie stammt von Liam.«

»Hölle, ganz sicher? Er ist am Leben?«

»Hundertprozentig.«

Natalie schloss die Augen, dankbar für die gute Nachricht. Endlich schien sich ihr gefährliches Spiel auszuzahlen.

»Und die andere Blutprobe?«

»Konnte sie nicht zuordnen«, sagte Jolly. »Die Person ist nicht im System zu finden.«

»Könnte Raikun die Daten manipuliert haben?«

»Schon, aber warum dann nicht auch Liams? Das wäre ja total idiotisch – eine Probe schon, die andere nicht ... Jedenfalls weist das Blut einen extrem hohen MQ-Wert auf, höher als deiner. Eine solche Magyära-Konzentration ist selten.«

»Eine magisch höchstbegabte Person also. Vielleicht ist es ihr eigenes.«

»Oder Briskos.« Jolly zischelte. »Sollte mir der Dreckskerl je unterkommen, werde ich ihn solange mit Gift vollpumpen, bis er mich auf Knien anfleht, dass er mich zurückverwandeln darf.«

Natalie lächelte. Sie wünschte sich nichts sehnlicher, als Jolly in die Arme schließen zu können. »Wann bekommst du die nächste Dosis?«

»Paige gibt die letzte Ampulle nicht raus, sie baut auf Reserve. Weißt du, wie mich das ankotzt? Anstatt auszugehen, Jungs kennenzulernen, das Leben zu genießen, kuschle ich mit meiner Schwester und dem Kater. Höchst vergnüglich.«

»Immerhin hast du Gesellschaft. Ist doch gut, dass er euch zugelaufen ist. Und kein Problem mit Schlangen hat.«

Jolly seufzte zischelnd. »Na ja, sich in seinem Unglück zu suhlen, macht es nicht besser.« Mochte sie auch ab und zu zynisch wirken, so fand sie stets rasch zu ihrem unerschütterlichen Optimismus zurück. Natalie hätte sich gern ein Stück davon abgeschnitten. »Ach, fast hätte ich's vergessen: Paige ist es endlich gelungen, die DNA der Magyära neu zu codieren.«

Paige hatte es Natalie bereits erklärt: Die Magyära im Blut eines Magischen, Symbionten, die es ermöglichten, Magie zu wirken, waren nicht einfach von einer auf die andere Person übertragbar. Ihre DNA war exakt an den Körper angepasst. In einem fremden Organismus wurden sie inaktiv.

»Das heißt, sie könnte das Blut der betreffenden Person …«

»Liams Blut«, warf Jolly ein.

»… sie könnte Liams Blut mit Magyära anreichern?«

»Nicht könnte. Sie kann es. Sie kann Raikuns Auftrag ausführen.«

Und Raikun kann Liams Fähigkeiten wecken. Natalies Gedanken waren unkontrollierbar, ein Schiff auf stürmischer See. Was Raikun vorhatte, war die logische Konsequenz. An Natalie hatte sie sich die Zähne ausgebissen, ihre Eltern und den Mächtigen hatte sie ermordet, Hanjo hatte sie in den Wahnsinn getrieben. Blieb nur noch ein Windersom, der Potenzial zum Bannmagier hatte – Liam. Dummerweise war ihr Bruder nicht unbedarft in Sachen Bannmagie. Sie selbst hatte ihm erklärt, wie man magische Gitter webte.

Hastig klärte Natalie Jolly auf. »Er wird den Dreh schnell raushaben, sobald er die Magie wahrnehmen kann. Und Raikun braucht nur mittels Hexenzauber an seinem Verstand herumzudoktern und schon verfügt sie über einen Bannmagier.« Eine willige Marionette in den Händen einer Wahnsinnigen. »Stell dir vor, sie schafft das bei anderen auch! Sie könnte aus Menschen Magische machen.«

»Ganz so einfach ist es nicht. Wo nichts ist, kann man auch nichts vermehren. Ein minimaler Grundanteil von Magyära muss schon vorhanden sein, um die DNA überhaupt zu lesen.«

»Das erleichtert mich ungemein. Ich dachte schon, die Welt wird bald von Hexen- und Zauberermarionetten überschwemmt werden.«

»Paige kann Raikun aber nicht mehr lang hinhalten«, gab Jolly zu bedenken. »Wir brauchen einen Plan.«

Natalie atmete tief durch. So lange hatten sie darauf gewartet und nun ging es Schlag auf Schlag. »Okay. Ich rede mit Kilian und wir vereinbaren einen Kriegsrat. Ihr hört von uns.« Unauffällig blickte sie zu Jolly auf. »Ich muss jetzt los.«

»Bis bald. Und Nat, vergiss nicht: Wir zwei gegen den Rest der Welt.«

2

Der Pförtner begutachtete erst ihr Auto mit zusammengekniffenen Augen, dann sie, als fürchtete er, sie könnte eine Bombe ins Krankenhaus schmuggeln. Paige versprach sich nicht allzu viel davon, den Mann zu drängen. Tot war tot, eine Leiche würde ihr nicht davonlaufen.

»Mein Name ist Paige Dibensky«, wiederholte sie bemüht gelassen. »Ich möchte zu Frau Dr. Fellner. Sie hat mich in einer dringenden Angelegenheit hergebeten und ich gehe mal davon aus, dass sie Besseres zu tun hat, als auf mich zu warten. Halten Sie Rücksprache mit ihr oder öffnen Sie dieses Tor, aber vergeuden Sie hier nicht kostbare Zeit.«

Grummelnd zog sich der Pförtner in sein Haus zurück. Sekunden später ging die Schranke auf.

Paige begab sich auf direktem Weg zur Intensivstation. In Mitran gab es zwei Krankenhäuser für Magische, das *Zur guten Fee* war das größere und trotzdem waren seine Kapazitäten erschöpft. Es war unmöglich, die Augen vor den herrschenden Zuständen zu verschließen. Patientenbetten auf den Gängen, teilweise doppelt belegt, Warteschlangen vor den Schaltern der Notaufnahme, sichtlich übermüdetes Personal, Ärzte, die Dutzende Male ausgerufen wurden. Hier lag einiges im Argen.

Eine Schwester zeigte Paige eine kernige Frau im Arztkittel, deren Gesicht von Schlafmangel zeugte.

»Frau Dr. Fellner?« Sie bejahte, ohne ihren Schritt zu verlangsamen, und Paige blieb nichts übrig, als neben ihr herzuhasten. »Paige Dibensky, MitranBiotec. Wir hatten telefoniert.«

»Ja. Kommen Sie mit – Elise«, sprach sie eine vorbeieilende Schwester an, »wo liegt der Innovatis-Fall?«

»Auf der Terrasse, glaube ich.«

Fellner nickte, als wäre es gang und gäbe, Leichen auf der Terrasse zwischenzulagern. Im nächsten Moment wurde sie von einem Pfleger aufgehalten.

»Sie werden im OP 3 gebraucht! Offene Bauchwunde, eine Fee, etwa zehn Jahre alt, ist auf dem Skateboard durch eine Glasscheibe gedonnert.«

»Scheiße. Bin unterwegs.« Fellner wandte sich an Paige: »Tut mir leid. Aber gehen Sie schon mal vor, die Akte sollte beiliegen.« Damit machte sie auf dem Absatz kehrt und war auch schon im Gewühl verschwunden.

Paige fragte sich zur Terrasse durch. *Gesperrt. Zutritt verboten!*, stand auf einem handgeschriebenen Schild. Sie spähte durch die Glastüren und entdeckte draußen drei fahrbare Tragen. Unter grünen Laken, deren Zipfel im Wind flatterten, zeichneten sich Körperumrisse ab.

Die Tür war überraschenderweise unversperrt. Die Luft roch nach Regen und feuchtem Laub. Der Herbst hatte in den letzten Tagen viel zu früh und mit unerwartet kühlen Temperaturen in Mitran Einzug gehalten und Paige hatte sich noch nicht daran gewöhnt.

War die Terrasse aufgrund von Platzmangel umfunktioniert worden? Sie glich einer großen Loggia. Risse durchzogen die Mauern, die Bodenfliesen waren gesprungen und teilweise rausgebrochen, Spinnennester, weiß und dicht, bauschten sich in den Ecken. *Eindeutig ausgedient.*

Die Patientenakten waren unter die Spanngurte geklemmt. Eine Frau. Todesursache: Lungenembolie. Ein Mann. Todesursache: Multiorganversagen durch Sepsis. Ein Mann. Herzinfarkt. Also Nummer zwei.

Thornen Kasje, sechsunddreißig, Tontechniker. Erstaunlich hoher MQ-Wert. Eingeliefert vor zwei Tagen mit Verdacht auf beginnende Sepsis. Behandlung ohne Erfolg. Todeszeitpunkt heute Morgen acht Uhr dreiunddreißig.

»Ah, gut, Sie haben ihn gefunden.« Fellner. Ihre barsche Sprechweise war unverkennbar. Paige blickte auf.

»Was ist mit der Kleinen?«

»Welche Kleine?«

»Die Fee. Bauchwunde.«

»Verstorben.«

Schockiert schnappte sie nach Luft.

»Tja, der Transport hierher kommt oft einem Todesurteil gleich. Sie hätte gute Chancen gehabt, hätte man sie ins nächstgelegene Krankenhaus bringen können. Leider war sie eine B.«

Die Klasseneinteilung war eines der Übel, unter denen die Magischen seit Einführung der Magiegesetze Ende des 19. Jahrhunderts zu leiden hatten. Bis vor wenigen Monaten waren öffentliche Einrichtungen auch für B-Klassifizierte zugänglich gewesen. Jetzt nicht mehr.

Der frischgebackene Bundeskanzler Dothias Mildenweith hatte menschlichen wie magischen Wählern demonstrieren wollen, dass er bereit war hart durchzugreifen. Die Geiselnahme im Greifspalast hatte sich in die Seelen der Menschen gebrannt, Angst beherrschte ihr Denken, und die Politik machte sich das zunutze. Die Rechte der Magischen der Klasse B waren auf jene der Klasse C herabgestuft worden, was bedeutete, dass für sie sämtliche menschliche Institutionen tabu waren.

Paige wusste nichts darauf zu sagen. Sie beobachtete die Entwicklung im Land mit Entsetzen und hatte das dumpfe Gefühl, dass dies erst der Anfang war.

Fellner räusperte sich. »Die Toxinwerte waren bereits bei Einlieferung alarmierend, die Ursache nicht zu finden. Wir gingen von Gift aus, wussten aber nicht, welches, und mussten langwierige Tests durchführen. Er ist uns praktisch unter den Händen weggestorben.«

»Wenden Sie hier denn keine Magie an?«

»Doch, natürlich. In diesem Fall war nichts zu machen. Leider gab es eine Schlamperei mit den Papieren, weshalb wir seinen Probandenausweis zu spät sichten konnten.«

»Was denn für eine Schlamperei?«

»Wir sind unterbesetzt. Der Patient lag lange Zeit auf dem Gang, dabei gingen die Papiere verloren.«

»Gut, dass sie wieder aufgetaucht sind.« Paige sah sich den Ausweis an. Der Tote war einer der zweihundert Probanden, die sich für Phase I von Innovatis gemeldet hatten. Er hatte insgesamt drei Injektionen erhalten, die dritte und essenzielle Dosis erst vor wenigen Tagen. »Viel kann ich dem Ausweis nicht entnehmen. Ich muss die Probandenakte einsehen. Wie kommen Sie auf die Idee, dass die Sepsis durch Innovatis ausgelöst wurde?«

Fellners Augenbrauen hoben sich. »Ich bitte Sie. Sein Blut war rein. Menschlich. Die Magyära abgestorben. Sagen Sie mir, was sonst hätte diesen Effekt?«

»Das mag ja sein, aber …«

»Er ist nicht der Einzige.«

Ein Schauer durchlief sie. »Wie bitte?«

»Ich habe im *Doktor Allwissend* nachgefragt.« Das zweite Magischen-Krankenhaus. »Sie hatten zwei ähnliche Fälle, kürzlich erst.«

»Auch Probanden? Warum wurde das nicht gemeldet?«

»Wurde es.«

Paige schloss die Akte. »Nicht an mich.«

»Sind denn nur Sie dafür zuständig?«

»In gewisser Weise.«

Nach ihrem Ausfall im Frühjahr letzten Jahres hatte ihr Chef Justus Bahkle sie von Projekt Purgatio, nunmehr Innovatis, abgezogen. Seither koordinierte sie die Leitstelle der klinischen Entwicklung.

Sie hatte lange mit sich und dem moralischen Dilemma gerungen. Schließlich war Innovatis eine Keule gegen Magismus, eine Art Insektizid sozusagen, mit dem geringfügigen Unterschied, dass es die Magyära waren, die ausgemerzt wurden und keine Blattläuse.

Für Paige kam das einem Völkermord gleich und daran wollte sie nicht beteiligt sein. Doch Natalie und Kilian hatten sie davon überzeugt, dass es von Vorteil wäre, an der Quelle zu sitzen. Paiges große Hoffnung, dass Innovatis aus individualrechtlichen Gründen nicht für den Markt zugelassen werden würde, hatte sich bisher nicht erfüllt.

Doch der Tod dieses Magischen, so tragisch er auch war, könnte die Wende herbeiführen, sollte sich der Verdacht auf Toxizität bestätigen.

Sie bat, die Akte kopieren zu dürfen, aber Fellner verneinte. »Das ist nicht gestattet. Ich muss allerdings weiter. Sie haben doch sicher ein Handy dabei.« Nach diesem mehr als eindeutigen Wink verließ die Ärztin die Terrasse.

Paige fotografierte die Akte. Danach rief sie ihren ehemaligen Kollegen Zaven an, der ihren Job beim Wunderteam übernommen hatte. »Ich brauche deine Hilfe«, sagte sie ohne Umschweife. »Möglicherweise könnte ich Projekt P zum Kippen bringen.«

Paiges Büro befand sich im Erdgeschoss des MitranBiotec Firmensitzes. Sie hatte die Leitung des diagnostischen Monitorings inne, sie führte Evaluierungen durch, sie war Ansprechpartnerin für Probanden und Ärzte, ihr oblag die Öffentlichkeitsarbeit. Alles, was Innovatis betraf, ging durch ihre Hände.

Sie hasste jede einzelne Minute, die sie vor ihrem Laptop zubringen musste. Als Mikrobiologin sollte sie im Labor stehen, Routinediagnostik durchführen oder Forschung betreiben. Stattdessen hatte sie einen verdammten Bürojob.

»Susan«, sagte sie beim Eintreten zu ihrer Assistentin, »ich brauche die Probandenakte von Thornen Kasje, Nummer …« Sie geriet ins Stocken, als sie bemerkte, dass Susan nicht allein war. »Herr Bahkle? Wollen Sie zu mir?«

Ihr Chef war in Begleitung zweier Techniker, die gerade dabei waren, das Büro auseinanderzunehmen. Laptop, Tablet, Aktenordner, Notizbücher – sämtliche elektronischen und nicht elektronischen Unterlagen wurden in Kartons gepackt. Paiges Schreibtisch war bereits leer geräumt, bei ihrer Assistentin sah es nicht besser aus.

Susans Blick durchbohrte Paige geradezu. »Sie nehmen alles mit.«

»Warum das?« Paige wandte sich an Bahkle. »Müssen wir umziehen?

»Nein«, erwiderte er völlig emotionslos. »Sie sind fristlos entlassen. Sie beide.«

»Wie bitte?« Paiges Herz begann zu rasen.

»Ich sagte doch, ich habe nichts damit zu tun«, jammerte Susan.

»Das werden wir prüfen. Mir wurde zugetragen, Paige, dass Sie Firmeneigentum für private Forschung nutzen und außerdem Betriebsgeheimnisse weitergegeben haben.«

Zugetragen? »Was für ein ausgemachter Blödsinn! Sie können Laptop und Tablet untersuchen, Sie werden nichts Privates darauf finden.«

»Mag sein, doch Sie haben sich Zutritt zu unseren Labors verschafft, namentlich L4, das Sie regelmäßig benutzen, obwohl Sie keine Zugangsberechtigung haben. Sie verwenden eine gefälschte Schlüsselkarte. Wir haben die Türdaten und die der Geräte ausgelesen, es abzustreiten ist zwecklos.«

»Ich habe mir nichts zuschulden kommen lassen!«

»Das beurteile ich lieber selbst. Wir werden eine umfassende Untersuchung durchführen. Sollte sich unser Verdacht erhärten, droht Ihnen eine Anzeige.«

Verdammt, Lydia, die IT-Technikerin der OMB, hatte doch geschworen, dass man Paige nicht auf die Schliche kommen würde!

Bahkle streckte die Hand aus. »Wenn ich bitten darf.«

»Ich habe keine Schlüsselkarte«, erklärte sie.

»Soll ich wirklich den Wachdienst rufen?«

Ihm die Karte auszuhändigen, käme einem Schuldeingeständnis gleich. »Tun Sie, was Sie nicht lassen können. Ich besitze keine Karte. Ich weiß nicht, von wem Sie diese Information haben, aber diese Person lügt.«

»Die Daten lügen nicht.«

»Die Daten besagen nur, dass *jemand* eine gefälschte Karte benutzt. Und da verdächtigen Sie ausgerechnet mich?«

Unsicherheit schlich sich in Bahkles Züge. »Na schön. Dann geben Sie mir Ihre Firmenkarte.«

Schulterzuckend löste Paige den Clip von ihrem Hosenbund und händigte Bahkle die Karte aus.

»Sie werden zu einem Gespräch gebeten, sobald unsere Untersuchung abgeschlossen ist. Jetzt melden Sie sich beim Portier und verlassen auf schnellstem Wege das Gebäude.«

»Ich auch?«, fragte Susan mit großen Augen.

»Sie auch. Sollten Sie nicht binnen zehn Minuten fort sein, wird Sie der Wachdienst hinausbegleiten. Guten Tag.« Festen Schrittes verließ Bahkle das Büro. Licht tanzte auf seiner Glatze, als er durch den Flur eilte.

»Das ist alles deine Schuld«, zischte Susan erbost. »Ich wusste, dass du was verheimlichst.«

War Susan der Informant? Paige drängte ihr Zittern zurück, ihre Halsmuskulatur war hart wie Gips. »Ach ja? Und das hast du Bahkle brühwarm erzählt.«

»Ich wünschte, es wäre so, dann stünde ich jetzt nicht ohne Job da!«

Paige suchte nach Anzeichen einer Lüge in Susans Gesicht, doch sie fand nur Tränen. Ihre Verzweiflung war echt.

Da hatten sie was gemeinsam.

Seltsame Geräusche drangen an ihr Ohr, als sie nach Hause kam. Alarmiert ließ Paige ihre Tasche fallen und eilte ins Wohnzimmer.

»Jolly! Maunz! Hört sofort auf! Spinnt ihr?«

Schlange und Kater waren in einen Kampf verwickelt. Sie hatte die zwei oft genug beim Spiel beobachtet, das zwar ähnlich ablief, aber bei Weitem nicht so brutal. Das hier war bitterernst.

»Auseinander, sofort!« Paige fasste dazwischen und bereute es sofort. Krallen bohrten sich in ihr Handgelenk oder waren es Zähne? »Au, verdammt! Jolly! Bist du irre? Lass ihn in Ruhe!«

Ein Zischen war die Antwort. Blitzschnell wand sich die Schlange um den Leib des Katers, der wiederum biss Jolly in den Nacken. Sie ließ von ihm ab, wich zurück. Zischend und fauchend taxierten die beiden einander, dann griff die Schlange neuerlich an. Der Kater maunzte erbärmlich.

»Jolly! Lass das!« Was war nur in sie gefahren?

Der Kater, ein beachtliches Exemplar mit dreifarbigem Fell, herrlichen Bernsteinaugen und einer süßen schwarzen Schwanzspitze, war Paige an einem Regentag im Frühjahr zugelaufen. Von einem Einsamkeitsanfall überrollt, hatte sie ihn mit in die Wohnung genommen. Wer brauchte schon einen Wolf im Bett, wenn man einen Kater haben konnte?

Nur für eine Nacht, hatte sie gedacht, rückblickend gesehen ziemlich naiv. Wider Erwarten hatten sich die Schlange und der Kater sofort verstanden. Also hatte Paige ihn behalten, auch mit dem Gedanken im Hinterkopf, der Nachbarin endlich die zur Katzenklappe passende Katze präsentieren zu können – Maunz.

Im Fell des Katers waren Blutspuren zu sehen, am Maul ebenfalls. Ob Jolly verletzt war, konnte Paige nicht erkennen. Sie holte einen Eimer Wasser aus dem Badezimmer und goss es über die Kämpfenden. Verdutzt fuhren sie auseinander. Maunz schüttelte sich, sodass die Tropfen spritzten. Jolly hatte sich zu einem Knäuel zusammengerollt, aus dem nur die Augen hervorglommen. Für einen Moment herrschte Stille.

»Wagt es ja nicht! Sonst gibt's die nächste Dusche!«

Ihrer Warnung zum Trotz belauerten sie sich erneut. Der Kater grapschte mit der Pfote nach der Schlange, die wiederum schnappte mit entblößten Zähnen nach ihm. Hoffentlich erwischte sie ihn nicht, das Gift wirkte rasch und würde ihn für Stunden lähmen oder gar töten.

»Jolly!«

Endlich bekam sie eine Antwort. »Er ist ein Dieb!«

»Was hat er gestohlen? Dein Abendessen?«

»Deinen Laptop!«

Paige lachte ungläubig auf. »Was redest du da?«

Der Kater sprang auf die Schlange zu, verbiss sich in ihrem Nacken und schüttelte sie wild. Jolly kreischte. »Das Tablet, Paige!«

Erst jetzt entdeckte sie, dass es halb unter die Couch gerutscht war. Maunz schleuderte die Schlange quer durch den Raum und sie knallte gegen die Wand.

»Himmel, Jolly?«

»Bin … okay. Halte ihn auf!«

Paige griff nach dem Tablet, da sauste der Kater heran und versenkte seine Krallen in ihrem Handrücken. Ihre Finger öffneten sich.

»Danke, meine Liebe.« Die paar Sekunden, in denen Paige verdauen musste, dass die kehlige Stimme dem Kater gehörte, nutzte er aus und schnappte sich das Tablet. »Mein Name ist übrigens Sly Taps, nicht *Maunz*. Vielen Dank für die Gastfreundschaft, und nichts für ungut.«

Das Mistvieh lief plötzlich auf zwei Beinen, ihr Tablet unter den »Arm« geklemmt – geradewegs Richtung Tür. Ein weißer Blitz zischte an Paige vorbei. Sie schüttelte ihre Starre ab und rannte hinterher.

Zu spät. Jolly lag seltsam verdreht vor der Katzenklappe und schluchzte leise. Der Kater aber war auf und davon. Mit dem Tablet.

»Jolly? Alles okay?«

»Renn ihm nach!«

»Der ist längst über alle Berge.« Paige nahm die Schlange auf die Arme, um sie zu untersuchen. Sie schien ziemlich angeschlagen, aber bis auf ein paar Kratzer nicht ernsthaft verletzt. »Sollen wir dich verwandeln?«

»Nein. Sichere die Daten, Paige, schnell.«

Ich dämliche Nuss! Den Verlust von Laptop und Tablet konnte sie eventuell verschmerzen, den der Daten aber keinesfalls. Hastig holte sie ihr Handy aus der Tasche und loggte sich in ihre Cloud ein. »Nein, oh nein! Ich bekomme keinen Zugriff! Benutzername oder Kennwort nicht bekannt!«

Jolly reckte den Kopf. »Scheiße, sind die schnell.«

Paige versuchte es abermals. Und wieder. Keine Chance. Ihre Cloud war gehackt worden. Die Forschungsergebnisse waren weg, die Arbeit eines ganzen Jahres dahin. Sie hatte Raikun nichts mehr anzubieten. Der Deal würde platzen.

3

Bob war ausgesprochen schlecht gelaunt. Natalie kannte seine Spielchen zur Genüge und sie hatte für die Eintönigkeit seines Daseins durchaus Verständnis, aber nicht bei diesem Wetter.

»Bob, was soll das? Mach endlich auf!«

Wieder keine Antwort, schon zum dritten Mal. Das magische Tor hielt sich für die oberste Instanz der OMB. »Muss ich erst auf die Knie fallen, damit du dich erbarmst?«

»Eine höfliche Anfrage genügt normalerweise«, vermeldete Bob hochmütig. Seine Stimme schien direkt aus dem Torbogen zu kommen. »Mitten in der Nacht stehe ich jedoch nicht zur Verfügung. Ich brauche meinen Schönheitsschlaf.«

»Es ist gerade mal zwanzig Uhr vorbei.«

»Es ist täglich *gerade mal zwanzig Uhr vorbei.*«

»Du übertreibst maßlos.«

Ja, sie kam in letzter Zeit öfter erst spät abends nach Hause, aber nur, weil sie nach Raikun suchte. Verbissen ging sie jedem noch so kleinen Anhaltspunkt nach, jedem hinter vorgehaltener Hand geraunten Gerücht. Vorwiegend befragte sie Magische in Mitrans Slumbezirk. Und da die Leute mit einer warmen Mahlzeit im Bauch erwiesenermaßen redseliger waren, spendierte sie ihnen zumeist eine Suppe oder heiße Würstchen. Ihr Mitgefühl sei ihre größte Schwäche, hatte Raikun ihr einmal eröffnet.

Natalie rüttelte am Gitter. »Bobandragiusodamnait, im Namen von Natalie Amalia Windersom, öffne das Tor!«

»Was bekomme ich dafür?«

»Nichts. Absolut nichts.«

»Ich könnte Gesellschaft gebrauchen. Hol mir mein Einhorn zurück. Es fehlt mir.«

»Es ist nicht *dein* Einhorn, es ist das letzte in ganz Europa und gehört maximal dem Zoo. Außerdem hast du dich ständig darüber beschwert, dass es die Hecke kahl frisst.«

»Da du es erwähnst: An der Nordseite ist die Hecke ein wenig ausgedünnt. Wie wäre es mit einer magischen Ader?«

Natalie wusste aus Erfahrung, dass Bob nur darauf wartete, dass sie die Beherrschung verlor. Er würde sich an ihrem Wutausbruch ergötzen, ihr noch ein paar Frechheiten an den Kopf werfen und sie letztlich doch einlassen. Gab sie jedoch nach, könnte sie sich den Ärger ersparen.

»Also gut, du bekommst deine Magie. Darf ich jetzt rein?«

»Selbstverständlich«, sagte Bob würdevoll und die Torflügel schwangen unter leisem Quietschen auf.

Misstrauisch äugte Natalie nach oben. »Kein Honig, kein Parfüm, kein Spülwasser, verstanden?«

»Wie könnte ich?!«

Bob hielt Wort. Stattdessen ließ er Kakao regnen, als sie durch das Tor lief, und sein Kichern begleitete sie bis zur Freitreppe.

Rund um den Eingang drängten sich Basilisken, Kobolde, Wolfs- und Drachenköpfe, alle aus Stein, als hätte ein Zauberer einen Fluch ausgesprochen just in dem Augenblick, da die Organisation von magischen Wesen überrannt wurde.

Natalie hatte keinen Blick für die prächtige Fassade, bibbernd vor Kälte stürmte sie die Treppe hinauf. Die Tür zu ihren Räumen, den ehemaligen Gemächern ihres Großvaters, stand offen.

Kurz zögerte sie, weil sie das Gefühl beschlich, *seine* Stimme wäre unter jenen, die so aufgebracht auf den Flur drangen, und sie stellte sich vor, er würde hinter den Regalen hervortreten, eines der Artefakte aus den Magischen Chroniken der Grimms in den Händen, das womöglich heruntergefallen war. Prinzessin Aniats goldene Kugel etwa, die den »Froschkönig« aus dem Brunnen herbeigerufen hatte. Die silberne Axt, den Geist im Glas – beides hatte dem jungen Holzhacker Bastian Kohl gehört. Das Horn, das Mauern einstürzen ließ. Den Zaubertopf, der Hirsebrei kochte. Aber die magischen Artefakte waren hinter Bannmagie verwahrt und ihr Großvater, der Mächtige, war tot.

Sie fand Kilian, Ed und Vajos im Arbeitszimmer vor. Die Diskussion erstarb bei ihrem Eintreten.

»Nat, endlich«, sagte Kilian. Zerknirscht registrierte sie, dass er sich Sorgen gemacht hatte. Er sah es nicht gern, wenn sie allein durch die Stadt stromerte, seit dem Mordanschlag noch weniger.

»Morgen früh ist eine Kontrolle angesetzt«, sagte Ed. Er war kein Mann vieler Worte. Seit er durch den Kampf gegen Brisko querschnittsgelähmt war, war er noch reservierter geworden.

»Und um mir das zu sagen, kommst du extra hier rauf?«, entgegnete Natalie. Die Gemächer lagen in einem Seitenflügel ohne Aufzug. Als Chef der OMB hätte Ed ein Anrecht auf diese Räume gehabt, doch er hatte sie ihr überlassen und bewohnte einige Zimmer im Erdgeschoss, die rollstuhlgerecht ausgebaut worden waren. »Wie hast du das überhaupt angestellt?«

»Vajos hat ihn getragen«, erklärte Kilian.

»Mitsamt dem Rollstuhl«, betonte Vajos. Der Agent war ein Bär von einem Mann, stattliche zwei Meter zehn groß, und obwohl er es abstritt, vermuteten sie, er könnte einen Halbriesen unter seinen Vorfahren haben. Der Vollbart, den er neuerdings trug, verstärkte den Eindruck noch.

»Tolle Leistung. Und jetzt trägst du ihn bitte wieder runter. Mitsamt dem Rollstuhl. Was für eine Kontrolle überhaupt?«, wandte sie sich an Ed.

»Sie wollen das Gefängnis inspizieren. Wenn du dich in die Aufsichtsratssitzungen bequemen würdest, junge Dame, wüsstest du das. Du musst morgen dabei sein.«

»Ich muss überhaupt nichts.«

»Du bist die Bannmagierin. Wer weiß, was ihnen einfällt, wenn du wieder mal durch Abwesenheit glänzt. Willst du, dass sie auf der Suche nach dir im ganzen Haus herumschnüffeln?«

Natalie wechselte einen Blick mit Kilian, der prompt die Augenbrauen hob.

»Und wenn schon«, erwiderte sie störrisch. »Sollen sie ruhig kommen. Dann kann ich ihnen wenigstens gleich erklären, was ich von ihren Maßnahmen halte.«

Eds Gesicht färbte sich rot. »Das hättest du gestern bei der Sitzung machen sollen!«, schrie er. »Ich bin es leid, dich ständig zu entschuldigen!«

»Wenn du von mir erwartest, dass ich mit zwanzig magischenfeindlichen Menschen beratschlage, wie man das Regierungsprogramm durchsetzen und den Magischen das Leben zur Hölle machen kann, dann hast du dich geschnitten …«

Es klopfte und die neue Küchenhilfe trat ein, ein Junge mit stoppeligem Haar, der so mager war, dass Natalie jedes Mal das Gefühl beschlich, er bekäme zu wenig zu essen. Er brachte ein Tablett mit belegten Broten und eine Obstschale voller rotglänzender Äpfel. »Der Koch schickt mich …«

»Ich habe ihn um ein Abendessen für dich gebeten«, erklärte Kilian.

»Danke. Stell es einfach auf den Tisch.« Als er an ihr vorbeiging, stibitzte Natalie einen Apfel aus der Schale, doch dann fiel ihr Blick auf seine knochigen Hände und sie drückte ihn dem Jungen in die Hand. »Hier, nimm auch einen.«

Er bedankte sich strahlend und biss auch gleich hinein, ehe er die Tür hinter sich schloss.

Zäh wie Teig schlängelte sich die Stille um Natalies Gedanken. Sie verschränkte die Hände im Nacken und blickte zur Decke. Am liebsten hätte sie Ed sofort rausgeworfen, aber vermutlich sollte sie sich besser bei ihm entschuldigen.

»Wenn die morgen auch nur irgendetwas finden, was ihnen sauer aufstößt«, sagte er, »haben wir sie womöglich dauernd am Hals. Dein Antrag ist übrigens abgelehnt worden. Sie wollen auch in Zukunft keine Magischen aufnehmen. Agenten müssensollendürfen ausschließlich Menschen sein.«

»Mit welcher Begründung?«

Ed zuckte mit den Schultern. »Steht in den Statuten? So war es schon immer? Mögliche Gewissenskonflikte? Such's dir aus. Aber wundert dich das angesichts der aktuellen Lage?« Er wartete ihre Antwort nicht ab. »Wie auch immer. Mein Job ist weiß der Himmel kein Honiglecken. Und ich mache ihn nur, weil ihr mich alle bekniet habt. Ich kann sofort kündigen, wenn euch nicht passt, wie ich den Laden führe.«

Natalie schüttelte den Kopf und wollte gerade zu einer Erwiderung ansetzen, da ließ ein Poltern sie aufhorchen. Kilian stürmte nach draußen, sie und Ed folgten.

Der Küchenjunge lag reglos auf der Treppe. Schaum quoll aus seinem Mund, seine Lippen waren bläulich verfärbt, sein Gesicht verzerrt. Kilian beugte sich über ihn.

»Ist er … tot?«, fragte Natalie.

»Ja. Sieht nach Gift aus.«

»*Was?* Aber … aber woher?«

Wie als Antwort auf Natalies Frage löste sich der Apfel aus den verkrampften Fingern des Jungen und kullerte die Stufen hinab. Kilian bückte sich danach, schnupperte.

»Er war präpariert.«

»Warum sollte man den Küchenjunge töten wollen?«

»Nicht ihn – dich. Jemand will *dich* töten, Nat, und ihm ist jedes Mittel recht.«

»Du hättest doch auch einen Apfel aus der Obstschale nehmen können … Aber … du … isst keine Äpfel!«, fiel es ihr ein. »Du hasst sie geradezu.«

Kilian nickte. »Dieser Jemand weiß genau über uns Bescheid. Ich wollte dir das ohnehin erzählen: Der Kerl, der dich erwürgen wollte, schweigt wie ein Grab, aber dieser Riemen ist magisch. Er zieht sich bei Hautkontakt zu. Jetzt der Apfel. Das erinnert mich sehr an die Mordversuche an Königin Blanka.«

»Schneewittchen?«, meinte Ed ungläubig. »Haben wir es mit einem Spaßvogel zu tun?«

»Tja, da kommt nur eine in Betracht.«

»Raikun«, sagte Natalie. Und an Ed gewandt: »Nein, ich glaube, es ist ihr todernst.«

Weit nach Mitternacht schloss Natalie endlich die Tür zu den Gemächern. Sie sank an Ort und Stelle zu Boden, müde und frustriert.

Kilian saß am Schreibtisch und verfolgte am Laptop die Spätnachrichten. Er hob den Kopf. »Hey. Alles klar?«

»Nichts ist ›klar‹.«

»Du trägst keine Schuld.«

Nicht direkt, da hatte er schon recht. Dennoch sah sie sich als eine Art Auslöser – letztlich bei allem, was passiert war. Als wäre sie verflucht, der eine Funke zu sein, der die Bombe entzündete, immer und immer wieder.

Kilian sah sie eindringlich an. »Bitte. Mach dir keine Vorwürfe. Niemand konnte das ahnen.«

Der Koch hatte jede Beteiligung an dem Giftanschlag abgestritten. Seiner Aussage nach hatte ein Bauer die Äpfel geliefert. Sie waren alle vergiftet gewesen, die ganze Kiste. Zum Glück hatte sonst noch niemand einen gegessen.

»Gibt's was Neues?«, fragte Natalie, als Kilians Blick zurück zum Bildschirm zuckte.

»Sander Hagen wurde tot aufgefunden.«

»Der Bannmagier?« Sie hatte ihn erst kürzlich bei der Europa-Konferenz der Organisation kennengelernt. »Er war doch für Nordeuropa zuständig. Was ist passiert?«

»Er lag tot in der Dusche. Noch weiß man nichts Genaues, man geht von einem Herzinfarkt aus.« Kilian seufzte. »Das ist nicht alles. Gerade wurde bekannt gegeben, dass die OMB auf Geheiß der Regierung die Lizenzvergabe bis auf Weiteres einstellt. Bestehende Lizenzen sollen geprüft und gegebenenfalls eingezogen werden.«

Das hat Ed wohlweislich verschwiegen. Natalie schlug die Hände vors Gesicht. Ihr war zum Heulen.

»Und wer wird sie wohl behalten dürfen?«, murmelte Kilian. »Regierungstreue, Parteifreunde, Geldgeber.«

»Allen anderen wird die Existenzgrundlage entzogen.«

»Sodass ihnen nichts übrig bleibt, als ›ihren Status zu ändern‹«, sagte er dumpf.

»Höre ich da etwa Pessimismus?«

Kilian war im letzten Jahr immer zuversichtlich geblieben. Er hatte Natalie bestärkt, nicht aufzugeben, sie aufgebaut, wenn sie am Boden zerstört war, was oft genug vorkam. Er war der Heldentyp, einer, der aufstand und weiterkämpfte, wenn alles verloren schien. Ihr Held.

Er lachte leise, klappte den Laptop zu und setzte sich neben sie. »Nein, das nicht. Aber Sorge.«

»Vor der Zukunft?«

»Um dich.« Sachte strich er über ihre Wange.

»Ich kann auf mich aufpassen.«

»Ich weiß. Nur, manchmal hältst du dich für unbesiegbar. Das könnte ins Auge gehen.«

Das war ihr bewusst. »Sie wird es wieder versuchen.«

»Ja. Wir müssen Vorsichtsmaßnahmen treffen. Ab sofort solltest du nicht mehr allein unterwegs sein.«

»Hm. Ich frage mich gerade, ob ich diesen gut aussehenden OMB-Agenten als Bodyguard engagieren könnte. Du weißt schon, den mit den grünen Augen und der sexy Stimme.«

»Du findest meine Stimme sexy?«

Sie verzog das Gesicht. »Nicht, wenn du absichtlich einen auf erotisch machst. Das ist grauenhaft.«

Kilian zog sie an sich und pustete ihr seinen warmen Atem ins Haar. »Grauenhaft. Du kannst nicht mich meinen.«

»Ich meine den, mit dem hübschen Lächeln. Und dem knackigen Po. Der so gut küsst. Keinesfalls dich.«

»Na warte!«

Kichernd sprang sie auf, ehe er sie packen konnte, aber sie kam nicht weit. Kilian fing sie ein und warf sie wie einen Sack über seine Schulter. Sie trommelte mit den Fäusten auf seinen Rücken ein, doch er kannte kein Erbarmen. Im Schlafzimmer ließ er sich aufs Bett fallen und sie landete auf ihm.

»Ich werde dir zeigen, wie gut ich küssen kann. Du wirst mich anflehen, nicht aufzuhören.«

Natalie grinste. »Immer diese leeren Versprechungen …«

Seine Lippen waren weich und samtig, der Kuss süß. Sie hielt die Augen geöffnet, ließ den Blick wandern, von einem vertrauten Punkt zum nächsten: seine langen Wimpern, die Narbe an seiner Schläfe, die winzigen Falten im Augenwinkel.

Sie wühlte die Finger in sein Haar und er ließ seine unter ihr Shirt wandern. Die Berührung schickte heißkalte Schauer über ihre Haut.

Früher, als sie noch ein ganz normales Mädchen mit einem ganz normalen Leben und ganz normalen Träumen gewesen war, hätte sie über die Vorstellung, dass es so werden könnte, bloß den Kopf geschüttelt. Mit neunzehn bereits mit ihrem festen Freund zusammenleben? Nie und nimmer. Einen Mann aus tiefstem Herzen lieben, ohne Wenn und Aber? Nicht in ihrem Alter. Am allerwenigsten aber hätte sie erwartet, dass sie rasend glücklich und verzweifelt zugleich sein würde.

»Du weinst«, stellte Kilian bestürzt fest und wich zurück.

»Blödsinn.«

»Ich schmecke Salz.« Mit der Fingerspitze pflückte er eine Träne von ihrer Wange. »Siehst du?«

Natalie küsste den Tropfen weg. »Ich sehe den Mann, den ich liebe.«

»Und das treibt dir die Tränen in die Augen, ja?«

»Es sind Freudentränen. Weil ich den besten von allen abgekriegt habe.« Sie zeichnete mit beiden Daumen seine Augenbrauen nach. »Verlass mich nicht.«

»Niemals. Wie kommst du auf so eine absurde Idee?«

Natalie hielt ihre linke Hand hoch. »Schlechte Ware.«

»Frechheit!«, rief er mit gespielter Empörung. »Dir fehlt ja der halbe Zeigefinger! Ich bin getäuscht worden, das stand nicht im Vertrag. Ich sollte dich zurückgeben.«

»Zu spät. Ich bin Vollwaise.« Sie drängte den Schmerz in ihr Inneres zurück. Er wurde sofort durch anderen Schmerz ersetzt. »Heirate sie nicht, diese Prinzessin aus Schweden.«

Kilian lachte. »Das hatten wir doch längst geklärt.«

»Marik hat mich heute Morgen abgepasst. Hat einen teilnahmsvollen Blick aufgesetzt und mich gefragt, wie ich damit klarkäme, dass du bald wieder ins Schloss ziehst. Er hat mir angeboten, für mich da zu sein, falls ich Redebedarf hätte.«

»Der Dreckskerl! Du glaubst ihm doch hoffentlich nicht? Er liebt es, andere vor den Kopf zu stoßen. Und seit Vater krank ist, klopft ihm niemand mehr auf die Finger.«

Natalie nickte. »Ich weiß. Trotzdem tut es weh.«

Kilian küsste ihre Nasenspitze: »Lass das ja nicht an dich ran. Die Sache ist vom Tisch. Und überhaupt: Sollte ich jemanden heiraten – dann dich.«

4

Natalies Albträume waren seltener geworden. Heute Nacht jedoch warf sie sich im Bett herum. Schweiß glitzerte auf ihrer Haut, ein fahles Schimmern, das ihre Züge aussehen ließ wie aus Marmor gemeißelt. Sie knirschte mit den Zähnen.

Kilian zog sie an sich. Streichelte ihre Stirn, die Augenbrauen, den Haaransatz, immer wieder, bis ihre Atemzüge nach einigen Minuten tiefer wurden. Ihr Kiefer entspannte sich.

Er musste an den Küchenjungen denken. Die Vorstellung, Natalie hätte den Apfel an seiner Stelle gegessen, trieb ihm noch jetzt den Schweiß aus den Poren. Sie zu verlieren, das Mädchen, das er derart heftig liebte, würde ihn in Stücke reißen.

Zu Beginn seiner Agentenausbildung war er aus dem elterlichen Schloss in eine kleine Wohnung in Mitran gezogen, um endlich unabhängig zu sein, eigenverantwortlich, frei. Und allein. Himmel, wie gut es getan hatte, niemanden um sich zu haben, keine Bediensteten und schon gar nicht seine Mutter.

Wie überrascht war er gewesen, als er erkannte, dass er das Alleinsein nicht brauchte, dass er an Natalies Seite ebenso frei sein konnte – und sogar noch glücklicher.

Dieses Glück wirst du mir nicht nehmen, Raikun. Zwei Mordversuche innerhalb weniger Tage – das war eine unverkennbare Botschaft. War sie ihnen auf die Schliche gekommen? Etwas daran irritierte ihn dennoch. Raikun liebte es, sich in Szene zu setzen, ein heimtückischer Anschlag war nicht ihr Stil …

Stunden später erwachte er durch einen Kuss. Natalie war bereits angezogen. Obwohl sie nicht viel Schlaf abbekommen hatten, sah sie im weichen Morgenlicht ausgeruht aus und wunderschön. Er küsste ihr Kinngrübchen. »Wo willst du hin?«

»Zur Inspektion.«

»Richtig, da war was.« Ed hatte ihn gebeten, an Natalies Stelle teilzunehmen, und jetzt überraschte sie ihn. »Du gehst hin? Wirklich?«

Sie fasste ihr Haar mit einem Zopfgummi zu einem hoch angesetzten Pferdeschwanz zusammen, was ihren schlanken Hals zur Geltung brachte. Kilian sehnte sich danach, sie in der Kuhle über ihrem Schlüsselbein zu küssen. Er sehnte sich nach ganz anderen Dingen ...

»Wäre wohl besser, wenn ich mich sehen lasse. Schließlich bin ich die amtierende Bannmagierin.« Sie verzog die Mundwinkel. »Aber eigentlich ... tue ich es für Ed.«

»Ich komme mit.«

Sie schenkte ihm ein dankbares Lächeln.

Ed wartete in der Halle. Den ehemals so durchtrainierten Agenten an den Rollstuhl gefesselt zu sehen, schmerzte Kilian jedes Mal aufs Neue. Doch noch mehr schmerzte ihn die Härte, die Ed seither entwickelt hatte. Sein Humor war ihm gänzlich abhandengekommen. Als er Natalie entdeckte, hellte sich seine Miene auf. Obwohl er sie gestern angeschnauzt hatte, schätzte er sie. Sie hatte weit mehr verloren als er, falls sich Verlust überhaupt aufwiegen ließ.

Die Herrschaften vom Aufsichtsrat kamen pünktlich und Bob verzichtete ausnahmsweise auf Öl-, Kakao- oder Regengüsse. Kilian kannte die Frau und die beiden Männer noch von Natalies Gerichtsverfahren.

»Schön, dass Sie sich zu uns bemühen, Fräulein Windersom.« Tanya Oppinger schaffte es spielend, ihrem Gegenüber das Gefühl zu geben, es wäre von ihrer Gunst abhängig. »Prinz Kilian, es ist mir eine Freude.«

»Die Freude ist ganz meinerseits.« Die Floskel kam Kilian glatt über die Lippen, sein Lächeln war beinahe echt.

Die Männer, Hansen und Lodinsky, gaben keinen Kommentar ab, vermutlich standen sie unter Tanyas Knute.

»Da lang bitte.« Ed deutete ans andere Ende der Halle.

Mit leicht geneigtem Kopf blickte Tanya auf ihn herab. Kein Härchen bewegte sich an ihrem perfekt getrimmten Pagenkopf. »Wir warten noch auf Prinz Marik.«

Na fein. Mit ihm hatte Kilian ohnehin ein Hühnchen zu rupfen. Es ging nicht an, dass er Natalie derart zusetzte.

»Er hat Unterricht«, wandte Ed ein. »Seine Anwesenheit ist auch nicht vonnöten.«

»Herr Kroll«, Tanya blinzelte nachsichtig, »Prinz Marik wird die Organisation in absehbarer Zeit leiten. Diese Inspektion kann durchaus zu seiner Ausbildung gezählt werden.«

Ed kramte sein Handy hervor. »Ich lasse ihn rufen.«

»Da kommt er schon.« Wohlwollend nickte sie Kilians Bruder zu.

»Guten Morgen. Ich bin doch nicht zu spät, oder?« Rein äußerlich hatte sich Marik zu seinem Vorteil verändert: Die Schultern breiter, das Gesicht männlicher, wirkte er weit erwachsener als noch vor einem Jahr. Leider war er auch wesentlich arroganter geworden.

Seit Mariks Verrat, der Raikuns Angriff auf den Greifspalast erst möglich gemacht hatte, konnte Kilian nur noch Verachtung für seinen Bruder empfinden. Sie hatten Marik nichts nachweisen können. Er war durch die Schule ihrer Mutter gegangen und ein meisterlicher Lügner.

Hände wurden geschüttelt, Höflichkeiten ausgetauscht. Natürlich sei er nicht zu spät, man wisse zu schätzen, dass er sich die Zeit frei geschaufelt habe … Natalie knirschte hörbar mit den Zähnen, auch Ed war alles andere als erfreut.

Im Aufzug ließ Tanya die Gelegenheit nicht aus zu betonen, wie sehr sie Eds Einsatz für die Organisation schätze, unter diesen Umständen ganz besonders – ein vielsagender Blick auf seine Beine –, aber bald habe er es ausgestanden und könne in die verdiente Rente gehen.

Ed hasste seinen neuen Job, zugleich brauchte er ihn wie

einen Bissen Brot. Entgegen seiner gestrigen Aussage hatte er die Leitung nur übernommen, um weiterhin nach Brisko fahnden zu können, den Mörder seiner Schwester. Ed sehnte sich nicht nach der Rente. Er war auf Rache aus.

Marik lächelte überheblich. »Sobald meine Ausbildung abgeschlossen ist, stehe ich zur Verfügung.«

»Im Grunde müssten Sie das Programm nicht komplett absolvieren«, warf Tanya ein. »Sie werden schließlich die Leitung übernehmen und kaum im Außeneinsatz sein. Und wer weiß«, sie blinzelte Marik zu, »ob sich bis dahin nicht ohnehin Grundlegendes ändert.«

Natalie schaute unbeteiligt geradeaus, aber ihre geballten Fäuste bewegten sich. Kilian hatte ebenfalls Mühe, seine Beherrschung zu wahren. Zum Glück hielt der Aufzug.

Während sie die Zellentrakte besichtigten, berichtete Ed über den Istzustand. Von den vierhundert Häftlingen, die Raikun aus dem Gefängnis befreit hatte, waren viele noch in derselben Nacht untergetaucht. Immerhin hundertfünfzig hatten vor und im Greifspalast für sie gekämpft, drei Viertel waren durch Polizei und Militär getötet worden, der Rest wieder inhaftiert, ein Bruchteil der ursprünglichen Anzahl.

Dennoch waren die Zellen voll, das Gefängnis ausgelastet. Im Auftrag der Regierung machte die Polizei ununterbrochen Jagd auf Magische und griff alle Verdächtigen auf, hauptsächlich C- und D-Klassifizierte, aber auch vor der B-Klasse wurde nicht haltgemacht.

Als Bannmagierin der OMB war es Natalies Aufgabe, die Banngitter zu errichten. Sie hatte die Zellen versiegelt, jede einzelne, und die Häftlinge ließen ihrem Unmut darüber freien Lauf. Hämische Sprüche und Beschimpfungen trafen sie im Vorbeigehen, Flüche und Schadenszauber erzielten aber aufgrund der Magieschranke keine Wirkung.

Natalie gab sich während des ganzen Rundgangs ungerührt, auch bei Cronis und Xaver, den beiden Häftlingen, die sie aus den Klagenden Gängen kannte. Sie besaß die Gabe, ihre Gefühle tief in sich zu verbergen und der Öffentlichkeit ihr Porzellangesicht zu zeigen, starre Züge, denen ein winziges Lächeln aufgebrannt war. Nur wer sie wirklich kannte, konnte an ihren Augen erkennen, dass es tief in ihr brodelte.

»Ich möchte eine Mitteilung an alle Inhaftierten richten«, erklärte Tanya, nachdem sie die Inspektion der Männer- und Frauentrakte hinter sich gebracht hatten.

Ed runzelte die Stirn. »Wozu?«

»Es gibt doch eine Sprechanlage, oder?« Tanya reichte ihm ihr Tablet. Kilian, der über Eds Schulter linste, konnte nur den Briefkopf des Innenministeriums ausmachen. Ein flaues Gefühl ballte sich in seinem Magen. Er fing Natalies Blick auf, ihre Augen hatten sich verengt.

»Das ist nicht Ihr Ernst«, sagte Ed leise.

Lodinsky räusperte sich, Hansen wandte sich ab, Marik hob die Augenbrauen, nur Tanya lächelte unbeirrt. »Doch, doch.«

»In der Sitzung gestern war keine Rede davon.«

»Die Weisung kam heute Morgen. Lesen Sie denn Ihre Mails nicht?«

Eds Kiefer mahlten. »Ich habe nicht die Zeit, rund um die Uhr an meinem Laptop zu hängen.«

»Nun ja, im Einsatz sind Sie ja wohl auch nicht. Da wird sich doch die eine oder andere Minute finden.«

Ed sah aus, als hätte er gute Lust, ihr mit dem Tablet den Schädel zu spalten. Er gab es ihr zurück und wies auf die Tür zum Kontrollraum am Ende des Korridors.

Wenig später schallte Tanyas helle Stimme aus den Lautsprechern: »Werte Insassen, mein Name ist Tanya Oppinger. Im Namen des Aufsichtsrates der OMB darf ich Ihnen ein einzigartiges Angebot machen: In Zusammenarbeit mit MitranBiotec und mit Genehmigung der Regierung bieten wir jenen Häftlingen einen Erlass der Haftstrafe im OMB-Gefängnis an, die sich bereit erklären Innovatis zu testen.«

Großer Gott! Sie schrecken vor nichts zurück.

Natalie schwankte. Eisern hielt sie ihre Miene unter Kontrolle.

»In den nächsten Tagen wird Ihnen eine Informationsbroschüre ausgehändigt, der eine Einverständniserklärung beiliegt. Jeder, der unterschreibt, wird daraufhin an eine menschliche Haftanstalt überstellt.«

Ein Angebot, das man kaum ausschlagen konnte. Im OMB-Gefängnis herrschten grausame Zustände. Die Häftlinge durften ihre Zellen nicht verlassen, niemals, nicht für Freistunden im Hof, Arbeit oder sportliche Betätigung, noch nicht einmal zum Duschen, weshalb in den Wänden winzige Sprühdüsen eingebaut waren, aus denen einmal pro Tag gerade so viel Wasser strömte, um sich zu waschen – und den Hygienevorschriften Genüge zu tun.

»Während Sie am Innovatis-Programm teilnehmen, wird Ihr Fall geprüft und gegebenenfalls kann Ihnen die Haftstrafe erlassen werden. Bei schwerwiegenden Delikten steht Ihnen ein Gerichtsverfahren nach menschlichem Strafrecht zu. Wir hoffen, dass wir sie mit diesem wirklich großzügigen Angebot überzeugen können. Danke für Ihre Aufmerksamkeit. Ich wünsche Ihnen noch einen … angenehmen Tag.«

Lodinsky entnahm seiner Aktentasche einen Stapel Broschüren sowie die Einverständniserklärungen und knallte sie auf den Tisch. »Wir waren so frei und haben sie direkt in entsprechender Anzahl mitgebracht.«

»Die können Sie gleich wieder mitnehmen«, platzte Natalie heraus. »Kein Magischer lässt sich freiwillig zum Menschen machen.«

Tanya ließ ein kleines Glucksen hören. »Seien Sie sich da mal nicht so sicher, Fräulein Windersom. Menschlich zu sein macht das Leben um vieles einfacher, meinen Sie nicht?«

Natalie setzte zu einer – höchstwahrscheinlich gesalzenen – Antwort an, da klingelte ihr Handy.

Besser so, dachte Kilian, als sie sich in eine Ecke des Raumes verzog und ranging. »Ja? … Ja. Wer ist da?«

Kilian blendete die Diskussion zwischen Ed und den Herrschaften vom Aufsichtsrat aus und lauschte Natalie.

»Ich erinnere mich. Geht es um Herrn Windersom?« Ihre Augen weiteten sich. »Ist er …? Geht es ihm schlechter? … So plötzlich? Ich dachte, sein Fall sei hoffnungslos? … Darf ich ihn besuchen? … Gut. Auf Wiederhören.«

Sie suchte Kilians Blick. »Das war die Klinik, es ging um Hanjo«, flüsterte sie ihm zu. »Angeblich ist er seit heute Morgen ansprechbar.«

»Wirklich?«

»Ja. Es ist wie ein Wunder. Sein Gedächtnis ist intakt, er kann sich an alles erinnern. Laut erster Einschätzung der Ärzte könnte er komplett genesen. Weißt du, was das heißt, Kilian?«

»Valeriu könnte erlöst werden.«

»Das auch.«

»Mit Hanjo gäbe es einen zweiten Bannmagier.«

»Das auch.« Natalie atmete tief ein. »Ich habe einen Onkel – und das nicht bloß auf dem Papier.«

5

Die Klagenden Gänge zu betreten, kostete Natalie jedes Mal enorme Überwindung. Sobald die feuchtkalte Luft in ihre Atemwege drang, kehrte das Erlebte zurück, als ob sich in ihrem Gedächtnis der Vorhang für das ewig gleiche Schauspiel hob.

Jedes Detail ihrer Gefangenschaft stand ihr vor Augen. Sie konnte Raikuns seidenglatte Stimme hören, ihre Befehle, Drohungen, Verwünschungen, Liams Schreie unter der Seelenfolter, das Wimmern der Irrlichter. Erneut verspürte sie die Aussichtslosigkeit, die den Widerstand in ihr bröckeln ließ, erneut hämmerten die Gedanken in ihrem Kopf, mit denen sie sich Mut zugesprochen hatte: *Bleib stark. Halte durch. Wehr dich. Kämpfe. Für Liam, für Liam …*

Kilians Hand glitt an ihren Rücken und vermittelte ihr Halt. Sie brauchten keine Worte, er wusste, wie sie sich fühlte. Vielleicht hätte sie diesen Ort besser für immer meiden sollen, das wäre ihrem Seelenheil zuträglicher gewesen. Doch im Gewölbe, in dem Raikun ihre Laserwaffen hatte bauen lassen, fanden ihre regelmäßigen Treffen mit Jolly und Paige statt.

Nach dem Angriff auf den Greifspalast hatte die Stadtverwaltung sämtliche Zugänge zu den alten U-Bahn-Schächten zumauern lassen, alle bis auf das magische Tor im Osten, an dem Natalie ihren Zeigefinger eingebüßt hatte, und einen zweiten geheimen Einstieg, von dem nur die OMB Kenntnis hatte und den sie regelmäßig nutzten.

Eines der wenigen verbliebenen Irrlichter folgte ihnen bis in die Kammer im Gewölbe, wo es leise jammernd unter der Decke seine Kreise zog. Paige und Jolly waren noch nicht da, also stürzten sie sich wie so oft auf das Material, das in den alten Schränken lagerte. Wahre Schätze, die unter anderem Aufschluss über die Gründung der Organisation vor rund zweihundert Jahren gaben. Und über Natalies Vorfahren.

Lange bevor die Magiegesetze erlassen worden waren, hatte es einen Geheimbund gegeben, das »Bündnis zur Wahrung der Interessen des Magischen Volkes«, an dessen Spitze bereits ein Windersom stand – der sich leidenschaftlich, ja geradezu kämpferisch für die Rechte der Magischen eingesetzt hatte.

Kilian fotografierte Schriftstücke ab. »Unglaublich, dass sich die Ziele der OMB so gewandelt haben.«

Natalie blickte vom Tagebuch ihres Ururgroßvaters Connory Thoma Windersom auf. In ihr war das Bild eines willensschwachen, ehrlosen Zauberers entstanden, der seine eigenen Ziele über die seines Volkes gestellt hatte. »Connory hat Verrat an den Magischen begangen. Er hat die damaligen Mitglieder des Bündnisses ermorden lassen, als ihm nach dem Brand alle Felle davonschwammen, das gibt er hier offen zu. Er hat die Forderungen der Menschen erfüllt und die Organisation zu dem gemacht, was sie heute ist.« Eine gemeinnützige Gesellschaft, die mithalf, die Magischen zu unterdrücken, anstatt sie wie ursprünglich gedacht zu vertreten.

»Ich begreife bloß nicht, warum nie jemand Nachforschungen angestellt hat«, meinte Kilian. »In den Aufzeichnungen der Organisation steht, dass sie 1897 gegründet wurde. Niemand weiß von ihren Ursprüngen, der Mächtige hat nie davon gesprochen.«

»Vielleicht wusste er es nicht. Oder vielleicht hat Raikun ihm davon erzählt und er hat sich für seinen Urgroßvater geschämt.«

»Tja, man kann sich seine Familie nicht aussuchen.«

»Immerhin hast du eine«, erwiderte Natalie, denn natürlich war ihr klar, dass er auf Königin Antonia anspielte, seine Mutter, die mit Raikun Geschäfte abgeschlossen hatte. Zu welchem Zweck, wussten sie nicht.

Kilian lachte kalt. »Ich habe einen Vater, der zu allem Ja und Amen sagt. Mein Bruder ist die Falschheit in Person. Meine Mutter geht über Leichen. Nein danke, verzichte.«

»Und Stefo?«

»Stefo ist ein halbes Baby. Er zählt nicht.«

Ein bitteres Lachen entschlüpfte Natalie. *Alles zählt. Jeder, den du* nicht *verloren hast. Jeder noch so kleine Teil.*

Er rieb sich die Stirn. »Tut mir leid. Für mich ist Familie eben nur ein Wort. Es beinhaltet Verpflichtungen, Zwänge, Einschränkungen, Verantwortung, Abhängigkeit. Ein Korsett, das ich tragen muss. Aber nicht Liebe.«

Es schnürte ihr die Kehle zu, das Atmen fiel ihr schwer. Sie hatte nicht gewusst, dass ihm so vieles fehlte, wo er doch so viel zu geben hatte.

Von hinten schlang sie die Arme um ihn. »Du brauchst dich nicht zu entschuldigen«, flüsterte sie in seinen Nacken. »Wir stehen beide allein da – aber wir haben uns. Wir haben Freunde, die uns lieben, die zu uns halten, denen wir wichtig sind. Das ist fast wie Familie, oder?«

Kilian drehte sich um, lächelte und küsste sie. »Stimmt. Und vielleicht gründen wir ja unsere eigene Familie, irgendwann, wer weiß?«

Es traf sie wie ein Blitzschlag. Sie fühlte sich geerdet und frei zugleich. Aufgeregt, verwirrt und doch voller Gewissheit. Als hätte sich eine Tür geöffnet, einen Spalt nur, doch sie konnte sie jederzeit aufstoßen.

Eine eigene Familie zu gründen, hörte sich verrückt an, sie war nicht annähernd bereit dazu. Trotzdem reagierte ihr Körper auf die Vorstellung unerwartet stark. Verlangen durchflutete sie, ihr entfuhr ein Stöhnen. Kilian zog sie auf seinen Schoß. Ihr Kuss wurde intensiver. Ihre Finger verflochten sich, lösten sich, wanderten unter die Kleidung, an warme Haut.

»Wow.« Jolly hatte sich unbemerkt hereingeschlichen und es sich auf dem Tisch bequem gemacht. Im schwachen Licht blinkten ihre silberhellen Augen wie Edelsteine. »Ich wusste nicht, dass diese Umgebung so inspirierend ist. Und jetzt lass mich mal ran, Kilian, ich will auch was von ihr haben.«

Verlegen löste sich Natalie von ihm, da schoss Jolly wie der geölte Blitz auf sie zu, schlang sich um ihren Nacken und rieb den Kopf an ihrer Wange. Ein Gefühl tiefer Zuneigung flammte in ihr auf und sie genoss die weiche, samtige Schlangenhaut. Hölle, wie sie Jollys Nähe vermisste!

»Stell dir vor, Hanjo ist aufgewacht«, sagte sie, als sie ihr Wiedersehen ausgiebig zelebriert hatten.

Jolly sauste wieder zurück auf den Tisch und stierte Natalie verblüfft an. »Aufgewacht?«

Natalie berichtete von dem Telefongespräch. »Die Ärzte müssen noch Tests machen, aber sie glauben, er könnte wieder ganz gesund werden.«

»Das ist ja der Wahnsinn! Das heißt, es gibt Hoffnung für Valeriu?«

Natalie nickte. Valeriu – ihr Halbcousin – war ein Kapitel für sich, sie wusste nicht so recht, was sie von ihm halten sollte. Zu seinen Gunsten sprach, dass er sich einige Male auf ihre Seite gestellt hatte. Zudem war er nicht am Angriff auf den Greifspalast beteiligt gewesen. Doch seither war er untergetaucht. Sie hatten nichts von ihm gehört, auch Paige nicht.

»Ich hoffe so sehr, dass Hanjo Licht ins Dunkel bringt«, sagte Natalie, »und uns berichten kann, was sich damals wirklich zwischen ihm, Raikun und dem Mächtigen zugetragen hat. Außerdem ist er ein Bannmagier …«

»Was, wenn er sich mit Raikun verbündet?«, gab Kilian zu bedenken.

»Ich kann mir nicht vorstellen, dass er allzu gut auf sie zu sprechen ist. Immerhin war sie schuld an seiner Erkrankung.«

Sie hatte Hanjo vor Monaten in der Magischenklinik St. Eckhart aufgespürt und einen geistig weggetretenen Mann vorgefunden, der weder auf Fragen noch auf andere Reize reagierte.

»Paige wird ausflippen, wenn sie das hört«, sagte Jolly. »Sie würde es zwar nie zugeben, aber sie liebt Valeriu noch immer.«

Natalie schaute auf ihre Smartuhr. »Wo ist sie eigentlich?«

»Tja, das ist die schlechte Nachricht: Sie kommt nicht. Sie ist komplett durch den Wind. Ihr Chef hat sie gefeuert.«

»Wie bitte?«

»Und dann hat auch noch dieser Mistkerl von einem Kater ihre Computer gestohlen.«

Kilian runzelte die Stirn. »Euer Kater? Der, den Paige adoptiert hat?«

»Genau der. Er kann übrigens sprechen. Ich habe ihn dabei erwischt, wie er Paiges Laptop einer anderen Katze übergab. Wir haben uns einen Kampf geliefert, seine Krallenstriemen sind überall.« Zum Beweis schlängelte sie sich über den Tisch und präsentierte ihre Wunden.

»Konntest du ihn denn nicht beißen?«, fragte Natalie.

»Hab's versucht, aber er war so verdammt schnell. Am Ende ist er auch noch mit dem Tablet getürmt. Und das Schlimmste: Die haben Paiges Passwörter geknackt und die Cloud geleert. Jetzt ist da nur noch ein jungfräuliches Cumulus-Wölkchen. Die Daten, die Laborergebnisse, alles futsch. Wir sind erledigt.«

»Hölle, nein!« Das durfte nicht wahr sein! So kurz vor dem Ziel! »Raikun wird Paige fallen lassen wie eine heiße Kartoffel.«

Jolly zischelte. »Schon passiert. Paige hat sie kontaktiert. Normalerweise meldet sie sich innerhalb von Minuten. Diesmal hat sie nicht reagiert.«

Natalie knibbelte an ihren Fingernägeln. »Dann weiß sie Bescheid. Ich wette, sie hat den Kater beauftragt.«

»Bestimmt ist er einer der Gestiefelten«, sagte Kilian. »Die sind auf Raub und Hehlerei spezialisiert. Ich kann ja mal Sly Taps auf den Zahn fühlen.«

Jolly fuhr wieder hoch. »Sly Taps! Das ist er!«

»Ein dreifarbiger Kater mit schwarzer Schwanzspitze?«

»Genau! Und du kennst den?«

»Allerdings. Ich glaub's ja nicht! Der lacht sich bestimmt ins Fäustchen, dass ihr so gutgläubig wart und ihn bei euch aufgenommen habt.« Kilian begann in der kleinen Kammer auf und ab zu laufen, als könnte er seinen Verstand durch Bewegung ankurbeln. »Theoretisch könnte Paige die Tests wiederholen. Sie muss diesmal ja nicht bei null anfangen, da geht das bestimmt viel schneller.«

Jolly wiegte den Kopf, was aussah, als versuchte sie Kilian zu hypnotisieren. »In welchem Labor? Sie hat Hausverbot bei MitranBiotec. Die warten doch nur darauf, sie festzunageln, wenn sie die Schlüsselkarte noch einmal benutzt. Und wofür? Raikun hat doch, was sie wollte.«

Natalie seufzte tief. »Was machen wir denn jetzt?«

»Ich kümmere mich um Sly Taps«, sagte Kilian. »Und wir zwei«, er ergriff Natalies Hand, »besuchen erst mal Hanjo.«

Die Privatklinik St. Eckhart lag in einem parkähnlichen Garten, der jetzt im Herbst in den schönsten Farben erglühte. Die hohen Kastanienbäume waren von Pixies bevölkert. Die kleinen Feenwesen fanden es überaus witzig, die Besucher mit Kastanien zu bewerfen und lautstark darüber zu kichern, wenn sie trafen. Und sie trafen oft. Natalie bekam eine an den Kopf, was richtig wehtat.

Das Pflegepersonal war geradezu in euphorischer Stimmung. Einen solchen Fall gebe es selten, hieß es. Wer einmal hier landete, erhole sich nicht mehr, aber Hanjo Windersom mache täglich enorme Fortschritte.

Sie fanden ihn in seinem Zimmer, wo er im Beisein einer Krankenschwester sein Mittagessen zu sich nahm.

»Er kann schon allein essen«, erklärte die junge Frau an Natalie gerichtet.

Hanjo hob den Kopf und funkelte sie belustigt an. »Er kann hören, dass man über ihn redet, als wäre er nicht da.«

Die Schwester tätschelte seinen Unterarm. »Sie weiß das. Sie freut sich nur so darüber, dass es ihm besser geht.«

Die zwei hatten offenbar reichlich Spaß miteinander.

Nach dem Essen verließ die Schwester den Raum. Hanjo wandte sich Natalie und Kilian zu. »Und wer seid ihr? Ich hatte gar keinen Besuch erwartet.«

Hanjo hatte die Augen des Mächtigen, ansonsten konnte Natalie keine Ähnlichkeit erkennen. Er war jünger, als sie gedacht hatte, etwa vierzig. Sie waren vorgewarnt worden, dass er noch lange nicht wiederhergestellt war. Seine Gesichtszüge waren schlaff und schwammig, was nur zu einem geringen Teil von den Medikamenten herrührte, sondern hauptsächlich davon, dass die Muskulatur über all die Jahre verkümmert war. Deshalb konnte er auch nur wenige Schritte selbstständig gehen. Es würde Wochen dauern, bis man ihn entlassen konnte.

»Ich war schon ein paarmal da«, sagte Natalie und stellte sich vor. »Du bist mein Onkel oder genauer gesagt mein Halbonkel. Und das ist Kilian, mein Freund.«

»Bist du Violas Tochter? Wie geht es ihr?«

Natalie schluckte. Die Pflegedienstleiterin hatte sie gebeten, behutsam vorzugehen und Hanjo nicht zu überfordern. Andererseits sah sie keinen Sinn darin, ihm die Wahrheit vorzuenthalten. »Sie ist tot. Sie ist letztes Jahr gestorben.«

»Oh nein! Wie?«

»Ein magischer Anschlag. Mein Vater ist ebenfalls ums Leben gekommen.« Sie vermisste ihre Eltern so sehr. Nichts war ihr von ihnen geblieben. Nur ein grasbewachsener Grabhügel. In Stein gravierte Namen, kalt und rau unter ihren Fingern.

»Meine Güte, wie furchtbar …«

Sein Blick verlor den Fokus. »Sie hatte immer von einer Familie geträumt, ich bin froh, dass ihr dieses Glück für einige Zeit beschieden war. Sie war schon als Mädchen sehr selbstbestimmt. Hat immer mit Alvis gestritten.« Er lächelte schmerzlich. »Woran er aber auch einen gewissen Anteil trug.«

Das Schweigen dehnte sich. Hanjo stellte keine Fragen mehr und Natalie war unsicher, wie viel sie ihm zumuten konnte. Bestimmt war es besser, wenn sie ihm noch Zeit gab, bevor sie auf Raikun zu sprechen kam.

Kilian dachte wohl ähnlich. »Können Sie sich denn an irgendetwas erinnern?«, erkundigte er sich.

Hanjo nickte. »An jedes Detail.«

»Auch, wie es dazu kam, dass Sie in der Klinik gestrandet sind?«

Jetzt lachte er. »Gestrandet – dein Freund gefällt mir«, sagte er an Natalie gewandt. »Allerdings. Mein eigener Vater hat mir das angetan. Er hat mir seine Hilfe verweigert.«

»Ich habe gehört, er hätte dich gebrochen«, sagte Natalie vorsichtig. »Durch seinen unbarmherzigen Unterricht …«

Hanjo lachte herzlich. »Aber nein! Der Unterricht war hart und er ein strenger Lehrer, doch ich verdanke ihm mein ganzes Können, das muss ich gerechterweise zugeben. Der Grund war ein anderer: Ich habe mich seinem Befehl widersetzt und eine Machtübertragung durchgeführt.« Er blickte sie nacheinander an. »Ihr wisst, was das ist, oder?«

»Nicht genau«, erwiderte Natalie. Sie erinnerte sich, dass der Mächtige etwas Derartiges erwähnt hatte, in seinem letzten Gespräch mit Raikun, kurz bevor er starb.

»Nun, es gibt Theorien darüber, dass sich magische Fähigkeiten mithilfe eines Rituals übertragen lassen. Von einer begabten Person auf eine weniger begabte beispielsweise. Die Risiken für Spender und Empfänger sind beträchtlich, das war mir bewusst. Ein Spiel mit dem Feuer. Wir haben es dennoch gewagt – und sind gescheitert.«

Aus wissenschaftlicher Sicht ein Ding der Unmöglichkeit, so viel wusste Natalie inzwischen. Doch Magie machte vieles möglich.

»Wir?«, hakte sie nach, obwohl sie bereits ahnte, wer noch daran beteiligt gewesen war.

»Ich war der Spender. Und eine junge Hexe die Empfängerin.«

»Raikun«, sagte Kilian.

Hanjo nickte, sein Blick wurde milde, fast zärtlich. »Ja. Sie war außerordentlich talentiert, ihr fehlte nur noch eine Winzigkeit zur Bannmagierin. Ich wollte ihr helfen. Leider ging das Experiment schief. Ich wäre beinahe gestorben.« Er räusperte sich. »Glücklicherweise erholte ich mich rasch. Nach einigen Wochen in der Klinik konnte ich mich bereits wieder unterhalten, ich konnte lesen und schreiben, es ging mir von Tag zu Tag besser und man informierte mich, dass man mich bald entlassen würde. Aber dann …« Er stockte.

»Was dann?«

»Wenn ich das wüsste! Ein Schatten legte sich über meinen Verstand. Alles verschwamm in diffusem Dämmerlicht. Ich verlor mich.« Er starrte ins Leere. Dutzende Fragen brannten Natalie auf der Zunge, sie wagte keine davon zu stellen. »Und er! Er tut nichts, um mir zu helfen. Anstatt mich nach Hause zu holen, hat er mich hier verrotten lassen.«

»Warum hätte er das tun sollen?«, warf Kilian ein.

»Um mich aus dem Weg zu räumen. Niemand durfte von der gescheiterten Machtübertragung erfahren. Wenn publik geworden wäre, woran bei der OMB unter seiner Führung geforscht wird, hätte er abdanken müssen. Sobald ich wieder auf den Beinen bin, werde ich ihn dafür zur Rechenschaft ziehen. Schrecklich, dass es so weit kommen musste, aber er schuldet mir fünfzehn Jahre meines Lebens.«

Natalies Stimme zitterte. »Er … ist auch tot.«

Hanjo fuhr von seinem Stuhl auf und stemmte die Hände auf den Tisch. »Grundgütiger, wie das? Auch der magische Anschlag? Lebt denn außer dir noch irgendwer von meiner Familie?«

»Mein Bruder Liam. Aber er befindet sich in Gefangenschaft. Und nein, der Mächtige starb nicht bei dem Anschlag.«

»Was? Wie denn? Wer hat …?«

»Raikun.«

Erkenntnis regte sich in Hanjos Gesicht. Er setzte sich wieder. »Raikun.«

Natalie warf Kilian einen Blick zu. *Mach weiter*, ermunterte er sie mit einem Nicken.

»Sie hat meine Eltern getötet, mich und Liam entführt, den Bundeskanzler ermordet und den Greifspalast angegriffen. Zuletzt hat sie den Mächtigen umgebracht. Sie ist an allem schuld, sie ist schuld daran, dass das Volk der Magischen dem Untergang geweiht ist.«

Hanjo erwiderte nichts.

»Sie ist untergetaucht, seit einem Jahr ist sie unauffindbar. Wir wollten dich fragen, was du über sie weißt. Egal was, alles könnte helfen, sie aufzuspüren.«

Noch immer gab er keine Antwort.

»Aber … wenn du zu müde bist, kommen wir ein anderes Mal wieder. Die letzten Tage waren bestimmt anstrengend …«

»Nein. Nein, es geht mir gut. Ich kann nur nicht glauben, dass sie das getan haben soll. Sie hat meinen Vater gehasst, das ja, doch sie hätte ihn niemals ermordet.«

»Nun, offenbar ist sie nicht mehr die Frau, die Sie einst kannten«, stellte Kilian fest.

»Nein, das meine ich nicht – seine Macht wäre viel zu wichtig für sie, als dass sie ihn umbringen könnte. Sie würde ihn einsperren, foltern, versuchen eine Machtübertragung durchzuführen, aber nicht töten.«

6

Paige traf Zaven in einer überfüllten Bar. Sie hatte ihm geraten, auf der Hut zu sein, und das hatte er sich offenbar zu Herzen genommen, denn er war unrasiert und trug zur Tarnung eine Brille und eine Wollmütze.

Sie verbiss sich ein Lachen, setzte sich an seinen Tisch und bestellte einen alkoholfreien Cocktail.

»Gut siehst du aus, Paige«, sagte er. »Ohne Styling ist es besser. Fällt kaum auf.«

Zaven stand auf sie, daran änderte auch das Mal auf ihrer Wange nichts. Eine Zeit lang hatte sie es mittels Hexenstyling kaschiert. Meist in einem unauffälligen Hautton, manchmal auch mit gewagten tattooartigen Bildern. Mittlerweile hatte sie das aufgegeben. Ja, eine Kröte hatte sie mit Gift bespritzt und davon war ein tintenklecksartiges Feuermal auf ihrer Wange zurückgeblieben. Aber sie hatte diesen Wahnsinn überlebt, dafür war sie dankbar. Ihr Leben war nun mal wichtiger als gutes Aussehen.

Er legte seine Hand auf ihre. »*Geht* es dir auch gut? Ich meine, abgesehen von …« Er ließ den Satz versickern.

Abgesehen von der Tatsache, dass sie ohne Job dastand? Wäre es nur das gewesen, was ihr auf der Seele brannte, hätte sie ohne zu zögern bejaht. Sie hatte genug Ersparnisse, um einige Zeit über die Runden zu kommen, sie würde schon etwas Neues finden. Mikrobiologen waren gefragt.

Leider spielte noch einiges mehr mit hinein.

Sie hatte mit ihren Eltern gebrochen. Sie lebte mit einer Schlange zusammen. Sie sehnte sich nach dem Mann, den sie liebte, obwohl er sie mehrmals enttäuscht hatte. Sie machte Geschäfte mit dem Staatsfeind Nummer eins, der raffiniertesten Verbrecherin aller Zeiten.

»Es geht mir ausgezeichnet.« Verdammt, das Lächeln war ihr misslungen. Sie entzog Zaven ihre Hand. »Hast du es?«

Er reichte ihr einen Computerausdruck, eine Auflistung aller Probanden der Studie 61A, mit Kontaktmailadresse und … »Da fehlt der MQ-Wert – ich kann schlecht alle anschreiben!«

Zaven zuckte mit den Schultern. »Dafür war keine Zeit. Ich habe so und so schon Kopf und Kragen riskiert.«

Paige überflog die Liste. Ihr stockte der Atem, als sie auf seinen Namen stieß: Valeriu Comanescu. Sie hatte ihn damals bei der Anmeldung ertappt, zu einer Zeit, da sie naiverweise gedacht hatte, Projekt Purgatio würde in den Kinderschuhen stecken – nicht ahnend, dass daran schon seit Jahren intensiv geforscht wurde. Sie hatte so sehr gehofft, Valeriu hätte es sich anders überlegt, doch nun schien er tatsächlich als Proband auf.

Verdammt. Wenn sein MQ-Wert auch nur annähernd so hoch war wie Raikuns, war er so gut wie tot. Zum Glück hatte sie nun endlich eine Kontaktmöglichkeit. Sie musste ihn warnen.

Hastig schickte sie über ihre Smartuhr eine Mail an Valeriu. *Du bist in Gefahr.* Mehr wagte sie nicht. Hoffentlich checkte er seinen Posteingang, hoffentlich meldete er sich bei ihr, hoffentlich.

Warum er es nicht längst getan hatte, konnte viele Ursachen haben. Erstens: Er war tot. Zweitens: Er hatte sich endgültig zu Raikun bekannt. Drittens: Er wollte nichts mehr mit Paige zu tun haben. Viertens …

Schluss damit! Sie blickte auf, Zavens Miene hatte sich verfinstert. »Entschuldige, das war wichtig. Was hast du sonst herausgefunden?«

Er seufzte. »Sie wissen von den Todesfällen, und zwar alle, das Wunderteam, Bahkle, seine Kontaktmänner in der Regierung. Sie vertuschen es.« Zaven schob ihr sein Handy hin. »Ich bin auf gefälschte Daten gestoßen. Dass die Magyära beim Zerfall

Endotoxine freisetzen, ist bekannt. Innovatis müsste demnach das entsprechende Gegengift enthalten. Tut es aber nicht in ausreichender Menge. Was bedeutet: Sie haben den Giftcocktail absichtlich gemixt.«

Paige blätterte durch die Scans. Auch bei extrem hohen MQ-Werten wies das Blut nach der Behandlung mit Innovatis keine Toxizität auf. Kein Zweifel, hier war manipuliert worden. »Konntest du die Ergebnisse durch Tests widerlegen?«

»Es ist nicht so einfach, heimlich an Blutproben dieser Qualität zu kommen. Ich konnte zehn Tests durchführen, mehr war in der kurzen Zeit nicht drin. Alle positiv auf Toxin.«

Zehn waren nicht viel, zehn waren gar nichts. Sie brauchten mehr. »Schick mir die Daten bitte«, sagte sie und nannte ihm ihre neue Mailadresse. »Ich muss damit an die Öffentlichkeit gehen. Innovatis darf nicht auf den Markt.«

Er nickte langsam. »Ich habe was läuten hören, dass die Regierung über die verpflichtende Einführung nachdenkt. Sie wollen die Bevölkerung säubern.«

»Tausende Unschuldige! Sie sind auf dem besten Wege, ein ganzes Volk auszurotten! Die regierungstreuen Medien betiteln die Magischen Chroniken der Brüder Grimm bereits als *Märchen!* Sie wollen die Magie aus unseren Köpfen löschen. Ich muss die Auswirkungen von Innovatis publik machen. Alle müssen davon erfahren.«

Ein älterer Mann mit Gehstock. Eine Frau mit breitkrempigem Hut. Eine Ärztin in Eile. Etliche andere Personen. Nur er nicht.

Etwas streifte Paige an der Schulter, dann ziepte es in ihrem Nacken. Sie entdeckte mehrere Pixies, die sich einen Spaß daraus machten, ihr langes rotblondes Haar zu flechten. Sie hatte ihre piepsigen Stimmen glatt überhört.

»Feenhaar, Feenhaar, Glanz und Schönheit immerdar!«, sangen die Pixies im Chor.

»Weg mit euch, husch!«

Die Pixies flohen kichernd und schwatzend hinauf ins Geäst der Kastanien. Paige ertastete unzählige dünne Zöpfe, die sich auf die Schnelle nicht entwirren ließen.

Sich im herbstgoldenen Gebüsch zu verstecken, zählte nicht zu ihren besten Ideen, so viel stand fest. Es war kalt und feucht und ihre Finger waren schon ganz klamm. Aber von hier aus hatte sie sowohl den Eingang der Klinik als auch den Parkplatz gut im Blick.

Tief seufzend ließ sie den Mailverkehr mit Valeriu gedanklich Revue passieren:

Du bist in Gefahr, hatte sie geschrieben.
– Mal was Neues.???
Innovatis.
– Wo können wir uns treffen?
St. Eckhart, morgen, 10 Uhr.

Hanjo hatte Natalie zugesichert, dass er bereit wäre, Valeriu zu erlösen, sollte er sich reuig zeigen. Also hatte Paige die Klinik als Treffpunkt vorgeschlagen. Wozu warten? Valeriu hatte lange genug gelitten.

Jetzt ging es auf halb elf zu. Er kam nicht.

»Wieso muss ich immer auf dich reinfallen?«

Die Frau mit dem Hut verließ das Gebäude. Ihr schwarzes Kostüm und die hochhackigen Schuhe waren ausgesprochen elegant, dennoch bewegte sie sich darin so selbstverständlich wie in Jeans und Stiefeln. Eine Erinnerung streifte Paige mit solcher Wucht, dass sie aufsprang. Dieser muskulöse, raubtierhafte Körper! Sie war es! Sogar von hinten strahlte sie pure Überlegenheit aus. Wie bizarr, gerade hier auf sie zu treffen, wo doch Polizei und OMB praktisch jeden Stein nach ihr umdrehten.

Ihr zu folgen war töricht, aber Paige konnte nicht anders. Auf dem Besucherparkplatz holte sie Raikun ein. Ein Lächeln zeigte sich in dem kantigen wie gleichermaßen attraktiven Gesicht der Hexe.

»Paige. Ich hätte mit Ihnen rechnen sollen. Mein Fehler. Wie geht es Ihnen? Wirkt mein Elixier?«

Unwillkürlich zuckte Paiges Hand zu ihrer Wange. Raikun hatte ihr eine Probe zukommen lassen, eine winzige Ampulle, die kaum mehr als drei Tropfen beinhaltete. Dort, wo sie sie aufgeträufelt hatte, war ihre Haut geheilt, das Krötenmal um eine Zacke kleiner geworden. Mehr gäbe es bei Abschluss des Geschäfts, hatte Raikun versichert. Dazu würde es jetzt nicht mehr kommen.

»Tun Sie nicht so falsch freundlich«, entgegnete Paige. »Sie haben mich überwachen lassen. Und bestehlen.«

»Ach ja, der Kater. Und ihr Arbeitskollege, dieser Armenier. Er war äußerst hilfreich.«

Es durchlief sie siedend heiß. »Mein …? *Zaven?* Sie haben Zaven auf mich angesetzt? Unmöglich! Er würde doch nie …!«

»Ich musste mich absichern. Das wollen Sie mir doch nicht etwa vorwerfen?«

Mit Mühe besann sich Paige darauf, was Natalie erzählt hatte: *Stärke. Man muss Raikun mit Stärke begegnen.* Sie straffte die Schultern. »Sie haben mir ein Angebot gemacht, erinnern Sie sich? Jollys Erlösung, das Elixier, Valerius Freiheit. Ich habe für Sie gearbeitet. Jetzt will ich bezahlt werden.«

»Ach ja, richtig. Übergeben Sie mir Ihre Forschungsergebnisse, dann bekommen Sie Ihre Belohnung.«

»Sie wissen genau, dass ich nichts mehr habe!«

»Dann platzt unser Handel, so leid es mir tut.«

»Sie haben alles bekommen, was Sie wollten! Was bekomme ich?«

»Ich lasse Sie am Leben«, flüsterte Raikun, Paiges Gesicht jetzt so nah, dass die Hutkrempe über ihre Stirn schabte. »Ist das nicht genug?«

Paige zwang sich, nicht einen Zentimeter zurückzuweichen,

obwohl jede Faser ihres Körpers vor Angst vibrierte. Ohne zu blinzeln blickte sie in Raikuns lichtgrüne Augen. »Nein. Das lasse ich nicht mit mir machen.«

»Hübsche Zöpfe haben Sie da.«

Eine rasche Handbewegung, und rötlich schimmerndes Pulver flirrte vor Paige auf. Sie bemerkte es einen Atemzug zu spät – und der genügte. Hustend wich sie zurück, da geriet ihr Haar in Bewegung. Die verdammten Pixie-Zöpfe erhoben sich vor ihr und schossen auf sie zu, die Enden voran und nicht länger weich, sondern in lange Nadeln verwandelt. Reflexartig wollte sie sich wegdrehen, aber ihr Körper gehorchte ihr nicht, sie konnte den Kopf nicht senken, konnte noch nicht einmal blinzeln. Stakkatoartig prasselten Stiche auf sie ein, wanderten höher, panisch blickte sie in blitzendes Metall, gleich würden sich die Nadeln in ihre Augen bohren. »Nein! Aufhören! Bitte!«

»Ein Mal auf der Wange, blind – das Schicksal hat Ihnen wirklich übel mitgespielt …«

Plötzlich ging jemand dazwischen und schubste Paige zur Seite. *War das … ? Oh Himmel, ja! Valeriu!* Er baute sich vor Raikun auf, packte sie an der Gurgel. »Wage es nicht, ihr auch nur ein Haar zu krümmen!«

Paige entfuhr ein hysterischer Laut. Gepeinigt von Nadelstichen fiel sie auf die Knie und versuchte vergeblich, ihr Gesicht zu schützen. Ihre Hände waren bleischwer, Blut lief ihr über die Wangen. Vollkommen hilflos musste sie die Qualen ertragen, während sich vor ihr ein seltsamer Kampf abspielte.

Raikun krallte ihre Nägel in Valerius Arm. »Du traust dich, mir unter die Augen zu treten? Ich sollte dich ebenfalls töten! Andererseits lohnt sich der Aufwand nicht – ohne Hanjo ist dein Leben so oder so verwirkt.«

»Was hast du getan?!«, schrie er. »Was?«

Paige hörte Raikun röcheln. Sirenengeheul ertönte, und ihr Blick zuckte nach rechts. Mit Mühe konnte sie hinter den herabschießenden Nadeln einen Wagen erkennen, der mit quietschenden Bremsen hielt. *Die OMB! Dem Himmel sei Dank!* Paige begann um Hilfe zu schreien und tatsächlich stürmten zwei Agenten auf sie zu. War das Natalie?

»Unten bleiben, Paige!« Kilian.

»Das ging ja schnell«, zischte Raikun. Etwas Metallisches blitzte in ihrer Hand auf, dann zerriss ein Schuss Paiges Welt und für ein paar Atemzüge umhüllte sie eine schalldichte Blase, in der es nichts gab als die Nadeln und den Schmerz. Irgendwann vernahm sie Valerius Brüllen.

»Ich krieg dich! Ich krieg dich, Raikun!« Wieder knallten Schüsse, diesmal in einiger Entfernung, dann heulte ein Motor auf. »Scheiße! Scheiße noch mal!«

Paige wimmerte. »Valeriu … die Nadeln … Sie hat …«

»Komm her.« Er half ihr auf, nahm sie in die Arme und strich ihr über den Rücken. »Sch, sch, da sind keine Nadeln. Das ist nur eine Sinnestäuschung, ein Hexenzauber, es ist gleich vorbei. Alles ist gut, Paige, keine Nadeln.«

Erst allmählich ließ der Zauber nach und unter Valerius stetig pochendem Herzschlag beruhigte sie sich. Er schob sie von sich, umschloss sanft ihr Gesicht und küsste sie auf die Stirn. »Besser?«

Paige nickte. Die Zopfenden waren herabgefallen, weich, haarig, ungefährlich. Sie befühlte ihre Wangen und fand kein Blut auf ihren Fingerspitzen. Kein Blut, keine Schmerzen mehr, es hatte nie Nadeln gegeben.

Vor Erleichterung schluchzte sie auf. Jetzt wusste sie es. Jetzt wusste sie, wie stark Natalie wirklich gewesen war.

Behutsam strich Valeriu über ihre Wange und sie musterte ihn erstmals. Er sah zum Fürchten aus, abgemagert bis auf die Knochen, das Haar lang und zerzaust, die Kleidung verschmutzt. Ein dunkler Fleck prangte seitlich am Oberschenkel auf seiner Jeans. »Du blutest!«

»Nur ein Streifschuss. Sie zielt erbärmlich.«

Natalie und Kilian kamen angelaufen.

»Sie ist uns entwischt!« Natalie stieß Valeriu die Hände vor die Brust. »Verdammter Dreckskerl! Wir hätten sie fast gehabt und du … du hast sie entkommen lassen!«

»Sie hat auf mich geschossen!«, rechtfertigte er sich und deutete auf sein Bein.

»Hanjo ist tot!«, rief Kilian. »Die Ärzte sagen, er hatte einen Herzinfarkt, ist noch keine dreißig Minuten her. Wenn ich rausfinde, dass du auch nur irgendetwas damit zu tun hast, Valeriu …«

»Ich? Wie dumm wäre ich denn? Er hätte mich erlöst!«

»Er war es nicht, es war Raikun«, erklärte Paige hastig. »Ich habe sie rein- und wieder rauskommen sehen, sie aber viel zu spät erkannt. Sie war es, sie hat es praktisch zugegeben.«

Natalie sagte nichts mehr, doch Paige konnte ihren Schmerz spüren, wie eine Welle breitete er sich zwischen ihnen aus. Alles, wirklich alles ging den Bach runter.

7

Bei ihrer letzten Begegnung hatte er sich Valeriu unterlegen gefühlt, jetzt war von dessen gestähltem Körper nichts mehr übrig. Kilian war sich sicher, er könnte ihn mit einem Fausthieb niederstrecken, sollte es vonnöten sein. Paige mochte ihm ja vertrauen, er nicht.

Sintflutartiger Regen prasselte gegen die Fensterscheiben der Cafeteria von St. Eckhart. Drinnen war es warm und gemütlich, es roch nach Kaffee, doch sie bestellten nur Wasser und Paige einen Tee. Sie konnte den Blick nicht von Valeriu lassen und ihm ging es offenbar ähnlich. Natalie würde später zu ihnen stoßen. Sie musste in der Direktion Formulare unterschreiben und klären, was mit Hanjos wenigen Besitztümern geschehen sollte. So lange wollte Kilian nicht warten.

»Raus mit der Sprache, Valeriu«, sagte er, als die Kellnerin die Getränke gebracht hatte. »Raikun hat Hanjo umgebracht – und was hattest du damit zu tun?«

Valeriu verzog das Gesicht. »Ich habe ihn geweckt.«

»Wie bitte?«

»Raikun hat Hanjo in diesen Zustand versetzt, mit einem ihrer Hexenelixiere, das er regelmäßig verabreicht bekam. Sie ist sehr erfinderisch, was das anbelangt.«

Das wusste Kilian nur zu gut. »Warum hat sie das getan?«

»Die zwei hatten was am Laufen – in doppelter Hinsicht. Ich denke, Hanjo wusste gar nicht, dass sie verwandt sind. Er hat Raikun geliebt. Und für sie war er der Schlüssel zum Erfolg – sie wollte seine Zauberkräfte.«

»Hanjo meinte, sie hätten eine Art Machtübertragung durchgeführt«, erinnerte sich Kilian.

»Genau, sie ist besessen davon. Aber das Ganze ging in die Hose. Der Mächtige hat es rausgekriegt, Raikun aus der OMB geworfen und ihr jeden Kontakt zur Familie untersagt, inklusive Hanjo.«

Paige schnaubte. »Hanjo war ein erwachsener Mann.«

»Schon, aber durch das Unglück beeinträchtigt und daher willensschwach. Der Mächtige hätte ihn leicht gegen Raikun aufbringen können – und das hätte sie nicht ertragen. Sie wollte sich wohl alle Möglichkeiten offenhalten, nur deshalb hat sie ihn nicht sofort getötet.«

»Aber eins geht mir nicht in den Kopf«, sagte Kilian. »Wenn du das wusstest – warum hast du nicht schon viel früher eingegriffen? Jahre früher, meine ich.«

»Ich wusste es nicht. Sie hat uns weisgemacht, das Elixier wäre nötig, ihn überhaupt am Leben zu halten. Aber dann hat sie sich eines Tages verplappert. Da musste ich meine Chance nutzen. Ich habe Catalin abgepasst und Hanjos Dosis heimlich ausgetauscht. Als er erwachte, musste Raikun die Konsequenzen ziehen. Ich hatte nur gehofft … Scheiße, ich hatte gehofft, ich könnte es verhindern.«

»Verhindern? Deinetwegen ist er tot!«, brauste Kilian auf. »Du hättest uns informieren müssen. Wir hätten für seine Sicherheit gesorgt. Aber nein, du drehst dein eigenes Ding. Wie damals auf der Lichtung.«

Valeriu schnaubte verächtlich. »Typisch OMB-Agent. Du denkst, es gibt nur Schwarz und Weiß, hm?« Er wandte sich Paige zu. »Als wir uns das letzte Mal sahen, haben sie dich zum Brunnen geschleppt, weil er« – er deutete auf Kilian – »sich knietief in die Scheiße geritten hatte. Ich habe dich schreien hören, Paige. Ich hatte furchtbare Angst um dich.«

Paige spielte mit dem Teebeutel in ihrer Tasse. »Ist ja alles gut ausgegangen. Mehr oder weniger.«

»Tu nicht so unschuldig!«, rief Kilian kopfschüttelnd. »Du hast sie doch selbst hingebracht.«

»Ich wollte Paige und Joleen helfen, nur deshalb. Die Gelegenheit war günstig. Ich wusste, dass Raikun dort einige Ampullen des Gegenmittels lagerte und ich wusste, dass sie mit ihrem Angriff am Greifspalast beschäftigt war. Womit ich nicht gerechnet hatte, war Adaleas Magischentrupp.«

»Und auf die Idee, uns wegen des Angriffs zu warnen, bist du nicht gekommen?!« Kilian hatte sich nur noch mit Mühe im Griff. Valeriu trieb ihn zur Weißglut. »Was, wenn ich nicht auf der Lichtung aufgekreuzt wäre? Wie hättest du Paige dann beschützt? Verdammt, auf wessen Seite stehst du eigentlich?«

»Mir wäre schon was eingefallen. Auf jeden Fall hätte ich ihr das Scheißkrötengift ersparen können.«

»Schluss damit!«, sagte Paige aufgebracht. »Das ist Schnee von gestern. Kilian hat recht, Valeriu. Wir müssen wissen, woran wir bei dir sind. *Ich* muss es wissen. Wo zum Teufel warst du die ganze Zeit?«

Seine Unterkiefer mahlten. »Raikun hat mich zur Strafe für meine Vergehen in einen Hundezwinger gesperrt. Ich bekam nur Wasser. Wölfe können lange ohne Nahrung überleben, aber irgendwann verhungern auch sie. Wochen später hat sie mich rausgeholt, verwandelt und mir eine Pistole an die Stirn gedrückt. Als ich mich weigerte, mich zu ihr zu bekennen, hat sie mich wieder in den Zwinger gesteckt.«

Paige atmete scharf ein. In ihren Augen schimmerten Tränen.

»Monatelang ging das so, immer das gleiche Spiel. Bis ich eines Tages aufgab. Auf Knien musste ich ihr die Treue schwören, und zum Henker damit, aber in diesem Augenblick hätte ich alles getan, was sie verlangte. Ich sah keinen Ausweg mehr, in meinem Zustand hätte ich weder kämpfen noch fliehen können. Danach hat sie mich an der kurzen Leine gehalten. Das Einzige, was ich machen durfte, war das Gegenmittel herstellen …«

»Du hast die Rezeptur?«, warf Paige atemlos ein.

»Nein. Ich hatte irgendwelche obskuren Zutaten und die

Mengenangaben und musste alles abmischen. Das Zeug muss über Stunden kochen, ehe sie es finalisiert. Raikun hat das Mittel übrigens verbessert. Es wirkt jetzt tagelang.«

Kilian sah Hoffnung in Paiges Augen aufleuchten, die genauso rasch wieder erlosch. »Aber es setzt dem Körper immer noch zu, oder?«, fragte sie.

»Ja. Daran hat sich nichts geändert. Irgendwann … wird es mich umbringen.« Sie zuckte zusammen und mied seinen Blick. »Jedenfalls habe ich ihr gehorcht – und insgeheim meine Flucht geplant. Ich diene ihr nicht mehr, das schwöre ich! Ich will ein neues Leben beginnen, mit dir, Paige.« Er strich über ihren Unterarm. »Ich liebe dich …«

Paige wich zurück. »Du hast mich Raikun an der Narsh auf dem Silbertablett serviert. Wie kann das Liebe sein?«

»Okay«, Kilian hob die Hand, »das ist eure Privatsache, besprecht das allein. Ich will den Rest erfahren. Wie bist du entkommen?«

»Ich konnte als Mensch fliehen.« Valeriu lächelte befriedigt. »Ich habe das Gegenmittel gestohlen, den gesamten Ampullenvorrat.«

»Hat sie dich nicht gejagt?«

»Natürlich. Aber ich hatte ein gutes Versteck, eine Höhle im Wald. Ich habe mir einen Selbstschussapparat für die Spritze gebaut und als Wolf abgewartet, bis sie die Suche aufgab. Das war im Juli. Als es halbwegs sicher war, bin ich nach Mitran umgezogen, in die Klagenden Gänge. Ihr solltet den Zugang besser überwachen lassen, Kilian. Jeder kann dort nach Belieben ein und aus gehen.«

Kilian lag eine bissige Bemerkung auf der Zunge. »Hübsche Geschichte. Wenn du willst, dass wir sie dir abkaufen, musst du uns schon was Handfestes bieten.«

»Du denkst, ich lüge? Dass ich zum Spaß so aussehe?« Valeriu wies an sich herab. »Meinst du wirklich, ich hätte absichtlich gehungert, um euch hinters Licht zu führen?«

»Hm. Was hat es mit dem Klimaprojekt auf sich?«

»Welches Klimaprojekt?« Valeriu schien ehrlich verdutzt zu sein.

»Das auf der Lichtung. Diese Antennenanlage.« Sie war riesig. Ein ganzer Antennenwald so groß wie mehrere Fußballfelder. Inzwischen war das Gelände abgesperrt und als Projekt von RaicoTec gekennzeichnet, das der Erforschung der Erdatmosphäre und des Klimawandels diente. Alles war legal und auf Bundesebene genehmigt. Der OMB fehlte jede Handhabe.

»Was immer das ist«, sagte Valeriu, »ich möchte wetten, dass es nichts mit Klimaforschung zu tun hat. Deine Familie hängt doch da mit drin. Dort musst du ansetzen.«

»Habe ich. Aber ... du kennst die Königin nicht.«

Kilian wusste nicht, wie seine Mutter es anstellte, aber sie legte der OMB, wo es ging, Steine in den Weg. Sie hatten die Wälder um das Schloss nach den Riesen und den Trollen abgesucht. Erst per Satellitenbild, dann hatten sie Drohnen mit Wärmebildkameras losgeschickt – mit eindeutigen Ergebnissen, immerhin waren die Riesen unverkennbar. Der Angriffsplan in Zusammenarbeit mit der Bundeswehr war längst ausgearbeitet gewesen. Im letzten Moment hatte die Königin beim Verteidigungsministerium einen Aufschub bewirkt.

Valeriu lachte kalt. »Dann weißt du ja, wie es mir mit meiner Schwester geht.«

»Da läuft etwas zwischen Raikun, meiner Mutter und der Regierung, das ich nicht begreife.« Er erzählte von dem geplanten Angriff, der seither auf Eis lag. »Was für einen Deal ziehen die da ab?«

»Das fragst du mich? Ich bin mir ziemlich sicher, dass Raikun einen Spitzel in der OMB hat.« Kilian tauschte einen Blick mit Paige. Sie dachten beide dasselbe: *Marik.* »Und womöglich sogar das Tarnamulett«, fügte Valeriu hinzu.

»Zurück zu dir«, sagte Kilian. »Von wo genau konntest du fliehen?«

»Es war ein einsamer Hof, weit und breit keine Nachbarhäuser. Sie hat ein gutes Dutzend Unterschlupfe über das Land verteilt. In allen hausen Magische, die ihr treu ergeben sind. Ich habe mich sofort in den Wald abgesetzt. Bin kilometerweit gelaufen, bis ich die Höhle fand.«

Eines dieser Verstecke hatten sie aufgespürt, ein einziges. Doch als sie dort mit einem Riesenpolizeiaufgebot aufmarschiert waren, hatte Raikun es längst räumen lassen.

»Und danach? Welchen Weg nach Mitran hast du genommen?«

Valeriu stieß ein kehliges Knurren aus. »Ich habe Umwege gemacht, bin quer durchs Land gereist, ich hatte kein Handy, kein Geld, nichts, was mir weiterhelfen konnte. Mein vorrangiges Ziel war zu überleben, verdammt!«

»Er nimmt an der klinischen Studie für Innovatis teil, Kilian«, brach Paige die darauffolgende Stille.

»Und was soll ich daraus schließen?«

»Ich will dieses Leben nicht mehr«, sagte Valeriu leise. »Ich will kein Magischer mehr sein. Ich will mit Paige zusammen sein.«

»Als Wolf?« Kilian musste lachen. Innovatis würde die Magyära in ihm abtöten, doch nicht den Fluch brechen.

Valeriu ließ beide Hände auf den Tisch fallen. »Nein! Hanjo war meine Chance, wieder ein normaler Mensch zu werden. Aber Raikun ist mir zuvorgekommen, verdammt!«

»Wo ist sie? Wo hält sie sich versteckt?«

»Keine Ahnung.«

Der Zorn überrollte Kilian, er konnte ihn nicht länger unterdrücken, er wollte auch nicht. Er griff über den Tisch und packte Valeriu am Kragen. »Du willst ein anderes Leben? Du willst Paige? Das wirst du nicht kriegen! Wenn wahr ist, was du behauptest, wenn du Raikun wirklich nicht mehr in die Hände spielst, dann wird sie sich für den Verrat rächen. Sie wird dir alles nehmen, was du liebst, sie wird dich leiden und am

Ende qualvoll verrecken lassen. Willst du das?« Valeriu schüttelte den Kopf. »Dann rede! Wo ist Liam? Wo hält sie ihn gefangen?«

»Ich weiß es nicht. Nicht genau.«

Kilian spürte Paiges Hand auf seiner Schulter. »Kilian!«

Valeriu sank zurück, als Kilian von ihm abließ. »Sie hat einen geheimen Stützpunkt, sie nennt ihn den ›Turm‹. Frag mich nicht, wo, ich war nie dort. Sie vertraut mir nicht mehr. Ich vermute, dass sie Liam dort gefangen hält. Sie spricht nicht über ihn, nie. Genauso gut könnte er tot sein.«

»Turm?«, wisperte Paige. »Hier in Mitran? Ein Wolkenkratzer? Vielleicht sogar der RaicoTec-Tower?«

»RaicoTec?« Unbemerkt von ihnen war Natalie zurückgekehrt. Jetzt setzte sie sich zu Kilian auf die Bank. »Was ist damit?«

Rasch brachte er sie auf den neuesten Stand. Wie immer, wenn von Liam die Rede war, huschte Kummer über ihr Gesicht. Keine Nachricht konnte so gut sein, dass sie Hoffnung in ihr weckte, das wusste er aus Erfahrung.

Valeriu nahm einen Schluck Wasser. »Nein. Ich glaube nicht, dass sie ihn in Mitran versteckt. Viel zu riskant.«

»Es gibt unzählige Türme in ganz Deutschland«, überlegte Natalie. »Sendetürme, Leuchttürme, Kirchtürme …« Als keiner etwas erwiderte, holte sie ihr Handy hervor. »Gerade hat sich übrigens dein Bruder bei mir gemeldet, Kilian.«

»Marik? Woher hat er deine Nummer?«

»Die ist kein Geheimnis«, erwiderte sie schulterzuckend. »Bestimmt bin ich auch in Raikuns Telefonbuch gespeichert. Unter Favoriten.«

Kilian seufzte. »Was wollte er?«

»Sag du es mir.« Sie schob ihm das Handy hin. Marik hatte ein Foto geschickt. Darauf zu sehen war ein Lastwagen mit der Aufschrift »Eventagentur Rosenblum«, aus dem weiße Stühle und ebenso weiße Tische entladen wurden, Dutzende, für ein

Fest im großen Stil. Mariks Kommentar lautete: *Meine tiefste Anteilnahme, Natalie.*

Schloss Nauders empfing ihn hoheitsvoll und kühl, helle Mauern und Türme, spitze Dächer, Prunk, wohin man schaute. Es hatte Kriege überstanden, hatte Könige sterben und Reiche fallen sehen. Unweigerlich fühlte Kilian sich klein und unbedeutend vor dem Zeugnis der jahrhundertealten Geschichte seiner Familie. Dennoch stellte sich neben Ehrfurcht und Stolz auch immer ein wenig Abscheu ein, wenn er nach Hause zurückkehrte. Der Grund? Seine eigene Mutter.

Nach dem Rückschlag gestern hatte er Natalie nur ungern allein gelassen. Mit Hanjos Tod waren alle Hoffnungen, die sie in ihn gesetzt hatten, zerstoben. Und nicht nur ihn hatte Raikun kaltblütig ermordet. Heute Morgen war die Nachricht eingetroffen, dass Laszlo Nagy, der für Süd- und Osteuropa zuständige Bannmagier, tot in seinem Bett aufgefunden worden war. Herzinfarkt. Niemand glaubte mehr an einen Zufall.

Raikun wollte die alleinige Macht, jeder andere Bannmagier stünde ihr nur im Weg – deshalb hatte sie es auch auf Natalie abgesehen. Ein dritter Mordanschlag könnte womöglich gelingen. Wie sollte er mit seiner Furcht umgehen? Er konnte Natalie schlecht einsperren.

Am Waldrand hing der Nebel wie eine Decke, auf der die Baumkronen schwammen, krause Bälle, vom Herbst bunt gemalt. Im Park hinter dem Schloss wurde gearbeitet. Zelte waren aufgestellt worden, Tische und Stühle arrangiert. Der Lieferantenparkplatz war mit Wagen von Cateringfirmen, Gärtnereien, Eventdekorateuren und Musikern zugeparkt. Die Königin gab ein Fest und es wurde bombastisch.

Aufs Äußerste angespannt durchquerte Kilian die Halle. Er hatte seiner Mutter deutlich klargemacht, dass es keine Hochzeit geben würde, weder mit Prinzessin Cleo von Schweden noch mit einem anderen adeligen Mädchen. Überhaupt keine arrangierte Ehe. Sie hatte es hingenommen, wie sie jede seiner Entscheidungen hinnahm – mit einem Nicken, die Lippen zusammengepresst, in den Augen ein kaltes Glitzern.

Auf der Freitreppe, die in den Park führte, stand Gaeland, der Chefbedienstete im Schloss. Wie ein Feldherr dirigierte er die ihm unterstellte Dienstbotenbrigade und bewahrte dabei sowohl Contenance als auch den Überblick.

»Prinz Kilian«, begrüßte er ihn, »wir haben Sie erst zum Wochenende erwartet.«

In seinem Magen mischte sich Übelkeit unter den schwelenden Ärger. »Ach?«

Gaeland war irritiert, konnte es jedoch geschickt überspielen. »Natürlich sind Sie auch heute schon herzlich willkommen. Wir freuen uns alle auf den großen Tag.«

Es ist wahr. Sie macht das wirklich. »Wo ist sie?«, brachte er zwischen zusammengebissenen Zähnen hervor.

Gaeland verzog leidend das Gesicht. »Sie möchte nicht gestört werden ...«

»Mir egal, was sie möchte. Wo. Ist. Sie?«

»Im Goldenen Zimmer, aber ...«

Kilian ließ Gaeland stehen und schlängelte sich an zwei keuchenden Mädchen vorbei, die riesige Stoffballen in den Garten trugen. Weiß. Schimmernd. Tüll wahrscheinlich.

Was will sie tun? Dich mit Gewalt vor den Altar schleppen? Ohne anzuklopfen platzte er in ihren privaten Arbeitsraum, das Goldene Zimmer. Er hatte erwartet, sie vor dem Laptop sitzen zu sehen, die Königin aber stand in einen weißen Hosenanzug gekleidet vor dem Zauberspiegel. Inmitten des schwarzen, goldgeäderten Marmors auf Boden und Wänden wirkte sie wie ein Leuchtfeuer an Schönheit und Eleganz.

»Mutter?«

Keine Reaktion.

»Was geht da draußen vor?«

Wieder nichts. Sie starrte nur weiter in den Spiegel. Das Glas war klar, das Bild gestochen scharf. Kilian blinzelte, ein Kribbeln raste über seine Haut. »Was zum Teufel …?«

Da war Natalie! Er konnte im Spiegel mitverfolgen, wie sie durch die Innenstadt lief. Was wollte sie dort bloß? Warum zum Teufel war sie nicht zu Hause, in Sicherheit?

Die Königin drehte sich um. »Man kann durch den Spiegel sehen, was immer man möchte. Sich selbst, andere, die Wirklichkeit oder unterschiedliche Realitäten … Die Möglichkeiten sind grenzenlos.«

Er sagte nichts. Dass der Spiegel uralt und alles andere als gewöhnlich war, hatte er gewusst, doch nicht, dass es sich um eine verdammte Überwachungskamera handelte.

Lächelnd wandte sie sich wieder ab. »Spiegel, Prinz Kilian will wissen, was im Schlosspark vor sich geht.«

Das Bild wechselte, Natalie verblasste in diffusem Flimmern. Für Sekunden wirkte der Spiegel tot, das Glas blind und zerkratzt, dann erwachte die Spiegelfläche zu neuem Leben und präsentierte das Verlangte. Und der Spiegel sprach:

»Eine Hochzeit ist geplant,
die Schönste wohl im ganzen Land
wird der Prinz ehelichen,
falls sie bis dahin nicht verblichen.«

Die Königin seufzte leise. »Der Reim ist denkbar schlecht. Nun ja, wir wollen nicht kleinlich sein, die Kernaussage stimmt – ich richte ein Hochzeitsfest aus.«

»Wessen Hochzeit?«

»Deine natürlich.«

Er lachte auf. »Oh nein. Nicht mit mir. Ich habe es dir mehr als einmal erklärt – ich heirate Prinzessin Cleo nicht. Und falls du einen Skandal vermeiden willst, solltest du das schleunigst akzeptieren. Du kannst mich nicht zwingen.«

»Ich vielleicht nicht …«

Eine im Marmor verborgene Tür glitt auf und kühle Luft strömte in den Raum. Er war nicht überrascht über die Person, die auf ihn zukam, vielmehr ärgerte er sich über seine Blödheit. Mit einem halben Lachen wich er einen Schritt zurück.

»Hier versteckst du dich also. Und ich wollte es nicht wahrhaben.« Sein Blick flog zu seiner Mutter. »Wie kannst du nur? Wie kannst du nur weiterhin Geschäfte mit dieser Massenmörderin machen?«

»Es ist zu deinem Besten, Kilian«, sagte sie. »Du hast deine Familie aus den Augen verloren, dein königliches Blut. Ich bringe dich wieder auf den rechten Weg.«

Er schüttelte den Kopf. Fuhr wieder herum, als er Schritte vernahm. Brisko. Und Catalin. Beide bewaffnet. Gerade hatte er sich noch Chancen ausgerechnet. Jetzt waren sie dahin.

»Du Monster«, flüsterte er. »Du grausames Monster. Was hast du noch geplant? Was willst du Natalie noch antun?«

Raikun trat dicht an ihn heran. »Für Natalie ist gesorgt. Nun wollen wir uns auf dich konzentrieren.«

8

Natalie mochte es kaum glauben: An der Ecke wartete Jolly, keine Schlange, sondern die echte, wahrhaftige Jolly!

Sie fielen einander in die Arme und dann gab es nur noch ein Drücken, Halten, Herzen. Natalie wollte Jolly niemals mehr loslassen. So viel hatten sie schon gemeinsam durchgestanden, angefangen von Ärger mit den Eltern oder in der Schule – wie nichtig erschien ihr das nun! – bis hin zu … Sie fand keinen Ausdruck für das, was ihnen widerfahren war. Schicksalsschlag? Nein, das Schicksal hatte wenig damit zu tun. Nur Raikun.

Vor einer Stunde hatte Jolly die Notrufnummer der OMB gewählt und Lydia einen kleinen Schreck beschert. »Ich brauche dringend eine Dosis Natalie, sofort«, hatte sie gejammert und um ein Treffen am Schwebebahnhof West gebeten, was genauso ungewöhnlich war wie der Anruf. Natalie hatte nicht gezögert. »Dringend« und »Jolly« in Kombination war etwas, dem sie sofort nachgehen musste. Und jetzt diese Überraschung!

»Ich habe Valeriu eine Dosis von seinem Hexenelixier abgeluchst«, erzählte Jolly aufgeregt. »Ich bin für einen Tag lang ein Mensch, mindestens, und jetzt, wo die Sache mit Raikun gelaufen ist, brauchen wir uns nicht mehr zu verstecken. Das müssen wir feiern!«

So konnte man es auch sehen, auf die Jolly-Art, und das Leuchten im Gesicht ihrer Freundin war sowieso jedes Risiko wert.

»Ach Jolly …« Plötzlich brach ein Schluchzen aus Natalie heraus. Sie lachte unter Tränen, sie weinte mit einem Lächeln im Gesicht. Jolly ging es nicht anders und es dauerte Minuten, bis sie sich beruhigten.

»Du bist so … dünn«, stellte Natalie fest. »Nur noch eine halbe Portion.«

»Schlechte Verköstigung. Und du bist groß. Bist du gewachsen?«

»Quatsch! Das ist der veränderte Blickwinkel.«

Jolly zwinkerte ihr zu. »Solange du Kilians Lippen erreichst, hast du die richtige Größe. Du musst mir alles erzählen, hörst du?«

»Was alles?«

»Na, alles. Du weißt schon, die Sachen, die man nur mit seiner besten Freundin bespricht. Nicht mit einer Schlange. Das war so heiß mit euch im Gewölbe!«

»Oh. Das.« Ein Kichern entschlüpfte ihr. Sie bekam Herzklopfen, wenn sie nur daran dachte. »Also, na ja … es ist … ja. Ja!«

Jolly winkte ab. »Nicht jetzt. Erst besuchen wir mal meine Eltern.«

»Du willst zu deinen Eltern?« Und das angesichts von Herrn Dibenskys Verhalten, das ihr sehr deutlich in Erinnerung geblieben war?

»Ist das so schwer zu verstehen?«, fragte Jolly leise.

Natalie schüttelte den Kopf. Musste an ihre eigenen Eltern denken und daran, dass sie alles dafür geben würde, sie noch einmal sehen zu können. Noch einmal die Hand ihres Vaters halten, ihre Mutter umarmen, sich verabschieden zu können. Wenigstens das.

»Aber was willst du ihnen bloß sagen? Ich meine, das hier«, sie blickte an Jolly hinab und es tat ihr fast körperlich weh, weiterzusprechen, »ist nicht von Dauer.«

»Ich weiß, Nat. Aber ich muss sie sehen. Paige und ich, wir haben schon ewig nichts von ihnen gehört. Ich will nur, dass sie wissen …« Jolly unterbrach sich und starrte an Natalie vorbei. Tränen schimmerten in ihren Augen, als sie mit den Schultern zuckte. »Ach, keine Ahnung.«

Natalie hakte sich bei ihr unter. »Komm, wir nehmen die Schwebebahn. Wie in alten Zeiten.«

Der Vorschlag hatte seine Tücken. Als sie durch den Glasboden des Waggons auf die Stadt schaute, die unter ihnen dahinglitt, spülten Erinnerungen hoch. Bei ihrer letzten Fahrt war sie von den Fahrgästen angefeindet worden und danach hatte sie ihr Elternhaus in Trümmern vorgefunden. Ihre letzte Fahrt hatte sie ins Verderben gestürzt.

Sie war unendlich froh, als sie schließlich durch den Garten zum Haus der Dibenskys liefen. Das Klappern von Geschirr und der Duft von Gebratenem drangen durch ein gekipptes Fenster. Jolly fasste nach Natalies Hand und sie schlichen bis zu einem Gebüsch, von wo aus sie gute Sicht auf die verglaste Wohnzimmerfront hatten. Die Dibenskys hatten Gäste, zwei Paare, etwa gleichen Alters. Jollys Mutter Louisa saß am Kopfende des Tisches, ihre Wangen waren gerötet und sie lächelte, nein, sie strahlte geradezu. Blicke flogen hin und her, Gelächter setzte ein, so laut, dass man es bis nach draußen hörte.

Jolly wich zurück, ihre Hand war mit einem Mal ganz kalt. »Sie sind glücklich«, flüsterte sie und blinzelte zum Himmel, der sich milchig weiß präsentierte. Die Sonne drückte durch den Nebel, vielleicht würde es aufklaren.

»Sie haben Gäste, da reißen sie sich zusammen«, sagte Natalie. »Du kannst trotzdem reingehen, meinst du nicht?«

Jolly schüttelte den Kopf. »Besser nicht. Gehen wir.«

»Okay.« Es gab vermutlich kaum etwas, das Jolly trösten konnte. Natalie versuchte es trotzdem. »Komm, wir fahren in die Innenstadt, klappern die Läden ab und probieren die angesagten Modetrends durch.« Das hatten sie früher oft gemacht und immer einen Heidenspaß dabei gehabt.

»Wozu? Dann sehe ich nur, was ich alles haben könnte – und niemals haben werde.«

Natalie schob ihrer Freundin eine widerspenstige Locke hinters Ohr. »Joleen Dibensky, das ist unser Tag. Wir wollen ihn genießen, nur wir beide. Wer weiß, wann wir wieder Gelegenheit dazu haben bei all dem Gegen-den-Rest-der-Welt-Gekämpfe.«

Jolly nickte. »Okay. Wird schon nicht so schlimm werden.«

Es klang, als hätte Natalie vorgeschlagen, zum Zahnarzt zu gehen.

Eine gute Stunde später war Jolly wieder in Form und schlug vor, den Nachmittag im »Schlaraffenland« zu verbringen. Natalie war einmal mit ihren Eltern dort gewesen, als sie noch sehr klein war und Liam noch nicht einmal geboren. Sie wusste, dass sie Bratwürste von den Zäunen gepflückt hatte, dass sie mit der Schneckenkutsche gefahren, durch das Reislabyrinth gewandert und den Rapunzelturm hinuntergerutscht war. Sie wusste es, weil es Fotos davon gab, Erinnerungen hatte sie keine daran.

Natürlich bot der magische Vergnügungspark auch Attraktionen für Erwachsene und genau die wollten sie sich vornehmen. Für Eintritt und Fahrpreise benötigte man Magische Taler und so führte sie ihr Weg zuerst zur Goldesel Bank.

Im Foyer wandten sie sich dem Erlebnisbanking zu – »Wenn schon, denn schon«, so Jollys Ausspruch. Obwohl die Lüftung auf Hochtouren arbeitete, vermochte der eingespeiste Blumenduft den strengen Eselgeruch nicht zu überdecken. Die Bank war gut besucht. Zwei Boxen waren von Kunden belegt, die dritte aber war frei.

Der Scanner am Identifikationsterminal lichtete Jollys Fingerabdruck ab und entnahm mit einer Nadel einen Tropfen Blut. Beim Stich in die Fingerkuppe zuckte sie zusammen.

»Klassifikation Mensch«, verkündete die Computerstimme. »Willkommen, Gast. Geben Sie Ihre Daten ein.«

Die Bank finanzierte sich hauptsächlich durch den Handel mit Devisen und Aktien. Die Kosten für ein Kundenkonto mussten in Euro beglichen werden, dafür erhielt man ein Kontingent von zwanzig Magischen Talern pro Woche. Neukunden hingegen konnten den Service der Bank gratis und unverbindlich testen.

Zappelig kam Jolly der Aufforderung nach. »Das wollte ich schon immer mal machen. Es ist wie Weihnachten, Ostern und Geburtstag zusammen.«

»Vielen Dank. Ihre Daten wurden gespeichert und ein Gastkonto erstellt«, vermeldete der Computer. »Sie können nun unser Willkommensgeschenk von fünf Talern beanspruchen.«

Die Tür glitt zur Seite und schloss sich wieder hinter ihnen. Frisches Stroh bedeckte den Boden der Box, ein Heuberg türmte sich in einer Ecke. *Balduin, *17.11.2022*, las Natalie auf einer Tafel an der Wand. Das Hologramm darunter zeigte die Esel auf der Koppel und informierte, dass sie am Wochenende Weidegang hatten, wofür sie eigens an den Stadtrand transportiert wurden.

»Hübsch«, stellte Jolly fest. »Sogar ein Fenster hat er. Aber es müffelt ein bisschen.«

Natalie grinste. »Das liegt daran, dass du im Wohnzimmer eines Esels stehst und nicht in einem Spa.«

Der Esel wandte interessiert den Kopf. Er wirkte gepflegt, sein Fell sauber. Heu hing ihm aus dem Maul und er kaute genüsslich daran.

»Sorry, dass wir dich beim Mittagessen stören, Balduin.« Natalie rieb ihm über die weiche Nase. Er schnaubte, die Härchen kitzelten an ihrem Handgelenk.

Jolly griff nach dem Minieimer, der hinter Plexiglas in einer Nische in der Boxenwand aufbewahrt wurde. »Und jetzt? Muss ich dieses Zauberwort sagen?«

»Bricklebrit? Nein, das war mal. Heute macht das der Computer.« Ein elektrischer Impuls stimulierte über eine Elektrode die entsprechende Gehirnregion. »Stell dich zu seinem Hinterteil und sei bereit.«

Meistens gehorchten die Goldesel prompt, doch es konnte auch vorkommen, dass sie auf stur schalteten oder die Taler auskotzten. Balduins Reaktion erfolgte schneller, als Jolly den Eimer hochhalten konnte, und ein Schwall Taler ergoss sich ins Stroh. Der Esel stieß einen zufriedenen Schrei aus und trottete einmal quer durch die Box, ehe er sich wieder seinem Heu zuwandte.

»Auweia. Das ist aber eine Menge«, stellte Jolly fest. »Hat noch nie jemand versucht, was einzusacken?

»Man wird beim Rausgehen gescannt.«

Gebückt fahndeten sie im Stroh nach den Talern, bis der Eimer randvoll war. Jolly wog ihn in der Hand. »Echtes Gold ist das aber nicht, oder?«

»Theoretisch schon, aber der Feingehalt ist viel niedriger. Es ist nichts wert.«

Angeblich war das der planlosen Zucht mit Goldeseln zuzuschreiben. Die Vorfahren der Familie Schneider, der die Bank, die Tischlein-Deck-Dich-Kette und die Waffengeschäfte gehörten, hatten noch keine Ahnung von Genmaterial und Zuchtauslese gehabt, und so kam es, dass die Esel heute nicht vierundzwanzig Karat, sondern quasi Plunder kackten.

»Wen juckt's. Hauptsache, magisch.« Jolly leerte den Inhalt des Eimers in den dafür vorgesehenen Behälter und sofort meldete sich die Computerstimme.

»Bitte entnehmen Sie Ihr Geld dem Ausgabefach. Wir hoffen, Sie schon bald wieder als Kunden begrüßen zu dürfen. Auf Wiedersehen.«

Gerade, als sie die Box verlassen wollten, gab es draußen im Foyer einen Knall. Glas splitterte, Schreie wurden laut und das Getrampel von Schritten war zu hören.

»War das ein Schuss?«, fragte Jolly erschrocken.

»Glaub schon.« Natalie zog sie zurück in die Box. Durch die Glasscheibe linste sie nach draußen. »Da sind zwei maskierte Kerle.« Wieder peitschte ein Schuss auf, und noch einer, der durch das Kreischen der Kunden schnitt, die teils auf dem Boden hockten, teils aus dem Gefahrenbereich krochen. »Hölle, die schießen wahllos um sich …«

Eine Salve von Schüssen riss ihr die Worte von den Lippen. Der Esel fegte einmal durch die Box, dann lauschte er mit gespitzten Ohren. Die Männer standen mit erhobenen Waffen in der geöffneten Schiebetür.

»Das ist *kein* Überfall!«, rief einer. »Wir brauchen eure Magischen Taler nicht! Wir brauchen *euch* nicht!« Zur Bekräftigung schoss er erneut in die Luft. »Schert euch zum Teufel, ihr Drecksmagischen!« Beide holten sie Dosen aus ihren Jackentaschen hervor, zogen einen Stift und warfen sie in hohem Bogen von sich, ehe sie hinaus ins Freie jagten.

Granaten! Natalie hatte in ihrer Kurzausbildung bei der OMB etwas darüber gelernt. Sie waren mitten unter den Leuten gelandet, die nun schreiend auseinanderstoben. Ein Mann bückte sich geistesgegenwärtig nach einer der qualmenden Dosen und warf sie zurück zur Schiebetür, doch die war inzwischen wieder zugegangen. Die Granate prallte vom Glas ab und rollte unter einen Werbeaufsteller. Wo die andere war, konnte Natalie nicht erkennen.

»Tränengas!«, rief sie, als beißender Geruch durch die Ritzen im Holz ins Boxeninnere sickerte. Der Goldesel geriet außer Rand und Band. Wie besessen rannte er in der Box umher, schüttelte den Kopf und schnaubte ohne Unterlass. Er würde sie noch niedertrampeln. »Wir müssen raus hier!«

Sie zog ihr T-Shirt aus und presste es sich vor Mund und Nase. Jolly tat es ihr gleich. So stürmten sie in ihren BHs aus der Box. Im Foyer gab es kein Weiterkommen. Eine Frau war bereits zusammengebrochen, die anderen versuchten zu fliehen, verloren aber im dichten Qualm die Orientierung und liefen ziellos umher, hustend, kreischend, schluchzend. Natalies Augen begannen sofort zu brennen, alles versank unter Tränenschleiern. Der Stoff würde sie nicht mehr lange vor dem Gas schützen. Wo war der verdammte Ausgang?

Beharrlich suchte sie sich ihren Weg durch das Gewühl. Da! Glas glänzte vor ihr, ja, da war die Schiebetür! Zu ihrer Linken übergab sich jemand, ein Mann rempelte sie an, ihr Herz hämmerte gegen ihre Kehle. Ihr schwindelte. Weiter, weiter, nur noch ein paar Schritte …

»Nat«, hörte sie Jolly hinter sich keuchen und als sie sich nach ihr umdrehte, sah sie, wie ihre Freundin taumelte. Sie packte sie am Arm, riss sie hoch, zerrte sie zur Tür und hinaus an die frische Luft. Hinaus, nur hinaus!

»Ihr hattet Glück, Natalie«, sagte Dr. Turnherr und schloss ihre Arzttasche. »Ein paar Minuten länger und das Gas hätte irreparable Schäden angerichtet. Wird es besser?«

Natalie nickte und sog den Atem durch den Inhalator ein. Das Hexenmedikament legte sich wohltuend auf ihre Schleimhäute. Ihre Augen waren bereits mit Tropfen behandelt worden und brannten nicht länger. Sie stupste Jolly, die neben ihr im Transporter saß, mit der Schulter an. Ihre Wangen waren knallrot und sie atmete ebenfalls durch einen Inhalator, aber sie lächelte schon wieder.

»Es geht mir gut«, nuschelte sie. »Und morgen ist sowieso alles vergessen.« Sie machte eine schlängelnde Handbewegung.

Sam und Vajos vom Team Gamma stiegen zu ihnen in den Wagen. Die OMB war mit einem Großaufgebot im Einsatz, da in der Stadt weitere Ausschreitungen gemeldet worden waren.

»Verdammte Scheiße, einige hat es ordentlich erwischt«, berichtete Sam und strich eine Strähne ihres neuerdings punkig geschnittenen Haars aus der Stirn. »In dem kleinen Raum konnte sich das Tränengas schnell ausbreiten, die Wirkung war viel intensiver als im Freien.«

»Siebenundzwanzig Verletzte«, ergänzte Vajos, »alle auf dem Weg ins Krankenhaus.«

»Werden sie wieder gesund?«, fragte Jolly.

Dr. Turnherr wiegte den Kopf und ihr langer Pferdeschwanz wippte hin und her. »Das bleibt abzuwarten. Wie gesagt, ihr beide seid recht glimpflich davongekommen. Die anderen waren dem Tränengas ja viel länger ausgesetzt.«

Sam verzog die Mundwinkel. »Sie mussten sogar einen der Esel einschläfern, er hat aus Augen und Nüstern geblutet.« Sie boxte mit der Faust in ihre Handfläche. »Diese Arschlöcher! Wenn ich die in die Finger kriege, flöße ich ihnen das Dreckszeug eigenhändig ein!«

»Was sagt Kilian dazu?«, fragte Vajos.

Natalie legte den Inhalator weg. Ihre Smartuhr zeigte keine Nachricht an, dabei hatte Lydia versprochen, ihn zu informieren. Ihr Anruf wurde sofort auf die Mobilbox umgeleitet. Demnach war sein Handy ausgeschaltet oder hatte keinen Funkkontakt. »Komisch. Ich kann ihn nicht erreichen.«

Sie sah, dass Vajos und Sam einen Blick wechselten. Schlagartig überkam sie ein mieses Gefühl.

»Er ist im Schloss, oder?«, meinte Sam. »Familienzwist?«

Natalie biss sich auf die Lippen. »Möglich. Alles ist möglich …«

»Mal sehen, was Lydia sagt.« Vajos setzte sich an den kleinen Klapptisch, öffnete den Laptop und kontaktierte die IT-Technikerin. Er drehte den Bildschirm zu Natalie.

»Lydia, hast du Kilian erreicht?«, fragte sie, als Lydias aufgetürmte Dreadlockfrisur ins Bild kam.

Sie hob den Kopf. Runzelte die Stirn. »Nein. Ich versuche es jetzt seit einer geschlagenen Stunde. Aber nichts. Bist du sicher, dass er sein Handy überhaupt dabeihat?«

Natalie nickte. »Vielleicht gibt es auf Schloss Nauders schlechten Empfang.«

»Ja. Vielleicht.« Lydia wirkte nicht überzeugt. »Aber dann müsste er zumindest auf das Notsignal des Detektors reagieren. Das ist untypisch für ihn, meinst du nicht?«

Allerdings. Kilian war absolut verlässlich. Selbst wenn er nicht reden konnte, schickte er zumindest eine Nachricht.

»Kannst du feststellen, ob sein Detektor an ist?«

»Klar. Ich überwache die Agenten ja bei Einsätzen. Aber er ist privat unterwegs, da mache ich das nur im äußersten Notfall.«

»Das ist ein Notfall«, fauchte Vajos. »Er soll schleunigst hier antanzen. Wir brauchen ihn.«

»Moment.« Lydia wandte sich einem anderen Computerbildschirm zu. Im Transporter herrschte angespannte Stille, nur ihre Tippgeräusche und Klicks waren zu hören. »Hm ... nein. Er ist aus.«

Jetzt lief es ihr kalt den Rücken hinunter.

»Vielleicht ist der Akku leer«, meinte Sam. »Das kann schon mal passieren ...«

»Nein«, sagte Natalie. »Das kann anderen passieren. Ihm nicht. Er lädt die Akkus jeden Abend, hat immer einen zum Wechseln dabei, ganz nach Vorschrift ...«

»Ach du meine Fresse«, murmelte Lydia. »Leute, schaltet mal auf den Nachrichtenkanal, schnell.«

Vajos rief die Seite auf. »Society News?«, fragte er ungläubig, als der Schriftzug des aktuellen Programmpunktes eingeblendet wurde.

»Auweia«, kam es von Jolly.

»... gilt als *die* Traumhochzeit des Jahres!«, verkündete die Sprecherin voll ehrlicher Begeisterung. »Seit Wochen schon brodelt es in der Adelsgerüchteküche. Während man von Seiten der königlichen Familie von Nauders bisher dementierte und man sich in Schweden jeglichen Kommentars enthielt, wurden mittlerweile Bilder über Aufbauarbeiten im Park von Schloss Nauders publik, die auf die bevorstehende Feier hindeuten.« Die entsprechenden Fotos wurden eingeblendet. »Heute Mittag kam dann die endgültige Bestätigung: Prinz Kilian von Nauders wird die erst achtzehnjährige Schwedenprinzessin Cleo von

Skarsholm ehelichen. Die Trauung soll bereits morgen, Samstag, in engstem Kreis vollzogen werden …«

Kälte raste durch Natalies Adern, breitete sich in jede Zelle aus, knisterndes Eis, das sie durchfuhr, von ihren Fingerspitzen bis ins Tiefste ihrer selbst. Die Stimme der Sprecherin klang nur noch gedämpft, dann war sie weg, als hätte jemand einen schalldichten Behälter über den Laptop gestülpt.

Alles in ihr schien zu erstarren, langsam, quälend. Ihr Atem. Ihr Herzschlag. Nur ein Gedanke löste sich in ihr, ein einziger Gedanke: Er würde heiraten. Marik hatte nicht gelogen.

9

Sie waren im Bett gelandet. Jetzt, nach einer leidenschaftlichen Nacht, die in einen schläfrig-zärtlichen Vormittag übergegangen war, kam Paige erstmals zum Nachdenken.

Valeriu. Mit nassem Haar und einem Handtuch über den Schultern saß er vor ihr, und sie versuchte sich darin, ihm eine Frisur zu verpassen, mit der er nicht wie ein Obdachloser aussah.

Wann hatte er diese Entscheidung getroffen: Raikun den Rücken zu kehren und zu ihr, Paige, zurückzukommen. Sie zu lieben. Als er hungernd im Zwinger lag? In der Höhle, in der er sich wochenlang versteckt hielt? Oder schon damals auf der Lichtung, als er ihren Tod fürchten musste?

Ihr Herz hatte immer gefühlt, dass sie zusammengehörten. Sie waren wie zwei Puzzlesteine, ein Teil brauchte den anderen. Ohne ihn war ihr Leben farbloser.

Und doch waren die Jahre, in denen sie gelitten hatte, keine verlorenen. Sie hatten sie stark gemacht, stark und unabhängig, und sie hatte gelernt, dass sie nicht das Opfer sein musste, sondern sich ganz bewusst für ihn entscheiden konnte. Das, wonach sie sich sehnte, seine Liebe, zählte mehr als ihre Angst, wieder daran zu zerbrechen, wenn sie ihn verlor, das hatte sie endlich erkannt.

Ihr Blick wanderte zu seinem ausgezehrten Gesicht im Spiegel und begegnete seinen sturmgrauen Augen.

»Du musst aus der klinischen Studie aussteigen. Tu es für mich, bitte«, bat sie.

»Mein MQ-Wert ist ein Witz, mir kann nichts passieren. Außerdem … werde ich ohnehin sterben«, fügte er leise hinzu.

»Entweder erwischt mich Raikun oder ich krepiere an dem Gegenmittel. So oder so, meine Zeit läuft ab.«

Valeriu war der festen Überzeugung, dass Raikun weder den Zauberspruch kannte noch wusste, wie man den Fluch brechen konnte. Er würde ein Wolf bleiben. Wie viele Jahre hatte er noch? Oder gar nur Monate? Und Jolly? Ihr blühte das gleiche Schicksal, sollten sie nicht an Brisko herankommen.

Für einen Atemzug kniff Paige die Augen zu. Eine Sorge zu verdrängen, bedeutete nur, Platz für die anderen zu schaffen. Massiv und dunkel wie eine Sturmwetterfront ballten sie sich über ihnen.

Sie legte die Schere weg. »Warum bist du dann überhaupt hier? Warum sprichst du von einem gemeinsamen Leben, wenn du ohnehin nicht daran glaubst?«

Valeriu schüttelte das Handtuch ab und trat zu ihr. »Weil ich die Zeit, die mir noch bleibt, mit dir verbringen will. Weil ich dich liebe.« Federleicht berührten seine Lippen ihren Mund und sie verharrten für ein paar Herzschläge, eingehüllt in eine selbst gesponnene Illusion, die der Realität nur Sekunden, höchstens Minuten stehlen konnte. »Ich habe jahrelang im Schatten gehaust«, fuhr er fort, »ich habe meiner Schwester gedient, ich habe so viel Schlimmes getan. Das einzig Gute in meinem Leben warst du, Paige, und ich habe das einfach weggeworfen.«

»Das ist vorbei.« Sie strich über seine Wange. »Lassen wir es einfach hinter uns, okay?«

»Ich hätte dich einweihen müssen, schon von Anfang an, wer ich bin, was ich tue, dann hättest du eine Wahl gehabt. Aber alles an dir war so perfekt, so strahlend, und dann war da ich, der finstere Magische. Deine Eltern hätten einen wie mich nie akzeptiert, und ich wollte nicht der Grund dafür sein, dass du dich mit ihnen zerstreitest.«

»Tja, das ist ohnehin passiert.«

»Tut mir leid.«

»Hör auf, dich zu entschuldigen. Küss mich lieber.«
Das konnte er ihr nicht abschlagen.

»Was ist da vorn los?«, fragte Paige, als Valeriu voll auf die Bremse stieg und den Wagen nur Zentimeter hinter der Stoßstange ihres Vordermanns zum Stehen brachte. »Eine Demonstration?«

Keine Seltenheit in letzter Zeit, Krawalle und Protestmärsche gehörten in Mitran fast zur Tagesordnung. Paige reckte den Hals. Die Leute gingen mitten auf der Straße, trugen Transparente vor sich und skandierten Parolen. Im Hupkonzert der Autofahrer waren sie nicht zu verstehen.

Valeriu deutete auf einen Zwerg, der seine Faust in die Luft stieß. »Das sind Magische.«

Paige öffnete das Fenster.

»… Freiheit! Gerechtigkeit! Freiheit! Gerechtigkeit!« Nur diese beiden Worte, immer wieder.

Ein Knall über ihren Köpfen ließ sie zusammenzucken. Die Magischen liefen zwischen den Autos hindurch und trommelten mit den Fäusten auf die Karosserien ein, rhythmisch und aufeinander abgestimmt. »Freiheit!« – ein Schlag wie von einer Pauke, zwischen den engen Häuserzeilen dutzendfach verstärkt – »Gerechtigkeit!« – der nächste Schlag – »Freiheit!« … Hastig schloss Paige das Fenster.

»Das wird noch eskalieren«, murmelte Valeriu. »Wir sollten umkehren.«

»Nein, ich muss zu dem Termin. Sie halten extra die Titelseite frei.«

Sie hatte ein Gespräch mit einem Journalisten des *Mitran Kuriers* vereinbart. Viele ihrer Daten waren durch den Diebstahl ihrer Computer verloren gegangen, doch sie hatte jede Menge Beweise als Screenshots auf ihrem Handy gespeichert. Heute war der Tag der Wahrheit, heute würde die Welt von den Machenschaften von Mildenweith und Co erfahren.

Valeriu warf ihr einen Seitenblick zu. »Du willst das wirklich tun, was?«

»Ich muss. Magische werden sterben, Valeriu. Sie werden sterben, weil sie sich eine Zukunft als Mensch erhoffen. Aber Innovatis ist ein Todescocktail. Drei Probanden sind bereits umgekommen, und wer weiß, wie viele noch folgen werden. Was hier läuft, ist ein riesengroßer Skandal. Wenn ich ihn nicht aufdecke, wer dann?«

Er gab keine Antwort, schaltete jedoch auf »Drive« und wich auf den Bürgersteig aus, bis ein Laternenmast ihn zwang, wieder auf die Straße zu wechseln. In Schlangenlinien überholte er die Autokolonne bis zur nächsten Querstraße, wo er abbog, immer noch ohne ein Wort.

»Hör zu«, fuhr sie fort. »Ich weiß, wie wichtig dir das ist, ein Mensch zu werden. Aber dir muss doch klar sein, woran es wirklich krankt? MitranBiotec wirbt damit, Magischen menschlichen Status zu verleihen. Dazu braucht es kein Medikament, nur eine Gesetzesänderung.«

»Dazu wird es nicht kommen. Sieh dir an, was da draußen vor sich geht.«

Schwarz vermummte Gestalten kamen ihnen entgegen, ein jeder trug die weiße Faust, das Logo von Pro Mensch, sichtbar am Körper. Sie waren mit Schlagstöcken, Flaschen, Steinen und Ziegeln bewaffnet. Es würde eine Straßenschlacht geben, sobald sie auf die Magischen träfen.

Valeriu fuhr jetzt durch Seitengassen, aber überall begegneten ihnen kampfbereite Menschen, nicht bloß ein paar Radikale, sondern ganze Massen. Sirenen heulten, auch im Radio berichtete man von den Protestmärschen.

»Meiden Sie die Innenstadt«, riet der Sprecher. »Nach dem Anschlag auf die Goldesel Bank am frühen Nachmittag spitzt sich die Lage zu. Polizei und OMB sind vor Ort. Ersten Meldungen zufolge werden Wasserwerfer eingesetzt, um die rivalisierenden Demonstranten auseinanderzutreiben …«

»Da!« Valeriu deutete aus dem Fenster.

Zu ihrer Rechten brannte ein Firmenwagen der Familie Schneider, der direkt vor der Filiale eines ihrer Waffengeschäfte parkte. Die Schneiders führten außerdem auch den Goldesel-Zuchtbetrieb und waren Eigentümer der Tischlein-Deck-Dich-Kette, sie gehörten zu den reichsten und angesehensten Magischen im Land, und vermutlich richtete sich die Aggression der Pro-Mensch-Aktivisten genau deshalb gegen sie.

Valeriu hielt an. Die Alarmleuchte über der Tür des Geschäfts rotierte in orangerotem Licht, das Signal drang Paige sogar im Auto durch Mark und Bein. Ein paar Vermummte hatten das Schaufenster demoliert. Nun traten sie mit ihren Stiefeln das berstende Glas ein und schnappten sich die Knüppel-aus-dem-Sack-Waffen aus der Auslage.

»Jemand muss sie aufhalten«, knurrte Valeriu, die Hand am Türhebel. Paige griff nach seinem Arm.

»Fahr weiter. Du kannst nichts ausrichten, es sind zu viele.«

Er nickte knapp und gab Gas, gerade rechtzeitig. Paige zuckte zusammen, als ein Stein auf das Heck ihres Wagens donnerte. »Scheiße!«

Ein eigenartiges Gefühl stieg in ihr auf. Beständig hatte es in ihr geschlummert, ein latentes dumpfes Unbehagen, wie man es spürt, wenn man merkt, dass sich ein Unwetter zusammenbraut, vor dem man nirgends Schutz suchen kann. Irgendwie hatte sie gehofft, es würde schon nicht so schlimm kommen.

Jetzt musste sie einsehen, wie naiv sie gewesen war. Das alles war noch weit schlimmer als befürchtet. Die Katastrophe war nicht im Anrollen, nein. Sie befanden sich bereits mittendrin. Die Welt, wie Paige sie kannte, zerfiel mit jedem Tag ein bisschen mehr.

»Das ist erst der Anfang«, prophezeite Valeriu finster. »Meine Schwester mag ein gewissenloses Miststück sein, aber mit einem hat sie recht: Die Magischen werden untergehen.«

Raikun hat doch das alles erst heraufbeschworen, wollte Paige dagegenhalten, aber dann fiel ihr ein, dass das Projekt Purgatio bereits vor Jahren angelaufen war, ein lang geplantes geheimes Regierungsprogramm mit dem Ziel, das Magische Volk auszulöschen.

»Genau das will ich verhindern«, sagte sie. »Deshalb gebe ich meine Informationen an die Zeitung weiter.«

Er lachte auf. »Und du meinst, das interessiert jemanden? Die Regierung wird dementieren und damit hat es sich. Oder womöglich forcieren sie das Anti-Magischen-Programm noch.«

»Ja, vielleicht.« Sie hatte die Für und Wider viel zu lang abgewogen, sich abwechselnd Mut zugesprochen und den Kopf in den Sand gesteckt, bis der Entschluss in ihr gereift war. Wenn sie jetzt nicht handelte, war es endgültig zu spät. »Trotzdem ist es richtig. Es ist richtig, für die Wahrheit einzustehen.«

Valeriu sagte nichts mehr und Paige sah aus dem Fenster. Sie hatten die Ausschreitungen umfahren und näherten sich dem Verlagshaus des *Mitran Kuriers* aus der anderen Richtung.

»Einbahnstraße«, sagte Valeriu, als er an der Ecke hielt. »Ich muss dich hier rauslassen. Ist das okay?«

Schräg gegenüber lag das alte Backsteingebäude, in dem der Zeitungsverlag seinen Sitz hatte. Alles war ruhig, Paige würde nur die Straße überqueren müssen. Sie schmunzelte, schulterte ihre Tasche und küsste ihn zum Abschied.

»Keine Angst, ich bin schon groß.«

»In zwei Stunden bin ich wieder hier.« Er hatte vor, in der Zwischenzeit ein paar Sachen aus seinem Versteck in den Klagenden Gängen zu holen, unter anderem einige Ampullen des Gegenmittels.

»Das ist doch nicht nötig. Ich kann auch die Schwebebahn nehmen.«

»Ich hole dich ab«, beharrte er.

»Also gut. Pass auf mein Auto auf, Valeriu. Und sei vorsichtig.«

Sein Gesichtsausdruck wurde weich, zärtlich. »Du auch. Ich warte, bis du drinnen bist.«

Jetzt musste sie wirklich lachen. »Klar. Was bin ich froh, dass ich dich zurückhabe. Allein war ich völlig hilflos.«

Er grummelte in sich hinein. Grinsend schlug sie die Tür hinter sich zu. Auf der anderen Straßenseite und bereits am Gebäudeeingang winkte sie noch einmal und er fuhr mit einem letzten Aufblenden der Scheinwerfer davon. Ihr Lächeln erstarb, als jemand von hinten an sie herantrat.

»Guten Tag. Sie sind Paige Dibensky?«

»Ja. Herr Wohlknecht?« Er trug Mantel und Hut und sah älter aus als auf dem Foto im Internet. Auf sein Nicken hin meinte sie: »Ich dachte, wir wollten uns in Ihrem Büro treffen?«

»Stimmt. Aber jemand aus der Abteilung hat Verdacht geschöpft, jemand mit Regierungsverbindungen. Wir stechen in ein Wespennest, wir müssen auf der Hut sein.«

»Verstehe«, sagte sie und ja, seine Erklärung klang schlüssig. Dennoch schlug etwas in ihr an, ein Instinkt, der sie vehement davor warnte, vom Plan abzuweichen. »Ich wollte noch auf die Toilette, bevor …«

»Kommen Sie, es sind nur ein paar Schritte bis zum Café.«

Vertraulich legte er ihr den Arm um die Schulter und drängte sie vorwärts. Paige wollte sich losmachen, da verspürte sie zwei schnelle Stöße in die Rippen. Irritiert blickte sie zu Wohlknecht auf, dessen Lippen sich niederträchtig kräuselten.

»Ein kleiner Rat: Wer den Mund hält, lebt länger«, flüsterte er. Eine flinke Berührung an ihrem Arm wie ein Flügelpaar, dass sie streifte, dann ließ er von ihr ab. Wie zum Abschied senkte er seine Hutkrempe, drehte sich um und hastete davon.

Noch bevor sie erfasste, was soeben passiert war, bemerkte sie die warme Nässe, die sich unter ihrem Blazer ausbreitete. Die ihre Beine hinablief. Blut. Viel davon, viel zu viel, eine Pfütze sammelte sich um ihre Schuhe.

Sie schwankte und endlich regte sich eine leise Erkenntnis in ihr: Die Stöße waren Messerstiche gewesen. Er hatte auf sie eingestochen, er hatte sie zum Schweigen bringen sollen.

Mit einiger Verspätung kam der Schmerz. Feuerzungen durchfuhren sie, ihr blieb die Luft weg, sie atmete Blutblasen und nun verengte sich auch ihr Sichtfeld. Sie merkte, dass sie in die Knie brach.

»Hilfe. Hilfe … bitte …«, kam es aus ihrem Mund, ein Röcheln, das niemand hören würde. Vielleicht existierte es auch nur in ihrem Kopf.

Sie lag nun auf dem Bürgersteig, spürte rauen Beton unter ihren Fingern. Ihr Bauch schmerzte, als ob glühende Lava durch ihre Eingeweide strömte. Am Himmel kreiste ein Vogel, eine Krähe vermutlich. Das einzige Lebewesen weit und breit.

»Mama … hilf mir …«

Sie starb.

Sie starb mutterseelenallein, während nur ein paar Straßen weiter die Stadt in Aufruhr war. Ihr letzter Gedanke war: *Valeriu …*

10

»Da ist was faul, glaub mir, Nat, das stinkt zum Himmel.«

Jolly wiederholte diesen Satz zum gefühlt hundertsten Mal. Und mittlerweile hatte er sich einen Weg durch Natalies vereistes Denken gebohrt und dort ein Licht entzündet, winzig zwar, doch es riss sie aus der elenden Starre.

»Ich weiß, sogar oberfaul«, sagte sie und drückte Jollys Hand. »Danke.«

Sie saßen zu dritt in Paiges Auto, Valeriu am Steuer. Natalie hatte auf die Hilfe der OMB verzichten müssen – die Agententeams wurden alle in Mitran gebraucht, nicht ein Fahrzeug stand zur Verfügung. Paige, die sie auf Jollys Idee hin aufgesucht hatten, war nicht zu Hause gewesen, stattdessen war Valeriu aufgekreuzt und hatte sich breitschlagen lassen, sie nach Schloss Nauders zu bringen.

Die ganze Fahrt über brütete Natalie schon darüber, was passiert sein könnte. Die Berichte der Boulevardpresse waren nicht immer für bare Münze zu nehmen, gut möglich, dass es sich um eine Falschmeldung handelte. Dennoch sprachen die Fotos für sich. Was, wenn etwas Wahres dran war? Über diesen Punkt kam sie nicht hinaus, ohne in Panik zu geraten.

Valeriu hatte nicht viel dazu gesagt. Natalie fragte sich, ob er generell ein schweigsamer Typ war, oder ob ihn seine lange Gefangenschaft dazu gemacht hatte. Er war sichtlich in Sorge, sie sah es an seiner gerunzelten Stirn, an der Art, wie er ab und zu die Rechte zur Faust ballte. Bestimmt quälte er sich mit dem Gedanken an Paige. Er hatte ihr eine Nachricht geschickt und sie hatte geantwortet, sie werde sich ein Taxi nehmen, aber seither hatte sie sich nicht wieder gemeldet.

Den Sonnenuntergang im Rücken fuhren sie auf einer schmalen Landstraße in den hereinbrechenden Abend. Nach der scheußlichen Regenperiode in den letzten Wochen hatte der Tag ungewöhnlich milde Temperaturen gebracht, doch die Luft, die nun durch den Fensterspalt strömte, roch nach regennassem Laub, nach Novembernebel und nahendem Frost. Wie anders das Wetter auf dem Land war.

»Wir sind gleich da«, erklärte Valeriu. »Wie sieht der Plan aus?«

»Ist doch klar«, sagte Jolly. »Wir stürmen das Schloss, nehmen Kilian gefangen und verschleppen ihn nach Mitran.«

Natalie gelang ein Grinsen.

Valeriu nickte, ohne eine Miene zu verziehen. »Okay. Ich werde mich inzwischen bei der Antennenanlage umsehen.«

Der Wald ringsum schien immer dichter zu werden, unvorstellbar, dass sie dem Schloss schon so nah sein sollten. Hinter der nächsten Kurve aber traten die Bäume auseinander und da erhob es sich plötzlich vor ihnen, wie durch einen Zauber aus dem Boden gestampft. Die Mauern elfenbeinfarben, die Dächer dunkel, wirkte es düsterer als erwartet. Natalie wurde ein wenig bang.

»Meint ihr, wir können da einfach so aufkreuzen?«

Valeriu blickte sie von der Seite an. »Fragst du das ernsthaft? Du willst Kilian zurück – Hemmungen sind unangebracht.«

Er hatte recht. Sie rief sich ins Gedächtnis, wer sie war. Kein unbedarftes Kind mehr, sondern erwachsen, eine Bannmagierin. Ihr Leben war zu einem Kampf geworden und dies war nur ein weiterer Rückschlag, dem sie mit Härte begegnen musste.

Jolly stieß ihr die Faust an die Schulter. »Wir zwei …«

»… gegen den Rest der Welt«, vollendete Natalie ihr gemeinsames Motto.

Valeriu drehte auf einem geschotterten Besucherparkplatz vor den Mauern zum Schlosspark eine Runde und sie mussten feststellen, dass sie nicht die Einzigen waren, die Schloss Nauders einen Besuch abstatteten.

»Paparazzi«, murmelte er.

»Auweia.« Jolly starrte aus dem Fenster. »Echt jetzt, die belagern das Schloss? Wie krank ist das denn?«

»Könnte sein, dass ihr euch morgen in den Klatschblättern wiederfindet.«

Natalie zuckte mit den Schultern. »Wenn's weiter nichts ist.«

Schließlich stellte Valeriu das Auto etwa hundert Meter entfernt am Straßenrand ab und versteckte den Schlüssel hinter dem Hinterrad. Er nickte ihnen noch einmal zu, im nächsten Moment verschmolz er mit dem Wald, während Natalie und Jolly sich dem Blitzlichtgewitter stellten.

Das Tor im fünfteiligen schmiedeeisernen Gitter fiel hinter ihnen zu und sperrte die Paparazzi aus. Erst hatte man sie über die Sprechanlage informiert, dass sie per Mail um einen Termin für Fotos oder Interviews ansuchen müssten, dann, als Natalie ihr Anliegen erklärte, war eigens jemand gekommen, sie abzuholen, ein älterer Mann mit kultivierter Ausdrucksweise.

»Gaeland Phillips«, stellte er sich vor, »ich bin der Chefbedienstete im Königshaus.«

»Ein ungewöhnlicher Name«, bemerkte Jolly und Natalie war unendlich froh, dass sie sie dabeihatte. Ihre quirlige Art löste jede Zunge.

»Gaeland ist eine Gemeinde in Kansas. Dort gibt es nichts als ein paar Farmer und einen Friedhof. Tatsächlich aber habe ich keine Ambitionen, Vieh zu hüten, noch möchte ich dort begraben sein. Meine Mutter fand den Namen einfach nur originell.« Er spuckte das letzte Wort aus, als hätte er in ein faules Ei gebissen. Jolly kicherte.

Gaeland sah Natalie eigentümlich an. »Die Königin wird Sie persönlich empfangen.«

»Ist das nun gut oder schlecht?«, wisperte Jolly, aber da betraten sie auch schon das Schloss. »Ach, du heilige Scheiße!«

Eine andere Welt tat sich vor ihnen auf. Natalie fühlte sich um Jahrhunderte in die Vergangenheit versetzt. Sie wusste nicht, wohin sie den Blick wenden sollte, alles war so imposant, so viel mehr als sie erwartet hatte. Der Fußboden aus Marmorplatten in unterschiedlichen Rosétönen, die Säulen höher noch als Bäume, die mächtigen Gewölbebögen über ihren Köpfen, die Deckenfresken und Gemälde, die Statuen und Büsten, Stuckverzierungen und Kristalllüster.

»Dies ist das Vestibül«, erklärte Gaeland. »Ist es nicht beeindruckend?«

Und erdrückend. Vergebens versuchte Natalie sich den kleinen Kilian auf seinem Dreirad vorzustellen, wie er durch die Halle brauste.

Jolly nickte. »Sehr schick. Wo stellt man die Schuhe ab?«

Er setzte einen indignierten Ausdruck auf und sie knurrte: »Mann, das war ein Witz.«

»Das Schloss ist fünfhundertvier Jahre alt.« In Gaelands Stimme schwang ein wenig Stolz mit. »Es wurde etliche Male durch Kriege zerstört, doch die Familie von Nauders hat es immer wieder aufgebaut, renoviert und erweitert. Ihr Herz hängt noch genauso daran, wie das ihrer Vorfahren.«

Jolly nickte erneut. »Das spürt man. Ich kann die alten Ritter und Könige förmlich sehen.«

Natalie spürte es auch. Und sie spürte noch etwas anderes. Hier, in den Hallen von Kilians Familie, war sie plötzlich doch nur ein Mädchen. Eine Bittstellerin. Am liebsten hätte sie auf dem Absatz kehrtgemacht.

Gaeland führte sie in einen ganz in Weiß gehaltenen Raum. »Dies ist die Weiße Galerie, der Audienzraum der Königin. Warten Sie bitte hier, sie wird gleich bei Ihnen sein.« An der Tür drehte er sich noch einmal um. »Sie wird übrigens mit ›Ihre Hoheit‹ oder ›Königin Antonia‹ angesprochen. Alles andere wäre unziemlich.«

»Unziemlich«, wiederholte Jolly kopfschüttelnd. »Erstaunlich, dass aus Kilian ein so normaler Typ geworden ist. Mann, das ist ja die reinste Gefriertruhe hier.«

Weißer Marmor auf Fußboden und Wänden, weiße Sitzmöbel, der Bezugstoff mit Silberfäden durchwirkt, ein weißer Schreibtisch. Sogar der Drehstuhl dahinter war weiß. Die einzigen Farbtupfer waren die langstieligen Rosen in leuchtendem Rot und die rauchblaue Dämmerung, die vor den Fenstern heraufgezogen war.

Natalie zupfte an ihrer Nagelhaut. Wo war Kilian? Warum kam er nicht selbst? Was zur Hölle lief da eigentlich?

Sie mussten nicht lange warten. »Ihre Königliche Hoheit Antonia von Nauders«, kündigte Gaeland die Königin an.

Sie war eine große schlanke Frau in den Vierzigern, zeitlos schön in ihrem hellgrauen Strickkleid. Ähnlich feine Gesichtszüge wie Kilian, das Haar allerdings dunkler, fast schwarz mit einem sanften Rotschimmer, vermutlich getönt.

Jolly fiel tatsächlich in einen unbeholfenen Knicks, Natalie hingegen blieb stehen und blickte ihr entgegen. Diese Frau hatte gemeinsame Sache mit Raikun gemacht, sie würde den Teufel tun und vor ihr kriechen.

Ein leichtes Lächeln umspielte den Mund der Königin. »Natalie Windersom. Ist noch etwas unklar oder wollen Sie sich bloß verabschieden?«

Es fühlte sich an, als wäre sie vor einen Bus gelaufen, ein Stoß, der ihr den Atem aus den Lungen presste, sich bis in die Knochen fortpflanzte. So war das also. Keine Floskeln, sondern sofortige Konfrontation.

Mit einiger Mühe hielt sie ihre aufbrandenden Gefühle unter Kontrolle. »Wo ist Kilian? Ich möchte ihn sprechen.«

»*Seine Königliche Hoheit Prinz Kilian* ist beschäftigt. Sie dürfen mit *mir* sprechen, eine Ehre, die ich Ihnen erweise, weil ich Sie kennenlernen wollte.«

Königin Antonia umrundete Natalie, den Kopf leicht schief gelegt, einen Mundwinkel angehoben, als betrachtete sie ein höchst interessantes Exponat in einem Museum. Am Stumpf von Natalies Zeigefinger blieb ihr Blick ein wenig länger hängen. Natalie ballte die Hand zur Faust und die Königin gab einen amüsierten Laut von sich.

»Sie sind faszinierender als erwartet.«

»Wie schön. Ich will nicht mit Ihnen reden. Sondern mit Kilian. Lassen Sie ihn gefälligst rufen.«

»Wissen Sie, Natalie, ich habe von Ihrer Beharrlichkeit gehört. In diesem Fall ist sie allerdings unangebracht. Morgen Nachmittag wird Prinz Kilian seine geliebte Cleo heiraten, eine Verbindung mit dem schwedischen Königshaus, die wir alle sehr begrüßen. Nichts, was Sie tun könnten, wird irgendetwas daran ändern.«

Sekundenlang meinte sie, die Fassung zu verlieren. Sie spürte ihr Herz wie unter Stromstößen zucken, während die Worte tiefer sanken. Zum Glück war auf Jolly Verlass.

»›Geliebte Cleo‹ – was für ein Quatsch!«, rief sie verächtlich. »Kilian liebt Natalie. Holen Sie ihn her, dann wird er Ihnen das bestätigen.«

Die Königin wandte sich Jolly zu. »Und Sie sind?«

»Joleen Dibensky.«

»Richtig! Sie sehen Ihrer lieben Mutter tatsächlich ähnlich. Die gleichen runden Bäckchen, der gleiche provinziell-naive Ausdruck.« Jolly schnappte nach Luft. »Doch ich hörte, Sie seien mit einem Fluch geschlagen. Was war es noch gleich? Ein Frosch? Eine Kröte? Nein, Moment, das war Ihre Schwester, die Ärmste. Sie sind ja die Schlange, ich bitte um Entschuldigung. Wird es denn bald so weit sein mit der Verwandlung? Ich mag kein Ungeziefer in meinem Haus.« Sie klatschte zweimal in die Hände. »Gaeland!«

Die Tür öffnete sich augenblicklich. »Eure Hoheit?«

Die Königin deutete mit dem Finger auf Jolly. »Geleiten Sie die junge Dame doch bitte vors Tor. Ich müsste sie sonst einsperren lassen, zu unser aller Sicherheit.«

»Sehr wohl.« Gaelands Gesicht blieb unbewegt. »Kommen Sie bitte«, sagte er zu Jolly, die mit einem Mal ganz blass war.

»Nat?«

Natalies Blick flog zwischen ihrer Freundin und der Königin hin und her. Die eine zutiefst verunsichert, die andere überlegen lächelnd, warteten sie auf ihre Reaktion. Das hier war eine Herausforderung, erkannte sie, eine Kampfansage. Und sie traf sie völlig unvorbereitet.

Sie hatte sich keine Taktik überlegt. Obwohl die Karten auf dem Tisch lagen, hatte sie sich nach wie vor an den verzweifelten Wunsch geklammert, die Sache mit der Hochzeit würde sich als Missverständnis herausstellen. Wie dumm von ihr, wie unsagbar dämlich!

Du willst mich testen? Dann pass gut auf. Sie würde nicht aufgeben, sie würde um ihre Liebe kämpfen.

Im Wald um Schloss Nauders verlief eine Linie des Erdmagienetzes. Infolgedessen waren die Magiestränge, die das Schloss durchwoben, ungleich ausgeprägter als anderswo. Beim Wirken von Bannmagie war Natalie nicht auf magische Adern angewiesen, schon lange nicht mehr, doch in ihrer Nähe konnte sie praktisch aus dem Vollen schöpfen.

Ein Gedanke, ein Wink mit der Hand, und die Magie jagte gegen die Vase auf dem kleinen Tisch neben der Couch. Sie wackelte, drohte zu kippen, als die Rosen auf eine Seite rutschten, aber Natalie hatte den Magiestoß genau bemessen. Mit einem leisen Knacken brach das Porzellan. Wasser sickerte auf den Tisch.

Das Lächeln der Königin gefror.

»Jolly bleibt«, sagte Natalie zu Gaeland. »Und bitte, schicken Sie Prinz Kilian zu uns. Danke.«

Gaeland hob eine Augenbraue, rührte sich aber nicht vom Fleck. »Eure Hoheit?«

»Sie drohen mir, Natalie?« Frost klirrte in der Stimme der Königin. »In meinem Haus, wagen Sie es, mir zu drohen?«

»Sie haben damit angefangen. Ich wehre mich nur. Was ist es? Womit setzen Sie Kilian unter Druck?«

Schweigen.

»Ich will ihn sehen«, wiederholte Natalie. »Sonst könnte es passieren, dass mehr als eine Vase zu Bruch geht.«

»Ach, Natalie«, sagte die Königin nun mit versöhnlicher Nachsicht, »mein Sohn ist erwachsen. Er hat stets seine eigenen Entscheidungen getroffen. Ich habe sie nicht immer gutgeheißen, musste sie jedoch billigen. Er geht seinen Weg – und nun führt ihn dieser in den Schoß seiner Familie zurück.« Sie nickte Gaeland zu. »Bitten Sie Prinz Kilian zu uns, Gaeland. Damit sich die Damen davon überzeugen können, dass er freiwillig hier ist.«

Gaeland verbeugte sich und schloss die Tür.

Die Königin blinzelte. »Wollen Sie sich nicht setzen? Die Couch ist nicht so empfindlich, wie sie aussieht.«

Kurz besah sich Natalie ihre Jeans. *Genau. Lass mich spüren, dass ich hier absolut fehl am Platz bin.* »Nein, danke. Ich stehe lieber.«

Jolly hingegen ließ sich mit einem Aufstöhnen auf die Couch plumpsen. Die Minuten strichen zäh wie Kaugummi vorüber. Königin Antonia arrangierte die Rosen neu, ungeachtet dessen, dass sich bereits eine Pfütze um die Vase gebildet hatte. Endlich, Natalie hatte schon nicht mehr damit gerechnet, öffnete sich die Tür.

»Seine Hoheit Kronprinz Kilian«, verkündete Gaeland und dann stand Kilian auch schon im Raum.

»Was soll das, Mutter?«, herrschte er die Königin an, ohne von Natalie Notiz zu nehmen. »Was ist so dringend?«

Natalie konnte ihn nur anstarren. Das war nicht der Kilian, den sie kannte, den sie liebte. Ihr Freund, der ihre Albträume wegküsste. Mit dem sie lachen und weinen konnte. Der immer für sie da war.

Dieser Kilian war ein anderer, vor allem auch äußerlich. Er trug eine Art Uniform, geschmückt mit einer goldenen Schärpe und einem aufwendig bestickten Kragen, diversen Wappen, Orden und Medaillen. Und er trug sie, als wäre er darin geboren worden.

»Das ist der königliche Zeremonienanzug für die Hochzeit«, erklärte Königin Antonia, der Natalies Verblüffung nicht entgangen war. »Wir haben Seine Hoheit bei der Anprobe gestört.«

»Allerdings«, knurrte er. »Und warum, wenn ich fragen darf?«

Da er sie noch immer nicht beachtete, trat Natalie auf ihn zu. »Kilian? Was … ist los mit dir?«

Er blinzelte. Musterte sie von oben bis unten, bis sein leicht echauffierter Blick schließlich an ihrem Gesicht hängen blieb. »Wer sind Sie?«

Ein unsicheres Lachen brach aus ihr hervor. »Wer ich bin?« Sie strich ihm über die Wange und er wich mit einem Zischen zurück. »Das kann nicht dein Ernst sein. Ich bin's, Nat. Natalie.«

»Natalie.«

Fast schien es ihr, als würde er darüber grübeln. Gleich, gleich würde er lächeln, ihr erklären, was das alles sollte. *Ich spiele meine Rolle perfekt, oder?*, würde er sagen. *Die Hochzeit ist nur ein Trick.*

Ein Muskel zuckte an seinem Kiefer, doch in seinen Augen las sie nicht das kleinste bisschen Wiedererkennen. »Nein, tut mir leid. Ich kann mich nicht an Sie erinnern. Sind Sie von der Presse? Vom Catering? Wo haben wir uns schon mal getroffen?«

Jolly sprang auf, während Natalie noch um Worte rang. »Kilian, was soll der Scheiß?«

Er runzelte die Stirn. »Jolly …«

»Das ist ja wohl der Gipfel! Mich erkennst du und deine Freundin nicht? Sehr witzig, wirklich, aber jetzt reicht's. Wir sind extra von Mitran hergekommen, weil du dich nicht meldest. Wir mussten aus dem Fernsehen erfahren, dass du heiraten wirst! Klär uns gefälligst auf!«

»Also, ich bin mir nicht sicher, was hier gespielt wird …« Er streifte Natalie mit einem Blick, wandte sich dann aber wieder Jolly zu. »Es tut mir leid, dass du extra hergefahren bist. Hättest du bei Ed angerufen, dann hätte er dir bestimmt gesagt, dass ich den Dienst bei der Organisation quittiert habe …«

»Du hast *was?*«

»Ich bin aus der OMB ausgetreten. Ich muss mich um meine Pflichten als Thronfolger kümmern, jetzt, da mein Vater erkrankt ist. Und ja, ich werde heiraten: Prinzessin Cleo von Schweden, eine ganz bezaubernde junge Dame.«

Seine Stimme klang emotionslos, sein Lächeln wirkte einstudiert. Alles an der Szene schrie förmlich: *Falsch! Falsch!* Und doch war sie real. Genauso real, wie Natalies Begegnung mit Liam, damals vor dem Greifspalast, als ihr auch noch das letzte Quäntchen Hoffnung geraubt worden war.

Sie hielt es nicht mehr aus, sie trat dazwischen und verpasste Kilian eine Ohrfeige. »Was hat sie mit dir gemacht? Das ist Raikuns Werk, richtig? Wach auf, das bist nicht du!«

Als er nicht reagierte, wollte sie ein zweites Mal zuschlagen – Hölle, irgendetwas musste ihn doch zur Besinnung bringen!, – aber er fing ihre Hand ab. Hielt sie so fest, dass es wehtat.

»Sie sind ja völlig von Sinnen!«, rief er und sein zorniger Blick riss Striemen in ihr Herz. »Wer immer Sie sind – verschwinden Sie hier! Gaeland, schaffen Sie diese Wahnsinnige raus!«

Natalie wehrte sich nicht, als Gaeland sie am Oberarm ergriff und aus dem Raum führte. Sie drehte sich nach der Königin um, die ihr ungerührt nachblickte, wissend und höchst zufrieden.

Vor der Tür machte sie sich von Gaeland los. Sein Gesichtsausdruck war bedauernd, doch ehe er etwas sagen konnte, sprintete sie davon. Sie rannte schnurstracks ins Freie und über die Zufahrt hinunter zum Tor. Es war verschlossen.

Sie rüttelte am Gitter. »Raikun!«, brach es aus ihr heraus, ein Brüllen, das all ihre Wut und Verzweiflung in sich vereinte. »Raikun, wo bist du? Ich bring dich um! Ich töte dich, ich …«

Schluchzend sank sie zu Boden. Ihr Leben war ein Fluch. Egal, was sie anstellte, er würde nicht weichen, ehe sie daran zugrunde ging.

II

Über Trümmer und Scherben
folgte sie den Spuren der Lügen,
bereit, sie zu vernichten.
Sie kam zu spät.
Übrig war nur noch

Asche.

11

Arme schlossen sich um sie, tröstlich warm, und sie ließ sich an Jollys Schulter sinken.

»Schon gut, Nat. Alles wird gut.«

»Das wird es nicht. Niemals mehr.«

»Okay, wird es nicht. Jedenfalls nicht, wenn du hier hocken bleibst und heulst.« Jolly meinte es nicht so barsch, wie es klang, so viel war klar. »Ich weiß, das gerade war heftig. Aber so leicht geben wir nicht auf.«

Natalie zog die Nase hoch. »Ich kann nicht mehr. Ich kann das alles nicht mehr aushalten …«

»Doch, das kannst du. Das wirst du. Du bist viel stärker, als du denkst. Wenn Paige das durchgestanden hat, dann schaffst du das erst recht.«

»Paige?«

»Als Valeriu sie verlassen hat, dachte ich, sie bringt sich um.«

»Ich will mich nicht umbringen. Ich will *sie* umbringen!«

Jemand räusperte sich. Im Dunkeln war Natalie entgangen, dass Jolly nicht allein war. Sie setzte sich auf und wischte sich mit dem Jackenärmel über ihr tränennasses Gesicht.

»Ich habe da einen Vorschlag«, sagte Gaeland. »Dazu müssten Sie sich aber noch einmal ins Schloss begeben. Heimlich.«

Argwöhnisch sah Natalie ihn an. Er war der Königin ergeben, daran hatte sie nicht den geringsten Zweifel. »Und zwar welchen?«

»Nicht hier«, erwiderte er mit einem knappen Nicken auf die versammelten Fotografen vor dem Tor.

Natalie tauschte einen Blick mit Jolly. »Wenn sich eine Tür

schließt …«, meinte die nur und zog sie auf die Beine. »Komm. Wir haben ohnehin keine andere Option.«

Gaeland lotste sie durch einen Dienstboteneingang. Wie Diebe schlichen sie durch das Schloss, auf hinter den Prunkzimmern versteckten Wegen, die dem Personal vorbehalten waren. Stille und Staub klebten in den Gängen, dicht, alt, dennoch überprüfte Gaeland an jeder Ecke, ob die Luft rein war. Irgendwann traten sie durch eine schmale Tür wieder in einen der Hauptflure.

Natalie blickte sich um. Sie waren vor der Weißen Galerie gelandet. Gaeland signalisierte ihnen, ihm zu folgen, aber sie schüttelte den Kopf. Sie würde da nicht noch mal reingehen. Das konnte nur eine Falle sein.

»Niemand ist hier«, versicherte er ihnen. »Ich bin auf Ihrer Seite, vertrauen Sie mir.«

Zögernd betraten sie den Audienzraum. Gaeland öffnete eine weitere Tür neben dem Schreibtisch, die Natalie zuvor nicht aufgefallen war. Hintereinander schlüpften sie in einen stockdunklen Raum. Die Tür klickte, als er sie zuzog, dann flammte das Licht einer Schreibtischlampe auf.

Jolly pfiff durch die Zähne. »Puh. Gruft trifft es nicht ganz. Mausoleum vielleicht?«

Natalie konnte nur zustimmen. So wie nebenan die Farbe Weiß dominierte, war hier alles in Schwarz gehalten, der Marmor, der Boden und Wände kleidete, die unerwartet niedrige Decke, Schreibtisch und Stuhl, die Vorhänge. Mit dem Finger zeichnete sie die golden schimmernden Verästelungen nach, die den Stein durchzogen. *Wie magische Adern bei Nacht.*

Gaelands Erklärung ließ nicht lange auf sich warten. »Das ist das Goldene Zimmer, der Arbeitsraum der Königin«, sagte er leise. »Niemand darf ihn betreten. Grundsätzlich.«

»Dann verstoßen Sie also gegen ihr oberstes Gebot«, stellte Jolly mit hochgezogenen Augenbrauen fest.

»Ab und zu muss hier geputzt werden. Dafür bin ich zuständig. Keiner schreibt mir vor, wann ich das zu erledigen habe.«

Er zog ein Staubtuch aus der Tasche seines Sakkos. »Jetzt wäre ein guter Zeitpunkt. Sie können sich inzwischen mit dem Spiegel anfreunden.«

Er stand an der Längsseite, mannshoch und augenscheinlich uralt. Ein hässlicher Sprung verlief quer durch das blinde Spiegelglas. Einzig der goldene Rahmen schien von Wert zu sein.

»Ein echt übles Ding«, meinte Jolly.

Natalie berührte erst den Rahmen, dann die Spiegelfläche. Unter ihren Fingern kribbelte es und ihr war, als würde sich ein Wispern im Raum erheben. »Das üble Ding steckt voller Magie.«

»Es ist ein Zauberspiegel«, klärte Gaeland sie auf. »Angeblich hat er früher Schneewittchens – also Königin Blankas – Stiefmutter gehört. Die Königin verbringt oft Stunden vor dem Spiegel, aber er spricht nicht mit jedem.«

»Und was sagt er so, wenn er mit ihr spricht?«, erkundigte sich Jolly. »Frau Königin, Ihr seid die Schönste im Land?«

Gaeland lächelte. »Das weiß ich nicht. Möglich wäre es. In jedem Fall könnte Ihnen der Spiegel einiges verraten.«

»Wie weckt man ihn?«, murmelte Natalie und in einem ersten Impuls sprach sie ihn einfach an. »Ähm … Spiegel?«

»Also bitte«, entrüstete sich Jolly. »Das heißt: Spieglein, Spieglein an der Wand!« Nichts geschah. »Ziemlich eingebildet, würde ich sagen. Gibt er sich nur mit Adeligen ab?«

Wieder strich Natalie über den Rahmen. Probeweise sammelte sie einen Hauch Magie um ihre Hand, dann legte sie sie auf das alte Glas. Der Spiegel schien zu erbeben.

»Spiegel, ich bin Natalie …«

»Natalie Amalia Windersom.«

Sie erschauerte. Die Stimme schien von überallher zu kommen und war mit Magie getränkt. Ein Flimmern huschte über das Glas, es klärte sich, der Sprung verschwand und schließlich konnte Natalie sich im Spiegel erkennen, allerdings gleich zigmal, als stünde sie in einem Spiegelkabinett.

»Hölle noch mal!«, entfuhr es ihr, angesichts der unzähligen Versionen ihrer selbst. Keine Natalie glich der anderen, als hätte sich der Spiegel einen Spaß daraus gemacht, sie minimal zu verändern, mal dünner, mal dicker, braun gebrannt oder leichenblass, mit kurzen Haaren oder hüftlangen, in Seide gehüllt oder in Fetzen.

»Ist das ein Suchbild?«, flüsterte Jolly. »Finde die Richtige, dann gewinnst du ein Eis?«

»Du bringst Magie mir mit,
was kann ich tun, dass wir sind quitt?«

Jollys Augenbrauen wanderten in die Höhe. Sie hielt wohlweislich den Mund.

Ob der Spiegel in Reimen angesprochen werden musste? Hoffentlich nicht. »Spiegel, wo ist Kilian?«

Magie wallte auf, als der Spiegel reagierte. Kurz wurde das Glas trüb, dann aber war das Bild so klar und scharf wie bei einer Live-Übertragung im Fernsehen.

Natalie taumelte zurück.

Kilian stand an einem Fenster in einem holzvertäfelten Raum und starrte in die Nacht. Eine Hand legte sich auf seine Schulter und auf seinem Gesicht erblühte ein warmes Lächeln, genau wie jenes, das er Natalie schenkte, wenn er ihr versicherte, wie sehr er sie liebte. Dieses Lächeln allerdings, das Leuchten in seinen teichgrünen Augen, die leisen, liebevollen Worte, die jetzt aus seinem Mund kamen, galten nicht ihr.

»Auweia, Goldlöckchen.«

»Das ist Prinzessin Cleo von Schweden«, fügte Gaeland erklärend hinzu. »Seine Braut und zukünftige Königin.«

Schlanke blütenweiße Arme schlangen sich um Kilians Hals, und er packte Cleo um die Taille und wirbelte sie lachend herum, sodass ihre blonden Locken flogen. Die Vertraulichkeit zwischen den beiden hatte nichts Falsches, Gewolltes an sich. Sie war echt.

Natalies Kehle war wie zugeschnürt, ihre Brust schmerzte, vermutlich, weil ihr Herz gerade darum kämpfte, nicht zu zerbersten. *Das ist nicht er*, schärfte sie sich ein, *das ist ein Hexenzauber. Er liebt* dich, *nicht sie. Das ist Raikuns Werk, mehr nicht.*

Doch es waren nur Gedanken, sie hatten nicht die Kraft, die Bilder zu zerstreuen. Und der Spiegel war gnadenlos. Er zeigte ihr auch den Kuss, die streichelnden Hände auf Cleos Rücken, Hände, die gestern noch Natalie berührt hatten. Sie presste die Faust an den Mund, um ihr Wimmern zu dämpfen. Eiswasser und Gluthitze rieselten ihr abwechselnd durch die Adern. Es tat so weh, so, so weh. Sie hatte gedacht, jeglichen Schmerz dieser Welt bereits erfahren zu haben, aber das hier übertraf alles.

»Es tut mir leid«, sagte Gaeland. »Bis vor Kurzem waren die beiden wie Fremde. Ich kann die Veränderung, die in Prinz Kilian vorgegangen ist, nicht begreifen. Ich wünschte, ich könnte etwas für Sie tun.«

»Wann ist das passiert?«, fragte Jolly. »Wann ist Ihnen das erste Mal aufgefallen, dass mit ihm etwas nicht stimmt?«

»Bei seiner Ankunft heute Vormittag war er außer sich und blass vor unterdrückter Wut. Die Art und Weise, wie er auf die Hochzeitsvorbereitungen im Garten reagierte, verriet, dass er nichts davon gewusst hatte. Er begab sich zu einer Unterredung mit seiner Mutter. Danach, beim Mittagessen, war er wie verwandelt. Er lachte und scherzte mit Prinzessin Cleo, als ob sie seit vielen Jahren ein Paar wären.«

Natalie musste all ihre Kraft aufbieten nicht zusammenzubrechen. »Wo fand dieses Gespräch statt?«

Gaeland machte eine unschlüssige Geste. »Hier, nehme ich an. Sie können den Spiegel dazu befragen, darum habe ich Sie hergebracht.«

»Okay.« *Einen Versuch ist es wert.* »Spiegel, kannst du mir zeigen, was mit Kilian heute Vormittag passiert ist?«

Schatten flackerten über das Spiegelglas, Kilian und Cleo verschwanden, und Natalie war unendlich erleichtert, dass sie ihnen nicht mehr beim Küssen zusehen musste. Die Magie strich über ihre Haut, sie fühlte sich gleich ein wenig besser, als die Magyära in ihr auflebten.

Dumpf hallte die Stimme des Spiegels durch den Raum:

»Längst verloren ist der Prinz,
weine nicht um ihn, mein Kind.
Tief im Herzen bewahrt er dich,
seine Liebe währt gar ewiglich.«

Das war ihr kaum ein Trost. »Wie ist es dazu gekommen?«

Endlich lichtete sich das Glas und Kilian wurde im Spiegel sichtbar. Der Ausdruck in seinen Augen ließ Natalie entsetzt aufstöhnen. Sie hatte es schon mal gesehen, dieses Grauen, das aus dem Wissen resultierte, dass man jemandem auf Gedeih und Verderb ausgeliefert war. In Liams Augen, als Raikun Seelenqual an ihm anwandte, jene Essenz, die dem Gefolterten in Form von Halluzinationen unerträgliche Qualen bereitete.

Gepflegte Hände umklammerten Kilians Nacken, die Daumen an seine Schläfen gepresst. Raikun trat ins Bild. Sie sprach einen Hexenzauber, unter dem Kilian erzitterte. Schwankend stand er da, Tränen traten aus seinen Augenwinkeln, sein Mund öffnete sich, er hauchte ein einzelnes Wort: »Natalie.«

Knurrend verstärkte Raikun ihren Griff. Noch einmal sprach sie ihren Zauber, mit mehr Vehemenz diesmal. Kilians Körper wurde durchgeschüttelt, Schweiß glänzte auf seiner Stirn, und weitere Hände packten zu, um ihn zu halten.

»Brisko!«, rief Jolly. »Und Catalin.«

Nun zückte auch Brisko seinen Zauberstab: *»Durere – Mireasă cea adevărată.«*

Natalie konnte kaum atmen, der Druck in ihrem Brustkorb wurde immer heftiger, bald würde es sie noch zerreißen.

Ganz abrupt endete es. Kilians Blick wurde klar, sein verzerrtes Gesicht glättete sich.

»Ist es gelungen?«, fragte jemand im Hintergrund.

»Die Königin«, flüsterte Gaeland und Natalie nickte.

Raikun wich zur Seite. »Überzeugen Sie sich selbst davon. Viel Spaß.« Sie zog sich zurück, Brisko und Catalin folgten.

»Kilian, was wird morgen geschehen?«, fragte die Königin.

Er lächelte selbstvergessen. »Ich werde heiraten.«

»Wen?«

»Cleo natürlich.«

»Und Natalie? Liebst du sie noch?«

Seine Mundwinkel zuckten. »Wer? Ich kenne keine Natalie.«

»Sein Herz wird warten,
sein Geist wird vergehen.
Ich kann schon sein Ende sehen.«

»Echt witzig, du dämlicher Spiegel!«, rief Jolly. »Ich konnte noch was anderes sehen. Ihr auch?«

»Was denn?«, fragte Natalie, aber Gaeland hob die Hand.

»Still!«

Sie gehorchten und er lief ins angrenzende Zimmer. Gleich darauf kam er sichtlich nervös zurück. »Sie müssen hier verschwinden. Die Königin ist im Anmarsch. Ich werde sie aufhalten.«

Er schob sie vorwärts, bis sie klopfenden Herzens an der Tür zum Flur standen.

»Nehmen Sie den gleichen Weg, den wir hergekommen sind. Ich stoße zu Ihnen, sobald es mir möglich ist.«

Er linste hinaus und gab ihnen einen Wink, während er selbst in Richtung Treppe ging, mit gestrafften Schultern und einer Gelassenheit, die Natalie vergebens in sich suchte. Schon ertönte die Stimme der Königin. Sie flitzten zur Dienstbotentür und schlüpften in letzter Sekunde ins sichere Dunkel.

Jolly schnaufte auf. »Das war knapp.«

»Was hast du vorhin noch im Spiegel gesehen?«, wollte Natalie wissen.

»Hm? Ach so! Als Raikun sich mit ihren Leuten zurückzog, wo ist sie da wohl hin?«

Natalie zuckte mit den Schultern. »Sag schon!«

»Links vom Spiegel gibt es eine Geheimtür. Da sind sie durch. Man kann sie kaum erkennen, weil alles so dunkel ist, aber die Goldadern im Stein haben sich bewegt. Sie ist noch hier, Nat. Sie versteckt sich hinter dem Goldenen Zimmer.«

Sie verbrachten die Nacht im Auto. Obwohl sie beide todmüde waren, hatten sie ewig lang überlegt, wie sie die Hochzeit verhindern konnten, aber für einen konkreten Plan hatte es letztlich nicht gereicht. Irgendwie mussten sie vor der Trauung ins Schloss gelangen, so viel stand fest.

Sie würden Valerius Hilfe brauchen, doch er war noch nicht wieder aufgetaucht, er hatte auch nicht auf ihre Anrufe reagiert. Auf gut Glück in den Wald zu laufen und nach der Lichtung zu suchen, schien ihnen keine gute Idee zu sein. Also hieß es vorerst abwarten.

Ein Stöhnen ließ Natalie in der Früh hochschrecken. Die Uhr zeigte halb acht. Jolly krümmte sich im Sitz neben ihrem.

»Was ist denn los?«

»Ich verwandle mich zurück«, zischte sie, während ihr Körper sich bereits verformte.

»Warum weckst du mich denn nicht?«

»Es hat mich im Schlaf … überrascht …« Ihre Stimme verebbte. Weiße Schuppen entwuchsen ihrer Haut, überzogen Arme und Beine, ein bleiches unnatürliches Schimmern.

Natalie hatte die Verwandlung noch nie miterlebt, alles ging so schnell. Sie kroch nach vorn auf den Fahrersitz und durchstöberte die Ablagefächer. Sie wusste, dass Valeriu eine Notration des Gegenmittels dabeihatte, aber das Etui war nicht zu finden.

»Es ist nicht da, Jolly. Er muss es mitgenommen haben.«

Jolly gab keine Antwort mehr. Ihr Körper schrumpfte, Knochen brachen und die Geräusche, die dabei entstanden, waren unerträglich. Als sich auch der Kopf verformte, musste Natalie würgen. Sie stieß die Autotür auf und floh ins Freie. Sie konnte die Rückverwandlung nicht länger mit ansehen und Jolly beistehen konnte sie ohnehin nicht.

Draußen atmete sie tief durch. Soeben stieg die Sonne über dem Wald auf. Noch hing zäher Nebel zwischen den Bäumen und es war so kalt, dass Natalie ihren eigenen Atem sehen konnte. Der wolkenlose Himmel aber versprach einen herrlichen Herbsttag – perfekt für eine Hochzeit. Sie schnaubte bitter. Etwas raschelte im Gebüsch und sie entdeckte einen Dachs, der sie neugierig beäugte und dann seiner Wege zuckelte. Der Lieferwagen einer Gärtnerei fuhr vorbei. *Der Blumenschmuck, na toll. Ganz toll.*

»Du kannst kommen. Es ist vorbei.«

Die Schlange lag zusammengerollt auf dem Sitz. Natalie berührte sie zögerlich. Die Haut fühlte sich kühl und samtig an und da wurde ihr erst wieder bewusst, dass sie Jolly schon seit Ewigkeiten nicht mehr gehalten hatte. Wie früher steckte sie sie unter ihre Jacke.

Ein Seufzen. »Blöd gelaufen, was? Tut mir leid, dass du das mitgekriegt hast. Ist nicht schön anzusehen.«

»Mir tut es leid. Alles okay?«

»Ja.« Jolly seufzte abermals. »Es ist frustrierend. Hätte ich bloß noch was zu essen bekommen. Jetzt muss ich schleunigst auf die Jagd gehen, sonst ist mir dauerkalt. Das wird ein schrecklicher Winter, das weiß ich jetzt schon.«

Im letzten Jahr hatte sich Jolly kaum aus dem Haus bewegt und die meiste Zeit geschlafen.

»Bis dahin haben wir eine Lösung«, sagte Natalie. »Ich verspreche es.«

Sie checkte ihre Smartwatch und sicherheitshalber auch ihr

Handy. Keine Nachrichten, weder von Kilian – eine mehr als illusorische Hoffnung – noch von Valeriu oder Paige. Sie konnte sie auch nicht erreichen, beide nicht.

»Paiges Handy ist ausgeschaltet und Valeriu hebt nicht ab«, informierte sie Jolly. »Müssen wir uns Sorgen machen?«

»Mehr als ohnehin schon? Paige wird noch schlafen. Seit sie auf Jobsuche ist, kriecht sie selten vor zehn aus dem Bett. Und Valeriu – keine Ahnung.«

»Also ziehen wir den Plan durch?«

Jollys Maul öffnete sich verblüfft. »Wir haben einen Plan?«

»Wir haben das Intro eines Plans. Der wird hoffentlich auch mit deiner Schlangengestalt funktionieren. Was den Rest betrifft, müssen wir improvisieren.«

»Das klingt unausgereift – bin dabei.«

12

Sie schlugen sich nicht schlecht. Jolly legte einen grandiosen Auftritt hin und brachte den Transporter einer Cateringfirma zum Anhalten. Als der Fahrer abgelenkt war, schmuggelte sich Natalie auf die Ladefläche, während die Schlange noch im letzten Moment unter das Auto schlüpfte. So fuhren sie als blinde Passagiere bis vor das Schloss.

In dem Trubel auch *hinein*zugelangen, war ein ebensolches Kinderspiel. Natalie schnappte sich ein überdimensionales Blumengesteck aus dem Wagen einer Gärtnerei und lief los, das Gesicht hinter weißen Rosen und Lilien verborgen. Niemand hielt sie auf, niemand fragte, wohin sie wollte, sie war die Gehilfin des Gärtners, wer sonst?

Auf ihrem Weg zur Weißen Galerie hörte sie die Königin mit jemandem diskutieren. Sehr gut, sie war anderweitig beschäftigt und würde sie nicht stören. Als sie endlich die Tür zum Goldenen Zimmer hinter sich schloss, klopfte ihr Herz zwar wild, aber die Erleichterung ließ sie lachen.

»War doch ein Klacks«, vermeldete Jolly.

Natalie stellte die Blumen auf dem Schreibtisch ab und trat zur Wand. Die Zeit bis zur Trauung am Nachmittag wollten sie nutzen, um Raikun auf die Spur zu kommen. Inzwischen würde sich Valeriu bestimmt melden.

»So. Wo ist jetzt diese Tür?«

Jolly schlängelte sich über ihren Arm nach vorn, als Natalie den Marmor abtastete. »Na, genau hier.«

»Hm. Kein Spalt, kein Riegel, nicht einmal ein winziger Knopf. Ich hoffe bloß, dass sie nicht durch Blutmagie versperrt ist. Ich will nicht noch einen Finger einbüßen.«

»Frag den Spiegel.«

Diesmal ließ sich der Spiegel nicht lange bitten. Kaum dass Natalie sich davorgestellt hatte, regte sich der alte Zauber und jagte ihr mit einem Kribbeln über die Haut. Das Glas begann zu flimmern.

»Natalie. Natalie. Natalie …«

»Ja, ich weiß. Hallo. Spiegel, wie kommt man durch die Tür in der Wand?«

»Von welcher Tür du auch sprichst,
den Zauber kenne ich. Nicht.«

Sehr witzig. »Zeig mir die Szene von gestern. Als Kilian verzaubert wurde.«

»Vergessen hat er deinen Namen,
vergessen dein Gesicht.
Äußerst betrüblich das ist. Wie ich finde.«

»Irgendwie wirkt der Spiegel ziemlich durchgeknallt auf mich«, warf Jolly ein, die sich wieder um Natalies Hals geschlungen hatte.

Der Spiegel stieß ein konsterniertes Quieken aus.

»Das muss ich mir nicht sagen lassen,
von dir Wurm, dir blassem!«

»Wie nennst du mich? Ich bin eine Schlange, du glupschäugiges Schaufenster.«

Natalie musste grinsen. Trotzdem mahnte sie: »Es ist nicht hilfreich, unsere einzige Informationsquelle zu beleidigen, Jolly. Spiegel, weißt du, was ich meine? Ich will sehen, was mit Kilian passiert ist.«

Der Spiegel gab keine Antwort mehr, aber er lieferte prompt.

Gebannt verfolgten sie mit, wie Raikun sich schließlich von Kilian abwandte.

»Da!« Aufgeregt schoss Jollys Kopf vor. »Jetzt! Stopp! Wo ist die Pausetaste?«

Natalie hatte den Zauberspruch ebenfalls gehört, ein paar gemurmelte Worte auf Rumänisch, Raikuns Muttersprache. »Wie war das? *Sesam, deschide-te?*«

Mit einem leisen Schleifen glitt plötzlich aus der Wand neben ihnen eine Tür einen Spaltbreit auf.

»Ist nicht wahr«, hauchte Jolly. »Das heißt dann wohl ›Sesam, öffne dich‹ auf Deutsch.«

»Das ist typisch Brisko«, mutmaßte Natalie. »Der liebt die Magischen Chroniken. Beim Ausbruch aus dem OMB-Hauptquartier hatte er das verwandelte Aeromob im Rucksack dabei – in Form eines Kürbisses.«

»Na ja, aber der Ausspruch jetzt stammt aus dem Sonderband ›Tausendundeine Nacht‹.«

»Stimmt. Einiges aus dem arabischen Raum soll sogar erfunden sein, habe ich gehört.«

Jolly wiegte den Kopf. »Teils, teils. Scheherazade hat wahre Begebenheiten aufgehübscht, um den Geschichten, die sie dem Sultan erzählte, den nötigen Pep zu geben. Hätte sie es nicht getan, hätte er sie nach der ersten Nacht abgemurkst wie alle anderen seiner Frauen. Nur deshalb rätselt man heute über den Wahrheitsgehalt des Sonderbandes.«

Natalie drehte sich zum Spiegel um, doch das Glas war bereits trüb geworden. »Danke«, flüsterte sie dennoch. »Danke für deine Hilfe, Spiegel.«

Sie schärfte Jolly ein, ab jetzt zu schweigen, dann schlüpfte sie durch die Geheimtür und zog sie hinter sich zu. Einen Moment lang stand sie in der Finsternis und lauschte.

Die Stille war absolut. Nur ein leises Summen von Magie klang Natalie noch in den Ohren. Als sich ihre Augen an die Dunkelheit gewöhnt hatten, konnte sie eine Wendeltreppe erkennen, die sich nach oben wie auch nach unten schraubte. Von oben fiel schwaches Tageslicht herein, während die Schwärze in der Tiefe undurchdringlich wirkte.

Hinauf, entschied sie und erklomm die Stufen. Nach einem guten Stück versperrte ihr eine Tür den Weg. Kunstvoll geschmiedete Beschläge zierten das wurmstichige Holz, der Schlüssel, der im Schloss steckte, war größer als ihre Hand. Er knirschte, als sie ihn herumdrehte, aber die Tür schwang geräuschlos auf.

Geblendet schloss sie die Augen. Morgensonne flutete das Treppenhaus, warm und weich wie flüssiges Licht. Jolly seufzte genüsslich auf. Natalie blickte durch das hohe Rundbogenfenster vor ihr in den Schlosspark. Ein Pavillon in Form eines griechischen Tempels war errichtet worden, von Blumengirlanden umrankt und weißen Stoffbahnen gesäumt, entstand der Eindruck, als schwebte er auf einer Wolke.

Himmel, wie kitschig! Der Gedanke, dass Kilian in wenigen Stunden dieser Cleo dort unten das Jawort geben würde, stach hinter ihrer Stirn. Sie hatte noch immer keinen Schimmer, wie sie das verhindern sollte.

Ihr Blick fiel nach rechts, auf das Schlossdach, dessen Giebel sich etwa auf gleicher Höhe befand. Gegenüber erhob sich einer der Türme in den Himmel. Also befanden sie sich im zweiten Turm. Dass es sich hierbei um Raikuns Stützpunkt handelte, bezweifelte sie nicht mehr.

Runde um Runde stieg sie nach oben, bis die Treppe auf einmal endete.

Jollys Kopf ruckte hoch. »Eine Falltür. Sie muss unters Dach führen.«

Eine rechteckige Klappe war in die Decke eingearbeitet, verschlossen durch einen Riegel, der sich mit einer langen Hakenstange öffnen ließ. Natalie zog die Falltür und die innen angebrachte Treppe herunter und stieg ins Turmzimmer.

Der runde Raum hatte vier Fenster. Es gab ein Bett, eine Waschnische, einen Crosstrainer, einen Fernseher und ein paar

Regale, auf denen Bücher standen, eine Seltenheit heutzutage. Fachliteratur, ein paar Werke der Weltliteratur sowie eine Ausgabe der Magischen Chroniken. Ein zerknülltes Taschentuch lugte unter dem Kopfkissen hervor. Das Handtuch wies Schmutzschatten auf. Die Zahnpastatube war offen. Alles Details, die verrieten, dass hier wirklich jemand lebte.

Aber nicht Raikun.

In einem Schrank fand Natalie Kleidung. Nur wenige Stücke, T-Shirts und Pullover vor allem, Unterwäsche und zwei Jeans. Sportschuhe. Und eine grüne Regenjacke, bei deren Anblick ihr schwindelte.

Sie musste schlucken. Schlucken und schlucken, doch der Knoten in ihrer Kehle wollte nicht weichen. Längst rannen ihr Tränen über die Wangen. Das Herz schwer vor Kummer sank sie auf das Bett. Jolly rieb ihren Kopf an ihrer Wange und Natalie war dankbar, dass sie verstand und schwieg.

Dies war Liams Zimmer. Er wohnte hier, womöglich schon seit Raikun ihn aus Mitran weggeschafft hatte. War er das letzte Jahr über Tag und Nacht hier eingesperrt gewesen wie Rapunzel in ihrem Turm? Natalie sah ihn förmlich vor sich, wie er an einem der Fenster stand, sehnsüchtig nach einem Retter Ausschau haltend. Nach ihr. Sie war nicht gekommen.

Wo mochte er jetzt sein? Warum hatte Raikun ihn fortgebracht?

Sie zupfte an ihrer Nagelhaut, die bereits blutete. *Was jetzt? Was tun? Was jetzt? Was …* Ihr Gehirn spulte nur diese beiden Fragen ab, immer wieder, eine Dauerschleife, die sie nicht durchbrechen konnte. *So nah, Liam. So nah, und doch habe ich dich verpasst.*

»Wir sollten uns unten umsehen«, sagte Jolly sanft. »Ich meine, hier Däumchen zu drehen, ist nicht die beste Idee.«

Natalie nickte. »Einverstanden.«

Sie stieg nach unten und schloss die Falltür. Nichts verriet, dass sie hier gewesen waren.

Sowie sie die Tür zum Goldenen Zimmer passiert hatten, erfüllte undurchdringliche Dunkelheit den Turm. Natalie musste sich Stufe um Stufe vorantasten, das Licht ihrer Smartwatch reichte nicht weit. Die Luft wurde feuchter und roch ein wenig modrig. Sie mussten sich jetzt unter dem Schloss befinden.

Die Treppe endete an einer Tür. Natalie ertastete drei Schlösser. Obwohl sie nur feine magische Adern entdecken konnte, vibrierte Magie unter ihrer Hand, ein Zeichen für einen mächtigen Zauber.

»Ohne Werkzeug kommen wir da nicht rein. Was immer sich hinter der Tür verbirgt, scheint wichtig zu sein.«

»Die Mauer jedenfalls wirkt ziemlich alt«, ließ Jolly verlauten. Natalie kannte den Unterton in ihrer Stimme.

»Was willst du mir damit sagen?«

»Stupse sie mal ein bisschen an.«

»Ich soll sie *anstupsen?* Die Mauer?«

»Ja. Gib ihr einen Magieschubs.«

»Spinnst du? Ich kann doch hier keine Mauer niederreißen. Was, wenn das Schloss über uns einstürzt?« *Das wäre mal eine coole Hochzeitseinlage.*

»Du sollst ja bloß ein Loch reinmachen.«

»Denkst du etwa, Bannmagie hat die Kraft von Sprengstoff?«

»Das sind uralte Ziegel, kein Beton.«

Natalie untersuchte die Mauer und musste zugeben, dass an Jollys Einfall was dran war. Die Ziegel saßen locker. Sie könnte es auf einen Versuch ankommen lassen. *Nein, du musst. Wenn du Raikun das Handwerk legen willst, musst du einfach.*

Grundsätzlich waren ihre Magiestöße heftig genug, um Angreifer von den Füßen zu reißen, einmal hatte sie einen Zentauren damit bewusstlos geschlagen. Aber um eine Mauer zu durchlöchern, musste sie mehr Intensität aufwenden.

Sie trat einen Schritt zurück und konzentrierte sich auf die Magie in ihrem Inneren, bis sie sich zu einem Knäuel ballte, heiß und pulsierend – ihr »zweites Herz« wie Kilian den Magieknotenpunkt einmal bezeichnet hatte. Vor ihrem geistigen Auge formte sich ein Bild dessen, was sie bewirken wollte.

Sie atmete ein und schleuderte die Magie beim Ausatmen von sich. Mit Getöse schlug sie in die Mauer ein, die unter der gewaltigen Kraft tatsächlich nachgab. Prasselnd stürzten die Ziegel zu Boden, mehr und immer mehr, eine Kettenreaktion, die kein Ende nehmen wollte.

Als endlich Ruhe einkehrte und der Staub sich legte, konnte Natalie ein gewaltiges Loch in der Mauer erkennen. Dahinter tat sich einmal mehr Dunkelheit auf, gebrochen nur durch einen schwachen Lichtschimmer, der aus einem angrenzenden Raum zu kommen schien.

»Weiter«, flüsterte Jolly.

Bemüht, nirgends anzustoßen und damit womöglich weitere Ziegel zu lösen, die ihr zweifellos auf den Kopf knallen würden, stieg Natalie hindurch. Sie kletterte über den Schuttberg, den ihr Magiestoß fabriziert hatte, und stand in einem finsteren Gewölbe, in dem sich verschiedene Gerätschaften abzeichneten. Die würde sie sich später vornehmen, erst wollte sie den Ursprung der Lichtquelle ausfindig machen.

Im Nebenraum schließlich stieß sie auf einen länglichen Glaskasten, über dem Leuchtröhren angebracht waren, die bläuliches Licht verströmten. Sie ließ das Bild auf sich wirken, ohne zu begreifen, was sie vor sich hatte. Das Ding hatte die Form und Größe eines Sargs und unweigerlich musste Natalie an Schneewittchen denken. Doch was darin auf weißes Leinen gebettet war, hatte nicht die geringste Ähnlichkeit mit der schönen Blanka in ihrem gläsernen Zaubersarg.

»Auweia.« Jolly zischelte aufgeregt.

»Was zur Hölle ist das?«, flüsterte Natalie.

Die Magie, die sie schon vor der Tür gespürt hatte, waberte um den Glaskasten, fast schien es, als käme sie aus seinem Inneren, abgesondert von der Kreatur, die sich nun auf der Liege krümmte und offenbar spürte, dass sie nicht länger allein war.

Oder konnte sie etwa sehen? Natalie konnte es nicht beurteilen, dort, wo sie Augen vermutet hätte, waren nur Hautfalten zu erkennen, die sich in schneller Folge zusammenzogen und wieder glätteten.

Überhaupt bestand das Wesen hauptsächlich aus Haut, die sich über grässlich verbogene Gliedmaßen spannte und an anderen Stellen in wulstigen Lappen herabhing. Sie konnte Einstichstellen entdecken, außerdem unzählige Wunden, einige durch Nähte versorgt, aus anderen trat grünlicher Eiter aus. Der Kopf mit den wenigen grauen Haarbüscheln war durch faustgroße Beulen deformiert, die sie sofort an Hämatome denken ließ.

Was hatte Raikun da erschaffen? Eine widernatürliche Kreuzung? Und wieso strahlte sie dermaßen mächtige Magie ab?

Sie blickte sich um. Neben dem Glaskasten standen eine weitere Liege sowie ein Lehnstuhl, in der Ecke mehrere Schränke, sogar ein Kühlschrank war dabei. Sie entdeckte Infusionsständer und diverses medizinisches Material auf den Ablagen wie Blutentnahmeröhrchen, Venenkatheter, Infusionsbeutel, Einwegspritzen.

Das Entsetzen packte sie nun endgültig. »Das muss Raikuns Labor sein. Hier hat sie Experimente durchgeführt …«

»Und Paiges Forschungsergebnisse angewandt«, führte Jolly ihren Gedanken mit dumpfer Stimme zu Ende. »Wenn ich mir die Liege so ansehe, dann kann dieses Unding in dem Brutkasten nur der Spender der zweiten Blutprobe sein.«

»Hier hat sie die Magyära auf Liam übertragen und ihn zu einem Bannmagier gemacht – falls es geklappt hat.«

Sie vermochte sich kaum vorzustellen, was ihr kleiner Bruder durchgemacht hatte. Hoffentlich, hoffentlich hatte Raikun ihm die Erinnerung an das Verfahren genommen.

Ein Geräusch ließ sie wieder an den Glaskasten treten. Die Kreatur warf sich herum und klopfte dabei gegen die Wände ihres Gefängnisses. Als Natalie sich darüber beugte, verharrte sie, das entstellte Gesicht verzerrt. Ein gurgelnder Laut erklang, gedämpft durch die gläserne Abdeckung.

»Es versucht zu sprechen«, wisperte Jolly.

Oh bitte nicht. Die Kreatur an sich wirkte wie eine Ausgeburt Raikuns kranker Ideen. Dass sie auch noch ein Bewusstsein haben sollte, über Intellekt verfügte, setzte der Perversion die Krone auf. Nichtsdestotrotz bewegte sie den lippenlosen Mund.

Kopfschüttelnd wollte Natalie sich abwenden, da schlug das Wesen gegen den gläsernen Deckel. Bekam es überhaupt genug Luft? Die Luftlöcher wirkten winzig und die beiden Eingrifföffnungen waren durch Folie abgedeckt.

»Du sollst ihn abnehmen«, übersetzte Jolly. »Mach schon. Es will uns was sagen.«

Und wenn es uns angreift? Natalie sprach es nicht aus. Sie hatte keine Angst vor dem abstoßenden Geschöpf, sie empfand nur Mitleid. Sie öffnete die Verriegelung und klappte den Deckel auf.

»Hölle!« Ein Schwall üblen Gestanks schlug ihr ins Gesicht – Fäulnis, Zerfall – und die Intensität der Magie verstärkte sich. Hier wurde etwas mit einem dunklen Zauber am Leben erhalten, das längst tot sein sollte.

»Töte … mich«, stieß die Kreatur hervor.

Wieder schüttelte sie den Kopf. »Was? Nein! Wie könnte ich denn …?«

»Töte mich … Natalie.«

Sie zuckten beide zurück, Jolly nicht weniger bestürzt als Natalie. »Jetzt macht es mir Angst«, zischelte die Schlange unter wildem Züngeln.

»Du … kennst meinen Namen?«, fragte Natalie.

Die Kreatur streckte sich ihr flehend entgegen. »Natalie … töte mich. Bitte …«

Ihr war nun furchtbar schwindelig. Sie konnte doch nicht … Wie sollte sie denn …?

»Liam, er …« Ein rasselndes Luftholen, Schleim troff aus der Mundöffnung. »Ich bin … Töte mich … bitte.«

Und da, noch als das Wesen sich mit aller Macht bemühte, Worte zu bilden, sprang ein Gedanke in ihr über. Er hatte latent im Hintergrund gelauert, jetzt wurde er durch den Namen ihres Bruders freigesetzt.

»Nein!«, rief sie erschrocken. »Oh nein! Nein …«

»Was denn?«, fragte Jolly. »Nat, was ist los?«

Sie konnte nicht antworten. Hanjos Worte spukten ihr durch den Kopf und ihr Gedächtnis versorgte sie mit Bildern von ihrem letzten Kampf gegen Raikun im Garten der Kanzlervilla: die lebendige Fackel, ein leuchtend blaues magisches Feuer, der Zauberspruch, die Asche …

»Nat?«

»Mein Großvater«, sagte sie, begleitet von einem klagenden Laut der Zustimmung aus dem Mund der Kreatur. »Das, Jolly, das ist der Mächtige.«

13

»Da sind Sie ja wieder.« Die Stimme übertönte das Piepen irgendwelcher Geräte. »Ich dachte schon, Sie wachen gar nicht mehr auf. Hallo? Hören Sie mich?«

Paige hätte nie erwartet, dass es möglich war, sich derart schwach zu fühlen. Selbst das Öffnen ihrer Lider war ein Gewaltakt. Nach einigem Blinzeln zeichnete sich vor ihren Augen das schemenhafte Bild einer weiblichen Person ab. Paige versuchte zu sprechen, aber die Worte, die sie über die Lippen brachte, verselbstständigten sich und heraus kam nur Gebrabbel. Die Ärztin verstand sie dennoch.

»Genau, ich bin Dr. Fellner. Sie erinnern sich an mich, sehr gut.«

Sie erinnerte sich keineswegs an die Frau. Nur der Name war ihr ein Begriff. »Fell-ner?«

»Ja. Prima. Sie machen das sehr gut. Wissen Sie noch, was passiert ist?«

»Messer.«

»Zwei Stiche zwischen die Rippen. Beide tief in die Leber, einer hat auch noch den Darm getroffen. Sie haben viel Blut verloren, aber wir kriegen Sie wieder hin.«

Unmöglich. Mit einer perforierten Leber und einem Loch im Darm hatte sie nur wenig Überlebenschancen. »Ich … sterbe.«

Die Ärztin tätschelte ihre Hand. »Nein, nein, keine Sorge. Sie kommen durch, in ein paar Stunden sind Sie wieder fit. Schlafen Sie. Ich sehe später nach Ihnen.«

Fit? In ein paar Stunden? Die Frau hatte keine Ahnung. Vielleicht war das ja ein Albtraum oder ein Wunschtraum, der sie heimsuchte, während sie in Wirklichkeit auf der Straße verblutete. Erinnerungsblitze durchzuckten sie: *Backsteingebäude. Zeitung. Valeriu. Journalist. Mörder …*

Stunden später erwachte sie tief verwirrt und allein. Das Piepen hatte aufgehört. Ein Schrei barst in ihr und alles, woran sie denken konnte, war: *Bitte lass mich nicht allein sterben. Lass mich nicht allein sterben. Bitte, bitte …*

Paige.

Bitte lass mich nicht allein sterben.

Paige, ganz ruhig, meine Kleine. Ich bin bei dir.

Hände, kühl wie eine Meeresbrise, strichen ihr über das Gesicht, und sie drängte sich ihnen entgegen, schluchzend und voller Angst. Unvermittelt sank sie in ein Nest aus Geborgenheit, sie fühlte sich behütet und geliebt, und ihr Schrei schmolz zu einem Schluchzen zusammen.

Ich bin da, ich bin bei dir …

»Paige. Schon gut, alles gut. Beruhigen Sie sich.«

Die Hände waren weg, die Sicherheit, die sie vermittelt hatten, aber blieb. Die Stimme war nun eine andere, harsch, jeder Satz wie eilig hingespuckt. Dr. Fellner.

»Wo bin ich?«

»Im Gute-Fee-Krankenhaus.« Die Ärztin reichte ihr ein Glas Wasser vom Nachttisch. »Trinken Sie.«

Dankbar nahm Paige ein paar Schlucke.

»Wie fühlen Sie sich?«

Abgesehen von ihrer Angst gerade? »Erstaunlich gut.«

»Schmerzen?«

Verwundert schüttelte Paige den Kopf. »Nein. Aber das ist mir unbegreiflich. Ich müsste tot sein. Oder zumindest im Koma liegen.«

»Müssten Sie. Glücklicherweise wurde sofort ein Siegelabgleich gemacht. Nur deshalb konnten wir Sie retten.«

»Ein *was?* Wieso bin ich überhaupt hier?«

»Sie wurden niedergestochen …«

»Nein, ich meine, hier, im Gute Fee. In einem Magischenkrankenhaus.«

»Dank unserer großartigen Regierung müssen verletzte Magische nun ausschließlich in Magischenkrankenhäusern behandelt werden.«

»Magische ja, aber ich?«

Dr. Fellner zog die Stirn kraus. »Nur, damit wir uns nicht missverstehen: Sie sind eine Magische.«

Paige musste lachen. »Nein. Ich bin ein Mensch.«

»Das war keine Frage. Ihre Blutwerte sprechen für sich.«

Ihr wurde schwummrig und sie kniff die Augen zu. Sie schien noch immer zu träumen. Falls dem so war, lag sie womöglich noch auf der Straße, in ihrem eigenen Blut.

Ein Pfeifen wie man einen Hund ruft. »Paige? Sehen Sie mich an.«

Dr. Fellner war noch da. Jetzt setzte sie sich zu ihr ans Bett. »Sie wussten es nicht, habe ich recht?«

»Das kann nicht wahr sein«, flüsterte Paige. »Mein Vater ist Marcus Dibensky, ein Mensch. Meine Schwester ist ein Mensch. Wir sind alle Menschen. Ich bin ein Mensch!«

»Und Ihre Mutter? Sie ist eine Fee …«

»Sie ist tot. Und sie war bestimmt keine Fee. Mein Vater hätte niemals eine Magische geheiratet. Er hasst Magische.«

»Vielleicht wusste er es nicht.«

»Das muss ein Irrtum sein. Bitte, Dr. Fellner, wiederholen Sie den Bluttest.«

Die Ärztin stand abrupt auf. »Das ist eine Vergeudung von Ressourcen. Wir machen stets einen doppelten Abgleich, schon allein, um nicht irrtümlich Menschen zu behandeln …«

»Eben! Ich bestehe darauf!«

»Hören Sie, Paige«, erwiderte Fellner in schneidendem Tonfall. Ihre Miene war hart, jegliches Verständnis war daraus gewichen. »Mir ist klar, dass diese Nachricht eine herbe Enttäuschung für Sie ist, umso mehr angesichts der aktuellen politischen Lage.

Aber selbst wenn ich den Bluttest noch dreimal wiederhole – ändern wird das am Ergebnis nichts. Mein herzliches Beileid also zu Ihrem neuen Magischenstatus. Am besten melden Sie sich selbst als Probandin für die klinische Studie von Innovatis. Bei Ihrem niedrigen MQ-Wert bin ich guter Dinge, dass Sie die Injektionen auch überleben.«

Die Antwort blieb Paige im Hals stecken. Sie konnte Dr. Fellner nur bestürzt nachblicken, als sie aus dem Krankenzimmer marschierte.

Fünfzehn Minuten später kam eine kahl rasierte und über und über tätowierte Krankenschwester ins Zimmer und nahm ihr Blut ab. Auf Paiges überraschte Frage, wozu das gut sei, erwiderte sie lediglich: »Kontrolle.«

Na schön, dachte Paige mit leiser Wut im Bauch. Also hatte Dr. Fellner eingesehen, dass da etwas nicht stimmen konnte.

»Was genau ist dieser ominöse Siegelabgleich, der bei meiner Einlieferung gemacht wurde?«, erkundigte sie sich.

Die Schwester setzte das zweite Blutentnahmeröhrchen an. »Man kann in jedem Magischenkrankenhaus ein Notfallsiegel erwerben. Dahinter wird das Lebenswasser aufbewahrt. Bei hoffnungslosen Fällen machen wir zuerst einen Abgleich, um zu sehen, ob noch was zu retten ist.«

Notfallsiegel. Lebenswasser. Hoffnungsloser Fall. *Verdammt, was ist hier eigentlich los?* »Dieses Lebenswasser – was ist das?«

Die Schwester drückte einen Tupfer auf den Einstich und wies Paige an draufzupressen. »Nie vom Wasser des Lebens gehört? Es kann Todgeweihte heilen, je nachdem, bei welcher Krankheit es in welcher Menge verabreicht wird. Es ist sehr selten, der Brunnen, aus dem es geschöpft wird, praktisch unauffindbar. Nur wenige Hohe Feen wissen davon.«

»Und ich hatte ein solches Siegel?«

»Sieht ganz danach aus.« Die Schwester ging zur Tür. »Wissen Sie, Sie sollten dankbar sein, dass Sie noch leben, und nicht so viel rumnörgeln. Meine Meinung.«

Krach. Die Tür fiel hinter der Krankenschwester zu. Verstört sank Paige in ihr Kissen. Ein Blutstropfen trat aus dem Einstich, sie hatte kein Pflaster bekommen. Was war das nur für ein seltsamer Umgang mit Patienten?

Sie döste ein und im Halbschlaf spukten ihr die seltsamsten Bilder durch den Kopf. Ihre Mutter im Prinzessinnenkleid, die mit ihrem Vater tanzte. Leichenblasse Zombies mit blutenden Wunden am ganzen Leib. Jolly mit dem typischen Feenglanz in den Augen.

Als sie hochschreckte, flirrte Sonnenlicht ins Zimmer und sie musste dringend auf die Toilette. Sie klingelte nach einer Krankenschwester, aber als niemand kam, stieg sie aus dem Bett. Wieder musste sie feststellen, wie wenig beeinträchtigt sie sich fühlte. Sie war noch schwach, das ja, aber durchaus in der Verfassung, allein zu gehen. Sie erreichte die Tür und schaute hinaus.

»Himmel!«

Auf dem Flur standen die Patientenbetten in Zweierreihen, alle belegt mit Magischen, teilweise in fürchterlichem Zustand. Jammern, Weinen, Stöhnen sowie der Geruch nach Blut hingen in der Luft. Krankenschwestern und -pfleger, Ärzte und Ärztinnen, ja, sogar Leute vom Reinigungspersonal hasteten umher und versuchten ihr Möglichstes, das konnte Paige auf den ersten Blick erkennen. Es war zu wenig.

Ihr fiel wieder ein, welche Umstände sie zuletzt in das Gute Fee geführt hatten, wie schockiert sie gewesen war und schließlich auch, woher sie Dr. Fellner kannte. Und dann erinnerte sie sich an die Tumulte auf ihrer Fahrt zum *Mitran Kurier*. Diese Magischen waren die Opfer von Pro-Mensch-Aktivisten. Die Opfer des Regierungsprogramms.

Schwindel packte sie. Sie taumelte den Flur hinunter, vorbei an Kopfverletzungen, Verbrennungen, Stichwunden, vorbei an Schwerverletzten und Sterbenden. In letzter Sekunde schaffte sie es in die Toilette und beugte sich über ein Waschbecken, dann kam ihr bereits alles hoch.

Eine ganze Weile rang sie um Fassung, bis sich plötzlich jemand zu ihr gesellte. Dr. Fellner lehnte sich erschöpft an die Wand, den Kopf in den Nacken gelegt.

»Hier sind Sie also.«

»Ja«, wisperte Paige. »Ich kann nicht mehr zurück in mein Zimmer.«

»Geht es Ihnen schlechter?«

»Nein, aber ... Wieso steht mir ein eigenes Zimmer zu, während all die anderen«, ihre Stimme kippte, »auf dem Gang liegen?«

»Sie hatten nun mal ein Sonderklassesiegel.«

»Woher das denn?«

Die Ärztin massierte ihren Nacken. »Kommen Sie, Paige«, sagte sie schließlich, »ich will Ihnen etwas zeigen.«

Verständnislos ergriff sie den dargebotenen Arm. »Müssen Sie nicht zu anderen Patienten?«

»Ich bin seit neunundzwanzig Stunden durchgehend im Einsatz. Ich brauche eine Pause.«

Ein Aufzug brachte sie ins Untergeschoss. Vor dem Spiegel fiel ihr erstmals auf, dass sie nur ein knielanges Nachthemd trug und barfuß unterwegs war. Ihr Gesicht war blass, das Mal auf ihrer Wange leuchtete unverändert in flammendem Rotbraun. Paige war froh, als sie auf den Flur hinaustraten.

»Hier befindet sich das Archiv unserer Magischen Abteilung.«

Fellner lotste sie in eine stille, kühle Halle mit weicher Beleuchtung, deren Schein sich unter der Decke verlor. Unzählige hohe Zwischenwände waren eingezogen und darauf prangten handtellergroße nachtblaue Siegel, alle mit silbernen Schriftzügen versehen. Namen, erkannte Paige. Einige Siegel waren gebrochen und man konnte sehen, dass sich dahinter ein Hohlraum verbarg.

Staunend hob Paige den Blick. »Wie finden Sie sich hier zurecht? Das müssen ja Hunderte von Siegeln sein.«

»Neuntausenddreihunderteinundsiebzig exakt.« Die Ärztin hob die Stimme und sprach in den leeren Raum über ihren Köpfen. »Ich brauche ein Siegel bitte.«

Aus dem Halbdunkel lösten sich Pixies, die diensteifrig herbeiflatterten und sich Dr. Fellner zuwandten.

»Der Name ist Paige Dibensky. Kein Abgleich, führt uns nur hin.«

Kichernd flogen die Pixies voraus, eins der Feenwesen aber umschwirrte Paige und zupfte voller Begeisterung an ihrem Haar. Sie musste an die Situation vor der Klinik St. Eckhart denken. An so viele andere Begebenheiten, die ihr immer ein bisschen wunderlich erschienen waren, mit denen sie aber nie etwas hatte anfangen können.

Und langsam begann sie daran zu glauben.

Vor einem gebrochenen Siegel direkt unter der Decke hielten sie an. Paige konnte ihren Namen gerade so entziffern, aber Dr. Fellner stellte ihr eine Trittleiter hin und sie kletterte mit einiger Mühe hinauf.

Paige Dibensky. Behutsam berührte sie die glatte Oberfläche und fuhr über die Bruchkante. Der Hohlraum dahinter war groß genug, eine Flasche unterzubringen. Wieder am Boden hielt die Ärztin ihr eine winzige Phiole hin, auf der ebenfalls ihr Name eingraviert war.

»So klein«, flüsterte Paige, als sie das Glasröhrchen zwischen den Fingern drehte. Gewissheit durchströmte sie. Ihre Mutter Greta hatte das Wasser des Lebens für sie hinterlegt. Als hätte sie geahnt, dass ihre Tochter es einmal nötig haben könnte.

»Ihre Mutter konnte sich wohl nicht mehr leisten.«

»Sie hatte Krebs. Warum hat sie es nicht selbst genommen?«

»Um Krebs zu heilen, braucht man schon einen Becher voll. Und Mütter, Feenmütter insbesondere, sind selbstlos. Sie denken nicht an sich, nur an ihre Feenkinder.«

14

Wäre es nach ihm gegangen, so hätte er Cleo geschnappt, wäre mit ihr zum nächsten Standesamt nach Mitran gefahren und nach der Trauung zur Hochzeitsreise in die Karibik aufgebrochen. Zwei Wochen auf der Segelyacht, nur Sonne und Meer, Salz auf der Haut und Cleos Küsse, mehr brauchte Kilian nicht.

Es hätte ihm gutgetan, alles hinter sich zu lassen, das ganze verkorkste letzte Jahr. Doch er hatte sich für seine Familie entschieden, für den Thron, was bedeutete, dass er sich in die Amtsgeschäfte einarbeiten musste. Jetzt, da sein Vater so krank war, wollte er seiner Pflicht nachkommen.

Sie würden die Hochzeitsreise im Winter nachholen. Cleo hatte Verständnis gezeigt. Sie müsse sich ohnehin in ihre neue Rolle als zukünftige Königin einfinden, sie sei froh, dass ihr Königin Antonia zur Seite stehe. Sie war ein wunderbares Mädchen, seine Cleo, sie passte perfekt zu ihm.

Passend zur Hochzeit hatte Frau Holle einen richtigen Traumtag geliefert: Sonne, angenehme Temperaturen, eine leichte Herbstbrise. Kilian flanierte durch die Reihen der Gäste – alles Adelige von Rang und Namen, teilweise von weit her angereist –, wechselte mit jedem ein paar Worte und fand sich schließlich vor dem Pavillon ein.

Die Dekoration war nicht sein Geschmack, die Stoffbahnen muteten wie Schneeschollen an, alles glitzerte und schimmerte, und mit dem Blumenschmuck hatte es seine Mutter ebenfalls übertrieben. Die Lilien rochen penetrant. Er hätte etwas Duftigeres, Leichtes bevorzugt, etwas, das Cleo schmeichelte und sie nicht erdrückte.

Der Pfarrer und der Standesbeamte nickten ihm zu. Sie hatten den Ablauf am Vortag besprochen, jetzt hieß es nur noch warten. Kilians Gedanken glitten zur OMB und Wehmut schlich sich in sein Herz. Er hatte seine Arbeit geliebt, war mit Leib und Seele Agent gewesen, so nervenaufreibend es manchmal auch war. Doch die Ereignisse rund um Raikun hatten sich auf sein Gemüt geschlagen: Liam nach wie vor gefangen, der Mächtige tot, Ed für immer gelähmt, Paige in fragwürdige Geschäfte verwickelt, Jolly eine Schlange …

Moment, gestern hat sie dir als Mensch gegenübergestanden. Brisko war nach wie vor flüchtig – was also hatte er verpasst?

Er musste an ihre Begleiterin denken, dieses schwarzhaarige Mädchen mit den eisgrauen Augen, in denen sich Abgründe spiegelten, zudem eine flammende Wut. Obwohl ihr Benehmen unmöglich gewesen war, grübelte er seither, woher sie ihn zu kennen glaubte. Er kannte sie jedenfalls nicht, nie gesehen. Nur ihre Berührung, diese lächerliche Ohrfeige, hatte ihn auf eigenartige Weise getroffen. Noch heute meinte er, das Prickeln auf seiner Wange zu spüren.

»Königliche Hoheit, darf ich Sie kurz sprechen?«

Gerade hatte Gaeland den Rollstuhl mit König Ralph im Pavillon abgestellt. Nun stand er vor Kilian, das Gesicht ernst.

»Natürlich. Was gibt's?« Gaeland wich von der illustren Hochzeitsgesellschaft zurück und Kilian musste ihm wohl oder übel zum Springbrunnen folgen. »Also? Was ist so geheim, dass Sie mich entführen?«

Gaeland druckste herum. »Denken Sie wirklich … Sind Sie sicher, dass Sie Prinzessin Cleo heiraten wollen?«

Es stand Gaeland nicht im Mindesten zu, dieses Thema anzuschneiden, und das wusste er sehr wohl.

»Warum? Warum fragen Sie mich das, Gae?«

»Ich fürchte, das kann ich nicht so genau erklären. Es ist so, dass ich Gerüchte gehört habe, man würde Sie auf irgendeine Weise zu dieser Heirat nötigen.«

»*Gerüchte?* Sie müssen sich schon genauer ausdrücken.«

»Die Königin.« Er verfiel ins Flüstern. »Mit einem Zauber.«

»Nun«, sagte Kilian langsam, »es ist kein Geheimnis, dass sich meine Mutter von der Verbindung unserer Häuser viel verspricht. Aber ein Zauber? Wer behauptet denn so was?«

»Der Spiegel. Und die jungen Damen, die gestern hier waren.«

Das Lachen blieb ihm im Hals stecken. Seine Mutter machte gemeinsame Sache mit Raikun, insofern wäre ein Zauber denkbar. Aber an ihm? Ihrem eigenen Sohn? Was die jungen Damen betraf, so vertraute er Jolly zwar, doch über das andere Mädchen wusste er rein gar nichts. »Mir war nicht klar, dass Sie Zugang zu Mutters Spiegel haben, Gaeland.«

»Lieben Sie sie? Lieben Sie Cleo?«

Das ging zu weit. »Gaeland …«

»Bruderherz!« Marik, in einen edlen anthrazitgrauen Cutaway gekleidet, schlug ihm kräftig auf die Schulter. Er wedelte mit der Hand, das Zeichen für Gaeland, sich zurückzuziehen.

Mit nagendem Unbehagen blickte Kilian ihm nach. Was hatte Gaeland veranlasst, ihn auf seine Gefühle anzusprechen? Damit hatte er eine Grenze überschritten, was in höchstem Maße ungewöhnlich für ihn war. Seine Überlegungen versiegten, als Marik seine Aufmerksamkeit forderte.

»Na, wie geht's, Kil? Aufgeregt?«

»Nein. Wieso?« Das war gelogen. Er war unglaublich aufgeregt, konnte aber nicht nachvollziehen, warum.

Marik grinste scheinheilig. »Ja, wieso auch? Vielleicht, weil du einer Fremden versprechen wirst, sie für alle Zeiten zu lieben und zu ehren, sie und eure Kinder.«

Kinder. Seine Mutter hatte bereits verlauten lassen, dass sie sich auf Enkel freue, und zwar auf viele und das möglichst bald. Angesichts dessen war Cleo blass geworden, aber sie hatte tapfer genickt – ein Baby sei auch ihr Wunsch. Also würde er demnächst Vater werden. Er schluckte.

»Cleo ist keine Fremde mehr«, gab er betont locker zurück.

Marik senkte die Stimme. »Ach, dann wart ihr schon in der Kiste?«

»Halt deine verdammte Klappe, Marik«, zischte Kilian. »Es kommt nur abartiger Mist heraus.«

»Also noch nicht. Denkst du vielleicht noch an deine Verflossene?«

Mariks blöder Spruch fuhr ihm direkt ins Herz. Ihm wurde heiß. »Was denn für eine Verflossene? Ich bin seit Jahren Single. Ein Agent hat weder Zeit noch Muße für Beziehungen, wie du selbst wohl auch schon mitgekriegt hast.«

»Ach, ich dachte nur. Aber umso besser, dann ist ja alles klar bei dir, Kil.«

Das war es. Alles war perfekt. Und trotzdem war da diese Unruhe in ihm, die Furcht, dass er gleich den größten Fehler seines Lebens begehen würde.

Lieben Sie sie? Lieben Sie Cleo?

In Wahrheit kannten sie sich noch nicht. War er verliebt? Zumindest das? Er mochte sie, sie war hübsch und aufgeweckt. Alles andere würde sich finden. *Du heiratest. Das ist ein großer Schritt, da ist ein wenig Aufregung ganz normal.*

»Und wie läuft es bei dir so?«, erkundigte er sich bei Marik. »Gibt's was Neues in Sachen Raikun?«

»Nein. Nichts. Ed, der Idiot, ist viel zu lahmarschig. Der kriegt seinen Hintern nicht hoch.« Er kicherte über seinen fiesen Scherz. »Wenn ich erst an der Spitze stehe, wird sich alles ändern. Ich werde der Regierung Dampf machen, Innovatis verpflichtend einzuführen. Damit schlagen wir eine Menge Fliegen mit einer Klappe. Keine Magischen mehr, keine Probleme mehr.«

»Und die Wesen der Klasse E? Drachen, Riesen, Phönixe …«

»Die werden wir nach und nach eliminieren. Ein wenig Gift ins Futter – voilà, Problem gelöst.«

Voller Abscheu starrte Kilian seinen Bruder an. Marik war heimtückisch bis ins Letzte, doch eine solch urwüchsige Bösartigkeit hätte er ihm nicht zugetraut.

Ob Raikun davon wusste? Ihr Bündnis mit der Königin gab ihm immer noch Rätsel auf. Er hatte angenommen, sie würden beide nur Vorteile daraus schlagen. Es konnte nicht im Sinne der Hexe sein, das Volk der Magischen auszurotten. Es sei denn, und das erschien ihm plötzlich einleuchtend, Raikun betrog seine Mutter.

Und wie sie das tut! Sie lässt sich immer eine Hintertür offen. So war es bei Liams Entführung gewesen. Jeden Schritt der OMB hatte sie vorausgeahnt und Vorkehrungen getroffen. Selbst als sie drauf und dran gewesen waren, den Enkel vom Chef zu befreien, waren sie blind in die Falle getappt. Mit einem Mal wurmte ihn, dass er den Fall nicht hatte abschließen können. Liam Windersom in Raikuns Händen zu wissen, war wie eine offene Wunde in seiner Brust, ein Loch, das dort klaffte und bei jedem Atemzug schmerzte.

Musik setzte ein. Unwillkürlich schlug sein Herz schneller. Auf der Freitreppe erschien König Adrian von Schweden und an seinem Arm: Cleo, so bezaubernd anzusehen, dass Kilian überrascht Luft holen musste.

»Ist sie nicht wunderschön?«, raunte ihm seine Mutter zu. »Eine würdige zukünftige Königin.«

Kilian nickte. Obgleich Cleo gerade erst achtzehn geworden war, wirkte sie durch ihren Schmollmund und die großen blauen Augen kindlich auf den Betrachter. Jetzt aber, in dem eleganten bodenlangen Kleid und mit der Hochsteckfrisur, die ihr Gesicht streckte, sah sie erstmals wie eine junge Frau aus.

Seine Braut. Er würde sein Leben mit ihr verbringen, beginnend mit der Feier nach der Trauung und der anschließenden Hochzeitsnacht.

Nervosität peitschte in ihm hoch. Kilian versuchte, ruhiger zu atmen, aber er bekam sich nicht unter Kontrolle. Woran lag das? Was machte ihm so zu schaffen?

Königin Elvira, die gleich neben seiner Mutter stand, lächelte ihm zu. »Nur keine Bange. Alles wird perfekt klappen.«

Sah man ihm so sehr an, was in ihm vorging? Er musste sich wieder einkriegen, sonst würde er beim Sprechen des Gelöbnisses keinen Ton über die Lippen bekommen.

Wind frischte auf, zupfte an den Blumengestecken und bauschte den blütenweißen Teppich um den Pavillon. Der Himmel war knallblau, keine Anzeichen für einen Wetterumschwung, und doch roch die Luft eigenartig, als wäre ein Unwetter im Anmarsch. Ein paar Gäste reckten die Hälse.

»Du hast doch für den ganzen Tag Schönwetter bestellt?«, erkundigte er sich bei seiner Mutter. Eine kostspielige Angelegenheit, aber das musste drin sein.

Die Königin nickte sachte. »Natürlich, wo denkst du hin?«

Wörtlich genommen? Das wusste er nicht. Seine Gedanken fegten in alle möglichen und unmöglichen Richtungen, er kam ihnen kaum hinterher.

Nur noch wenige Schritte trennten Cleo und König Adrian vom Pavillon. Sie wirkte ernst, ein wenig unsicher, und es beruhigte Kilian, dass es ihr wohl ähnlich erging wie ihm. Als sich ihre Blicke trafen, begann sie zu strahlen. Sein Herz hämmerte indessen wie verrückt, Übelkeit bahnte sich ihren Weg und ein säuerlicher Geschmack stieg ihm in die Kehle. Er zwang sich, Cleos Lächeln zu erwidern.

Der Wind wirbelte Cleos Schleier auf und die Gäste gaben ein einziges erschrockenes ›Oh‹ von sich. Zwei Brautjungfern ordneten das zarte Stoffgebilde neu an und hielten es fest, bis Cleo unter das Dach an seine Seite trat. König Adrian legte ihre Hand in Kilians und er starrte auf sie hinab, nicht sicher, was er da suchte.

Sie hatte zarte Hände, kurze Finger, die Nägel gepflegt und in einem hellen Rosaton lackiert. Das Bild einer anderen Hand blitzte vor seinen Augen auf, einer Hand, deren Zeigefinger zur Hälfte amputiert war.

Jetzt war ihm richtig schlecht.

»Kilian«, zischte seine Mutter und er nickte ertappt.

Der Standesbeamte setzte zu seiner Ansprache an.

»Liebes Brautpaar, werte Gäste …« Ein Rauschen hüllte Kilian ein, er bekam nicht ein Wort mit. Irgendwann dann die entscheidende Frage: »Kilian Jason Prinz von Nauders, ist es Ihr freier Wille, mit der hier anwesenden Cleo Ebba Prinzessin von Schweden die Ehe einzugehen, dann antworten Sie mit ›Ja‹.«

Ist es Ihr freier Wille … Ihr freier Wille … Frei …

»Kilian!«, fauchte die Königin. »Antworte!«

Der Standesbeamte lächelte ihn erwartungsvoll an.

»Ich …« Nein, falsch. Er musste mit »Ja« antworten, mehr nicht. Kilians Blick heftete sich auf Cleos himmelblaue Augen, dann auf ihre Lippen, von denen er gestern zum ersten Mal gekostet hatte. Vor ihm stand diese *Kindfrau,* für die er mit diesem Tag die Verantwortung übernahm, mit der er Kinder zeugen sollte. Die seine Königin werden sollte.

»Ein einfaches ›Ja‹ genügt«, ermunterte ihn der Standesbeamte.

Die Hand in seiner fühlte sich schwitzig an. Cleo blinzelte verwirrt. Der Wind rüttelte am Pavillon. Kilian schwindelte, doch er fand nur Halt bei seiner Braut.

»Ja«, sagte er.

15

Sie trug Feenblut in sich. Magyära. Keine nennenswerte Menge, ihre Augen wiesen keinen Ring um die Iriden auf, aber es schlummerte in ihr, ungenutzt, unerkannt. Paige würde Zeit brauchen, sich damit anzufreunden. Viel Zeit.

In der Datenbank war sie nach wie vor als Mensch geführt.

»Wie geht es nun weiter?«, hatte sie Dr. Fellner gefragt.

»Bleiben Sie ein Mensch oder werden Sie zur Magischen. Es ist Ihre Entscheidung. Ich werde Ihnen keinen Strick daraus drehen.«

Paige war unendlich dankbar, dass sich die Ärztin so kooperativ zeigte. Und als sie am frühen Nachmittag entlassen wurde – so fit wie versprochen –, war sie nie Patientin des Krankenhauses *Zur guten Fee* gewesen.

Wer hatte sie als Mensch klassifiziert? Hatte ihre Mutter dafür gesorgt, dass die Daten manipuliert wurden? Wusste ihr Vater überhaupt davon? Sie würde ihn fragen müssen, oh ja, sie hatte eine Menge Fragen.

Von der Sonne geblendet trat sie ins Freie. Blassgelbes Licht schwebte in den Straßen, fast stofflich kam es ihr vor. Die Luft wirkte seltsam elektrisierend, wie aufgeladen mit Energie. Oder war das nur ihr zweites Leben? Sah sie nun, da das Wissen in ihr geweckt worden war, die Welt mit anderen Augen?

Noch im Krankenhaus hatte sie feststellen müssen, dass ihr Mörder ihr die Handtasche und die Smartwatch geraubt hatte. Sie konnte niemanden kontaktieren, hatte kein Geld, keine Bank- und Kreditkarten mehr. Mit dem Verlust ihres Handys waren auch die Daten verloren, die sie an den *Mitran Kurier* weitergeben wollte. Sie besaß nichts als die Kleider, die sie am

Leib trug, und selbst die waren ein Geschenk von Dr. Fellner gewesen, da ihre eigenen Sachen blutdurchtränkt und nicht mehr zu gebrauchen waren.

Zu Fuß machte sie sich auf den Heimweg. Hoffentlich wartete Valeriu in der Wohnung auf sie. Er musste krank vor Sorge sein. Zuvor wollte sie aber noch einen Besuch der anderen Art machen.

Es war nur ein kleiner Abstecher zum Marienkind Friedhof. *Wie absurd*, dachte Paige, als sie zwischen den Grabreihen entlangging, *dass selbst im Tod strikt nach Klassen getrennt wird.* Hier durften ausschließlich Menschen ihre letzte Ruhe finden. Doppelt absurd, in Anbetracht dessen, dass ihre Mutter eine Fee gewesen war.

Ein Engel mit gefalteten Flügeln bewachte den Grabstein aus weißem Marmor. *Greta Dibensky, auf ewig in unseren Herzen*, lautete der goldene Schriftzug. Paige legte die drei Astern, die sie am Zaun eines Kleingartens gepflückt hatte, auf den Sockel.

»Du hättest rote Rosen verdient, Mama«, murmelte sie. »Danke. Danke, dass du mich zurück ins Leben geholt hast. Aber weißt du, das alles kommt ziemlich überraschend.« Ihre Augen brannten, sie schniefte.

»Das kann ich mir vorstellen.«

Vorhin, als sie diese Stimme zwischen Wachen und Träumen vernahm, hatte sie sie nicht erkannt, doch jetzt …

»Mama?«, flüsterte sie ungläubig. Wie war das möglich? »Greta?«

»Ich bin hier, meine Kleine.«

Paige fuhr herum, drehte sich im Kreis und sah doch niemanden. Nur Schattenspiele der Blätter auf dem weißen Marmor. Dennoch fragte sie weiter. Heute waren schon ganz andere Dinge passiert. »Wo? Wo bist du?«

»Der Engel ist abscheulich. Dein Vater hatte schon immer ein Händchen dafür danebenzugreifen.«

Paige blinzelte und da, wie ein Geist, der aus dem Nichts erscheint, wurde eine Gestalt neben dem Marmorengel sichtbar. Ihre Mutter sah genauso aus wie in ihrer Erinnerung oder war es gar ihre Erinnerung, die ihr Substanz verlieh?

»Du bist nicht real.« Eine Vision? Sie war nicht der Typ dafür, ihr Wissenschaftlerhirn zerpflückte Unwirkliches, bis es auf unwiderlegbare Fakten stieß. Selbst im kleinsten Molekül fanden sich Fakten. »Du kannst gar nicht real sein, es gibt keine Geister.«

»Realität ist relativ. Glaubst du an das, was du siehst?«

Sie knirschte mit den Zähnen. Beschloss, sich darauf einzulassen. »Muss ich wohl. Ich könnte natürlich auch halluzinieren. Nach meiner Nahtoderfahrung eine denkbare Folgeerscheinung.«

Ihre Mutter lächelte versonnen. »Ich mag, was aus dir geworden ist, Paige. Eine scharfsinnige junge Frau. Und so hübsch.«

»Und doch ist mir Wesentliches entgangen«, bemerkte sie trocken, konnte sich aber nicht dazu durchringen, die eine Frage zu stellen. *Eine Fee? Wie das?* »Wieso erscheinst du mir gerade hier und jetzt?«

»Du hast mich gerufen, Paige.«

»Tatsächlich?«

Sie standen einander jetzt so nah gegenüber, dass sie sich berühren konnten. Paige hob die Hand, doch sie glitt durch die Gestalt ihrer Mutter hindurch. Lediglich ein Gefühl von Kälte war spürbar. Sofort bildete sich Gänsehaut auf ihren Armen.

»Tja«, sagte ihre Mutter, »hierbei müssen wir wohl Abstriche machen.«

Paige zitterten die Knie. Sie sank auf die Grabplatte. Für einen Moment zog Stille herauf, eine eigenartig dichte Stille, die nichts durchdrang, kein Vogelzwitschern, kein Summen von Insekten, nicht einmal das Säuseln des Windes in den herbstbunten Blättern. Alles schien den Atem anzuhalten.

»Wir sind Feen?«, brachte sie endlich hervor.

Ihre Mutter nickte sachte. »Das sind wir. Bestimmt hast du viele Fragen.«

Paige atmete tief durch. »Eine Million, mindestens.« Die dringlichste holperte ihr sofort über die Lippen: »Warum habt ihr es mir verheimlicht?«

»Was hätten wir denn sagen sollen? ›Du bist eine Fee, aber aus diversen Gründen haben wir dich zum Menschen gemacht?‹«

»Zum Beispiel. Welche Gründe?«

»Das ist nicht so einfach zu erklären. Es fing schon mit deinen Großeltern an. Sie waren sehr konservativ und hatten deinen Vater auch so erzogen. Sie hätten niemals eine Magische als Schwiegertochter akzeptiert.«

»Du hast deine Herkunft für ihn verleugnet?«

»Ich habe ihn geliebt. Die Liebe geht die seltsamsten Wege.«

Ja, das wusste Paige nur zu gut.

»Nach deiner Geburt stellte sich heraus, dass dein MQ-Wert extrem niedrig war und deine Augen keinen Feenglanz aufwiesen. Da haben wir uns entschlossen, dich nicht als Magische aufwachsen zu lassen. Du solltest alle Chancen im Leben haben.«

»Er hat meine Daten gefälscht.«

»Auch meine. Ich war eine A-Magische. Als wir von London nach Mitran umzogen sind, wurde ich offiziell zum Menschen. Dein Vater hatte schon immer gute Kontakte.«

»Und als du krank wurdest? All die Untersuchungen – da muss es doch jemand herausgefunden haben …«

»Das war mit ein Grund, warum ich die Therapie ohne sein Wissen abbrach. Die Gefahr, dass man uns auf die Schliche kam, war zu groß, die Konsequenzen wären unabsehbar gewesen. Wahrscheinlich hätte es alles zerstört, was er sich aufgebaut hatte. Das konnte ich ihm nicht antun. Und dir auch nicht, der ganze Aufwand, den wir betrieben hatten, sollte nicht umsonst gewesen sein.«

»Bestimmt war er wütend, als er es erfuhr.«

»Du kannst dir seinen Zorn nicht vorstellen. Marcus ist ein

impulsiver Mensch, aber in diesem Moment hatte ich Angst, er reißt mich in Stücke, so sehr hat er mich angebrüllt.«

Der Schrei ihres Vaters, vor dem sie sich damals im Schrank versteckt hatte. An diesem Tag musste er es erfahren haben. »Er war niemals mehr richtig glücklich nach deinem Tod. Er ist ein verbitterter Mann, der alles Magische verdammt.«

»Ich hätte mir für ihn etwas anderes gewünscht. Weißt du, Paige, wenn wir gehen, lassen wir so viel zurück auf dieser Welt. Aber wir nehmen genauso viel mit.«

»Du hättest das Lebenswasser selbst trinken sollen.«

»Um mir ein paar Monate zu erkaufen? Nein, das wollte ich nicht. Es war eine gute Entscheidung, es für dich aufzubewahren, Paige. Du hattest es bitter nötig.«

»Was soll ich denn jetzt tun? Ich bin keine Fee. Aber auch kein Mensch mehr. Ich fühle mich … zerrissen.« Ja. Eine Zerrissene in einer zerrissenen Welt, das war sie. »Mein Vater hasst mich. Meine Schwester wurde in eine Schlange verwandelt. Mein Freund, den ich eben zurückbekommen habe, wird sterben, und falls nicht, so bleibt er für immer ein Wolf.«

»Deshalb bin ich hier. Ich will dir helfen, deinen Weg zu finden. Ich erfülle dir einen Wunsch.«

Paige dachte, sie hätte sich verhört. »Wie bitte?«

»Ich bin jetzt deine gute Fee. Du hast mich in höchster Not gerufen, erinnerst du dich?«

»›Mama, hilf mir‹«, fiel es ihr ein. »Das hat dich heraufbeschworen?«

Ihre Mutter nickte. »Was kann ich also für dich tun? Welchen Wunsch kann ich dir erfüllen?«

»Einen Wunsch? Nicht drei womöglich?« Die Fülle an Möglichkeiten erschlug sie regelrecht. »Wie weit reichen deine Kräfte? Was kannst du vollbringen?«

»Alles. Alles, was du dir nur vorstellen kannst.«

»Jetzt komme ich mir vor wie Aschenputtel.« Sie deutete auf ihre vom Blut fleckigen Pumps. »Hast du auch gläserne Pantoffeln für mich? Einen Kürbis? Oder ein Vögelchen? Muss ich ›Bäumchen, rüttel dich und schüttel dich, wirf Gold und Silber über mich!‹ sagen?«

Ihre Mutter, die gute Fee, lachte. »Charles Perrault würde sich im Grab umdrehen, wenn er wüsste, dass du seine Aufzeichnungen mit jenen der Grimms mischst.«

»Königin Annegret wäre es egal. Ihr Leben als Aschenputtel war so oder so kein Honiglecken. Dummerweise gibt es hier kein Bäumchen … Was muss ich tun?«

»Den Wunsch aussprechen, meine Kleine. Sprich ihn einfach aus und er wird wahr.«

Jolly könnte erlöst werden, dachte sie. Und im nächsten Atemzug: *Ich könnte mich auch für Valeriu entscheiden.* Wie sollte sie nur zwischen den beiden wählen? »Ich habe zwei Wünsche …« Alarmiert hob ihre Mutter den Kopf. »Was ist?«

»Ich weiß nicht. Da kommt etwas.«

Paige blickte sich um, doch sie waren noch immer allein. »Ich sehe niemanden.«

»Nicht jemand. Etwas. Etwas Gewaltiges. Nenne deinen Wunsch, Paige, schnell!«

»Was ist denn los?«

Das Abbild ihrer Mutter flackerte. Hätte Paige es nicht besser gewusst, hätte sie es für eine atmosphärische Störung gehalten. Aber konnten Geister oder Erscheinungen – was auch immer Greta genau war – davon beeinträchtigt werden?

»Der Wunsch!« Ein Knistern schwang in der Stimme ihrer Mutter mit.

Jolly oder Valeriu? Jolly oder Valeriu? Jolly hatte vielleicht noch eine Chance auf Erlösung, doch für Valeriu war der Zug abgefahren. *Aber Jolly ist deine Schwester! – Und Valeriu liebst du.* »Ich wünsche mir …«

»Paige!«

»Ich kann nicht! Ich kann nicht zwischen Jolly und Valeriu wählen. Ich liebe sie beide viel zu sehr. Könnte ich ihnen bloß helfen! Und nicht nur ihnen. Du weißt es nicht, aber hier in Mitran geht es drunter und drüber. Überall herrscht nur Gewalt und Hass und Verzweiflung. Ich wünschte, ja, ich wünschte wirklich, ich hätte Zauberkräfte! Ich meine, wozu hat mir das Schicksal die Augen geöffnet, wenn ich doch nichts damit anfangen kann? Mama?«

Sie war weg. Verschwunden. Eine Wahnvorstellung, die sich in Luft aufgelöst hatte.

»Mama!«

Ein dumpfes, lang anhaltendes Donnern erklang und ein Windstoß fegte herbei. Voll zerstörerischer Kraft jagte er gegen den Grabstein, trug den Engel hoch in die Lüfte und ließ ihn wieder herunterkrachen. Schreiend ging sie in Deckung, die Figur schlug mitten auf der Grabplatte auf. Steinbrocken flogen umher, riesige Geschosse, tödlich.

Paige merkte, dass ihr Blut aus der Nase schoss, dann auch aus den Ohren, rote Tropfen hingen an ihren Wimpern. Voller Furcht schützte sie ihren Kopf mit beiden Armen und begann zu rennen. Wo konnte sie Unterschlupf finden? Auf dem gesamten Friedhofsgelände herrschte Chaos.

Grabsteine wurden in zwei Hälften gespalten, Erdschollen, Kränze und Gießkannen emporgehoben, der Wasserhahn zerfetzt. Sogar Baumstämme öffneten sich unter Krachen. Das Dach des Krematoriums stürzte ein, Ziegel fegten wie Pfeile umher. Etwas streifte Paige mit solcher Wucht, dass sie von den Füßen gerissen wurde.

Das war kein normaler Sturm. Das war der Weltuntergang.

16

Die Magiestränge flimmerten. Für einen Sekundenbruchteil erloschen sie, dann dehnten sie sich minimal aus, als schösse neue Energie hindurch. Wie ein Schauer des Entsetzens, der Natalie angesichts dieses unfassbaren Unrechts nicht verwundert hätte.

Kein Laut war zu hören, nur die schweren Atemzüge, die aus dem Glaskasten drangen. Der Mächtige. Ihr Großvater. Sie bemühte sich nicht, ihn in der Kreatur wiederzufinden, äußerlich war nichts von ihm übrig. Aber seine Seele war erhalten geblieben. Und er litt.

»Was hat sie dir angetan?«, fragte sie endlich.

»Phönix …«

»Phönix?«

»Phönixfluch … Asche …«

Jolly schlängelte sich Natalies Arm hinunter. »Was sagt er? Ich verstehe ihn so schlecht.«

Der lippenlose Mund verzog sich zu etwas, das wohl ein Lächeln sein sollte. »Kleine … Schlange …«

»Raikun hat an ihm einen Phönixfluch angewandt«, erklärte Natalie das, was sie sich selbst zusammenreimte. »Ich habe mich immer gefragt, wofür sie damals seine Asche mitgenommen hat, anscheinend konnte sie ihn daraus zu neuem Leben erwecken. Aber etwas muss bei seiner Wiedergeburt schiefgegangen sein.«

Das Gesicht der Kreatur verzerrte sich, sie begann zu schreien. Anfangs konnte Natalie nichts verstehen, so viel Qual tränkte die Stimme. Schließlich hörte sie zwei Worte heraus: »Elende« und »Absicht«.

»Sie hat das *absichtlich* gemacht?«

Ein lang gezogenes Jammern war die Antwort.

»Oh Hölle!«

»K-Kontrolle … Nichts riskieren. Brauchte nur … Blut.«

Erschöpft fiel die Kreatur zurück auf die Liege. Eine helle Flüssigkeit sickerte ihr aus Augenfalten und Ohrlöchern. Auch die anderen Wunden nässten aufgrund der Anstrengung.

Natalie trat einen Schritt beiseite. Ihr war eiskalt, ihre Hände zitterten. Hilflos blickte sie sich in dem Labor um. Wie? Wie sollte sie es tun? Selbstverständlich musste sie ihm diesen Wunsch erfüllen. Sie konnte sein Leid nicht einfach ignorieren.

Nur, konnte sie es übers Herz bringen, ihn zu töten? Sie hatte andere schon mehrmals mit Magiestößen verletzt, aber meist im Kampf, um sich zu verteidigen. Doch jemandem bewusst das Leben zu nehmen, und sei es nur aus Gnade, war etwas völlig anderes.

»Gibt es denn keine Rettung für ihn?«, fragte Jolly, als hätte sie ihren inneren Konflikt gespürt. »Irgendein Regenerationszauber?«

Natalie zuckte mit den Schultern. »Ich weiß nicht. Ich glaube nicht.« Dr. Turnherr, die beste Hexenärztin, die sie kannte, hatte es nicht geschafft, Paiges Gesicht zu heilen. Wie sollte also noch Hoffnung für die Kreatur bestehen, die ihr Großvater nun war?

»Töte mich … Natalie«, flehte er.

»Soll ich es tun?«, wisperte Jolly zischelnd. »Ich könnte …«

»Nein.« Zutiefst beschämt über das Angebot, schüttelte Natalie den Kopf. Dies war nicht Jollys Aufgabe, es war ihre. Sie entdeckte ein Kissen im Lehnstuhl. Damit würde es gehen. »Ich mache es. *Ich* muss es tun.«

Das Kissen in den Händen trat sie an den Glaskasten heran. Ihre Augen brannten unter Tränen, ein kleines Schluchzen entschlüpfte ihr.

»Schon … gut.« Die Kreatur lag jetzt still, die verkrüppelten Beine an den Leib gezogen, das Gesicht ihr zugewandt.

»Es tut mir so leid. Ich liebe dich.« Sie hatte ihm das nie sagen können. Hatte gedacht, nicht so zu empfinden. Aber etwas wie

Liebe oder auch nur Zuneigung musste in ihr stecken, immerhin zerriss es sie fast vor Kummer.

Sie senkte das Kissen.

Und zuckte keuchend zurück. »Hölle, ich kann das nicht … Ich kann dich nicht töten.«

»Bin … längst tot.«

Das spürte sie. Das Kissen, ein rotes, von Goldkordeln umschlossenes, lag ungewöhnlich schwer in ihren Händen, fast als zöge es sie nach unten. Sie musste es nur zulassen. Dennoch sträubte sich alles in ihr, den einen, letzten Schritt zu tun.

Sie hatte in Filmen gesehen, wie einfach es war, jemanden zu ersticken. Die Kreatur sehnte sich nach dem Ende und Natalie konnte es herbeiführen. Es würde schnell gehen, jede Sekunde, die sie zögerte, machte es nur schwerer. Sie überwand sich – *komm schon, Nat, jetzt, jetzt* –, da spürte sie ein Ansteigen der Magie und sie schrie auf. Das Kribbeln, das ihr über die Haut jagte, fühlte sich an wie das Schlitzen Tausender winziger Klingen.

Ein Beben erschütterte das Schloss, so heftig, dass Natalie meinte, die Mauern ächzen zu hören. Sogar der Boden bewegte sich unter ihren Füßen. Eine Art Druck baute sich in ihrem Kopf auf, Blut schoss ihr aus der Nase, auch an ihrem Hals spürte sie warme Nässe und ihre Ohren schmerzten. Sie schluckte mehrmals. Unversehens ließ der Druck nach.

Und im nächsten Moment platzten die Wände auf. Silbrig glühende Magie wühlte sich durch den Stein, zuvor fingerbreite Stränge waren aufs Zehnfache angewachsen und sprengten die Wände. Einer sauste von oben direkt in den Glaskasten. Ziegel prasselten auf sie herab, der Boden wölbte sich, als wollte sich ein gewaltiges Monstrum aus dem Untergrund erheben.

»Wir müssen hier raus!«, schrie Jolly, der Blut am Maul klebte. »Ein Erdbeben!«

Nein. Nein, das war kein Erdbeben. Das war pure Magie, die sich materialisiert hatte und nun auf sie hinabjagte. Wenn sie nicht sofort ins Freie kämen, würden sie unter einer Lawine von Steinen begraben werden. Ihre Beine trugen sie bereits zur Tür, da merkte sie, dass sie immer noch das Kissen umklammert hielt. Sie ließ es fallen und riskierte einen Blick über die Schulter. Nun würde der Mächtige so oder so sterben …

Die Magie brannte auf ihrer Haut gleichermaßen wie in ihrem Inneren, sie peitschte durch ihre Muskeln, dröhnte in ihrem Kopf, flutete ihr Bewusstsein. Ihre Beine schienen anzuschwellen, ihre Arme, sogar ihr Hals pochte, als flösse nicht Blut, sondern die ureigene Essenz allen Zaubers durch ihre Adern.

Jegliche Kraft wich aus ihr, ihr Wille brach, vor der Treppe sank sie auf die Knie. Keinen Schritt konnte sie mehr gehen, nicht einen. Ein Ziegel traf sie an der Schulter, es tat noch nicht einmal weh. Das Schloss knirschte und ächzte, die Magie fauchte und Jolly brüllte ihr ins Ohr.

»Weiter Nat! Weiter! Steh auf! Steh auf, verdammtnochmalichwillnichtdassdustirbst!« Keine Worte mehr, sondern ein einziges verzweifeltes Kreischen.

Die Treppe, dachte sie und blickte empor. Nur wenige magische Adern bohrten sich durch das Treppenhaus, dessen Gewölbe sich unter dem Druck bedrohlich neigte. Wenn es einstürzte, wäre ihr der Weg in die Freiheit abgeschnitten. *Das schaffst du. Du musst. Für Liam. Für Kilian.*

»Komm jetzt! Bau so ein Schutzschilddingens auf und komm! Nat! Bitte!«

Kilian …

Natalie zwang sich, die Hand für einen magischen Schild nach oben zu stoßen. Augenblicklich flimmerte das Geflecht über ihrem Kopf auf und – sie konnte es kaum fassen – unversehens verspürte sie wohltuende Erleichterung. Der Schmerz war nicht weg, aber erträglicher. Sie musste die Magie aus ihrem Körper leiten, erkannte sie, und befeuerte ihren Schild von Neuem.

Die Decke stürzte über ihr ein, Ziegel donnerten auf sie herab und rutschten an ihrem Schild zu Boden, harmlos wie Regen.

Sie kämpfte sich auf die Beine und stolperte die Treppe hinauf bis zur Tür.

»Sesam, deschide-te!«

Die schwere Marmortür krachte gegen die Mauer. Auch im Goldenen Zimmer war die Magie zugange, dicke Stränge, die diamantenen Schwertern gleich durch die Luft schnitten und alles niedermähten. Einer jagte gegen ihren magischen Schild und er verpuffte in einem Funkenschauer. Natalie zog den Kopf ein und stürzte in den Raum, wo sie gegen ein Hindernis prallte.

Ein Zwerg. Der kein Unbekannter für sie war.

»Wim?«

»Verdammmich, die Bannmagierin! Was macht Ihr denn hier?«

»Das Gleiche könnte ich dich fragen!«

Sie hatte den Zwerg nie richtig kennengelernt, war ihm nur im Zuge ihrer Befreiung aus dem Gefängnis begegnet. Sie wusste, dass er Kilian und Paige im Wald zur Flucht vor den Magischen verholfen hatte. Danach war er untergetaucht. Wie vom Erdboden verschluckt.

Noch drei weitere Zwerge standen mit Wim im Raum und zwischen sich hielten sie den Zauberspiegel, bereits gekippt und mit Gurten versehen, um ihn fortzutragen. Jetzt war ihr alles klar.

»Du willst ihn stehlen!«

Wim grunzte in sich hinein. Er sah sogar ein wenig schuldbewusst aus. Mit dem Handrücken wischte er sich das Blut von der Nase und schmierte alles in seinen Bart. »War 'ne gute Gelegenheit, die Hochzeit.«

»Das darf ja wohl nicht wahr sein! Denkst du, Kilians Versprechen, dich nicht mehr zu belangen, ist ein Freibrief?«

»Ein Zwerg muss schließlich von irgendetwas leben.«

»Ein Zwerg könnte sich einen Job suchen!«

Der Marmor knackte unheilvoll. Stellenweise war er bereits geborsten und wie Verputz von den Wänden geblättert.

»Ach, Hühnerkacke! Hier jagt ein Magiesturm ums Schloss. Ich für meinen Teil will zusehen, dass ich hier rauskomme. Das würde ich Euch auch empfehlen.« Er bückte sich nach einem Schmuckstück, das ihm aus der Hand gefallen war.

»Ulans Vlies! Du hast das Amulett also immer noch und verwendest es für deine Raubzüge!«

Wim legte es um und fasste nach dem Spiegel. »Neige dich über mich, erhabenes Vlies.« Natalie hatte nicht gewusst, dass man den Tarnzauber aktivieren musste. Das Amulett erglühte, zeigte aber noch keine Wirkung. »Verbirg mit deiner Macht, was ich berühre …«

Er kam nicht dazu, den Zauberspruch zu vollenden. Abermals fuhr ein Magiestoß in den Raum. Mächtiger noch als alle vorangegangenen entfachte er die magischen Adern, sodass sie aufeinander zustrebten, sich verbanden, neue Wege suchten. Der schwere Schreibtisch wurde emporgehoben, drehte sich um sich selbst, mähte einen der Zwerge nieder und knallte gegen die Wand, wo er in zwei Teile zerbrach. Es hagelte Marmorplatten.

Natalie ging unter einem neuen Schutzschild in Deckung. Sie wollte ihn gerade über die Zwerge ziehen, die sich, die Arme schützend über den Köpfen erhoben, geduckt hatten, da schmetterten gleich mehrere Magiestränge heran. Sie sprengten ihren Schild und schlugen unter Getöse in den Zauberspiegel ein.

Das Glas barst, grelles Licht breitete sich aus, in dem für Sekunden die Umrisse einer Gestalt erkennbar waren. Dann erlosch es. Der leere Rahmen kippte um und zersprang.

Natalie blinzelte.

Zu ihren Füßen lag eine Frau. Das Kleid aus verschlissenem Spitzenstoff klebte wie Spinnweben an ihrer blassen, fast durchscheinenden Haut. Ihr Haar war eine weißblonde Mähne, die weit aufgerissenen Augen fast weiß. Sie atmete hektisch ein und aus, japste und schnappte immer wieder wie eine Ertrinkende nach Luft.

Die Zwerge scharten sich um ihren Kameraden. Er war tot.

Jolly lugte unter Natalies Jacke hervor. »Auweia. Das nenn ich mal Wahnsinnshaare! Wer ist das?«

Das war eine gute Frage. Die sich auf die Schnelle unmöglich beantworten ließ.

Die Magie wütete ohne Ende. Bestehende Stränge schossen wie reißende Flüsse vorwärts, verzweigten sich und erweiterten das vorhandene Netz. Die Wände ringsherum zerbrachen regelrecht, Mauerteile lösten sich von der Decke und krachten herab.

»Raus hier!«, schrie Natalie. Sie packte die Frau und zerrte sie auf die Beine. Sofort sackte sie wieder zusammen, unfähig, allein zu stehen. »Scheiße. Wim, hilf mir!«

Aber Wim dachte gar nicht daran, er floh mit seinen Zwergenfreunden durchs Fenster. Diesen Weg konnte Natalie nicht nehmen, nicht, wenn sie die Frau ebenfalls aus dem Schloss schaffen wollte. Schon spürte sie, wie sich die Magie in ihr aufbaute, brennend, schmerzend, eine Überdosis, die sie schier zerreißen wollte. Sie entließ sie in mehreren Stößen, bis sie das Gefühl hatte, sie wieder für eine Weile bändigen zu können. Erneut baute sie einen Schild auf. Dann zog sie die Frau hoch, legte sich ihren Arm um die Schulter und schleppte sie zur Tür, durch die Weiße Galerie und auf den Flur.

Die Magie rüttelte ohne Unterlass an den Mauern. Sie brach durch Wände, Decken und Böden, riss Stuck, Lüster und Gemälde mit sich mit, wirbelte Möbelstücke auf, als wären sie aus Papier. Sie sah das Schloss schon wie ein Kartenhaus in sich zusammenstürzen.

Noch dazu gab es weitere Tote. Bedienstete, von Trümmern erschlagen. Ein Mann im schwarzen Anzug, sicher ein Hochzeitsgast, von einem zersplitterten Holzpfahl durchbohrt. Eine Frauenhand, die unter einem umgestürzten Schrank hervorlugte. Leiche um Leiche – Natalie sah nicht mehr hin, sie konnte nicht.

Keuchend zerrte sie die Frau an ihrer Seite vorwärts. So zerbrechlich sie auch wirkte, ihr Gewicht lastete mit jedem Schritt schwerer auf ihr. Längst wusste sie nicht mehr, ob sie sich nicht im Gewirr der Flure verirrt hatte. Da tauchte endlich das weit geöffnete Tor zum Schlosspark vor ihr auf.

»Gleich haben wir es geschafft«, schnaufte sie.

Aber als sie mit der Unbekannten am Arm ins Freie trat, packte sie kaltes Entsetzen. Der Magiesturm tobte mit unverminderter Kraft und riss alles mit sich. Tische, Stühle, Zeltstangen, Planen, Blumengestecke, Speisewagen und Teile des Pavillons wirbelten umher. Autos waren umgekippt oder wurden ein Stück weit durch die Luft getragen.

»Da war's ja drinnen besser«, flüsterte Jolly schockiert.

Natalie schüttelte den Kopf. »Nein. Das Schloss wird zu unserem Grab. Wir müssen weiter.«

Doch wohin? Wo sollten sie vor der Magie Schutz suchen? Noch waren das Tor und die Treppe frei von Magiesträngen, darum war es halbwegs ruhig. Sobald sie es verließen, wären sie dem Sturm ausgesetzt.

Die Hochzeitsgesellschaft hatte sich aufgelöst. Viele waren auf der Flucht, andere lagen auf dem Boden, niedergestreckt von den Auswüchsen der Magie, verletzt oder gar tot, das war unmöglich abzuschätzen. Ein paar Leute rannten noch ziellos umher und sie mussten miterleben, wie eine Frau von einer abgerissenen Autotür erschlagen wurde. Die Unbekannte an Natalies Seite ächzte, ihr Blick war nach wie vor starr, dennoch schien sie mitzubekommen, was sich um sie herum abspielte. Chaos. Verwüstung. Tod.

Über dem Springbrunnen hatte sich eine Wasserfontäne erhoben, um einen Magiestrang kreiselnd stieg sie wie ein Tornado in den Himmel auf. Der Himmel … überhaupt der Himmel! Er war nicht länger blau, sondern schimmerte silbern, die Wolken ein Band aus flüssigem Metall.

Weit hinten im Garten entdeckte Natalie eine Gestalt, die jemanden auf den Armen trug, ein Bündel Mensch, umflattert von einem weißen Kleid.

»Kilian!«

Ihr Schrei ließ ihn herumfahren, er schwankte.

»Kilian, warte!« Natalie wollte loslaufen, aber die fremde Frau klammerte sich an ihren Arm und wich wimmernd zurück. »Komm weiter oder lass mich los …«

Sie bemerkte die Angreiferin zu spät. Eine Faust fuhr auf sie herab, knallte an ihre Halsbeuge und sie verspürte ein Stechen, ein Gefühl wie von Säure unter der Haut, das ihr ein Stöhnen entlockte. Überrascht hob sie den Blick, da trat die Königin bereits zurück.

»Dachte ich es mir doch, dass mit dir noch zu rechnen ist.« Ihr Kleid war zerfetzt, einzelne Strähnen aus ihrer Hochsteckfrisur flatterten wie dunkle Federn um ihr bleiches Gesicht. »Wen hast du da bei dir? Sag schon!«

Natalie gab keine Antwort und schob die Frau hinter sich. Die Königin wirkte völlig durchgedreht auf sie, durchgedreht und mordlüstern. Am Fuße der Treppe stand ein Rollstuhl, in dem ein Mann mit glasigen Augen hing. Der kranke König? Dahinter wartete ein Paar in Begleitung zweier Mädchen, dem Aussehen nach eindeutig Cleos Familie.

»Hast du dieses Unwetter bei Frau Holle bestellt, ja?«, fauchte Königin Antonia. »Um die Hochzeit zu verhindern?«

»Das ist ein Magieausbruch! Ein magischer Sturm!«, hielt Natalie dagegen. »Ich habe nichts damit zu tun. Fragen Sie mal Ihre Geschäftspartnerin – Raikun. Ich wette, sie weiß, was da los ist.«

Der Gesichtsausdruck der Königin veränderte sich, gehetzt sah sie sich um. »Magie?«

Sie kann sie nicht sehen, niemand kann das. Die Magie war etwas so Natürliches für Natalie, dass sie das regelmäßig vergaß.

»Bringen Sie sich in Sicherheit«, riet sie der Königin und tatsächlich wankte sie an ihr vorbei, heiser nach Marik rufend. »Hölle, nicht ins Schloss! Da stürzt alles ein!«

Jolly zischelte gehässig. »Lass sie doch. Ist nicht schade um sie. Sieh lieber zu, dass du Kilian einholst.«

Aber der war verschwunden.

17

Der Sturm wütete mit ungebrochener Kraft. Es grenzte an ein Wunder, dass sie es aus dem Friedhof geschafft hatte, das war Paige wohl bewusst.

Auf ihrer Flucht hatte sie Tote gesehen, viele Tote. Beim ersten hatte sie noch angehalten, ihn angesprochen, gerüttelt, nach dem Puls gefühlt. Danach nicht mehr. Sie blieb nicht mehr stehen, sie fragte nicht mehr. Sie rannte um ihr Leben, immer auf der Suche nach einem sicheren Ort, an dem sie den Sturm abwarten konnte.

Den schien es nicht zu geben.

Nichts hielt dem Tosen stand, weder Häuser noch Autos. Nirgends ließ sich Schutz suchen, nicht unter Brücken oder in Kellern, auch nicht auf freien Flächen, die Gefahr, von umherfliegenden Trümmern erschlagen zu werden, war zu groß.

In ihrer Not kroch sie schließlich in ein Abwasserrohr an einem Bach, der die Jesar speiste. Abfall klebte in der Betonrinne, die kaum einen Meter Durchmesser aufwies. Es stank bestialisch nach Kloake und vermutlich bestand das armdünne schlammbraune Rinnsal, das um Paiges Schuhe spülte, auch zu hundert Prozent daraus, aber das musste sie in Kauf nehmen. Sie kauerte sich auf einen halbwegs trockenen Flecken, schlang die Arme um die Knie und betete. Betete, dass es, was immer *es* war, endlich aufhören möge. Sie war nicht gläubig, aber irgendeine Himmelsmacht musste sie doch erhören, musste einfach!

»Lass es vorbei sein, lass es vorbei sein … bitte … mach, dass es bald vorbei ist …«

»Ist hier noch Platz? Kannst du mal ein Stück rutschen?«

Drei Kinder mit blutverschmierten Gesichtern drängten sich

herein und ließen sich neben Paige nieder. Ein etwa vierjähriges Mädchen, das ein in eine Decke eingeschlagenes Bündel im Arm hielt, das sich bei genauerem Hinsehen als Teddy entpuppte. Ein Junge von höchstens sechs Jahren, der die Lippen fest zusammenpresste. Das dritte Kind war am auffälligsten: türkisblaues Haar, himmelblaue Augen, ein silberner Ring um die Iriden. Oh. Das dritte Kind war kein Kind. Sondern eine Fee und Paige kannte sie.

»Penny? Pennyfee?«

Die kleine Fee deutete mit dem Finger auf Paige. »Ich erinnere mich an dich. MitranBiotec. Die *Aushilfe.*« Sie setzte das Wort unter imaginäre Anführungsstriche. »Du hast dich verändert.«

»Und du trägst dein Haar jetzt blau. Wo sind deine Pixies?«

»Hoffentlich in Sicherheit. Ich habe ihnen die Freiheit geschenkt, als ich die Firma aufgeben musste. Blitzo Feenblank ist den neuen Gesetzen zum Opfer gefallen.«

Danke, Herr Bundeskanzler. »Und das? Sind das deine?«, fragte Paige mit einem Nicken auf die Kinder.

»Nein! Ich habe sie auf der Straße aufgelesen. Sie saßen da mitten im Magiesturm bei ihrer toten Mutter.«

»Magie? Das ist Magie?«

Sie blickten beide nach draußen, wo der Sturm gerade eine Mülltonne vorbeitrieb.

»Würde ich mal behaupten.«

»Kannst du sie denn sehen?« *So wie Natalie?*

Pennyfee blinzelte empört. »Natürlich nicht. Ich bin eine Fee, keine Bannmagierin.« Sie holte ein Taschentuch aus der Tasche ihrer grasgrünen Wolljacke und hielt es dem Mädchen an die Nase. »Fest pusten.«

Die Kleine blies Rotz und Blut ins Taschentuch. Dann hielt sie den Teddy hoch. »Herr Feierabend auch.«

Pennyfee nickte. »Herr Feierabend sollte sich unbedingt schnäuzen. Er ist voll ekelig.« Sie machte ein Riesentheater um den Teddy, ließ ihn mehrmals pusten und schimpfte, wenn er danebenblies, was er natürlich andauernd tat. Die Kleine kicherte. Ihr Bruder schnitt eine Grimasse. Mit dem Ärmel wischte er sich über seine blutigen Lippen.

»Wie heißt du?«, fragte Paige, aber er antwortete nicht.

»Ich bin Sara«, erklärte das Mädchen an seiner Stelle, »das ist Herr Feierabend, mein Teddy. Und das ist Tilan.«

»Ich heiße Paige.«

Über ihren Köpfen knackte es, ein Riss zuckte durch den Beton und sie schrien mit einer Stimme auf. Doch mehr geschah nicht. Paige blies den Atem erleichtert aus.

»Ich verstehe das nicht. Wie kann Magie plötzlich alles zerstören, wenn sie doch bislang so … so harmlos war? Wieso tobt sie überhaupt? Ist das so was wie ein Ausbruch, wie bei einem Vulkan? Eine Art Umweltkatastrophe?«

»Ich habe keine Ahnung«, antwortete Pennyfee. »Sie fühlt sich anders an als sonst, irgendwie intensiver. Zerstörerisch. Aber hier sind wir halbwegs sicher.«

Skeptisch blickte Paige nach oben, das Rohr schien zu halten. »Woher weißt du das?«

»Hier verlaufen keine Magielinien«, erklärte Pennyfee achselzuckend.

»Ich dachte, du kannst die Magie nicht sehen?«

»Aber spüren. Müsstest du eigentlich auch.«

Spüren? Sie spürte gar nichts, außer der wilden Panik, die sie fest in ihrer Gewalt hatte. Die ihr Herz hämmern und ihren Puls jagen ließ. »Wieso sollte ich?«

»Als Fee, meine ich.« Sie malte einen Kreis vor ihrem rechten Auge in die Luft.

Paige schwieg überrumpelt. Feenglanz? Sie hatte doch keinen …

»Schau nicht so. Ich sagte doch, du hast dich verändert. Obwohl das natürlich seeehr seltsam ist. Ich habe noch nie davon gehört, dass jemand einfach so zur Fee wird.«

»War ich immer schon. Ich wusste es bloß nicht. Meine Mutter war eine Fee.«

»Aha. Dann bist du eine Halbfee.«

»Ich habe nur einen geringen MQ-Wert.«

»Na, das sieht mir aber anders aus. Solch intensiven Feenglanz weisen normalerweise nur mächtige Feen auf.«

»Mächtig?«, wiederholte Paige irritiert.

»Vielleicht hat die Magie deine Gabe verstärkt?«

Sie schwiegen und Paige dachte über Pennyfees Worte nach. Saras Kopf war auf den Teddy gesunken. Tilan zog sie an sich und schloss sie in seine Umarmung.

»Das machst du gut«, flüsterte Pennyfee ihm zu. »Deine Schwester braucht dich jetzt.«

Er nickte ernsthaft. »Ich muss auf sie aufpassen.«

Paige spürte einen dicken Kloß in der Kehle. Sie wäre dankbar für Tränen gewesen, aber ihre Augen blieben trocken.

»Wir weinen selten«, bemerkte Pennyfee. »Die Tränen einer Fee sind kostbar.«

»Ich habe aber schon öfter geweint.« Sie hasste es zwar, wenn ihre Gefühle aus ihr herausbrachen, schließlich ging niemanden etwas an, was sie gerade bewegte, aber hinterher hatte sie Weinen immer als Erlösung empfunden.

»Früher vielleicht. Aber mit deiner neu erwachten Macht …«

»Was denn für eine Macht? Ich kann nichts, was Feen können! Was können Feen überhaupt?«, fügte sie kleinlaut hinzu.

Jetzt war auch Tilan eingeschlafen. Pennyfee schlüpfte aus ihrer Jacke und deckte die Kinder damit zu.

»Feen«, sagte sie leise, aber nicht weniger eindringlich, »sind die Kinder der Elemente, Töchter des Schicksals, Wächterinnen der Erde. Wir gebieten über die Natur, wir können die Gestalt von Tieren oder Pflanzen annehmen, wir können mit ihnen kommunizieren oder sie zum Wachstum anregen. Wir sind Wandler und Erlöser. Wunschbringer und Todbereiter.« Ihre Stimme erstarb und Paige konnte nur noch das Krachen und

Scheppern von draußen wahrnehmen. »Doch nur wenige unter uns verfügen über solche Kräfte. Die meisten können ein paar Tricks.«

»Wie einen Laptop hacken?«

Pennyfee runzelte die Stirn. Als ihr dämmerte, was Paige meinte, lachte sie. »Quatsch. Ich hatte mal einen Post-it mit dem Passwort auf Bahkles Schreibtisch gefunden. Nein, mit Tricks meine ich zum Beispiel so was.« Sie konzentrierte sich auf das Rinnsal, das durch das Rohr sickerte. Mit dem Finger zeichnete sie Spiralen über die Kloake. Ein kleiner Strudel bildete sich, folgte ihren Bewegungen und stieg ein Stück weit empor, ehe Pennyfee die Hand wegzog und er wieder in sich zusammenfiel. Weiße Schaumbläschen verpufften auf der schlammbraunen Oberfläche.

»Oh. Sehr cool.«

»Aber mehr auch nicht. Du könntest es probieren.«

Paige musste grinsen. »Ja, klar. Und morgen lasse ich es dann regnen. Wie Frau Holle.«

»Frau Holle, ja. Sie war eine sehr mächtige Fee.«

»War? Ich dachte, sie sei unsterblich.« Immerhin führte sie die Holle-Gesellschaft für Meteorologie, schon seit Paige denken konnte.

»Nee. Ihre Nachkommen schmeißen den Laden. Sie ist schon längst verblichen. Feen werden zwar alt, aber nicht so alt.«

»Verstehe. Was muss man denn tun, um das Wasser zu beeinflussen? Oder das Wetter? Die Natur?«

»Beginnen wir mit etwas Simplem. Mach es mir nach.«

Wie Pennyfee hob Paige die Hand und ließ den Finger über der Kloake kreisen. Doch während sich die Oberfläche bei der kleinen Fee kräuselte, passierte bei ihr rein gar nichts.

»Du musst in das Wasser eindringen. Dich mit ihm verbinden, mit jedem Tropfen. Du musst dir vorstellen, wie er sich verändert, sich bewegt. In sich und um sich dreht.« Pennyfees Wassersäule stieg eine Armlänge empor.

»Ich verändere also den Zustand der Wassermoleküle, wodurch sie sich über Wasserstoffbrückenverbindungen zu Clustern verketten. Die Mikrostrukturen sind extrem kurzlebig, sie müssen in Rotation gehalten werden, damit sie nicht zerfallen.«

»Äh … genau. Wenn du es lieber so siehst …«

Gebannt starrte Paige auf die dunkle Oberfläche des Rinnsals, während sie sich vorstellte, wie sie die Cluster in Bewegung versetzte. Bildeten sich bereits Wellen unter ihrer Hand? Gar eine Interferenz? Und hörte sie nicht etwa ein Säuseln und Plätschern? Oder vielmehr ein … Lachen? *Wasser, das lacht – du bist ja nicht mehr ganz dicht, Paige!*

Frustriert ließ sie die Hand sinken. »Das ist esoterischer Quatsch. Wasser lässt sich nicht energetisieren.«

»Wie du meinst.« Pennyfees Strudel fiel in sich zusammen. »Ich glaube allerdings, es liegt nur an deinem Wissenschaftsgesülze. Benutz mal deine Fantasie. Und Gefühl. Gefühl ist super wichtig, wenn du mit den Elementen sprichst. Oder mit Pflanzen und Tieren. Die reagieren auf jede Stimmung.«

Okaaay …

Pennyfee lehnte sich zurück und schloss die Augen, wenig später verrieten ihre tiefen Atemzüge, dass sie schlief.

Paige probierte nicht noch einmal, über das Wasser zu gebieten. Stattdessen suchte sie in ihrem Körper nach Anzeichen für eine Veränderung. Doch wie fühlte sich Magie an? Woran sollte sie erkennen, dass das, was sie spürte, ein Teil ihrer Feengabe war, an die sie ohnehin nicht glaubte?

Sie brachen auf, als der Sturm sich legte und Pennyfee behauptete, dass die destruktive Kraft der Magie nachgelassen habe und sie in ihren Urzustand zurückgefallen sei. Ein Phänomen, das Paige sich nicht erklären konnte.

Je weiter sie vordrangen, umso schockierter war sie. Ein solches Ausmaß an Zerstörung hatte sie bisher nur auf Fotos oder

Videos von Kriegsschauplätzen gesehen – zerbombte Städte, ganze Straßenblocks, die in Grund und Boden gestampft waren, Häuserruinen ohne einen Funken Leben.

Doch dies war kein Kriegsgebiet, kein Fernsehbeitrag, nichts, was man einfach wegklicken konnte. Mitran lag in Trümmern und Paige befand sich mittendrin. Sie lief durch ein Meer der Verwüstung, fassungslos, erschüttert, keiner Worte fähig.

Häuser waren eingestürzt und Dächer abgedeckt. Paige konnte in Küchen und Bäder sehen, in Wohnräume und Schlafzimmer, weil Wände weggebrochen waren. Wolkenkratzer waren wie Streichhölzer umgeknickt, bei anderen waren sämtliche Fenster zerborsten und nur Stahlskelette übrig.

Liegen gebliebene Fahrzeuge verstopften die Straßen, ineinandergekracht oder durch die Magie zertrümmert. Einige Autos wiederum wirkten völlig intakt, nur die Elektronik war zerstört. Die meisten waren leer, doch in einigen saßen Personen, manche tot, viele schwer verletzt.

Aber egal, wohin sie sich wenden wollten, um zu helfen, es war bereits jemand dort, der Erste Hilfe leistete.

»Zusammenhalt«, sagte Pennyfee. »Das ist gut. Was meinst du, wohin können wir die Kinder bringen? Zur Polizei?«

Paige nickte. »Versuchen wir's.«

Trümmerteile und Schutt häuften sich auf den Straßen und Bürgersteigen, an manchen Stellen war der Asphalt aufgerissen oder meterhoch aufgewölbt und sie mussten darüberklettern. Längst hatte Paige die kleine Sara auf die Arme genommen, damit sie schneller vorankamen.

Vielerorts brannte es und immer wieder erschütterten Explosionen die Stadt. Gasleitungen vielleicht, Tankstellen, Laster, die in Brand geraten waren.

»Der Strom scheint in der ganzen Stadt ausgefallen zu sein«, meinte Paige. »Ob die Kraftwerke betroffen sind?«

Pennyfee wiegte den Kopf. »Wahrscheinlich.«

»Werden die nicht an magiefreien Stellen errichtet?«

»Schon, aber ich hatte das Gefühl, dass sich die Magie neue Wege sucht und ihr Netz erweitert. Außerdem könnten ja auch nur die Leitungen unterbrochen sein. Wir können froh sein, dass Europa der Kernenergie abgeschworen hat.«

»Himmel, du meinst, das hier«, Paige machte eine verzweifelte Geste, »ist nicht nur auf Mitran beschränkt?«

»Die Erdmagielinien überziehen die ganze Welt.«

Von der Trasse der Schwebebahn hing ein Zug herab wie ein toter Wurm. Der aus der Gegenrichtung war heruntergeknallt. Durch Fensteröffnungen konnte Paige Fahrgäste erkennen, eingekeilt in dem verbeulten Stahl, die meisten tot, doch man hörte auch eindeutig Geräusche von Verletzten.

Sara begann zu weinen. »Ich hab Hunger. Und Durst. Ich will zu meiner Mami.«

Ich auch. Die Mami inklusive. Paige hatte das letzte Mal im Krankenhaus gegessen und getrunken. »Wir sind bald da.«

Plötzlich vernahmen sie einen lang gezogenen Schrei über ihren Köpfen, heiser, einem Krächzen ähnlich. Ein Schatten glitt über sie hinweg.

»Was war das?« Paige suchte den Himmel ab und erstmals fiel ihr die eigenartige Tönung der Wolkendecke auf. Sie wirkte wie in pures Silber getaucht. Wieder erschallte das Krächzen. »Für einen Raben ist es viel zu laut.«

Pennyfee keuchte auf. Ihr Gesicht war kreidebleich, als sie nach oben zeigte. »Da! Der Drache!«

Sein mächtiger Schatten mit den gezackten Flügeln und dem Reptilienschwanz zwischen den Wolkenkratzern bot ein surreales Bild. Dann stieß das Ungetüm nach unten und verschwand aus ihrem Blickfeld, nur um Sekunden später wieder emporzusteigen.

»Er hat was im Maul.« Paige würgte die Worte hervor. Gab es noch eine Steigerung des Grauens? Gab es an diesem Tag überhaupt etwas, das ihr nicht das blanke Entsetzen durch die Glieder schickte?

»Zum Glück nicht uns«, murmelte Pennyfee.

»Aber … wieso ist er frei?«

»Die Banngitter im Zoo. Sie müssen im Sturm gefallen sein. Kommt, wir müssen weiter.«

Der Marsch durch die Stadt zehrte an ihren Kräften. Ihre Füße brannten in den viel zu engen Pumps. Selbst unter Saras Flohgewicht waren ihre Arme erlahmt und sie sehnte sich nach einer Rast. Tilan stapfte entschlossen neben Pennyfee her, doch auch er wirkte tödlich erschöpft.

Als sie endlich eine Polizeiwache erreichten, stand sie leer. Eine abgestürzte Drohne lag vor der Tür. Drinnen war die Decke durchgebrochen. Das Telefon war tot.

»Und jetzt?«, fragte Pennyfee.

Ich muss zu meinen Eltern, dachte Paige. *Zu Valeriu. Und Jolly. Ich muss wissen, ob sie am Leben sind.*

Sara schluchzte. Sogar Talin schniefte. Und Pennyfee war sowieso ein Fall für sich. Paige kratzte all ihren Optimismus zusammen. »Wir suchen weiter, irgendwo finden wir jemanden, der uns hilft.«

18

Paiges Auto hing zerbeult zwischen den Baumstämmen, als wäre jemand mit über hundert Sachen von der Straße abgekommen. Natalie sah den wenigen Flüchtenden nach, die zu Fuß Richtung Cossburg unterwegs waren.

»Paige wird uns den Kopf abreißen«, prophezeite Jolly düster. Ihre Schlangenaugen funkelten so silbrig wie die Magie selbst. »Oh, was, wenn auch Mitran getroffen wurde?«

»Wollen wir es nicht hoffen.« Der Magiesturm war abgeflaut, aber der Himmel glänzte nach wie vor metallisch. Im Wald zuckten magische Adern wie dünne Blitze auf. Natalie fragte sich zum wiederholten Mal, wo Valeriu abgeblieben war. »Okay, also Handy und Smartwatch sind aus. Was meinst du, gibt es im Schloss Festnetztelefon?«

»Ob das funktioniert? Und was machen wir mit der da?«

Die Frau stand selbstversunken vor dem Auto. Anfangs hatte sie es beäugt und betastet, dann ihr Spiegelbild in den Fensterscheiben, jetzt bestaunte sie den Seitenspiegel. Voller Ehrfurcht berührte sie das Glas. Ihr Blick flackerte und verlor den Fokus. Und dann sprach sie zum ersten Mal.

»Spieglein, kannst du mich sehen? Sprich, damit verstehen … kann ich dich …« Sie krallte die Finger um den Spiegel. »… ich dich verstehen kann … verstehen dich ich kann …«

Jolly zischte entnervt. *»Damit ich kann dich verstehen.* So muss es heißen, ansonsten reimt es sich ja nicht.«

»Lass sie«, sagte Natalie, »sie ist durcheinander.«

»Durcheinander? Sie redet mit dem verdammten Auto!«

Natalie nahm die Frau sanft am Arm. »Wie heißt du?«

»Spiegel, sieh, da kommt gerannt, ich seit Urzeiten gebannt …

bin? … Seit Urzeiten gebannt bin ich …« Sie begann zu weinen, jeder Atemzug ein zerbrechendes Schluchzen.

»*Ich bin seit Urzeiten gebannt.* Das darf ja wohl nicht wahr sein!«, rief Jolly aufgebracht.

Sie spricht in Reimen. Plötzlich war Natalie klar, wen sie vor sich hatte. »Weißt du, was ich glaube, Jolly? Sie ist der Zauberspiegel. Der aus dem Goldenen Zimmer.«

»Wie jetzt? Der Spiegel hat Gestalt angenommen? Und nicht etwa die eines hübschen Jünglings?!«

»Spiegel, sieh, da kommt gerannt …«, ächzte die Frau und Natalie warf einen Blick in den Seitenspiegel, von dem sie sich nicht abwenden wollte.

»Valeriu! Und da ist … Liam! Liam!«

»Was? Wo?« Jolly flitzte von Natalies Hals auf die Motorhaube, biss die Frau in die Hand, sodass sie schreiend zurückwich, und schlängelte sich um den Spiegel.

»Im Spiegel, da!«

Ganz deutlich hatte Natalie die beiden gesehen. Doch jetzt war da lediglich ihr Spiegelbild. Sie erschrak. Ihre Augen lagen in dunklen Höhlen, ihre Haut wirkte fahl. Sie sah aus als hätte sie nächtelang durchgemacht.

Hastig richtete sie sich auf und nahm Jolly wieder auf den Arm. »Sie kommen auf das Schloss zu! Hinten! Schnell! Los doch, Spiegel!«

Willig lief die Frau mit Natalie zurück zum Schloss. Ein Lächeln erhellte ihr verhärmtes Gesicht. »Spiegel, Spiegel, ja. Ich bin es, das ist wahr.«

»Na geht doch«, zischelte Jolly. »Echt jetzt? Wir nennen sie *Spiegel?*«

»Du kannst sie auch Renate nennen.«

Das Schloss starrte sie aus dunklen Fensterhöhlen an. Der Haupttrakt schien sogar ein Stück abgesackt zu sein, Risse klafften in den Mauern. Eines der Turmdächer war gekappt, Balkongeländer hingen herab, Simse waren zersplittert …

Aber Schloss Nauders stand noch. Es war nicht in sich zusammengestürzt, sondern hatte dem Sturm getrotzt.

Verwundert registrierte Natalie das unübliche Verhalten der Magie. Die Stränge blitzten nur ab und zu vor ihren Augen auf, teilweise erloschen sie ganz und erschienen erst nach mehrmaligem Blinzeln wieder. Sie fand keine Erklärung dafür. Magie floss in einem immerwährenden Kreislauf. Als gesondertes System – wie die Banngitter vor den Zellen der OMB eines waren – konnte sie durchaus verpuffen, doch nicht hier, wo die Stränge in sich vernetzt waren.

Ein Rumpeln ließ sie aufhorchen. Es kam aus einem an das Schloss angrenzenden Gebäude. Pferde wieherten in heller Panik. Schon stoben die ersten Tiere durch das Tor. Gaeland lief hinterher und trieb sie mit Klatschen auf eine Weide. Er warf Natalie einen Blick zu, in dem der Schock der letzten Stunde brannte. Aber dann rief jemand nach ihm und er rannte zurück in den Stall.

»Kilian. Er ist im Stall …«

»Natalie!«

Sie riss den Kopf herum. Valeriu stand hinter einer entwurzelten Kugelzypresse und winkte ihr zu. Die leicht apathische Spiegel an der Hand lief Natalie hinüber.

»Wer ist das denn?« Mit zusammengekniffenen Augen deutete er auf Spiegel.

Natalie konnte nicht antworten. Zu Valerius Füßen, die Hände vor dem Körper gefesselt und obendrein geknebelt, saß ihr Bruder, die Augenbrauen wütend zusammengezogen.

»Darf ich vorstellen, Renate Spiegel«, sagte Jolly und züngelte ein bisschen, um zu verdeutlichen, wie wenig Verständnis sie für die verwirrte Frau aufbringen konnte.

»Spinnst du?«, fuhr Natalie Valeriu an. »Das ist mein Bruder, du kannst ihn doch nicht fesseln!«

»Dein Bruder ist gefährlich. Hättest du gesehen, was ich gesehen habe, würdest du ihn auch fesseln.«

Sie ging neben Liam in die Hocke und öffnete den Knebel. Ihre Finger glitten durch sein blondes Haar, das sich im Nacken kräuselte. Als sie ihm auch die Fesseln abnehmen wollte, hielt Valeriu sie an der Schulter zurück.

»Nein! Tu das nicht. Er ist ein Zauberer.«

»Er ist mein Bruder. Er muss hier nicht gefesselt sein.«

»Du hast ja keine Ahnung!«, rief Valeriu kopfschüttelnd. Er fügte eine Erklärung an, aber Natalie hörte nicht mehr zu. Durchflutet von wildem Glück löste sie die Seile und zog Liam an sich.

»Li, du bist hier, du bist wirklich hier! Endlich!«

»Nat.« Mehr sagte er nicht. Steif klebte er an ihr, kräftiger und größer als sie ihn in Erinnerung hatte. Da waren Muskeln unter ihren Händen, ein gewölbter Brustkorb. Sie wich zurück, um ihn zu mustern.

War er bei ihrer letzten Begegnung ein schmächtiger Dreizehnjähriger gewesen, ein Kind noch, so saß ihr nun ein Teenager gegenüber. Seine Gesichtszüge wirkten erwachsen und er sah ihrem Vater so schmerzhaft ähnlich, dass sie nach Luft schnappte.

»Du bist … groß geworden.«

»Es ist eben lange her.« Er klang sogar wie ein Mann. Sie hatte seinen Stimmbruch verpasst, sie hatte einen ganzen Entwicklungssprung in seinem Leben verpasst.

Liam schälte sich aus ihrer Umarmung und sprang auf, bis obenhin mit Wut angefüllt, die zwischen zusammengebissenen Zähnen aus ihm hervorbrach. »Gib mir den Zauberstab zurück, Valeriu!«

»Damit lässt sich nicht mehr viel anfangen.« Valeriu öffnete seine Hand und präsentierte ein paar zerbrochene Holzstücke. Es handelte sich um zwei Zauberstäbe, erkannte Natalie, einer dunkel, einer hell, beide glatt poliert.

»Du blöder Arsch!« Liam fegte die armseligen Reste davon. »Der andere gehörte Brisko!«

»Ich hielt es für schlauer, euch beide zu entwaffnen.« An Natalie gewandt sagte er: »Wir müssen hier verschwinden. Brisko wird bald hier sein. Los, zum Auto!«

»Das kannst du vergessen. Die Zündung ist tot, Licht, Lüftung – nichts geht mehr. Auch das Handy nicht. Anscheinend sind alle elektronischen Geräte hinüber.«

»Verdammt.« Valeriu sah sich stirnrunzelnd um. »Okay. Dann organisiere ich uns Pferde.« Schon war er weg.

Schweigend musterten sie einander. Liam überragte Natalie um einen halben Kopf, sie mochte es kaum glauben. Schließlich trat er einen Schritt zurück, ging ohne ein Wort auf Distanz. Sie musste schlucken.

Sie hatte sich in den schönsten Farben ausgemalt, wie ihr Wiedersehen ablaufen würde, hatte sich die unbändige Freude vorgestellt, das Glück, das Lachen, mit dem ihr Herz endlich heilen würde. Jetzt aber begriff sie, welchen Fehler sie begangen hatte. Sie hatte nur an sich gedacht, nicht daran, was in ihm vorgehen könnte.

»Du kommst doch mit uns? Oder Liam?«

Er antwortete mit einem unmerklichen Kopfschütteln. »Ihr seid geliefert. Raikun wird jeden Augenblick hier sein.«

Ja, sie war bestimmt nicht weit. Natalie machte eine ausschweifende Geste. »Das kann nur ihr Werk sein. Wer sonst könnte so etwas Grauenhaftes vollbringen?«

Wieder schüttelte Liam den Kopf. »Ich habe die Magie ins Antennensystem geleitet. *Ich* habe den Magiesturm ausgelöst.«

»Aber … sie hat dich gezwungen.«

»Nein. Ich wollte es tun.«

»Das denkst du nur!«, erwiderte Natalie. »Sie lässt dich glauben, dass du es willst.«

Spiegel drehte sich in einem stummen Tanz um sich selbst, die Arme ausgebreitet, den Kopf in den Nacken gelegt. Jolly indessen murmelte: »Wir sollten abhauen. Wo bleibt Valeriu?«

Immer noch überwältigt von ihrem Gefühlstaumel beobachtete Natalie, wie sich Liam nach einem der hellbraunen Holzstücke bückte.

»Kannst du denn damit umgehen? Kannst du … zaubern?«

Fast verächtlich blickte er auf sie herab. »Natürlich. Brisko hat es mir beigebracht.«

»Wann? Wie?«

»Keine Ahnung. Ist eben so passiert.«

»Kannst du dich denn erinnern, wann du hergekommen bist, und wie? Dass du im Turm gewohnt hast?«

Zwischen seinen Augenbrauen entstand eine Falte, als er angestrengt nachdachte. »Ich war sehr krank, ich habe Bluttransfusionen bekommen. Danach war ich endlich stark genug, Raikun zu unterstützen.« Er sah sie durchdringend an. »Jetzt haben *wir* die Macht. Die Herrschaft der Menschen ist ein für alle Mal Geschichte.«

Das traf sie mit der Wucht eines Katapults. Es riss Mauern in ihr nieder, die sie erbaut hatte, um den Schmerz über den Verlust einzudämmen. Setzte Verzweiflung frei, die sie tief in sich verwahrt hatte. Sie fühlte sich plötzlich fiebrig vor Angst, der Wahrheit ins Gesicht blicken zu müssen, obwohl sie doch längst über sie hereingebrochen war.

»Du weißt, dass Raikun unsere Eltern ermordet hat, oder? Dass sie uns in den Klagenden Gängen gefangen gehalten hat? Dich gefoltert hat? Unseren Großvater verflucht …«

»War ja klar, dass du damit kommst. Raikun meinte, du würdest mir sonst was erzählen, um mich gegen sie aufzubringen. Und genau das tust du, du lügst!«

»Ich lüge nicht, Liam! Sie hat dir falsche Erinnerungen eingepflanzt!«

Energisch schüttelte er den Kopf. »Nein, Nat. Was sie sagt, ist wahr, was sie tut, ist richtig. Wir Magischen sind nicht weniger wert als die Menschen. Niemand, kein Gesetz darf uns unterdrücken. Wir werden etwas bewirken, sie und ich. Wir werden die Welt verändern.«

Fassungslos starrte sie ihn an. Aus ihm sprach Raikun, es war ihre Einstellung, ihre Sichtweise, ihre verdammte Gehirnwäsche, die ihn solche Worte in den Mund nehmen ließ. Und trotzdem, unter dem hochtrabenden Gerede war er doch noch ein Kind. Ihr Bruder.

Alles, was sie ihm an den Kopf werfen wollte, verkümmerte zu einem trockenen Schluchzen. »Liam …«

Gebrüll ließ sie aufschrecken. Zwei Riesen brachen aus dem nahen Wald, und mit ihnen etwa drei Dutzend Gestalten. Magische. Problemlos hielten sie das Tempo der Kolosse, fast schien es, als flögen sie neben ihnen dahin. Im Nu überwanden sie die eingebrochenen Mauern des Schlossparks, sprangen über Trümmerteile und Leichen und umringten sie.

Die Riesen – es waren jene aus dem OMB-Gefängnis – trugen Felsen mit sich, die sie nun beinahe zärtlich ins Gras setzten, und nach einem Moment der Verwirrung begriff Natalie, dass es sich um zu Stein erstarrte Trolle handeln musste. Ansonsten bestand die Gruppe vorwiegend aus Zwergen, aber auch ein paar Feen, Hexen und Zauberer waren dabei, alle angeführt von einer groß gewachsenen Fee. Natalie hatte sie selbst aus ihrer Zelle befreit.

Adalea beugte sich zu ihr und bleckte beim Lächeln ihre spitzen Zähne. »So sehen wir uns also wieder. Und? Auf welcher Seite stehst du nun, Natalie Amalia Windersom?«

Auf der meines Bruders, hätte sie vor zwei Tagen noch geantwortet. Oder: *Auf Kilians Seite. Auf jener der OMB.* Nichts davon schien zuzutreffen. Sie gehörte nirgends mehr hin, sie fühlte sich so alleingelassen wie noch nie.

»Nehmt sie gefangen!« Brisko drängte sich durch die Reihen der Magischen. Blut befleckte seine Kleidung, in seinen hellen Augen funkelte mühsam unterdrückter Zorn. Er riss Liam von Natalie fort. »Wo ist er? Wo ist der Wolfsbastard?«

»Hier.« Valeriu klang ruhig. Ohne erkennbare Gefühlsregung schritt er nach vorn, während die Magischen ihm Platz machten. Seine Augen huschten zu Natalie, er nickte ihr sachte zu – dies würde auf einen Kampf hinauslaufen und er zählte auf sie. »Wie steht's, Brisko? Wie stark bist du, ohne deinen Zauberstab?«

Brisko lachte kalt. »Das fragst du noch? Schau dich um!«

»Nein, Brisko. Du und ich, nur wir zwei. Denkst du etwa, ich habe vergessen, wozu du Raikun getrieben hast? ›Lass ihn hungern, er braucht eine Lektion, die sich in seine Seele brennt.‹«

»Scheint, als hätte es nichts genützt.«

»Los doch. Kämpfe gegen mich.« Valeriu schlüpfte aus seiner Jacke und ließ sie an Ort und Stelle ins Gras gleiten. Sein Hemd war bis zum Bauchnabel geöffnet und langsam ahnte Natalie, warum er sich seiner Sache so sicher war. Er ballte die Fäuste. Sein Blick schnellte zu ihr.

Jetzt also.

Mit einem Aufschrei stürzte er sich auf Brisko, der sofort zu Boden ging. Er war Valeriu klar unterlegen. Adalea gab einen knappen Befehl, die Magischen stürmten los und Natalie griff in die Magie.

Ihre Hand schoss vor, sie erschuf eine Wand aus Bannmagie, genau zwischen den beiden Kämpfenden und den Angreifern. Einen Schild, unmöglich zu durchdringen. Und doch … rannten sie weiter! Die Magischen liefen einfach hindurch – sie blinzelte –, nein, da war nichts, was sie aufhalten konnte, da war kein Banngitter, kein Geflecht, nicht ein Funken Magie.

Sie probierte es erneut. Wieder ohne Erfolg. Verwirrt forschte sie nach der Magie in ihrem Inneren, nach dem pulsierenden Kern, der geballten Ladung Magyära, aus der sie ihre Kraft schöpfte, doch was sie fand, war … nur noch ein schwaches Flimmern.

Schockiert ließ sie die Hand sinken.

»Nat?«, wisperte Jolly. »Was ist los?«

Sie brachte keinen Ton hervor. Registrierte nur beiläufig, dass Jolly sich unter ihrer Jacke nach unten schlängelte und an ihrer

Jeans hinunterglitt, dass Spiegel davonstob. Sie suchte. Sie suchte nach der Magie, nach den silbrigen Strängen, die zuvor derart gewütet und sogar Mauern gesprengt hatten. Aber sie waren fort, verschwunden, als hätte es sie nie gegeben.

Liam, der an Adaleas Seite stand, bedachte sie mit einem verwirrten Ausdruck.

Schüsse knallten.

Ein Zwerg und ein Zauberer brachen getroffen zusammen, ehe sie Natalie erreichten. Tumult entstand unter den Magischen, Geschrei hallte über die Wiese, die Riesen stapften wie orientierungslos umher.

Natalie hatte keine Ahnung, wer ihnen da zu Hilfe kam, aber es entfachte neuen Mut in ihr. Als Valeriu aufbrüllte und seine Verwandlung einsetzte, sammelte sie ihre Kräfte für einen neuerlichen Versuch. Sie durfte ihn nicht im Stich lassen, jetzt, da er am Verletzlichsten war.

Brisko robbte unter dem sich windenden Körper hervor. Während Valerius Knochen sich verbogen, brachen und neu zusammensetzten, sich grau-braunes Fell entfaltete, sein Kopf sich zu einem Wolfsschädel verformte, stürzte sich der Zauberer mit gezücktem Messer auf ihn.

Natalie rammte Brisko einen Magiestoß an den Kopf – zumindest war es das, was sie im Sinn gehabt hatte. Denn wieder blieb ihr Angriff ohne Folgen. Brisko trieb seine Klinge tief in den unvollständigen Wolfsleib. Valeriu gab einen schrecklichen Laut von sich, eine Mischung aus Schreien und Jaulen, und er fuhr Natalie tief ins Herz.

Wieder fielen Schüsse. Diesmal traf es eine Zwergin und einen der Riesen. Brüllend und wie in Rage schlug er seitlich gegen seinen Kopf. Die Kugel hatte offenbar die weiche Haut seines Ohrs durchdrungen. Adalea bellte Befehle, doch ihr unorganisierter Trupp reagierte nur träge. Brisko stach weiter auf den Wolf ein, Blut färbte den Pelz rot. So viel Blut …

Natalie musste tatenlos zusehen, wie Valeriu ums Überleben

kämpfte. Sie konnte nicht eingreifen, sie konnte nichts tun, absolut nichts. In diesem Augenblick begriff sie, wie machtlos sie ohne ihre Bannmagie war.

Die Schüsse donnerten jetzt in gleichmäßigem Rhythmus und da der verwüstete Schlosspark nur wenig Deckung bot, fanden sie zumeist auch ihr Ziel.

»Penn, Lorin, sucht die Schützen!«, schrie Adalea. »Einer versteckt sich auf dem Stalldach! Geh mit ihnen, Jost!«

Der kleinere der beiden Riesen grunzte und stakste los, zwei Zauberer jagten in übergroßen Sprüngen neben ihm her, ohne jede Anstrengung und schnell wie der Wind. Siebenmeilenstiefel – Briskos Erfindung magischer Laufschuhe! Natalie hatte sie damals in den Klagenden Gängen gesehen. Die Magischen trugen sie an den Füßen, manche in Form von Schuhen, andere hatten tatsächlich Stiefel an.

Adalea keifte den anderen Riesen an, der ein Metallteil schwang, das er vom Boden aufgelesen hatte. »Serk! Mach dich nützlich!«

Brisko stöhnte auf. Etwas Weißes hatte sich um seinen Hals geschlungen, mehrmals gleich, und drückte ihm die Luft ab. Er ließ von Valeriu ab und sackte rücklings zu Boden, röchelnd, keuchend. Das blutige Messer immer noch in der Rechten versuchte er, die Schlange aufzuschlitzen.

»Jolly!«

Natalie schüttelte ihre Starre ab und stürmte los. Der Wolf kam auf die Beine, taumelnd erst, dann schien er sich zu fangen. Mit wildem Knurren verbiss er sich in Briskos Hüfte, doch der warf sich mit dem ganzen Gewicht auf ihn, bis er sich winselnd krümmte. Brisko versetzte ihm einen Tritt und beförderte ihn außer Reichweite.

»Tötet ihn!«, erschallte Adaleas Befehl. »Und du, Liam, tu auch was!« Als er hilflos die Hände hob, ließ sie einen Zweig aus dem Boden schnellen, brach ihn und gab ihn an Liam weiter. »Hier. Ein Zauberstab ist so gut wie der andere.«

Natalie erreichte Brisko und wollte nach dem Messer greifen, das ihm entglitten war, da explodierte plötzlich ein Flammenstoß in ihrer Magengrube. Sie kippte nach hinten, Tränen schossen ihr in die Augen, alles versank in loderndem Schmerz. Bannmagie! Liam musste sie attackiert haben!

Sie hörte den Wolf heulen, dann Briskos Schrei und blinzelte angestrengt. Jolly, wo war Jolly? Valeriu setzte zum Sprung an, Brisko schnappte sich das Messer und etwas sorgte dafür, dass Natalie auf die Beine kam. Sie taumelte zurück, als der Riese unversehens vor ihr aufragte, vor ihr, vor Brisko, vor Valeriu. Das Metallteil in den monströsen Händen fuhr wie ein Fallbeil auf den Wolf herab.

Die Zeit zerbrach in tausend Stücke.

Atemzüge später, Herzschläge danach lag der Wolfskopf immer noch zu ihren Füßen. Abgetrennt von seinem Leib. In einer Lache dampfenden Bluts.

Nein!

Sie sank auf die Knie – verloren, verloren.

19

Wahrscheinlich hätten die Riesen Schloss Nauders dem Erdboden gleichgemacht. Und mit Sicherheit hätten die Magischen einen nach dem anderen hingerichtet, wäre Raikun nicht aufgetaucht.

Ihr Aeromobil landete mitten im Schlosspark, gerade als Adalea den Befehl geben wollte, Gaeland zu exekutieren. Sie hatten ihn vom Dach des Stalls gezerrt, ihn und den kleinen Stefo, Kilians Bruder. Im Schloss hatten sie Königin Antonia, Marik und die schwedische Königsfamilie aufgespürt. Nicht einmal vor dem kranken König hatten sie haltgemacht. Dann waren da noch Bedienstete, die den Magiesturm überlebt hatten, und ein paar Hochzeitsgäste, alle gefesselt und vor den Magischen auf die Knie gezwungen. Die Reihe der Gefangenen war länger als erwartet. Nur Kilian konnte Natalie nirgends entdecken – ihre größte Hoffnung und zugleich ihre größte Angst.

Sie selbst hockte, ebenfalls gefesselt und bewacht von einem Magischen namens Penn, vor der entwurzelten Kugelzypresse, genau da, wo Liam zuvor gesessen hatte. Sie vermied es, auf die dunkle Blutlache zu schauen, die nur langsam versickerte. Dem intensiven Geruch allerdings konnte sie nicht entkommen. Jemand hatte den toten Wolf zugedeckt. So viel Anstand besaßen sie dann doch.

Jolly lag zusammengerollt zu ihren Füßen. Die Schlange war durch Messerstiche verletzt, ihre weiße Schuppenhaut voller Schnittwunden. Sie lebte, hatte aber noch keinen Ton gesagt. Zu ihrer Linken wippte Spiegel unablässig vor und zurück, die Augen auf das neue Zentrum ihrer Welt gerichtet: das silberglänzende Aeromob. Natalie wunderte sich nicht darüber, dass

Raikun über funktionierende Fahrzeuge und elektronische Geräte verfügte. Sie hatte natürlich vorgesorgt, das tat sie immer.

Raikun war in einen tiefvioletten, goldbestickten Mantel gekleidet, der einer Königin würdig war. Sie kostete ihren Auftritt gehörig aus. Die Magischen senkten allesamt die Köpfe, einige fielen auf ein Knie. Nur Adalea erwartete die Meisterin reglos.

Natalie hätte Hass empfinden müssen, Wut, zumindest Abscheu. Aber in ihr war jedes Gefühl erloschen.

In aller Ruhe blickte sich Raikun um, betrachtete das ramponierte Schloss, die Toten und Gefangenen, die Riesen, die mit leicht belämmertem Gesichtsausdruck vor dem Stallgebäude saßen, gebändigt durch Adaleas magische Schlingpflanzen. Schließlich entdeckte sie Natalie. Ein Zucken um ihre Mundwinkel war die einzige Reaktion.

Sie winkte Adalea zu sich. Brisko, dessen Verletzungen notdürftig versorgt worden waren, humpelte herbei, gefolgt von Liam. Catalin sprang aus dem Cockpit des Aeromobs und gesellte sich zu ihnen. Sie wechselten ein paar Worte und Raikuns Miene verfinsterte sich. Catalin schrie auf, rang die Hände und begann im Kreis herumzulaufen wie ein gepeinigtes Tier.

Raikun erhob die Stimme: »Schaufelt eine Grube für die Leichen! Man soll uns nicht nachsagen, dass wir hinterher nicht aufräumen.«

»Die Riesen könnten das erledigen«, schlug Adalea vor.

»Solange du sie unter Kontrolle hast, soll mir das recht sein. Kümmere dich darum.«

»Wie du wünschst, Meisterin.« Mit einem sachten Wink befreite Adalea die Riesen und gab den Befehl weiter. Sofort machten sich Jost und Serk an die Arbeit.

»Raikun!« Antonia kämpfte sich auf die Beine. Der Zwerg, der sie daran hindern wollte, wurde mit einem Zischen seitens Raikun abgestraft und trat nickend zurück. Die Königin taumelte ein wenig, schaffte es aber, das Kinn zu recken. »Ich verlange eine Erklärung für … das hier!«

»Das hier, liebste Antonia, ist meine Antwort auf die Pläne der Bundesregierung, die Magischen zu vernichten. Dachten Sie wirklich, ich würde einfach dabei zusehen? Wir hatten eine Abmachung und ich habe meinen Teil erfüllt. Ich habe für Dothias Mildenweith den Kanzler beseitigt, ihm den Weg geebnet. Und wie praktisch für ihn, dass er meinen Angriff auf den Greifspalast dafür nutzen konnte, die Bevölkerung für sich zu gewinnen!«

»Nun tun Sie nicht so, als müsste er Ihnen dafür dankbar sein! Von einem Terrorakt war nie die Rede gewesen!«

»Auslegungssache.«

Königin Antonia schnaubte. »Sie! Sie …! Er hat Ihnen die OMB und die Polizei vom Hals gehalten! Denken Sie etwa, man hätte Sie ansonsten nicht längst hinter Gitter gebracht?«

»Oh, das weiß ich zu schätzen. Mit dem Anti-Magischen-Programm hat er den Bogen allerdings überspannt, das konnte ich nicht ungeahndet lassen.«

»Sie hatten das doch von Anfang an geplant!«

Lächelnd neigte Raikun den Kopf. »Ich weiß nicht, warum Sie sich so aufregen, liebste Antonia. Ihre Forderungen wurden doch alle erfüllt: Der Mächtige ist tot und der Platz an der Spitze der OMB frei für Marik. Und Kilian hat sich doch hervorragend entwickelt …«

»Aber warum das alles? Warum mein Schloss? Ich habe Sie immer unterstützt und so bekomme ich es gedankt?«

»So leid es mir tut, aber Schloss Nauders gehört zu den Kollateralschäden. Wie hätte ich es vor einem europaweiten, wenn nicht weltweiten Armageddon schützen sollen? Der Aufwand für mein eigenes Hab und Gut war bereits enorm.«

Das war der Moment, in dem Natalie es begriff. Der Magiesturm hatte nicht bloß hier getobt, sondern war über das Erdmagienetz rund um den Globus getragen worden. Ihr wurde eiskalt, unmittelbar darauf jagten Hitzeschauer über ihren Rücken. Sie spürte ein Zittern, das tief aus ihrem Inneren zu kommen schien.

»Was haben Sie getan?«, fragte die Königin leise.

»Brisko und Liam«, flüchtig legte Raikun die Arme um die beiden, »haben Großartiges vollbracht. Sie haben Magotechnik und Bannmagie vereint und hochfrequente Magie in die Ionosphäre gejagt. Ein Spiel mit dem Feuer, das wunderbar geklappt hat.«

Antonia schüttelte schockiert den Kopf. »Ich begreife es nicht. Was … bezwecken Sie damit?«

»Die Strukturen unserer Gesellschaft waren festgefahren. Manchmal braucht es vollkommene Zerstörung für einen Neubeginn. Und jetzt, da es getan ist, beginnt die Ära der Magischen. Wollen Sie dabei sein, werte Antonia, oder lieber sterben?«

»Dabei sein?«

»Nun, das Land liegt in Schutt und Asche. Was es jetzt am Nötigsten hat, ist eine konsequente Führung. Straffe Regeln. Ordnung. Eine neue Gesetzgebung. All das. Dafür kann ich schlecht alleine sorgen. Ich brauche Verbündete, menschliche Verbündete, die mir ergeben sind und zu denen die Menschen aufblicken. Da dachte ich natürlich an Sie. Und an Ihren wunderbaren Sohn Marik.« Sie wandte sich ihm zu. »Du würdest einen perfekten Statthalter abgeben, skrupellos, loyal …«

Marik nickte eifrig. »Ich bin loyal … Meisterin. Ich folge Ihnen, ich …«

»Ja, ja. Und Sie, Antonia? Sind Sie auf meiner Seite?«

Man musste der Königin zugutehalten, dass sie nicht bloß an sich dachte. »Wenn Sie diese Menschen hier gehen lassen, dann ja.«

Adalea deutete auf Gaeland. »Der hier hat fünf Magische auf dem Gewissen. Wir verlangen seinen Tod.«

»Gaeland ist mir treu ergeben«, zischte die Königin, »er hat lediglich unser Leben verteidigt. Ihr könnt ihn nicht einfach umbringen …«

»Gerechtigkeit«, erwiderte Raikun, »wird eine der Grundsäulen meiner zukünftigen Regierung sein. Wer ein Leben nimmt, muss dafür bezahlen. Fünf Tote auf Seiten der Magischen erfordern fünf Menschenleben zum Ausgleich. Sie dürfen die Kandidaten auswählen, Hoheit.«

Sie wandte sich ab und kam zu Natalie herüber. Ihr Haar trug sie blond und zu einer mittelalterlichen Flechtfrisur hochgesteckt, die wohl ihr majestätisches Auftreten unterstreichen sollte. Ansonsten hatte sie sich nicht verändert. Unter dem Mantel blitzte ihr übliches Outfit aus Hosenanzug und Stiefeln hervor.

»Nun zu dir. Ein wenig unrühmlich, dein Abgang, findest du nicht? Liam hat mir berichtet, dass du deine Magie nicht mehr nutzen kannst. Demnach hat der Plan der Königin also funktioniert.«

Natalie gab keine Antwort. Sie wusste nicht, von welchem Plan die Rede war, es war ihr auch egal.

Raikun ging in die Hocke. Bedauern zuckte in ihren Augen auf, als sie über Natalies Wange strich, wie damals in den Klagenden Gängen. Eine Geste, die sehr bewusst gewählt war, und die nicht an Wirkung verfehlte. Alles kehrte mit einem Schlag zurück: die Angst, die bodenlose Verzweiflung, die Schuldgefühle. Sie fühlte sich vollkommen ausgeliefert, selbst wenn sie nicht gefesselt wäre, hätte sie Raikun nichts entgegenzusetzen. Nicht einmal auf ihre Stärke konnte sie zurückgreifen. Die war in den vergangenen Stunden auf die Größe eines Sandkorns geschrumpft.

»Zu schade«, raunte Raikun. »Antonia wollte dich töten lassen, weißt du, doch alle Versuche schlugen fehl. Ich riet ihr zu warten, bis du hier aufkreuzt, und zuzuschlagen, wenn du am wenigsten damit rechnest.«

Wellen von Schüttelfrost überrollten Natalie, dennoch meinte sie, innerlich zu verglühen. Die Königin steckte also hinter den Mordanschlägen. *Vorhin, auf der Treppe*, fiel ihr ein. *Der Stich. Das war eine Spritze!*

»Sie hat mir etwas injiziert«, stieß sie zwischen klappernden Zähnen hervor.

»Innovatis. Du weißt, was Paige herausgefunden hat? Nein? Die Magyära senden Toxin aus, wenn sie durch das Serum angegriffen werden, ein letztes Aufbäumen sozusagen, während ihr Zerfall bereits einsetzt. Der Körper kann nur mit einer geringen Menge fertigwerden. Je höher der MQ-Wert, umso höher die Sterblichkeitsrate. MitranBiotec wusste das, die Regierung wusste es, dennoch wurde die Entwicklung vorangetrieben. Eine simple Möglichkeit, das Volk der Magischen auszulöschen.«

Natalie musste würgen. »Ich werde sterben?«

»Ja. Es tut mir leid.«

»Das tut es nicht.«

»Kennst du mich so wenig, Natalie? Du bist ein Teil von mir. Genau wie Liam, wie Valeriu.«

»Wie die Kreatur, die du aus dem Mächtigen gemacht hast?«

Raikun nickte lächelnd. »Hast du ihn gefunden, ja? Ich liebe euch alle. Ginge es nach mir, so wären wir zusammen. Eine große glückliche Familie.« Ihr Lächeln schwand. »Dummerweise habt ihr nicht begriffen, was Zusammenhalt bedeutet. Unsere Prinzipien sind zu unterschiedlich. Darum musste ich eine Auswahl treffen. Aber sei unbesorgt, deine Gabe lebt in Liam weiter. Er wird Kinder zeugen und den Namen Windersom fortführen.«

Natalie sammelte so viel Speichel wie möglich in ihrem trockenen Mund und spuckte Raikun ins Gesicht. »Du bist krank! Abartig krank und widerlich! Ich wünsche dir, dass Liam das irgendwann erkennt und dich eigenhändig umbringt! Er wird uns rächen!«

Raikun wischte den Schleim ab. »Das wird nicht geschehen. Ich habe ihn in der Hand. Ich sorge dafür, dass er mich liebt.«

»Ja. Das musst du wohl. Niemand, der bei Verstand ist, könnte dich auch nur mögen, geschweige denn lieben.«

»Alles Gute, Natalie.«

Raikun erhob sich, trat an Valeriu heran und schob mit der Fußspitze die Decke zur Seite. Eine geraume Zeit betrachtete sie den toten Wolf. Dann rief sie nach Adalea. »Begrabt ihn nicht mit den anderen«, trug sie ihr auf. »Er soll da drüben liegen, vor dem Brunnen, das hätte ihm gefallen. Stellt ein Kreuz auf oder lass einen Rosenbusch auf seinem Grab wachsen, ganz wie du magst.«

»Ja, Meisterin.«

»Danach kümmert euch um die Gefangenen. Erschießt sie.«

»Auch die Königin?«

»Ja. Sie ist zu weich. Marik und die Kinder nehme ich mit, sie lassen sich gut formen. Habt ihr den Prinzen gefunden? Seine Braut?«

»Nein, Meisterin. Sie sind beide wie vom Erdboden verschluckt. Geflohen vermutlich.«

»Hm. Sucht weiter.«

»Was soll mit ihnen geschehen?« Adalea nickte zu Natalie und Spiegel.

»Die Irre könnt ihr gleich umbringen. Die Schlange auch. Natalie tötet ihr erst am Schluss. Sie soll miterleben, was es heißt, sich mir zu widersetzen. Um Mitternacht zieht ihr los und verkündet meine Herrschaft. Schlagt die Proklamationen an allen Rathäusern im besprochenen Umkreis an, dann folgt mir nach Mitran. Und Adalea: keine Fehler diesmal!«

»Ja, Meisterin. Ich werde dich nicht enttäuschen.«

Wenig später hob das Aeromob ab, mit an Bord auch Liam. Er hatte sich nicht von Natalie verabschiedet.

Die Magischen warfen die Leichen in die Grube. Nun lagen sie beieinander, Adelige und Zwerge, Dienstmädchen und Hexen, Menschen und Magische. Im Tod waren sie alle gleich.

Dann ertönte der erste Schuss.

Natalie ließ die Stirn auf ihre angezogenen Knie sinken. Sie konnte die Hinrichtung der Gefangenen nicht mit ansehen, sie konnte auch das Flehen und die Schreie nicht ertragen.

Sie kniff die Augen zu und begann zu summen. Die Melodie der Magie, die sie schon seit Kindertagen kannte, kam ihr nur unter Wimmern über die Lippen, sie fühlte sich fremd an und zäh, sie gehörte ihr nicht länger. Sie dachte an die Magyära, die in ihr und mit ihr starben, und dann schoss ihr durch den Kopf, dass es nur gerecht war.

Ein bitteres Lachen entschlüpfte ihr. *Für jedes Leben muss mit einem anderen bezahlt werden.* Ihretwegen waren schon so viele umgekommen, angefangen von ihren Eltern bis hin zu den Opfern des Magiesturms und jetzt auch Valeriu. Sie war die eine Komponente, der eine gemeinsame Nenner, der allem Sterben innewohnte. Und nun war sie an der Reihe …

Ein Stöhnen direkt vor ihr ließ sie den Kopf heben. Ein Messer hatte sich in Penns Rücken gebohrt. Wie in Zeitlupe brach er zusammen. Jemand machte sich an Natalies Fesseln zu schaffen, warme Hände, die genau wussten, was sie taten. Sie wandte sich um und entdeckte Kilian im Gehölz der Zypresse kauernd. Ihr Herz machte einen kleinen Satz.

»Halt still.« Sein Flüstern war beinahe unhörbar. Er löste auch Spiegels Fesseln. »Kriecht nach links in den Tarnkreis. So unauffällig wie möglich.«

Tarnkreis? Natalie robbte in die angegebene Richtung, eine Hand legte sich auf ihre Schulter und mit einem Mal sah sie sich den Zwergen gegenüber. Und vor ihr kauerte die kleine Schwedenprinzessin in ihrem zerfetzten Brautkleid, Cleo.

Wim hatte Ulans Vlies aktiviert. Anders als damals an der Narsh wurde die Tarnmagie nicht großflächig mithilfe von Magotechnik gestreut, sondern wirkte nur, solange man sich an den Händen hielt. Cleo streckte ihre nach Natalie aus und so blieb ihr nichts übrig, als sie zu ergreifen. Kilian stieß zu ihnen, die Schlange auf dem Arm.

»Was ist mit den anderen?«, fragte Natalie heiser.

Seine Unterkiefer verkrampften sich. »Für sie ist es zu spät.«

20

Kilian führte ihre kleine Gruppe ein Stück am Waldrand entlang, weg von Lorin, der mit seinen Leuten den Schlosspark und die nähere Umgebung durchkämmte. In ihren Siebenmeilenstiefeln waren Adaleas Magische unsagbar schnell, doch gegen den Tarnzauber des Amuletts kamen auch sie nicht an. Die Nacht war bereits weit fortgeschritten, als sie unverrichteter Dinge abrückten.

»Verdammt!«, knurrte Wim. »Die nehmen die Pferde mit. Jetzt sitzen wir hier fest.«

Das war wohl die Intention dahinter. Gut möglich, dass sie zurückkommen. »Du hast zwei Beine«, erwiderte Kilian. »Ich stehe in deiner Schuld, also nimm aus dem Schloss mit, was dir gefällt. Dann kannst du jederzeit losmarschieren.«

Wim knurrte etwas, das wie »Das Wort eines Zwerges gilt« klang – was immer das bedeuten mochte.

Ihre Begegnung war reiner Zufall gewesen. Noch vor Eintreffen der Magischen war Kilian mit Cleo auf den Armen gegen ein unsichtbares Hindernis geknallt und sie war förmlich auf die Zwerge gefallen. Ganz unerwartet hatte sich Wim auf Kilians Seite geschlagen und war ihm mit dem Tarnamulett zu Hilfe gekommen, sodass er ungesehen einige Schüsse platzieren konnte.

Silbrig flimmernde Wolkenbänder zogen über den Himmel, durchbrochen von farbig schillernden Polarlichtern. Die Mauern des Schlosses schimmerten geisterhaft im wechselnden Licht, mit seinen leeren Fensterhöhlen wirkte es wie eine Ruine auf Kilian.

Einmal mehr stellte er fest, dass er völlig neben sich stand. Seine Eltern waren tot. Marik würde Raikun dienen, ob nun willentlich oder aufgrund eines Hexenzaubers machte keinen Unterschied. Sogar Stefo hatte sie mitgenommen. Und Cleos Schwestern.

Nicht nachdenken, nicht jetzt. Er war froh, dass ihm der OMB-Agent noch in Fleisch und Blut steckte und sich nicht einfach verabschiedet hatte, weil der Prinz in ihm vor zwei Tagen beschlossen hatte, in die Rolle des Thronfolgers zu schlüpfen.

Sie fanden in einem der Salons Unterschlupf. Die Zwerge schoben die Vorhänge zu, Kilian entzündete Kerzen. Im Raum herrschte ein Riesendurcheinander, doch viele Möbelstücke waren noch intakt. Steif vor Kälte scharten sie sich um den Kamin, wo Wim ein Feuer entfachte. Die geistig abwesende Frau hob eine mit Blattgold überzogene Vase vom Boden auf und verlor sich in der Betrachtung ihres Spiegelbildes. Cleo lehnte sich rücklings an die Wand und schloss die Augen. Sie hatte heute einiges durchleiden müssen, doch auch damit konnte und wollte Kilian sich jetzt nicht auseinandersetzen.

Seine größte Sorge galt dem Mädchen, von dem Jolly behauptet hatte, es sei seine Freundin: Natalie. Sie sah nicht gut aus. Ihre Haut hatte die Farbe von Asche, die Augen waren glasig. Sie schwitzte stark, zugleich wurde sie von Kälteschauern geschüttelt. Kilian berührte sie an der Stirn und sie zuckte zusammen, als hätte er sie geschlagen.

»Du hast Fieber, du solltest dich hinlegen.«

Wim kratzte sich am Bart. »Würde ich auch meinen.«

»Gleich.«

Sie kauerte sich vor die Schlange und zog ein Lederetui aus Valerius Jacke hervor, die Kilian ihr auf dem Herweg umgelegt hatte. Ihre Hände zitterten so stark, dass sie es nicht aufbekam, und da traf es ihn wie ein Hammerschlag: Ihr Zeigefinger war nur noch ein Stumpf, zwei Fingerglieder fehlten, wie in seiner Vision. Er blies den Atem sachte aus und nahm ihr das Etui ab. Ein verpacktes Spritzenset und eine Ampulle lagen darin.

»Das Gegenmittel?«

Sie nickte. »Jolly braucht es. Einen Menschen kann man leichter behandeln.«

Auf Natalies Anweisung injizierte Kilian die Flüssigkeit in den Nacken der Schlange. Unmittelbar darauf setzte die Verwandlung ein und sie blickten alle betreten beiseite, während dem Schlangenkörper unter Knacken und Schmatzen ein nacktes Mädchen entwuchs.

»*För Guds skull*«, murmelte Cleo.

Zahlreiche Schnittwunden übersäten Jollys Haut. Natalie bedeckte sie mit der Jacke und sie stöhnte. Ihre Lider flatterten, aber richtig wach wurde sie nicht.

»Hühnerkacke.« Das kam von Wim. »Zwei Kranke, eine Wahnsinnige, ein Kind und ein ungekrönter König. Damit lässt sich die Welt schwerlich retten.«

Die Welt zu retten, stand auf seiner Prioritätenliste nicht an erster Stelle. Kilian erhob sich. »Ich suche Verbandsmaterial und Medikamente. Ihr rührt euch nicht vom Fleck.«

»Bringt uns was Essbares mit, König«, forderte Wim. »Wir sind am Verhungern.«

Ein guter Einwand. »Dann komm mit in die Küche.«

Einen Arzneischrank zu finden, stellte Kilian vor unerwartete Herausforderungen. Er versuchte sich zu erinnern, zu wem er als Kind gegangen war, wenn er sich das Knie aufgeschürft hatte. Gewiss nicht zu seiner Mutter. Im Flur vor dem Zimmer des Kindermädchens wurde er schließlich fündig.

Als er in den Salon zurückkehrte, schlugen sich die Zwerge die Bäuche voll und die weißblonde Frau kostete zögerlich von einem gegrillten Hühnerbein, die Vase fest an ihre Brust gedrückt. Ein Servierwagen war mit Köstlichkeiten beladen, auch flüssiger Natur. Kilian würde sich später über die Rationierung der Vorräte Gedanken machen, später, wenn er wieder fähig war, über diese Nacht hinaus zu planen.

Jolly war wach und tupfte Natalies Stirn ab. »Dir scheint es besser zu gehen«, stellte er fest.

Sie war in die Jacke geschlüpft und bedeckte den Rest ihrer Blöße mit einem Stück Stoff, das sich bei genauerer Betrachtung als Tischtuch entpuppte. *Ich Idiot.* Dass er daran nicht gedacht hatte! Kleidung gab es schließlich mehr als genug im Schloss. Er warf ihr Heftpflaster und Verbandsmaterial zu und sie nickte.

»Danke. Ich war halb erfroren. Schlangen vertragen die Kälte nicht.«

»Also war die Verwandlung das Beste, was wir tun konnten. Wie lange wirst du Mensch bleiben?«

Jolly zuckte mit den Schultern. »Es war eine ordentliche Dosis, oder? Also ein paar Tage, eine Woche vielleicht.«

»Verstehe. Und was fehlt ihr?« Kilian nickte zu Natalie. »Ich habe hier Antibiotika und Entzündungshemmer, etwas Fiebersenkendes und ein Immunpräparat.«

»Gib ihr alles.«

»Alles?«, wiederholte er ungläubig.

»Wird nichts nützen«, hörte er Natalie murmeln. »Innovatis wirkt toxisch.«

Ihm wurde unerklärlich heiß. »Innovatis? Wer …?«

»Deine Mutter«, sagten Natalie und Jolly im Chor.

»Die Mordversuche. Das war sie«, fügte Jolly hinzu. »Erinnerst du dich wirklich nicht an Natalie? An gar nichts?«

Kilian schüttelte den Kopf. Er hatte sein Gedächtnis nicht explizit durchforstet, aber da war nicht der Hauch eines Wiedererkennens, wenn er in Natalies Augen blickte. Nur neu gesammelte Erinnerungen, die Ohrfeige beispielsweise.

»Ihr habt zusammengelebt. In den Räumen des Mächtigen. Im OMB-Hauptquartier. Du liebst sie.«

Cleo stöhnte auf und schlug die Hände vors Gesicht. Natalie schniefte. Die Situation hätte durchaus ihre komischen Seiten gehabt, wäre sie nicht so verdammt ernst gewesen.

Natalie würgte die Tabletten eine nach der anderen hinunter und spülte mit ein paar Schlucken aus einer Flasche nach. Erschöpft sank sie zurück.

»Bier ist wahrscheinlich nicht das optimale Getränk für sie«, meinte Kilian.

»Und wenn schon«, grunzte Wim und wischte sich Schaum aus dem Bart. »Sie geht sowieso hops, Eure Hoheit. Ein paar Tabletten werden da nicht helfen.«

Keine Elektrizität, kein fließendes Wasser – ihre Lage war alles andere als rosig. Natalies Zustand hatte sich verschlechtert, sodass Kilian fürchtete, sie könnte ihnen buchstäblich unter den Händen wegsterben. Sie war nur noch zeitweilig bei Bewusstsein. Ihre Haut war prall wie eine Blase vor dem Platzen und glühend heiß. Die Medikamente hatten nichts bewirkt und nun konnte sie sie auch nicht mehr schlucken. Selbst das Wasser, das die Zwerge aus dem Brunnen geschöpft hatten, behielt sie nicht bei sich.

Als der Morgen graute, traf er eine Entscheidung. »Ich bringe sie nach Cossburg.«

»Nach Cossburg?« Jollys Blick streifte Cleo, die aufgesprungen war und mit geweiteten Augen den Kopf schüttelte. »Und wie, ohne Pferde? Auf dem Fahrrad? Sie kann ja noch nicht einmal selbstständig sitzen.«

»Damit. Die haben die Magischen übersehen.« Er hielt die neongelben Siebenmeilenstiefel hoch. »Die Zwerge haben sie einem der toten Zauberer abgenommen.«

Jolly pfiff durch die Zähne. »Schick. Ist das denn deine Schuhgröße?«

»Die Dinger sind magisch. Sie passen sich jedem Fuß an.«

»Und du willst Nat den ganzen Weg über tragen? Dreißig Kilometer?«

»Ich schaffe das.«

Cleo legte ihm die Hand auf den Arm. »Bitte. Geh nicht. Lass mich hier nicht allein mit all den …« Sie würgte am letzten Wort, aber er las es in ihren Augen: *Wahnsinnigen.*

»Ich muss. Tut mir leid.«

Damit war ihr Gespräch beendet. Sie senkte den Kopf und verließ den Salon, eine Prinzessin, deren heile Welt zerbrochen war. Er hätte ihr beistehen müssen, das gebot ihm sein Anstand und in gewisser Weise auch der Ring an seinem Finger, aber jetzt zählte jede Minute.

Raureif bedeckte die Wiesen. Die Wolkendecke war immer noch dicht und schimmerte metallisch. Polarlichter schwammen darin, ständig wechselnde Farbströme, die den Himmel in irisierendes Leuchten tauchten.

Die Zwerge brachten Natalie in eine dicke Jacke gepackt nach draußen und er nahm sie auf die Arme. Fast ging er unter ihrem Gewicht in die Knie, nun selbst skeptisch.

»Na, das macht ja einen fragwürdigen Eindruck«, tönte Jolly auch sogleich. Aber natürlich hatte sie keinen besseren Vorschlag. Das Krankenhaus in Cossburg war Natalies einzige und letzte Chance. »Bring sie bloß wieder gesund zurück, versprich mir das«, fügte sie hinzu.

Er nickte und wandte sich an den Zwerg. »Pass gut auf alle auf, Wim!« Ihm Verantwortung zu übertragen würde ihn hoffentlich von Dummheiten abhalten.

Wim grunzte erheitert. »Ihr seid derjenige, der sich in die Hölle wagt.«

Nun, er war bewaffnet. Die Hölle schreckte ihn weit weniger als Natalies Verfassung. Vorsichtig setzte er sich in Bewegung. Er hatte die Stiefel kurz getestet, war eine Runde um das Schloss gelaufen, nein, förmlich geflogen, doch mit der zusätzlichen Last sah die Sache wieder anders aus.

Gerade fand er in die Balance, da kam die geistig verwirrte Frau angerannt, die Goldvase wie eine Kostbarkeit umklammert. Außer Atem baute sie sich vor ihm auf.

»Verdammt! Lass mich durch«, knurrte Kilian und wollte sich an ihr vorbeischieben.

Wild entschlossen schüttelte sie den Kopf und trat ihm neuerlich in den Weg. Öffnete den Mund. Klappte ihn wieder zu. Mehrmals das gleiche Spiel, als ob sie krampfhaft nach Worten suchte.

»Nein, nein, nein, das darf nicht sein«, stieß sie endlich abgehackt hervor. »Ins Dunkel ihr müsst, wo alles zu finden ist.«

»Sie macht Fortschritte«, kommentierte Jolly trocken.

Die Frau warf ihr einen dankbaren Blick zu, worauf Jolly bloß die Augen verdrehte.

»Lass mich durch«, verlangte Kilian. »Natalie wird jede Minute schwächer.«

»Nein, nein, nein, das darf nicht sein. Ins Dunkel ihr müsst, wo alles zu finden ist.«

»Wim, schaff sie zur Seite!«

Die Frau begann zu kreischen, als die Zwerge sie packten. Bemüht, das Gleichgewicht zu halten, stakste Kilian los. Es lief besser als erwartet und bald bekam er ein gutes Gefühl für die Stiefel. Bereits am Waldrand angelangt hörte er noch immer das Geschrei der Verrückten.

»Ins Dunkel ihr müsst, wo alles zu finden ist! Ins Dunkel …«

»Sie spricht nur in Reimen«, murmelte Natalie.

Kilian stieß überrascht den Atem aus. Er hatte nicht erwartet, dass sie noch irgendetwas mitbekam. »Wieso das? Wer ist sie überhaupt?«

»Sie ist Spiegel … *Der* Spiegel … Aus dem Goldenen Zimmer.«

»Wie bitte?«

»Wim wollte ihn … stehlen. Im Magiesturm. Da ist er … zerbrochen.« Kilian konnte Natalie kaum verstehen, so schwach war ihre Stimme.

»Was ist sie? Eine Seherin?«

»Schätze schon.«

Der Wald hüllte sie in klammkalte Feuchtigkeit. Laub bedeckte den Boden, gelbe Blätter, die um seine Beine raschelten. Mit der Querfeldeinstrecke schnitt er einen Großteil der kurvigen Landstraße ab. Zudem waren sie unter dem Kronendach der Bäume geschützt.

Natalie dämmerte wieder weg, Kilian spürte, wie ihre Muskeln erschlafften. Der Weg fiel sanft ab, der Untergrund war eben. Also forcierte er das Tempo.

Und knallte mit dem Kopf gegen einen Ast. »Scheiße!«

Helle Lichter tanzten vor seinen Augen. Nässe sickerte aus einer Wunde an der Stirn, warmes Blut, das ihm von den Augenbrauen auf Wange und Lippen tropfte. *Nicht springen, du Vollidiot! Weniger Kraft beim Abfedern.* Die Schrittlänge war es, die er vergrößern musste, nicht die Höhe.

Er probierte es erneut. Den Kopf über Natalie gebeugt ließ er sich gleiten und fand endlich einen passablen Rhythmus, vom Gefühl her weit schneller als ein galoppierendes Pferd. Wenn er ihn halten könnte, wären sie in zwei Stunden in Cossburg, vielleicht sogar in eineinhalb.

Dass seine Armmuskulatur bereits brannte, ignorierte er. Stattdessen erlaubte er sich erstmals, seine Gedanken schweifen zu lassen.

Jolly hatte ihn ausführlich über sein Leben vor dem Tag X, jenen Tag des Vergessens, wie sie sich ausdrückte, informiert. Sie hatte ihm von Ereignissen berichtet, die er ganz ähnlich im Kopf hatte, mit einem wesentlichen Unterschied: Natalie kam darin nicht vor.

Der Einsatz an der Narsh zum Beispiel – sie hatten versucht, Paige zu befreien und Raikun zu stellen, in der irrigen Annahme, sie hätte Liam bei sich. Oder der Gefängnisausbruch – Kilian war aufgrund von Jollys Alarm dort eingetroffen und als er Liam sah, hatte er in einer Kurzschlusshandlung auf den Menschenfresser geschossen. Oder der Kampf hinter der Kanzlervilla, als sich der Mächtige für Liam opferte – keine Natalie. Es war nicht so, dass er an ihrer statt einen grauen Fleck sah oder ein Loch oder gar jemand anderen, nein. Sie war einfach nicht vorhanden, war es nie gewesen.

Vergessen. Gelöscht. Aus seinem Leben getilgt.

Was für eine perfekte Täuschung Raikun inszeniert hatte! Mit welcher Leichtigkeit, sie sein Gedächtnis manipuliert hatte. Mittlerweile kam er nicht umhin, sich das einzugestehen. Es war eine Tatsache. Sie weiterhin zu verleugnen, hieße nur, die Augen vor der Realität zu verschließen. Und das war das Letzte, was er wollte.

Er bog auf einen etwas breiteren Waldweg ab. Kurz hielt er an, um Natalie bäuchlings auf seine Hüfte zu setzen, ihren Kopf in seine Halsbeuge gelegt. Dann rannte er wieder los.

Natalies Jacke war nach oben gerutscht. Kilians Arme lagen nun unter ihrem Rippenbogen und er spürte ihren rasenden Herzschlag an seiner Brust. Die Hitze, die sie ausstrahlte. Sie wand sich im Fiebertraum und jammerte leise, unterbrochen von unverständlichen Wortfetzen. Ihr Atem vermischte sich mit seinem, weiße Wölkchen, im nächsten Moment davongetragen.

Im gleichmäßigen Rhythmus seiner Schritte wurde ihm plötzlich etwas bewusst: Sie so zu tragen, den Geruch ihres vor Schweiß feuchten Haars in seiner Nase, die feinen Strähnen an seiner Wange, fühlte sich auf verwirrende Weise vertraut an.

Ein Erinnerungsschnipsel zuckte auf – das Klirren von Handschellen vor dem Tor des OMB-Hauptquartiers, lähmende Erschöpfung, das Gewicht eines Kopfes auf seiner Brust – und für Sekunden meinte er, er könnte mehr aus dem Dunkel lösen. Aber die Bilder verblassten so schnell, wie sie gekommen waren und alles, was blieb, war ein Gedanke, der fortan in ihm kreiste.

Als die ersten Dachgiebel von Cossburg in Sichtweite kamen, sprach er ihn aus: »Du hast mich also geliebt, Bannmagierin. Und ich dich.«

»Ich … liebe dich noch. Aber du … trägst … ihren Ring an deinem Finger.«

Der Ring, richtig. In seiner Not hatte er ihn angesteckt und Cleo hatte den anderen an sich genommen.

Kilian setzte zu einer Erklärung an, aber da überlief Natalie ein krampfartiges Zittern, das nicht aufhören wollte. Er rannte schneller. Sie durfte nicht sterben, nicht jetzt, so kurz vor dem Ziel. Überhaupt nicht.

»Bleib bei mir, hörst du? Bleib bei mir.«

Vor dem Krankenhaus in Cossburg standen die Leute Schlange, gut achtzig mindestens, schätzte Kilian. Ihr Murren im Ohr lief er an ihnen vorbei bis zum Eingang. Bestimmt boten sie ein sonderbares Bild – der junge Mann im Zeremonienanzug mit dem geschulterten Gewehr und den gelben Stiefeln, der ein sterbendes Mädchen an sich presste.

Getrieben von Angst war er durch die Straßen gejagt, vorbei an zerstörten Häusern, abgedeckten Dächern, entwurzelten Bäumen, zerbeulten Autos, die mitten auf der Fahrbahn liegen geblieben waren. Vorbei an Toten, die mit gebrochenen Augen in den Himmel starrten. Der Magiesturm und ein offenbar dadurch ausgelöster elektromagnetischer Puls hatten eine Geisterstadt aus Cossburg gemacht, den Rest hatten Adaleas Magische erledigt, es gab genügend Anzeichen dafür. Man hätte meinen können, sich am Set eines Katastrophenfilms zu befinden, doch die Stille, die in den Straßen hing, hatte etwas von surrealer Echtheit.

Der Gebäudeeingang, eine doppelflügelige Glastür, wurde von zwei Polizisten bewacht. Sie wirkten nicht unbedingt entspannt auf Kilian.

»Hinten anstellen«, blaffte der eine, ein korpulenter Blonder.

»Das ist ein Notfall.« Kilian drehte sich, sodass der Polizist Natalie betrachten konnte.

»Das sind alles Notfälle. Die Leichtverletzten sind nämlich wie aufgefordert zu Hause geblieben.«

»Sie stirbt …«

Die Glastür wurde aufgestoßen und ein Arzt im weißen Kittel entließ ein kleines Mädchen in Begleitung seiner Mutter nach draußen, dessen Kopf fachgerecht verbunden war. Ihr Blick war trüb, der Schock hatte sie noch fest im Griff.

»Was ist mit ihr?« Kilian brauchte ein paar Sekunden, bis er begriff, dass der Arzt ihn angesprochen hatte. »Sieht übel aus. Kommen Sie schon rein.«

Stickige Luft schlug ihm entgegen. Drinnen warteten gut und gern so viele Leute wie draußen. Sie saßen auf Stühlen und Betten, sie standen in den Fluren, kauerten auf dem Boden.

Noch an der Tür hob der Arzt Natalies Lider an, fühlte ihren Puls, schaute ihr in den Mund. »Gift?«

»So ähnlich«, sagte Kilian und wollte gerade zu einer Erklärung ausholen, da rief der Arzt nach einer Schwester.

»Carolina, Verdacht auf Sepsis! Kurzinfusion. Claforan. Und mach einen Bluttest, schnell.«

»Komme schon!«

Kilians Arme streikten endgültig. Vorsichtig setzte er Natalie auf dem Boden ab und schälte sie aus der Jacke. Sie stöhnte. Er strich ihr das schweißverklebte Haar um der Stirn, verharrte mit dem Daumen an ihrer Lippe, beugend, hoffend. Die herbeigeeilte Schwester, Aussehen und Akzent nach lateinamerikanischer Herkunft, pikte Natalie mit einem Testgerät in den Finger, ehe sie einen Venenkatheter legte und die Infusion vorbereitete. Eine Minute später piepte das Gerät und das Gesicht von Schwester Carolina versteinerte.

»Sie ist eine Magische«, informierte sie den Arzt. »Obwohl … Der MQ-Wert ist kaum der Rede wert, wir könnten eventuell eine Ausnahme …«

»Auf keinen Fall.« Er wies zur Tür. »Das war's. Gehen Sie.«

Kilian traute seinen Ohren kaum. »Sie schicken uns weg?«

»Laut Gesetz müssen Magische in gesonderten Einrichtungen behandelt werden. Und jetzt gehen Sie, ich habe zu tun.«

»Ich bin Kilian von Nauders, ich komme vom Schloss, ich bin den ganzen Weg hergelaufen. Sie ist die Bannmagierin der OMB. Sie müssen ihr helfen, sie ist schwer krank.«

»Das ist mir schnurzegal – wir behandeln keine Magischen. Suchen Sie einen Magischenarzt auf.«

»Wo denn, zum Teufel? Was für ein Arzt sind Sie eigentlich, dass Sie einer Sterbenden die Hilfe verweigern? Haben Sie schon mal was von Berufsethik gehört?«

»Ich sage Ihnen jetzt mal was, *Herr* von Nauders: Hinter dem Haus liegt unser Bürgermeister – tot. Er hat sich den verdammten Magischen in den Weg gestellt, als sie ihre sogenannte ›Proklamation zur Machtübernahme‹ an die Tür des Rathauses heften wollten. Die Trolle haben ihm beide Arme ausgerissen. Wörtlich: *ausgerissen.* In Cossburg leben 212 Magische. Und wissen Sie, was die gemacht haben? Sie haben applaudiert und sich ihnen angeschlossen. Mit einem von ihnen habe ich bis gestern regelmäßig Billard gespielt. Und jetzt das. Also entschuldigen Sie, wenn ich für eine sterbende Magische kein Verständnis aufbringen kann. Ganz ehrlich? Sie würde ohnehin nicht durchkommen.« Er stieß die Tür auf. »Und jetzt raus hier!«

Der blonde Polizist trat näher. »Alles klar?«

»Sorg dafür, dass sie verschwinden.« Weg war er.

»Sie haben es gehört. Hauen Sie ab«, sagte der Polizist.

Für einen Moment spielte Kilian tatsächlich mit dem Gedanken, um sich zu schießen, Geiseln zu nehmen, den Arzt zur Behandlung zu zwingen. Schockiert über sich selbst trug er Natalie nach draußen und setzte sie auf einem mit gelben Herbstblumen bepflanzten Trog ab. Ihre Lider flatterten.

»War wohl nichts«, murmelte sie und er schluckte. Dass sie das auch noch hatte miterleben müssen, tat ihm fast körperlich weh.

Seine Muskeln protestierten bei jeder Bewegung, er konnte Natalie kaum die Jacke überziehen. Ihm fiel auf, dass der Katheter noch in ihrem Arm steckte. Wütend wollte er ihn entfernen, da eilte Schwester Carolina um die Hausecke.

»Warten Sie! Wie lange ist sie schon in diesem Zustand?«

Er hielt inne. »So wie jetzt? Etwa fünf Stunden.«

Sie schüttelte besorgt den Kopf. »Das ist schlecht. Eine Sepsis muss schnellstmöglich behandelt werden, es ist ein Wettlauf gegen die Zeit. Antibiotika und Elektrolyte können helfen. Dialyse. Auch eine Bluttransfusion. Sie gehört auf die Intensivstation.«

Kilian stieß ein hilfloses Lachen aus.

»Ich weiß. Ich habe Medikamente für Sie.« Carolina drückte ihm eine Plastiktüte in die Hand. »Es sind ein paar Anweisungen dabei, halten Sie sich exakt daran. Das Antibiotikum können Sie intravenös injizieren, die Elektrolyte verabreichen Sie per Infusion. Achten Sie darauf, dass sich keine Luftbläschen im Infusionsschlauch befinden, Sie können ihn mit dem Hahn entlüften …« Sie ratterte die Informationen nur so herunter. »Haben Sie verstanden?«

Er fühlte sich maßlos überfordert, steckte die Tüte aber unter seine Uniformjacke. »Warum helfen Sie uns?«

»Ich war fünfzehn Jahre lang Ärztin in Venezuela, aber in Deutschland bekomme ich keine Approbation. Ich habe im Krankenhaus als Putzfrau begonnen. Ich weiß, was es heißt, diskriminiert zu werden.«

Kilian atmete tief durch. »Danke.«

»Ob sie es schafft oder nicht, liegt in Gottes Hand. Sollte es ihr morgen nicht bedeutend besser gehen, dann … war es wohl zu spät. Und jetzt los, machen Sie schnell.«

Diesmal nahm er Natalie huckepack, ihre Handgelenke mit der Kordel ihrer Jacke um seinen Hals festgezurrt. So preschte er durch die Stadt und zurück in den Wald. Jeder Schritt brachte ihn gute fünf Meter voran, seine Füße berührten kaum noch den Boden. Zweige peitschten ihm ins Gesicht und streiften Natalies Kopf, er kümmerte sich nicht darum. Jetzt ging es um mehr als ein paar Kratzer.

In seiner Kehle saß ein Kloß. Er schluckte und schluckte, aber bekam ihn nicht weg. Irgendwann spürte er Salz auf den Lippen.

Wann hatte er zuletzt geweint? Er wusste es nicht. Er wusste nur, dass es in dieser Welt, die komplett aus den Fugen geraten war, nur einen Ort für seine Tränen gab: hier im Wald, wo die Bäume über ihn wachten und es nach Erde, Holz und Ewigkeit roch. Hier war seine einzige Zuflucht.

21

Sie brannte. Außen wie innen. Flammen tanzten über ihre Haut und verglühten tief in ihr. Ihr Herz hämmerte wie verrückt und die Luft, die sie atmete, schmeckte wie Säure. Natalie dämmerte am Rande ihres Bewusstseins dahin wie eine Hochseiltänzerin, immer in Gefahr abzustürzen.

Manchmal passierte es auch. Sie glitt ins Nichts ab, in dem nur dumpfe Schwere herrschte. Und tröstliches Vergessen. Sie wollte dort bleiben, wollte sich einfach fallen lassen, aber etwas zog sie immer wieder empor. Ans Licht, das nur unendliche Qual bedeutete. Dann wieder plagten sie wirre Traumfetzen, ein nicht enden wollender Fluss irritierender Bilder, Farben und Lichter. Ab und zu nur wurde sie wach und konnte die anderen reden hören.

»Ins Dunkel ihr müsst, wo alles zu finden ist. Ins Dunkel ihr müsst …« Das war Spiegel.

»Halt die Klappe, Renate! Du machst mich wahnsinnig! Kann irgendjemand dieser Frau den Mund zukleben? Bitte!« Jolly natürlich.

»Dein Geschrei macht es nicht besser.« Diese Stimme war ihr fremd und sie dachte angestrengt nach, wem sie gehörte. Der Königin? Nein, sie war tot. »Kilian, ich glaube, das Fieber ist wieder gestiegen. Wo ist das Thermometer? Danke.«

»Das war der letzte Beutel. Wir haben nichts mehr, gar nichts.« Kilian. Er klang erschöpft, mutlos, verzweifelt. So kannte sie ihn nicht.

Du bist ein Kämpfer, wollte sie sagen. *Gib nicht auf.* Aber ihre Zunge klebte am Gaumen fest und die Worte versickerten in neu aufflammendem Schmerz. Sie stöhnte.

»Ins Dunkel ihr müsst, wo alles zu finden ist.«

Ja, ins Dunkel, da wollte sie hin. Sie schwebte, sank tiefer, tiefer, tiefer. Erlösung schlug über ihr zusammen.

Leise Stimmen holten sie zurück.

»Sie ist eine Seherin. Und wenn es stimmt, was die Bannmagierin der Schlange erzählt hat, dann war sie einmal sehr mächtig. Denkt Ihr nicht, es wäre sinnvoll, sie zumindest anzuhören, Hoheit?« Wim. Fast musste sie lächeln. Der Zwerg war ein Überlebenskünstler. Wie seltsam, dass sie ständig aufeinandertrafen.

»Anhören? Man kann sie unmöglich *über*hören«, erwiderte Kilian. »Seit zwei Tagen sagt sie das Gleiche, immer und immer wieder. Schau sie dir an. Die ist verrückt. Wäre ich auch nach ein paar Jahrhunderten im Spiegel.«

»Seher brauchen ein Medium, um ihre Gabe zu projizieren. Gebt ihr eins, bittet sie um Hilfe, vielleicht kommt dann mehr. Thyk, wo ist die goldene Vase, die sie gestern hatte?«

»Haben wir versteckt.« Eine kratzige Zwergenstimme. »War nicht mehr auszuhalten, ewig die gleiche Leier.«

»Wenn es nur darum geht, dann kann sie einen Spiegel haben«, sagte Kilian. »Im Schloss gibt es Dutzende. Aber was soll das bringen? Ihre Sehergabe, sofern sie die überhaupt noch hat, wird Natalie nicht retten.«

»Ihr seid mir vielleicht ein Hornochse! Gut, dass Ihr niemals als König herrschen werdet, das Volk wäre schwer bedient mit Euch. Hol einen Spiegel, Thyk! Und dann fragen wir die Seherin noch einmal.«

Die Zeit floss dahin und sie trieb durch einen Strudel aus Worten und Widerworten. Sie konnte sich nicht darauf konzentrieren. Etwas Kühles wurde auf ihre Stirn gelegt, Hände strichen über ihre Brust, ihren Bauch, ihre Beine. Es tat gut, doch die Hitze kehrte schnell zurück und sie driftete weg. Irgendwann bohrte sich ein Aufschrei in ihr Denken.

»Nein, verdammt!«

»Kilian, sei vernünftig!« Jolly? Unmöglich!

»Ich bin vernünftig. Ihr hingegen … Ihr seid alle total irre! Wir wissen nichts über Bluttransfusionen. Ich weiß nicht mal, wie man die setzt.«

»Wie eine Infusion, hier steht es – oder traust du dem Buch aus eurer eigenen Bibliothek nicht?«

»Ich erlaube nicht, dass sie dieses Blut bekommt. Wir können damit nicht einfach herumpfuschen …«

»Da ist eine Null drauf. Siehst du: 0. Universalspender. Paige hat mir das erklärt, sie hat das Blut analysiert. Wenn das mit diesem Phönixfluch wirklich stimmt, dann muss es das Blut des Mächtigen sein. Raikun hat es Liam verabreicht und er lebt.«

»Und die Magyära?

»Pfeif auf ihre Magie! Ihr Leben zählt, sonst nichts. Wir haben nur diese eine Chance. Ohne dieses Blut wird sie sterben.«

Schritte. Kilian ging im Raum auf und ab. »Ich könnte noch einmal mit ihr nach Cossburg laufen.«

»Wozu? Man wird euch auch diesmal abweisen. Sie stirbt, Kilian. Sie stirbt.«

»Jolly hat recht«, sagte die sanfte Stimme, von der Natalie nicht wusste, wem sie gehörte. »Jetzt seid ihr extra hinuntergestiegen, habt in diesem verschütteten Turmkeller euer Leben riskiert und nun willst du es ihr nicht geben?«

Kilian stöhnte. »Das Blut ist seit dem Magiesturm ungekühlt. Wer weiß, ob es nicht längst verdorben ist.«

»Blut spendet der Seele Leben, es kühlt die Glut, das kann ich bestätigen.«

»Belegen. Nicht bestätigen«, korrigierte Jolly Spiegels Reim. »Es war eiskalt in dem Raum. Ich habe ja keine Ahnung, bei welchen Temperaturen Blut gelagert werden muss und wie lange es hält, aber …«

»Eben«, sagte Kilian. »Du hast keine Ahnung. Und ich auch nicht. Wir könnten sie damit umbringen.«

Die Worte ihres Großvaters kamen Natalie in den Sinn: *Bin*

längst tot. Sie wollte sie aussprechen, aber sie schaffte es nicht, den Mund zu öffnen. Krämpfe schüttelten sie, zerrten an ihr, rissen sie in Stücke. Die Glut, die zu ihrem ständigen Begleiter geworden war, entfachte zu einem Flammensturm.

Ihr Körper bäumte sich auf. Nach all den Stunden, in denen ihr Leben auf der Kippe gestanden hatte, wehrte er sich noch immer. Und hatte doch längst verloren. Sie spürte es, spürte, dass sie Stück für Stück ins Nichts taumelte.

Und diesmal, das wusste sie, gab es kein Zurück mehr.

22

Die Stadt war zum Grab geworden, in leere Gesichter zu blicken zur Normalität. Der Tod war Paiges ständiger Begleiter. Jemand hatte mit weißer Farbe Kreuze auf die Stirnen der Leichen gemalt. Das erste Mal fielen sie ihr auf, als sie vom Stützpunkt im Sternthaler Park aufbrach.

Sie hatten dort am Vortag Unterkunft bei einer Hilfsorganisation gefunden. Zelte waren aufgestellt worden, nicht annähernd genug für alle. Aber die beiden Waisen wurden liebevoll aufgenommen. Und nachdem Paige sich gestärkt und ein paar Stunden geschlafen hatte, nahm sie Abschied von Sara, Talin und von Pennyfee, die sich zu ihrer Familie durchschlagen wollte.

Paiges verdreckte Krankenhauskleidung war viel zu dünn für die kalte Oktoberluft. Ihre Füße waren noch vom Vortag voller Blasen. Ohne Schuhe zu laufen, kam bei all dem Schutt und den Glassplittern noch viel weniger infrage, also hatte sie sich unter Schmerzen wieder in die engen Pumps gequält. *Nicht länger Aschenputtel, sondern eine der Stiefschwestern.*

Und dann entdeckte sie die bemalten Toten.

Erst nach einem guten Dutzend durchschaute sie die Bedeutung der Kreuze. Auf diese Weise wurden Menschen gekennzeichnet, während Magische einen schwarzen Streifen quer über die Augen bekamen. Die Erkenntnis beunruhigte sie. Noch mehr beunruhigte sie die Stimmung, die sich zusammenbraute, eine dunkle Flut aus Hass, so fühlte es sich für sie an.

Der Zusammenhalt vom Vortag schien wie weggeblasen zu sein. Mitrans Bürger plünderten die Geschäfte und rissen an sich, was sie tragen konnten, hauptsächlich Lebensmittel und

Medikamente. Wer es mit seiner Beute aus dem Laden schaffte, musste sich auf der Straße behaupten. Paige erlebte mit, wie Männer und Frauen um eine Packung Brot oder eine Flasche Milch kämpften und dabei eine Brutalität an den Tag legten, als hätten sie wochenlang gehungert.

Sie beging den Fehler, bei einer Streiterei zweier Frauen dazwischenzugehen.

»Aufhören! Seht ihr nicht, was hier passiert? Wir sind alle in der gleichen Lage. Ihr könnt doch teilen.«

»Wie sollen wir eine Dose Tomaten denn teilen, du blöde Kuh?«, erwiderte die eine.

»Verpiss dich, Schlampe!«, rief die andere.

Im nächsten Moment bekam sie einen Boxhieb in die Seite. Heißer Schmerz wühlte sich durch ihr Inneres, sie krümmte sich, schrie, doch die zwei schlugen auf sie ein, bis sie in die Knie brach. Schlotternd vor Angst fand sie sich auf dem Boden wieder.

Sie entkam den beiden Furien, aber eins wusste sie nun: Mitran war zu einer Schlangengrube geworden. Es regierte das Gesetz des Stärkeren.

Paige lernte wegzuschauen. Sie lernte, Blut und Schreie zu ignorieren, die Plünderungen und Krawalle nicht zu beachten. Sie lernte, dass es gesünder war, wenn sie sich nicht einmischte.

Bestrebt, nicht aufzufallen, mied sie die Hauptstraßen und lief mit gesenktem Kopf durch die Gassen. Viele waren wie sie unterwegs, doch nur wenige allein. Allein zu gehen, war riskant, allein wurde man schnell zum Opfer. Polizei oder Militär sah sie nicht, was ihre Furcht noch verstärkte. Gab es denn keine Instanz mehr, die für Ordnung sorgte?

Andauernd musste sie an ihre Eltern denken. An Jolly und Natalie, die zusammen unterwegs gewesen waren. An Valeriu. *Sie sind am Leben*, redete sie sich ein, sich dessen bewusst, dass das das Einzige war, was sie selbst am Leben hielt.

Immer mehr Gruppen bildeten sich, bald begegnete Paige ganzen Banden. Alles Menschen. Viele von ihnen trugen das

Logo von Pro Mensch am Leib, die weiße Faust auf schwarzem Grund. Ihre Gesinnung war unverkennbar. Mit Stöcken, Steinen und Feuerwerkskörpern bewaffnet, zogen sie durch die Straßen, randalierend und offenkundig auf der Suche nach Schuldigen.

Die sie auch bald fanden.

Auf einem Platz hatten sie ein paar Magische zusammengetrieben.

Früher hätte Paige nie sagen können, wen oder was sie nun vor sich hatte. Hexen und Zauberer unterschieden sich äußerlich nicht von Menschen. Jetzt wusste sie es instinktiv, ein kurzer Augenkontakt genügte. *Befremdlich.*

Drei Zauberer, eine Fee, zwei Hexen, ein Zwerg, eingekreist von etwa dreißig aufgeputschten Menschen. Sie saßen wie Kaninchen in der Falle.

Sie hätte vorbeilaufen sollen. Das wäre klug gewesen. Stattdessen blieb sie stehen, ungläubig und starr vor Entsetzen. Sie kannte den Anführer. Er war ein Freund ihres Vaters, ein Schießkumpan, und zudem Pro-Mensch-Aktivist der ersten Stunde – Rouven Ekert.

Er hatte ein Gewehr bei sich. Alle führten sie Waffen mit sich, Gewehre, Pistolen, Messer. Jeder von ihnen.

Die Menschen drängten die Magischen an eine mit Graffiti besprühte Mauer, an der sich ein untalentierter Sprayer mit dem Schriftzug »Nieder mit den Magischen« verewigt hatte. Dieses Viertel war Pro-Mensch-Gebiet, fiel es Paige ein. Ihre Organisationszentrale lag nur ein paar Straßen weiter. Viele ihrer Anhänger lebten hier.

»Redet!«, forderte Rouven. »Wessen Werk ist das? Wer hat unsere Stadt zerstört?«

Die Magischen schwiegen. Nur zwei wagten einen Blickwechsel. Rouven sprang sofort darauf an.

»Magischenabschaum! Ihr wisst etwas! Gebt es zu!«

Einer der Zauberer, ein großer, hagerer, schüttelte den Kopf. »Wir haben nichts damit zu tun! Lasst uns gehen!«

»Gehen lassen?« Rouven wandte sich an seine Freunde. »Habt ihr gehört? Sie wollen, dass wir sie gehen lassen.«

»Die machen wir fertig!«

»Wir schlitzen euch auf, ihr verdammten Bastarde!«, schrie ein anderer, der in Polizeiuniform steckte. Jetzt war Paige alles klar.

Rouven gebot mit einer Handbewegung Ruhe. »Es war diese Hexe, richtig? Raikun. Ihr steckt mit ihr unter einer Decke. Und jetzt werdet ihr dafür bezahlen. Wir säubern Mitran von Magischen.« Zustimmung heischend blickte er in die Runde.

»Säubern! Säubern, säubern …!«

Paige wurde von Übelkeit überrollt, vor ihren Augen flimmerte es und sie musste sich an der Hausmauer abstützen. *Sieh nicht hin. Geh weiter.* Sie konnte nicht. Sie konnte aber auch nicht die Stimme erheben. Sie war komplett paralysiert.

Erneut verschaffte sich Rouven Gehör. »Wir brauchen kein Innovatis! Wir brauchen keine Regierung, keine Gesetze! *Wir* sind das neue Gesetz Mitrans!«

Jubel antwortete ihm. »Pro Mensch! Pro Mensch!«

Mitten in der aufgeheizten Stimmung wagte der Zwerg die Flucht und setzte damit eine Kettenreaktion in Gang.

»Knallt ihn ab!«, brüllte Rouven. »Knallt sie alle ab!«

Schüsse peitschten über den Platz. Nach dem Zwerg fiel die Fee. Dann die Hexen. Einen nach dem anderen brachten die Menschen sie zur Strecke.

Paige spürte jedes einzelne Lebenslicht, das ausgelöscht wurde. Jeden ersterbenden Herzschlag. Und sie schrie. Schrie vor Schmerz und Trauer über diese unfassbare Tat.

Finsternis war über Mitran hereingebrochen. Finsternis überall.

Pennyfees Worte im Ohr starrte Paige in die Bruchstücke des Badezimmerspiegels: *Ich habe noch nie davon gehört, dass jemand einfach so zur Fee wird.*

Nun, das war aber geschehen. Ihre Augen lieferten den untrüglichen Beweis: die silbernen Ringe um die Iriden. Sie wusste, wusste mit Sicherheit, dass sie die im Krankenhaus noch nicht gehabt hatte. Jetzt aber strahlte der Feenglanz geradezu aus ihren Augen.

Sie war Rouven und seinen Leuten entkommen. Ihr Freudengeheul hatte Paiges Schreie übertönt, rückblickend betrachtet ein Riesenglück. Denn was, wenn sie sie entdeckt hätten? Hätte Rouven davor zurückgeschreckt, Marcus Dibenskys Tochter zu ermorden? Oder hätte er auch mit ihr, der Fee, kurzen Prozess gemacht?

Kontaktlinsen. Das war es, was sie brauchte. Doch wo sollte sie die herkriegen, jetzt, da sie die Dinger nicht einfach im Internet bestellen konnte?

Seufzend wandte sie sich ab. Die Badewanne war entzweigebrochen, die Fenster zersplittert. Im Vorraum hing die halbe Decke herunter. Insgesamt war das Haus ihrer Eltern aber in unerwartet gutem Zustand. Paiges Befürchtung, eine Ruine vorzufinden, hatte sich nicht bewahrheitet.

Es war still. Viel zu still. Sie hatte nach ihrem Vater und Louisa gerufen, aber keine Antwort erhalten.

Gut, Paige, wir brauchen einen Plan – Füße verarzten, essen, schlafen. Morgen sehen wir weiter.

In einem der Badezimmerschränke fand sie Wundsalbe und Heftpflaster. Sie streifte die Pumps ab. Da vernahm sie ein Geräusch. Alarmiert hielt sie den Atem an. Ein Stöhnen, ganz deutlich. Es kam von oben.

»Louisa? Papa?«

Die freitragende Treppe war zum Teil eingebrochen. Die Stufen schwankten, als Paige vorsichtig nach oben kletterte.

»Louisa? Bist du das?«

Sie fand ihre Stiefmutter im Schlafzimmer – unter einem der gewaltigen Deckenbalken begraben, die dem Raum die von ihr so heiß geliebte Landhausatmosphäre verliehen. Paiges Vater hatte sie erst vor einigen Jahren anbringen lassen, sie waren Louisas ganzer Stolz. Jetzt lag einer längs auf ihr, nur ihren Kopf hatte es nicht erwischt.

Paige schloss für einen Moment die Augen. Schluckte. Sie wusste, sie würde den Balken nicht anheben können, sie brauchte es noch nicht einmal zu versuchen. Dass ihre Stiefmutter überhaupt noch lebte, war ein grausames Wunder.

Paige sank neben ihr zu Boden. Als sie Louisa ansprach, flatterten ihre Lider und ihr entwich ein Stöhnen, doch sprechen konnte sie nicht. Ihre Haut fühlte sich eiskalt an. Die Schmerzen mussten unerträglich sein. Sie streichelte ihre Stirn, tupfte das Blut von ihrem Mund und danach wusste sie nichts weiter zu tun, als Louisas Hand zu halten.

Wieder war es ihr unmöglich zu weinen. Sie spürte den Druck der Tränen, doch nicht eine rollte über ihre Wange.

»Ich bin jetzt eine Fee, ist das nicht ironisch?«, murmelte sie. »Papa wird durchdrehen. Ich habe Zauberkräfte. Meinen Augen nach zu urteilen nicht gerade wenig, bloß kann ich nichts damit anfangen. Vielleicht gibt es ja eine Umschulung, vom Mensch zur Fee. Ich würde gern lernen …« *Himmel, was rede ich da bloß?* »… wie man Wünsche erfüllt. Dann könnte ich …«

»Wir sind Wunschbringer und Todbereiter«, hatte Pennyfee gesagt. *Todbereiter …*

Der Gedanke verhakte sich in ihr und sie stellte sich vor, dass sie Louisa erlösen könnte. Sie würde ihr die Schmerzen nehmen. Sie einfach einschlafen lassen. Es wäre leicht, den Lebensfaden zu kappen, dieses silbrige Etwas, das sie noch an diese Welt band. *Beinahe schon gerissen …* Paige sah ihn vor sich. Alles, was sie tun musste, war, daran zu zupfen, zu zupfen, ganz sachte. Oder den Wind zu rufen, den Wind, der hindurchstob, er brauchte noch nicht einmal viel Kraft. *Todbereiter, Todbereiter …*

Und da riss der Faden. Die Enden drifteten auseinander. Verglühten in der Unendlichkeit.

Mit einem Ruck fuhr Paige hoch. Weiches Dämmerlicht lag auf Louisas Gesicht, glättete ihre Züge und ließ sie friedlich aussehen.

Sie atmete nicht mehr.

Sie brauchte Hilfe. Sie brauchte jemanden, der sie in die Feenmagie einführte. Der ihr zeigte, wozu sie fähig war, was sie vollbringen konnte. Sonst würde sie ihre Macht weiterhin so wahllos anwenden. Und das ... wäre gar nicht gut.

Paige war wieder unterwegs, diesmal war das OMB-Hauptquartier ihr Ziel. Dort würde sie hoffentlich auf Kilian und Natalie treffen und die wussten bestimmt, wo Jolly war.

Sie konnte sich nicht erinnern, je so abgrundtief verzweifelt gewesen zu sein. Wie sie Louisas Tod herbeigeführt hatte, wusste sie nicht, doch dass sie es gewesen war, stand außer Zweifel. *Ich habe den Lebensfaden unterbrochen. Ich war der Todbereiter.*

Danach war sie Hals über Kopf geflohen. Sie hatte nur ein paar Sachen aus ihrem alten Kleiderschrank geschnappt, sich umgezogen und einen Rucksack vollgestopft, der sich nun schwer an ihre Schultern hängte.

Obwohl es bereits dunkelte, trug sie eine Sonnenbrille, um den Feenglanz zu verbergen. Eine gute Entscheidung, wie sich bald herausstellte. Es schien sich herumgesprochen zu haben, dass Magische jetzt als Freiwild galten.

Paige traf erneut auf eine dieser fürchterlichen Pro-Mensch-Gruppen. Sie fingen Magische und pinselten ihnen den schwarzen Streifen über die Augen, ehe sie sie wieder laufen ließen. Die Farbe gehe nicht ab, erzählte ihr eine auf diese Weise markierte Hexe, doch sie sei froh, mit dem Leben davongekommen zu sein.

»Warum wehrt ihr euch nicht?«, fragte Paige.

»Wie denn? Über Jahrzehnte hinweg wurde uns bei Strafe verboten zu zaubern. Wir haben es nie gelernt oder beherrschen maximal jene Zauber, für die wir um Lizenz angesucht haben. Aber bald ist es vorbei, Raikun sorgt dafür, du wirst sehen.«

Raikun. Ihr Name war in aller Munde. Die Menschen verdammten sie für den Magiesturm, die Magischen sprachen voller Ehrfurcht über sie. Niemand wusste mit Sicherheit, ob sie wirklich hinter all dem steckte, aber Gerüchte waren nun mal seit Menschengedenken Stimmungsmacher. Sie hatten die Macht, Kriege zu entfesseln.

Mitten in der Nacht erreichte Paige das OMB-Hauptquartier. Die Fassade des riesigen vierkantigen Gebäudekomplexes war schwer beschädigt, doch die alten Mauern hatten der Magie standgehalten. Nicht so das Tor.

Der Torbogen war zur Hälfte herabgestürzt. Eines der schweren Gitter hing schief in den Angeln, das andere lag verbeult auf dem Boden. Gewaltige Löcher klafften in der Rosenhecke, stellenweise war sie komplett verdorrt.

»Bob?«, flüsterte Paige, doch Bobandragiusodamnait, der Wächter über das Tor, war verstummt.

Gerade, als sie auf den Eingang zueilte, strömten Magische aus dem Gebäude, Dutzende und mehr, viele mit Fackeln in Händen. Die meisten trugen graue Sträflingskleidung, einige aber normale Sachen und ein paar von ihnen waren mit der schwarzen Bemalung versehen. Für eine Flucht war es zu spät, schon war sie umringt.

»Wen haben wir denn da?«, säuselte eine alte Hexe. »Ein Menschlein?«

Sie rückten näher, befingerten ihre Kleidung, schubsten sie, sodass sie nach vorn stolperte.

»Hört auf!«, rief sie. »Ich bin eine von euch, eine Fee!«

»Tatsächlich?« Die Hexe riss ihr die Sonnenbrille herunter. Gemurmel ging durch die Reihen. Sofort ließen sie von Paige ab. *Bestens, meine Augen sind die reinsten Leuchtraketen.*

»Sind denn die Banngitter im Gefängnis auch gefallen?«, sprudelte es vor Aufregung aus ihr heraus.

»Ein paar. Bei anderen Zellen sind die Mauern eingebrochen. Viele sind noch gefangen«, erklärte die Hexe, runzelte dann aber misstrauisch die Stirn. »Wieso? Bist du etwa eine Agentin?«

»Was? Nein! Nein.«

»Sehr gut. Du kommst gerade recht. Wir wollen den Menschen da draußen zeigen, dass wir die OMB besetzt haben. Das ist nun unser Revier.« Sie drehte sich zum Tor um. »Bringt ihn her!«

Paige meinte, auf der Stelle umzukippen, als sie sah, wen die Magischen heranschleiften.

»Ed!« Beim Klang seines Namens riss er den Kopf hoch. Er erkannte sie, keine Frage, doch er sah auch den Feenglanz. Bestürzung machte sich auf seinem Gesicht breit, sie konnte es ihm nicht übel nehmen. »Was habt ihr mit ihm vor?«

»Genau das, was die Menschen mit uns tun«, sagte die Hexe emotionslos. »Jetzt drehen wir den Spieß um.«

Die Magischen warfen ein Seil über den unversehrten Teil des Torbogens. Schnell war eine Henkersschlinge geknüpft.

»Nein, das dürft ihr nicht!«, rief Paige. »Damit stellt ihr euch doch nur auf eine Stufe mit ihnen!«

»Das ist Absicht«, erklärte die Hexe. »Sie töten uns, wir töten sie. Gewalt braucht eine Antwort.«

»Aber doch nicht diese!«

Sie drehten Ed mit dem Gesicht zur Straße und legten ihm das Seil um den Hals.

»Bitte!«, flehte Paige. »Bitte nicht!«

Wo waren ihre Kräfte jetzt? Sie war eine Fee, eine Wunschbringerin, sollte da nicht ihr eigener Wunsch in Erfüllung gehen?

Der Lebensfaden! Eds Lebensfaden – sie musste ihn vor dem Reißen bewahren. Mit aller Macht beschwor sie die Erinnerung herauf, stellte sich den Faden vor, der Ed ans Leben band, silbern, fest, elastisch. Unmöglich zu durchtrennen.

Zwei Zauberer hoben Ed hoch, während die Magischen das Seil straff zogen und es befestigten. Er keuchte.

»Bitte!«, versuchte Paige es ein letztes Mal. »Tut das nicht, bitte nicht …« Sie schluchzte auf, als sie die Hexe nicken sah. Ed schloss die Augen. Das Gesicht zum Himmel gerichtet erwartete er sein Schicksal.

Der Lebensfaden. Wunschbringerin. Der Faden …

»Haltet ein!«

Der Befehl kam von gegenüber, wo plötzlich ein Aeromob angehalten hatte. Ed riss die Augen auf. Paige stockte der Atem. *So war das nicht gemeint …*

»Lasst ihn herunter, sofort! Mir fällt bestimmt ein besseres Ende für ihn ein.«

23

Wie verwirrend, in ein blaues Augenpaar zu schauen! In ein Lächeln. Und beim Anblick des goldblonden lockigen Haars, das sich über die schmalen Schultern ergoss, durchzuckte Natalie für einen bizarren Moment der Gedanke an einen Engel. Aber es war keiner.

»Cleo«, flüsterte sie, erstaunt, dass ihr ihr Name endlich eingefallen war.

»Willkommen zurück. Fühlst du dich besser?«

Natalie gelang ein Nicken. Sie setzte zum Sprechen an, doch Cleo drückte ihr ein Glas an die Lippen.

»Trink.«

Das Wasser kühlte das Brennen in ihrer Kehle. Sie schluckte langsam und hatte das Gefühl, jeden einzelnen Tropfen in sich wahrnehmen zu können.

»Genug«, sagte Cleo. »Du solltest lieber wenig und dafür öfter trinken.«

»Warum …?«

»Du hast überlebt. Frag nicht, warum.«

»Das Blut?«

Cleo zuckte vor Überraschung zurück. »Das weißt du? Du warst bei Bewusstsein?«

»Manchmal. Ich habe euch diskutieren gehört. Wer hat es schließlich entschieden?«

»Kilian. Aber es gab nichts zu entscheiden. Dein Herzschlag hat ausgesetzt. Und während Jolly dich am Leben hielt, hat er den Blutbeutel angeschlossen. Du hast alle gebraucht, alle vier, die sie unten gefunden haben. Erst dann konnten wir hoffen.«

Natalie blickte sich von ihrem Lager aus um. »Wo sind die anderen?«

»Kilian und Jolly sichten die Vorräte in der Speisekammer. Die Zwerge holen Holz vom Wirtschaftsgebäude. Und Renate … keine Ahnung, wo sie ist. Gestern hat sie sämtliche Spiegel in den Salon gezerrt. Sie ist seltsam.«

Natalie musste lächeln, denn das war ziemlich untertrieben ausgedrückt.

»Aber sie hat das mit dem Blut vorausgesehen und immer wieder darauf gepocht. Nur ihretwegen sind Kilian und Jolly ins Verlies gestiegen.«

Die Erinnerung durchflutete sie mit unvermuteter Heftigkeit. Der Glaskasten. Die hilflose Kreatur und ihr Flehen. Das Blut des Mächtigen floss nun in ihren Adern, sie war am Leben, während er sterben musste. Zum zweiten Mal.

Unweigerlich stiegen ihr Tränen in die Augen. Sie konnte sie nicht zurückhalten, sie flossen wie ein heißer Sturzbach über ihre Wangen. Ein wenig unbeholfen nahm Cleo sie in die Arme, was Natalie nur noch mehr zum Weinen brachte. Ausgerechnet sie!

Cleo murmelte ihr beruhigende Worte zu und streichelte ihren Rücken, aber der Weinkrampf flaute erst nach einer Weile ab. Erschöpft schloss sie die Augen.

»Hast du Hunger?«, fragte Cleo, als sie etwas später wieder zu sich kam. »Die Zwerge haben Suppe für dich gekocht. Sie schmeckt nicht übel. Koste mal.«

Sie führte einen Löffel an ihren Mund und Natalie nickte. Cleo richtete ihr Kissen, sodass sie halb zum Sitzen kam, dann fütterte sie sie. Die Suppe wärmte ihren Magen, die zarten Finger, die den Löffel führten, waren Natalie vertraut.

»Du hast mich gepflegt. Ich habe deine Hände gespürt und kühle Tücher.«

Cleo hob eine Schulter. »Ja.«

»Warum? Warum tust du das alles für mich?«

Mehr brauchte Natalie nicht zu sagen, sie konnte Cleo ansehen, dass sie kapiert hatte, was sie meinte. Eine Weile erwiderte sie nichts, kaute nur auf ihrer Unterlippe herum.

»Weil du Hilfe brauchst«, sagte sie dann. »Ich wusste nichts von dir … und ihm. Ich dachte, ich würde den Kronprinzen heiraten, in sein Schloss ziehen und ein wunderbares Leben führen. Ich kenne Kilian nicht, aber er ist zuvorkommend und anständig und sieht gut aus. Was mehr könnte ich mir von einem Mann wünschen?«

»Liebe?«

Cleo stieß den Atem lächelnd aus. Ihre blauen Augen und die blonden Locken verliehen ihr ein naives Aussehen, aber das täuschte, wie Natalie schnell merkte. »Ich bin die Erstgeborene im schwedischen Königshaus und es gibt keinen männlichen Nachkommen. Also wurde ich von Kindheit an auf meine Rolle als Königin vorbereitet und ich wusste, dass meine Eltern bei der Wahl meines Zukünftigen ein Wort mitzureden hatten. Das war okay für mich, ich wollte diese Fesseln nie abwerfen, ich empfinde sie noch nicht einmal als solche. Dann hat meine Mutter von Kilian erzählt. Ich habe mich sofort in ihn verliebt, in sein Foto, meine ich. Es hätte großartig werden können, aber nun hat sich der Traum als Albtraum entpuppt. Meine Eltern sind tot, meine Schwestern gefangen. Ich habe niemanden mehr, nur Kilian.«

Natalie wusste nicht, was sie antworten sollte. Sie hätte Cleo nur zu gern verabscheut. Aber so empfand sie nicht.

Alles, was sie in sich spürte, war Traurigkeit. Auch nachdem ihre Tränen getrocknet waren, wollte sie nicht weichen. Sie war wie ein stiller See, der in ihr ruhte, und Natalie umschlich ihn im Wissen, dass seine Wellen jederzeit hochschlagen könnten.

Spiegel hatte es sich zur Aufgabe gemacht, über ihre Genesung zu wachen, was Cleo entlastete und Natalie erleichterte. Sie mochte die kleine Schwedenprinzessin – wie könnte man sie auch nicht mögen? –, aber sie ertrug nicht, wie sie Kilian anblickte, wenn er sich unbeobachtet fühlte.

Er sah mehrmals täglich nach ihr, doch es ergab sich nie die Gelegenheit, ungestört miteinander zu reden. Zwischen ihnen standen unzählige unausgesprochene Fragen. Jeder Blick von ihm sagte es ihr, jedes zaghafte Lächeln. Irgendwann würden sie die Mauer einreißen müssen. Natalie wusste, dass er sich nach wie vor nicht an sie erinnern konnte, doch sie wusste nicht, was er für sie empfand. Ob er überhaupt etwas empfand.

Inzwischen vertrieb sie sich die Langeweile, indem sie mit Spiegel sprechen übte, während sie auf ihren Arm gestützt durch das Schloss streifte. Jeden verdammten Schritt musste sie sich erarbeiten, jede Stufe fühlte sich an, als müsste sie einen Berg erklimmen – und das ihr, der Ungeduld in Person.

Spiegel wiederum stellte schon eine simple Unterhaltung vor unüberwindbare Probleme. Auf die Frage nach ihrem Namen lächelte sie stets unsicher.

»Renate Spiegel ich bin, wo liegt in diesen Worten der Sinn?«

Ihr wollte nicht einfallen, wie sie hieß, es war, als hätte sie ihre Identität verloren. Natalie drängte sie nicht, erzwingen ließ sich sowieso nichts.

»Hör zu, du musst nicht reimen. Sprich mir nach: Ich bin Renate Spiegel.«

»Ich bin Renate Spiegel, so sagt es das Siegel.«

»Das ist doch Blödsinn, das bedeutet noch nicht einmal etwas. Niemand spricht so und ich bin mir sicher, dass das zu deiner Zeit auch nicht der Fall war. Wie alt bist du überhaupt?« Natalie schätzte sie auf Ende zwanzig plus minus vierhundert Jahre oder eventuell fünfhundert.

Ein Leuchten trat in Spiegels Augen, aber es galt etwas anderem. Sie ließ Natalie stehen und verschwand im Raum zu ihrer Rechten, der Weißen Galerie.

Immer um Halt bemüht, tastete sich Natalie voran. Überall lag weißer Marmorbruch, der unter dem Magieeinfluss von den Wänden geblättert war. Sie hatte noch das Fauchen in den Ohren, mit dem die magischen Adern vorangeschossen waren.

Was Brisko und Liam auch mit der Magie angestellt hatten, dass sie solche Kraft entwickelte, solche Substanz, beinahe wie Laserstrahlen, es war nicht von Dauer gewesen. Sie floss nun wieder in ruhigem Strom dahin, durchdrang in typischer Weise jede Art von Materie, ohne sie zu zerstören – das hatte Wim ihr erzählt, der Magie zwar nicht sehen, aber zumindest spüren konnte.

Natalie spürte gar nichts. Kein Prickeln auf der Haut, keinen pulsierenden Knoten in ihrer Brust. Die fremden Magyära waren inaktiv. Das silbrige Flimmern der Magie war für sie erloschen, ihre Melodie verstummt. Dank Innovatis war sie nun ein Mensch. Der traurige See in ihr erbebte unter diesem Gedanken, Tränen brannten in ihren Augen. Sie drängte sie zurück.

»Spiegel?«

Die Seherin saß im Goldenen Zimmer auf dem Boden und starrte in eine Spiegelscherbe. Ihr Gefängnis war zersplittert, sie war frei, und doch wirkte sie beinahe unglücklich darüber. Mittlerweile wusste Natalie, dass ihr das Sprechen leichter fiel, wenn man ihr eine Frage stellte. Sie kniete sich neben sie.

»Warst du im Spiegel eingesperrt?«

»Jahr für Jahr, mein ganzes Leben wie ein Narr.«

»Wer hat dir das angetan?«

»Die böse Königin die Tat beging, einen Zauber nutzte sie, als sie mich fing.«

Das Spiegelglas in ihren Händen klärte sich und präsentierte eine Frau in königlichen Gewändern, deren Schönheit durch ihre strengen Gesichtszüge getrübt wurde und die vor dem Zauberspiegel saß – jener, der nun zerbrochen vor ihnen lag.

»Spieglein, Spieglein an der Wand, wer ist die Schönste im ganzen Land?«, zischte Spiegel jetzt voller Hass. »Wäre sie nicht durch Schneewittchen zu Tode gekommen, ich hätte ihr das Leben genommen. Irgendwie hätte ich's getan …« Sie brach ab und Natalie erwartete, dass sie versuchen würde, den Reim zu vollenden, aber er blieb zwischen ihnen in der Luft hängen.

Aufgeregt packte Spiegel ihren Arm. »Schau, schau genau, was dir beschieden, in der Ferne dein Heil wird liegen.«

Rauchschwaden krochen über die Spiegelscherbe, das Bild wechselte. Natalie erkannte einen Teich. Dunkel und still lag er am Waldrand, gesäumt von Birken in goldgelbem Herbstkleid.

»Mein Heil?« Ein seltsamer Ausdruck.

»Dahin musst du wandern, ganz allein, ohne die andern.«

Natalie lachte auf. »Ich kann ja noch nicht mal allein gehen.«

»Du wirst schon sehen.«

»Bravo! Kein Reim, kein richtiger jedenfalls.«

Spiegel strahlte. Dann hielt sie ihr wieder die Scherbe vor, in der sich im Durcheinander eines finsteren Raumes ein schwacher Lichtschimmer abzeichnete. »Hol aus dem Dunkel dir die Macht, seine Seele über dich wacht.«

»Das ist … der Turmkeller!«

»Hol aus dem Dunkel dir die Macht, seine Seele über dich wacht«, wiederholte Spiegel.

»Seine Seele?« Angestrengt versuchte sie etwas zu erkennen, aber da waren nur einander überlagernde Schatten.

Die Scherbe fest umklammert, zog Spiegel sie hoch und hinüber zur Tür in der Wand, durch die man in den Turm gelangte. Kein Zauber schützte sie mehr, kein »Sesam öffne dich« – sie stand offen. Wabernde Dunkelheit erfüllte das Treppenhaus.

»Das … Was soll ich denn hier? Es ist stockfinster.«

In der Spiegelscherbe flammte plötzlich grelles Licht auf, als hätte Spiegel die Sonne selbst eingefangen. Sie deutete in die Tiefe.

»Hol aus dem Dunkel dir die Macht, seine Seele über dich wacht.«

In ihrer Verfassung konnte sie unmöglich in den Keller steigen, zumal er zur Hälfte eingestürzt war. Doch Spiegel gab keine Ruhe. Stufe für Stufe half sie Natalie hinunter, bis sie schließlich in den Raum mit dem Glaskasten gelangten. Mit hämmerndem Herzen und zunehmender Atemnot kroch sie über die Trümmer, die ewig gleichen Worte der Seherin im Ohr.

»Ich kann nicht glauben, dass ich das tue. Ich sollte schlafen, mich erholen, stattdessen schickst du mich auf einen Trainingsparcours.«

»Hol aus dem Dunkel …«

»Ja, ja. Alles klar.«

Das Licht der Spiegelscherbe zuckte über Schuttberge und diverse Gerätschaften, schälte den Lehnstuhl und den umgekippten Kühlschrank aus der Dunkelheit und verharrte schließlich am Gestell des Glaskastens. Das Glas war zu Splittern zerborsten, die sich darunter häuften.

Ein Schimmern erregte Natalies Aufmerksamkeit, sie tauchte die Hand ins Glas. Ihr wurde kalt, als sie in den Scherben auf einen unförmigen Klumpen stieß, der in sich leuchtete. Ungläubig zog sie ihn hervor. Hielt ihn hoch, drehte ihn im Licht und meinte, ein zartes Pulsieren zu verspüren.

»Was ist das?«, flüsterte sie.

Spiegel machte ein feierliches Gesicht. »Unendliche Macht du hältst in Händen, ist sie erst frei, wird sie das Böse blenden.«

24

Raikun hatte Mitran erobert. Das jedenfalls erzählten sich die Leute. Außerdem, dass es nirgendwo Elektrizität gebe. Viel mehr hatte Kilian bei seinem zweiten Besuch in Cossburg nicht in Erfahrung gebracht, doch es stand das Schlimmste zu befürchten.

Also hatten sie entschieden, nach Mitran zu ziehen. Zu Fuß. Ohne Siebenmeilenstiefel, was sollten sie auch zu acht mit nur einem Paar anfangen. Er seufzte. Cleo, die neben ihm auf der Wiese stand und wie er zum Himmel aufblickte, fasste es falsch auf.

»Traumhaft schön, nicht?«

Für einen ohnmächtigen Moment verlor er sich in ihrem Lächeln – ehe er es schaffte, sich in Erinnerung zu rufen, dass sein belämmerter Gesichtsausdruck, den er zweifellos aufgesetzt hatte, das Resultat des Zaubers war, der nun über ihn bestimmte.

Hastig nickte er. Die vielfärbigen Ströme der Polarlichter waren tatsächlich wunderschön anzusehen. Doch es war zum gewohnten Bild geworden, es berührte ihn nicht mehr, vor allem auch, weil er wusste, was dieses Phänomen hervorgerufen hatte.

Cleos Lächeln wich einer ernsteren Miene. »Danke, dass du uns von hier fortbringst. Dass du mir helfen willst.«

Kilian nickte stumm. Er hatte keinen Schimmer davon, was er wirklich wollte, noch weniger, was er denken und glauben sollte. Er hatte Cleo versprochen, ihre Schwestern zu befreien, obwohl ihm klar war, wie gering die Erfolgsaussichten waren. Er hatte versucht, ihr zu erklären, wie mächtig Raikun war, doch dann hatte sich der Wunsch, sie zu küssen um seine Gedanken geschlängelt, und er hatte nicht weitersprechen können. So erging es ihm andauernd in ihrer Gegenwart. Jede Minute, nein, jede verdammte Sekunde kämpfte er darum, er selbst zu bleiben.

Sie rieb sich die Arme. »Kalt ist es hier. Ich werde mal das Wichtigste zusammenpacken.«

Er ergriff sie am Handgelenk, als sie davonlaufen wollte. Er musste ihr endlich sagen, dass sie sich keine Hoffnungen machen durfte. »Cleo … ich …«

Zum Teufel damit, sie war entzückend! Sie hatte nur liebenswerte Seiten an sich. Selbstlos hatte sie sich um Natalie gekümmert, hatte Fieber gemessen, ihr Wasser oder Suppe eingeflößt, sie gewaschen und versorgt. Sie war in den letzten Tagen förmlich über sich hinausgewachsen. Sie, die noble Prinzessin, das kleine Püppchen, war sich nicht zu gut, das Geschirr zu waschen oder das Klo zu putzen. Dinge, die nicht unbedingt nötig waren, ihnen aber doch ein Gefühl von Normalität vermittelten.

Cleo strich über seine Hand, berührte den Ring. »Du brauchst nichts zu sagen. Ich kann mir vorstellen, wie sehr dich das alles belastet.« Sie nagte an ihrer Unterlippe, die bereits blutig war. »Vielleicht wirst du wiederfinden, was du mit Natalie hattest. Aber vielleicht entdeckst du auch, dass es vorbei ist. Dass du mich liebst.«

Kilian schluckte. Wie sollte er das je herauskriegen, wenn er seinem Verstand nicht mehr trauen konnte? Egal, worum es ging, jedes Mal fragte er sich, was ihn nun dazu brachte, so zu handeln und nicht anders. Der Hexenzauber trieb ihn langsam aber sicher in den Wahnsinn.

»Ich werde warten. Der Ring bedeutet etwas. Dass du ihn trägst, bedeutet, dass ich dir nicht egal bin. Du hast mir dein Wort gegeben und ich weiß, du wirst es nicht leichtfertig wegwerfen.«

Sie stellte sich auf die Zehenspitzen und hauchte ihm einen Kuss auf die Lippen. Und verflucht, sofort wollte er mehr! Aber sie rannte bereits zurück zum Schloss.

Verdammt noch mal! Sie war ihm nicht egal, natürlich nicht.

Er würde sie beschützen, nach allem, was sie seinetwegen durchmachen musste, fühlte er sich dazu verpflichtet. Das war es, wofür der Ring stand, das und nur das. Warum bloß brachte er es nicht über die Lippen? Dutzende Male hatte er sich die Worte bereits zurechtgelegt: *Ich werde auf dich aufpassen. Aber ich kann dich nicht lieben, niemals, weil …*

Weil er Natalie liebte? Tat er das? Er wusste es nicht, er wusste gar nichts mehr. Alles, was er wusste, war, dass er diesen Tag überstehen wollte. Diesen und den nächsten …

Raikun hatte ihm nicht nur seine Erinnerung genommen, sondern auch sein Urteilsvermögen, sein Selbstvertrauen, seine innere Ruhe, aus der er für gewöhnlich Kraft schöpfte. Er war nur noch ein halber Mensch.

Auf dem Rückweg zum Schloss bemerkte er Natalie und Jolly eng umschlungen am Springbrunnen. Unwillkürlich blieb Kilian stehen. Er musste endlich mit Natalie sprechen. Allein. Doch der Moment erschien ihm zu intim, als dass er sie stören wollte. Also zog er sich hinter die Rosenhecke zurück, die Adalea hatte wachsen lassen.

»Ich hätte nicht gedacht, dass wir je am Grab unseres Freundes sitzen müssen«, sagte Jolly gerade. »Nicht so bald.«

»Nein. Ich auch nicht.« Natalie zögerte. »Eigentlich hatte ich befürchtet, dass du Brisko erwürgst.«

»Das wollte ich auch. In diesem Moment wollte ich ihn wirklich umbringen. Aber ich hatte es mir leichter vorgestellt. Definitiv ist es überhaupt nicht leicht, jemanden zu töten, egal, was er dir Schreckliches angetan hat. Als ich da an seinem Hals hing, spürte ich, wie sein Puls erst raste und dann immer langsamer wurde. Da konnte ich es plötzlich nicht mehr tun. Ich konnte nicht.«

Nach einer kurzen Pause sprach sie weiter. »Früher dachte ich immer, das Gute gewinnt. So ist es in Büchern und Filmen und so muss es auch sein, oder? Dass die Bösen am Ende vernichtet werden. Aber ich ließ den Bösen am Leben, weil ich gespürt habe, dass es nicht richtig ist. Ich war die Gute. Und jetzt geht er her und tut weiter böse Dinge – macht mich das nicht automatisch zur Mitschuldigen?«

»Es geht nicht um Schuld, das habe ich inzwischen begriffen«, erwiderte Natalie. »Schuld klingt immer wie Versagen. Aber das ist es nicht.«

»Was ist es dann?«

»Das Leben ist wie eins von diesen Computerspielen, die Liam so mochte. Es fragt nicht, sondern knallt dir einfach einen Haufen Scheiße vor die Füße. Und dann musst du dich entscheiden. Du stehst völlig fertig vor einer Abzweigung und weißt nicht, welchen Weg du wählen sollst. Aber egal wohin du gehst, es wird immer Konsequenzen nach sich ziehen, gute und schlechte. Trotzdem kannst du nicht auf der Stelle treten, du musst weitergehen, dein Leben lang. Und vielleicht muss der Weg manchmal durch die Dunkelheit führen, damit er dich später wieder ans Licht bringt. Kein Licht ohne Dunkel. Wie Tag und Nacht.«

Kilian schloss kurz die Augen. Wie konnte er auch nur einen Schritt weitergehen, wenn er alles vergessen hatte, was ihn an diesen Punkt brachte?

»Hm«, machte Jolly. »Nur ist es jetzt schon lange, sehr, sehr lange dunkel, Nat. Ich ertrage das nicht mehr.«

»Jolly!«, rief Natalie erschrocken.

»Mein Leben war toll. Ich hatte die Butterseite abbekommen. Ich hatte Eltern und eine Schwester, die mich abgöttisch liebten, ich konnte mir wünschen, was ich wollte. Vielleicht war das zu viel Glück auf einmal, ich weiß es nicht. Aber jetzt gerade lerne ich, dass man seine Zuversicht verliert, wenn man zu lange im Dreck steckt. Man kann nichts dagegen tun, es passiert einfach.«

Kilian spähte durch die Zweige und sah, dass Natalie Jolly noch näher an sich zog.

»Wir haben schon so viel überstanden, wir schaffen das.«

»Denkst du?«

»Ja. Das denke ich.«

Jolly schniefte. »Ich muss zu Paige. Sie muss das mit Valeriu erfahren. Außerdem habe ich nur noch sie.«

»Ich weiß.«

»Was ist mit dir und Kilian? Überlässt du ihn der Schwedenprinzessin?«

Natalie erwiderte nichts und Kilian fand es an der Zeit, das Gespräch zu unterbrechen. Ohnehin hatte er zu viel gehört, das nicht für seine Ohren bestimmt war. Er kam sich doppelt schäbig vor, als er forsch hinter der Hecke hervortrat und Überraschung heuchelte, sie hier vorzufinden.

»Natalie«, sagte er. »Jolly …«

Jolly erkannte sein Dilemma sofort. »Oh. Ich muss mal, ganz dringend. Und ihr habt sicher was zu bereden.«

Kilian wartete, bis sie außer Sichtweite war. Natalie war aufgestanden und blickte ihn unsicher an. Sie sah aus wie ein leibhaftiges Gespenst, die Wangen eingefallen, die Augen umschattet, und für einen Atemzug durchlief ihn das unbestimmte Gefühl eines Déjà-vus. Das war schon einige Male vorgekommen, doch immer, wenn er begann, nach der passenden Erinnerung zu graben, verpuffte es auf einen Schlag.

»Gehen wir ein Stück«, schlug er vor.

Sie liefen an der Parkmauer entlang. Die Magie hatte sie teilweise zerschmettert, an anderen Stellen war sie unversehrt. Der dichte Grasteppich federte unter ihren Schritten, der Tag war kalt und still.

Natalie ergriff das Wort zuerst. »Ich habe mich noch nicht bedankt. Du hast mir das Leben gerettet, obwohl … Na ja. Danke jedenfalls.«

»Es gibt kein *Obwohl*. Ich hätte das für jeden getan.« *Genau, Kilian. Nur weiter so.*

»Ich weiß. Du warst schon immer ein Held.«

Er musste lächeln. »So siehst du mich also? Als Helden?«

»Du gibst nicht auf. Selbst wenn die Situation hoffnungslos erscheint, suchst du nach einem Ausweg.«

»Ich hatte aufgegeben«, erwiderte er leise. »Als du ... im Sterben lagst, da wusste ich nicht mehr weiter. Ich dachte nur: *Wozu das alles? Es ist längst zu spät.* Wären Jolly und Spiegel nicht gewesen ...« Er stieß ein tiefes Seufzen aus. »Ich bin nicht mehr derselbe. Und das tut mir so unendlich leid. Für dich. Für uns.«

»Niemand ist mehr derselbe, Kilian. Raikun hat alles und jeden verändert.«

»Schon, aber das meine ich nicht.«

Natalie blieb stehen. »Was meinst du dann? Du solltest es endlich aussprechen. Was, wenn es kein Morgen gibt?«

Abwartend sah sie ihn an, während er verbissen nach den richtigen Worten suchte. *Aussprechen? Wie denn, verdammt?*

»Ich kann nicht der sein, der ich für dich war.« *Scheiße.* »Ich muss Cleo hier wegbringen. Sie hat es nicht verdient, in all das hineingezogen zu werden. Sie hat alles verloren. Vielleicht kann ich zumindest ihre Schwestern befreien.«

»Das wolltest du mir sagen?«, fragte Natalie ungläubig. »Deswegen führst du mich hierher?«

»Nein, ich muss ...«

»Kilian! Sag mir nicht, was du tun musst! Sag mir ... Sag mir, was du *fühlst.* Denn das ist es doch, was zählt. Raikun hat dir deine Erinnerungen geraubt, aber nicht deine Gefühle. Die sind noch da, tief in dir verborgen, aber sie sind da, daran glaube ich ganz fest. Wenn es dieses Uns noch gibt oder jemals wieder geben soll, dann musst du dich ihnen öffnen. Bitte.«

Sie hatte recht.

Bei all seinem Forschen nach der Wahrheit hatte er nur Bilder sortiert, Szenen zerpflückt, Gesprächsfetzen abgerufen, wieder und wieder. Er hatte noch kein einziges Mal auf seine Empfindungen geachtet.

Er hob die Hand an ihre Wange. Schluckte. Ihre Haut war

kühl unter seinen Fingern, kühl und vertraut. Mit der Fingerspitze berührte er das Grübchen an ihrem Kinn. Fuhr ihre Lippenbögen nach. Sie zuckte nicht zusammen, sondern hielt ganz still, als er ihr Gesicht Stück für Stück erforschte.

Was ihre Nähe in ihm auslöste, war schwer zu benennen. Zu sehr waren seine Gefühle mit dem vernunftbeherrschten Teil seines Ichs verstrickt, jenem Teil, der Fakten brauchte, ein Gerüst, an dem er sich orientieren konnte, ohne sich im emotionalen Chaos zu verirren. Jetzt aber, da er sich nicht auf Tatsachen verlassen konnte, da alles, was er zu wissen glaubte, durch einen Zauber generiert worden war, musste er seinem Herzen vertrauen. Und das sprach eine deutliche Sprache.

Du kennst sie, sagte es. *Du kennst sie durch und durch. Den Wimpernkranz an ihren Lidern. Das Grübchen. Ihr Lächeln.*

Seine Hand glitt über ihren Hals, an ihr Ohr, dann weiter nach unten bis an ihr Schlüsselbein. Er schloss die Augen, wagte sich unter ihren Pullover und spürte, wie sie erschauerte. Sich seiner Berührung entgegenwölbte. Ihr Brustkorb hob und senkte sich immer schneller.

Du kennst ihren Atem, der über deine Haut streicht, warm und süß, ihren Herzschlag an deinem. Jede Rundung ihres Körpers.

Sein Mund wurde trocken. Er wollte etwas sagen, aber Natalie unterbrach ihn.

»Nein. Nicht«, flüsterte sie. »Nur fühlen.«

Fühlen, sagte er sich, *nicht denken, nicht denken …*

Nie zuvor war ihm etwas so schwergefallen. Und nie zuvor hatte ihn etwas derart beglückt. Seine Hand fand die Rundungen ihrer Brust, sie atmete im gleichen Rhythmus, er strich wieder nach oben über ihre Schulter, an ihr Kinn, fiebrig jetzt. Musste sie ansehen, berühren, jeden Quadratzentimeter an ihr entdecken. Er legte den Daumen auf ihren Mund und Natalie presste ihre Lippen darauf – Zärtlichkeit und Verzweiflung zu einem Kuss verschmolzen. Tränen glänzten in ihren Augen, die jetzt dunkel waren, fast schwarz.

Du kennst ihre Albträume, ihre Schreie bei Nacht, die Verzweiflung, mit der sie sich an dich schmiegt. Du kennst ihre Stärke, ihren Mut, mit dem sie dem Schicksal trotzt. Du kennst ihre Seele.

Das alles war tief in ihm verwurzelt, das spürte er nun. Kein Zauber konnte es vernichten. Auch wenn er das Gelöschte nicht wiederherstellen konnte, so musste er sich bewahren, was er erkannt hatte. Dann, eventuell, könnte er auch seinen Verstand davon überzeugen.

Er zog sie an sich und küsste sie. Zusammen sanken sie auf die Knie und dann ins Gras. Und für die nächsten Minuten gab es nichts anderes mehr. Keine Gedächtnislücken, keine Fragen, kein Suchen. Nur sie und ihn. Ihre Zunge, die seine liebkoste, ihr Atem, der ihm mit jedem Kuss Lebendigkeit einhauchte, die Hitze, die in ihnen hochjagte, pulsierend, elektrisierend, Haut an Haut unter dem trüben Herbsthimmel.

Nur fühlen, dachte er und genau das taten sie.

Die Blicke ineinander verhakt, hielten sie die Realität fern, solange es ging. Doch die Zeit schritt fort und die Kälte kroch unerbittlich aus dem Boden. Natalie begann in seiner Umarmung zu zittern.

»Du frierst«, sagte Kilian. »Wir sollten zurückgehen.«

»Zurück.« Sie setzte sich auf und richtete ihre Kleidung. »Ich hasse dieses Zurück. Es bedeutet, dass es doch ein Morgen gibt.«

Er begriff nicht, was sie damit meinte. Auch ihm bereitete dieses Morgen Kummer. Die ganze Zeit schon, noch während sie aus ihrem bittersüßen Traum zurück an die Oberfläche glitten, hatte es an seinem Herzen geziept.

Sie würden nach Mitran aufbrechen, sie würden viele Tage gemeinsam unterwegs sein, Natalie, Cleo und er. Eine unmögliche Situation, so viel wusste er jetzt schon.

In stillem Einverständnis gingen sie zurück zum Schloss, beide die Hände in den Taschen vergraben. Niemand erkundigte sich, wo sie gewesen waren, und Kilian war zutiefst erleichtert darüber. Cleos stumme Vorwürfe waren schlimm genug – und auch noch gepaart mit Verständnis! Unerträglich.

Er schlief schlecht in dieser Nacht. Alles in ihm verzehrte sich danach, Natalie in die Arme zu schließen, sie festzuhalten. Doch die Atemzüge der anderen trennten sie. Und sein verdammter Verstand, der auf eine Erklärung für seine Gefühle pochte, trennte sie noch viel mehr.

Dann kam der Aufbruch. Es war ein klarer Oktobertag, der erste ohne Polarlichter am Himmel. Sie liefen hintereinander durch den Wald Richtung Cossburg, als Spiegel auf einmal an einer Weggabelung stehen blieb. Verwirrt stellte Kilian fest, dass Natalie Jolly umarmte.

»Halt!«, rief er den Zwergen zu, die unbeteiligt vornewegstapften.

Jetzt hielten sie alle an. Cleo runzelte die Stirn. Natalie löste sich von Jolly und machte einen halben Schritt auf Kilian zu. Eine dumpfe Gewissheit regte sich in ihm.

»Was ist los?«, fragte er dennoch.

»Ich komme nicht mit.«

»Was meinst du?«

»Ich komme nicht mit euch nach Mitran, Kilian. Und Spiegel auch nicht.«

Sein Blut schien zu vereisen. »Du willst nach diesem Teich suchen?« Sie hatte davon erzählt, aber er hätte nicht gedacht, dass es ihr damit so ernst war.

Sie nickte.

»Aber vielleicht gibt es ihn gar nicht …« Und ob es ihn gab. Alles, was Spiegel vorausgesehen hatte, hatte sich bewahrheitet. »Ihr habt keinen Proviant, keine Trinkflaschen, nicht mal ein Feuerzeug …« Er geriet ins Stocken, als sein Blick ihre Rucksäcke streifte. »Ihr habt das alles bei euch, ihr hattet das … geplant …«

Sie nickte abermals.

»Was hoffst du, dort zu finden?«, fragte er.

Natalie zuckte mit den Schultern. »Mich.« Sie zog den seltsamen glühenden Stein aus der Jackentasche und betrachtete ihn für einen Moment, ehe sie ihn wieder wegsteckte. »Und meine Magie. Es liegt nicht nur daran, dass Spiegel mir diese Bilder zeigt. Ich spüre es selbst.«

Nun war er es, der nickte. Wenn sie jetzt nicht fortging, wenn sie diesem Drang nicht nachgab, würde sie zu einer ewig Suchenden werden. Verzweifelt rang er die Hände, selbst ein Suchender. »Natalie …«

Sie lächelte traurig. »Du wirst dich nicht erinnern, aber einmal hast du zu mir gesagt, dass wir uns verloren hätten, bevor wir uns richtig finden konnten. Und dass wir alles nachholen würden, was wir durch meine Gefangenschaft verpasst hatten – du weißt schon, das Verliebtsein.«

»Nein. Weiß ich nicht.«

»Ist nicht so schlimm …«

»Doch! Ist es!«, brauste er auf. »Ich weiß gar nichts mehr! Ich erkenne mich selbst nicht, ich bin wie ein Gestrandeter in einer fremden Welt. Und jetzt … trennen sich unsere Wege. Vielleicht für immer.«

Natalie nahm seine Hand und legte sie an ihre Wange. »Was ich damit sagen wollte, ist, dass wir trotzdem wieder zueinandergefunden haben. So wird es auch diesmal sein. Es ist ein Abschied. Doch nicht für immer.«

Wie konnte sie so voll Zuversicht sein? Und zugleich so mutlos? Denn das war sie, er spürte es.

»Gut«, flüsterte er, »dann will ich daran glauben.«

Er schloss sie in die Arme, ein letztes Mal. Dann wandte sie sich ab und verschwand mit Spiegel zwischen den Bäumen.

III

Sie lief davon.
Lief tief in den Wald, um zu
vergessen.
Doch ihr Herz
suchte nach Antworten
und ließ sie nicht
entkommen.

25

Der Wald war ein Irrgarten aus lebendiger Stille.

Natalie war ein Kind Mitrans, sie kannte den Puls der Stadt, der ohne Unterbrechung durch die Straßen pumpte. Trubel, Hektik, Verkehrslärm, nie erlöschende Lichter oder auch nur der Wind, der um die Wolkenkratzer fegte – das alles war ihr vertraut.

Der Wald flößte ihr Furcht ein. Er hatte keinen Anfang und kein Ende. Ein Labyrinth aus Bäumen – stumme Wächter, die die beiden Wanderer in ihrem Lebenszyklus noch nicht einmal bemerkten. Das jedenfalls stellte sich Natalie vor. Dass sie nur eine Ahnung im Strom der Jahrzehnte waren.

Sie hatte viel Zeit, über solche Dinge nachzudenken. Spiegel marschierte in sich versunken dahin und so beschränkten sich ihre Gespräche auf die Abende. Oft genug begannen sie mit der gleichen Frage.

»Wie weit ist es noch?«

»In der Ferne dein Heil wird liegen. Dies ist dir beschieden.«

Natalie seufzte. Sie konnte es schon nicht mehr hören. »Ja, das weiß ich längst. Aber wo ist die Ferne? Wir wandern jetzt seit Tagen durch den Wald und er nimmt kein Ende. So riesige Waldgebiete gibt es doch in Deutschland überhaupt nicht.«

Manchmal hatte sie den Eindruck, dass sie im Kreis gingen. Die Sonne zeigte sich viel zu selten am Himmel, und wenn sie doch einmal durchs Dach der Baumkronen blinzelte, war es Natalie nicht möglich, ihren Stand zu bestimmen. Aber Spiegel schien sich ihrer Sache sicher zu sein.

»Mag endlos dir erscheinen der Weg, so dient er doch dem Zweck. Zu finden, was dich heilt, ehe der Untergang uns ereilt.«

Kopfschüttelnd stocherte Natalie im Feuer. Bei Tag und solange sie sich bewegten, waren die Temperaturen halbwegs erträglich. Doch nachts wurde es meist bitterkalt und sie froren unter den dünnen Decken, die sie in ihren Rucksäcken mit sich schleppten.

»Unsere Vorräte werden allmählich knapp. Wir brauchen Nachschub.«

Gedankenverloren biss Spiegel in einen Schokoriegel. »Gar Köstliches erschuf die Zeit, Schokolade, ich bin für dich bereit.«

Natalie grinste. »Da bin ich ganz bei dir. Ich hätte ja gern einen Schokoflash.«

»Schokofleisch, ich mag's nicht glauben. Das kann nur schmecken wie Seifenlauge.«

»Laug*en.* Seifenlaug*en.* Deine Reime sind miserabel. Langsam könntest du echt damit aufhören.«

»Aufhören zu sprechen? Die Königin tät mich erstechen. Die Wahrheit stets muss ich sagen, sonst würde sie mich zerschlagen.«

Die Seherin empfand sich selbst nicht als Person, sondern nach wie vor als Zauberspiegel. So legte sie auch die Spiegelscherbe niemals aus der Hand, sogar im Schlaf presste sie sie an sich.

»Spiegel! Du bist nicht länger gefangen, niemand kann dich *zerschlagen.* Und es gibt auch keine böse Königin mehr. Sie ist längst tot.«

»Tot sie ist? Sicher du bist?«

»Oh ja. Viele Jahrhunderte schon.«

Spiegel erbleichte. »Welches Jahr wir nun schreiben …?«

»2031«, fiel Natalie ihr ins Wort. Sie musste diesem Reimwahnsinn ein Ende setzen, sonst würde sie noch verrückt. »Wann bist du geboren?«

»Im Jahre 1511 erblickte ich das Licht der Welt …«

»Dann bist du ja noch älter, als ich dachte.« Sie vergrub die Hände in ihren Jackentaschen. Sofort schlossen sich die Finger ihrer Linken um den leuchtenden Stein. Es war ihr zur Gewohnheit geworden, damit zu spielen, was den positiven Nebeneffekt hatte, sie vom Nagelhautknibbeln abzuhalten. »Moment. Schneewittchen wurde 1533 geboren. Wann hat dich die Königin in den Zauberspiegel gesperrt?«

Verdutzt klappte Spiegel den Mund zu. Ihre Antwort kam mit einiger Verzögerung. »Aber Schneewittchen hinter den sieben Bergen bei den sieben Zwergen …«

»Vergiss Schneewittchen. Wir sprechen von dir. Wann wurde dir das angetan?«

»Mit fünfzehn wurde ich vermählt …« Spiegels Stimme schraubte sich höher, um den Reim zu vollenden, aber Natalie fiel ihr wieder ins Wort.

»Wie hieß dein Mann?«

»Ra … Rab … Raban hieß mein Mann …« Sie stieß ein Klagen aus, den Handrücken vor den geöffneten Mund gedrückt.

»Gut. Was geschah danach?«

»Mit sechzehn gebar ich mein erstes Kind, Baltwin, er starb geschw…«

»Das tut mir leid. Hattest du noch andere Kinder? Wie waren ihre Namen?«

»Si… Siegulf und Ad… Adris meine Kinder hießen, nie … hätten … hätte … ich erwartet, dass ich müsste sie … verließen … verlassen …« Sie schrie auf, der entsetzliche Laut einer gebrochenen Frau. Tränen strömten ihr über die Wangen und sie schaukelte sich vor und zurück.

Natalie wagte nicht, sie zu berühren. Erst musste sie sie zum Weitersprechen bewegen. *Alles oder nichts.* »Und du? Wie heißt du?«

»Te… Ter…« Sie musste noch fünfmal ansetzen, bevor sie ihren Namen aussprechen konnte. »Tericia … Tericia von Nahrstein …« Ihr Mund bewegte sich, als wollte sie noch etwas hervorstoßen, doch dann schloss sie ihn wieder.

»Das ist ein schöner Name«, sagte Natalie sanft.

Tericia nickte. Und endlich brach sie in Tränen aus. Sie schrie und weinte, jammerte und beklagte ihr Schicksal, und Natalie hielt sie in den Armen und flüsterte ihr an Trost zu, was sie aufbringen konnte.

Nur der Wald schwieg.

Der Hunger zwang sie zu einem Abstecher in ein Dorf. Es lag in einer Senke, umgeben von abgeernteten Maisfeldern, der Magiesturm schien es weitgehend verschont zu haben. Natalie entdeckte lediglich ein paar abgedeckte Dächer, zersprungene Fensterscheiben, Risse in Hausmauern. Und natürlich die Fahrzeugleichen, die wie Relikte einer untergegangenen Zivilisation wirkten.

Der Hauptplatz bestand aus einer winzigen Dorfkirche, einem Wirtshaus und einem Tante-Emma-Laden. Es gab noch nicht einmal ein Gemeindeamt, nur eine Anschlagtafel. Genau dort hing ein Plakat:

Bekanntgabe der Machtübernahme mit 3. Oktober 2031:
Mit sofortiger Wirkung ist die Bundesregierung unter Bundespräsident Gerald Huibner und Bundeskanzler Dothias Mildenweith ihres Amtes enthoben. Der Bundestag wurde aufgelöst. Neues Staatsoberhaupt und alleinige Herrscherin über Deutschland ist Regentin Raikun Comanescu und ihr Bund freier Magischer. Bis zur Veröffentlichung des neuen Gesetzbuches ist den Anweisungen der Ordnungshüter bedingungslos Folge zu leisten. Zuwiderhandlung wird bestraft.

Lang lebe unsere Regentin!

Darunter hatte jemand ein Zwinkersmiley gemalt.

»Sie heißen die neue Regentin willkommen …«, wunderte sich Tericia. Immer noch war ihre Wortmelodie ihren Bemühungen zu reimen angepasst, doch es passierte ihr nur noch selten, dass sie einen aussprach. Meist senkte sie mit einem unangenehm berührten »Mmm« den Kopf.

»Nein. Sie finden das Ganze lächerlich.«

Im Laden wurden sie von einem vorgehaltenen Gewehr empfangen. Der Besitzer, ein älterer Mann mit Halbglatze, musterte sie mit verkniffener Miene. »Was wollt ihr?«

»Lebensmittel kaufen«, erwiderte Natalie vorsichtig. Sie fragte sich, ob die neue Regentin es wohl guthieß, dass die Bürger ihres Reiches selbst zur Waffe griffen.

»Habt ihr Geld?«

Sie zeigte ihm ein paar Scheine. »Ja.«

»Bin fast ausverkauft.«

Das war nicht zu übersehen. Die Regale waren leer, in den Obstkisten gammelten letzte Reste vor sich hin, die Kühlbereiche waren dunkel. Immer noch gab es keinen Strom. Natalie vermutete stark, dass er im Hinterzimmer noch einiges an Vorräten lagerte.

»Haben Sie Brot?«

Ein Kopfschütteln.

»Kartoffeln?« Die könnten sie immerhin ins Feuer legen.

Wieder verneinte er.

»Nudeln? Dosen? Fertiggerichte? Oder Kekse?«

»Weiße Bohnen könnt ihr haben. Ein paar Schokoriegel hab ich auch noch.« Er verschwand in seinem Hinterzimmer und kam wenig später mit einer Dose Bohnen und zwei Karamellriegeln zurück. »Zweihundert.«

»Zweihundert Euro?«, wiederholte Natalie fassungslos. »Für das da?«

»Schlechte Zeiten. Besonders für Magische.«

Sie atmete tief durch. »Wir sind keine Magischen. Ich bin ein Mensch und sie …«

»Sie hat weiße Augen. Ist 'ne Seherin, würd' ich meinen.«

»Sie ist blind.«

»Dafür guckt sie aber ziemlich helle durch die Gegend.«

»Ich habe keine zweihundert.«

»Dann eben nicht. Versucht es im Nachbarort. Die haben einen Supermarkt.«

»Bitte. Was können Sie uns für vierzig geben?«

Er nahm die Dose und einen der Riegel vom Tresen. Zähneknirschend legte Natalie die vierzig Euro hin und steckte den Karamellriegel ein. *Das ist für den hohlen Zahn.*

Schon im Gehen fiel ihr Blick auf eine aufgeschlagene Tageszeitung, in der der Mann gelesen hatte. »Ist die neu?«

»Lebst du hinterm Mond, Mädchen? Es gibt keine Zeitungen mehr. Keine Zeitungen, kein Fernsehen, kein Internet. Wir sind vom Rest der Welt abgeschnitten.«

Draußen stieg ihr der Duft von Gebratenem in die Nase und Tericia nickte zum Wirtshaus hinüber. »Das riecht nicht nach Bohnen, ein Besuch tät …«

»Wir können ja mal fragen.« Ein Krächzen ließ Natalie aufhorchen und zum Himmel aufschauen. »Ach du Scheiße!«

Zwei Greife zogen ihre Kreise über dem Dorf. Ihre Silhouetten mit den riesigen aufgesperrten Schnäbeln und den Löwenschwänzen waren deutlich zu erkennen. Die Vogelklauen gestreckt, die Pranken an den Leib gezogen spähten sie nach Beute.

Mangels Alternativen rannten sie zur Kirche, aber das Tor war versperrt. Voller Wut hämmerte Natalie dagegen, im Wissen, wie sinnlos das war.

»Zurück in den Wald …!«, rief Tericia.

»Bis dahin haben sie uns!«

Tericia ergriff ihre Hand und zog sie weiter. Einer der Greife stieß mit angelegten Flügeln auf sie herab. Er gab ein triumphierendes Krächzen von sich und Natalie erwartete, jeden Augenblick von seinen Klauen gepackt zu werden, da fielen Schüsse. *Der Ladenbesitzer, dem Himmel sei Dank!* Kreischend stieg der Greif wieder höher und ein Regen aus Blutstropfen prasselte auf sie herab.

Wieder peitschten Schüsse auf. Das Gewehrfeuer lenkte die

Greife ab und ermöglichte ihnen die Flucht über die Felder. Unbehelligt erreichten sie den Wald.

»Das war knapp.« Im Geiste schickte Natalie ihren Dank an den Ladenbesitzer.

Immer noch keuchend schüttelte Tericia den Kopf. »Wir waren nicht in Gefahr …«

»Und das weißt du woher?«

Sie hob die Spiegelscherbe. »Ich habe es gesehen …«

Beruhigend. *Und wofür die Aufregung?*, dachte Natalie. Sie war um die Information reicher, dass der Magiesturm auch die Banngitter im Zoo vernichtet hatte. Dass Raikuns Größenwahn einen neuen Höhepunkt erreicht hatte. Und sie hatten einen Karamellriegel erstanden.

Zeitweilig hatte Natalie befürchtet, sie würden niemals ankommen. Nicht in diesem Leben. Doch nun lag der Teich vor ihnen, spiegelglatt und dunkel wie eine matte Metallscheibe. Es war ein großer Teich direkt am Waldrand, und ein Boot, das am Ufer vertäut war, verriet, dass hier ab und zu gefischt wurde.

Fisch. Kross gebraten. Tagelang hatten sie sich nur von Beeren, Pilzen und Wurzeln ernährt, von denen Tericia behauptete, sie seien genießbar. Der Hunger war wie ein wildes Tier, das sich durch ihren Magen wühlte. Wenn sie ihn nicht bald besänftigte, würde er sie noch auffressen.

Gegenüber, ebenfalls an den Wald geschmiegt, stand ein Haus. Efeu rankte sich die unversehrten Mauern empor, auch die Fenster waren heil. Der Garten hinter dem Zaun aus hüfthohen Holzplanken war ein wild wuchernder kunterbunter Herbsttraum.

»Wer wohnt da?«, erkundigte sich Natalie.

»*Sie* …«, Tericia deutete auf eine Ruine, deren Umrisse auf einem nahen Bergkamm zu sehen waren. »Sie hat schon zu meiner Zeit hier gelebt …«

»Zu *deiner* Zeit?«

»Das da oben war einst mein Heim, Burg Nahrstein …«

»Du hast hier gewohnt? Vor rund fünfhundert Jahren? Wie kann *sie* dann noch am Leben sein?«

»Ein Fluch …«

Oh Hölle! Nicht noch einer.

Das Gartentor stand einen Spalt offen. Tericia fasste das als Einladung auf und marschierte schnurstracks weiter bis zur Haustür, an der ein Türklopfer in Form eines Einhornkopfes angebracht war.

»Wie heißt sie überhaupt?«, erkundigte sich Natalie, als sich auf ihr Klopfen hin nichts rührte.

»Irmin … Der Nachname fällt mir nicht ein.«

»Tericia! Das war ein perfekter Satz, gratuliere.«

Strahlend drückte Tericia die Klinke. Die Tür schwang auf und sie rief konzentriert: »Irmin? Bist du zu Hause? Irmin?«

Stille. Natalie kroch ein Schauer über den Rücken. Sie hatte das Gefühl, beobachtet zu werden. Als hätte das Haus Augen und Ohren und ein untrügliches Gespür dafür, wer gerade in der Tür stand.

»Wir können da nicht einfach reingehen …« Natalies Hemmungen ließen Tericia kalt, forsch lief sie weiter. »Okay. Dann betreten wir eben ein fremdes Haus. War das früher so üblich?«

Zögernd trat sie ebenfalls über die Schwelle und folgte Tericia in einen unerwartet modern eingerichteten Wohnraum mit Flachbildfernseher. Auf der Couch lag ein Laptop, daneben ein Handy. Nirgendwo auch nur ein Anzeichen, dass hier die Magie gewütet hatte.

Natalie hob ratlos die Hände. »Wo ist sie? Wir sollten hier nicht herumschnüffeln.«

»Sie wird kommen, wenn wir warten. Vielleicht ist sie ja im Garten.« Tericia kicherte verschämt. »War das ein Reim? Das sollte nicht sein. Riechst du das? In der Küche, da brodelt was.«

Tatsächlich stand dort ein Topf auf dem Herd, dem ein verführerischer Duft entstieg. Tericia hob den Deckel und sie stöhnten beide auf.

»Ragout!«, rief Natalie verzückt.

In einer der Schubladen entdeckten sie Löffel. Dann gab es kein Halten mehr. Sie aßen direkt aus dem Topf. Mehrmals verbrannte sich Natalie die Zunge an dem kochend heißen Gericht aus Fleisch und Gemüse, aber der Hunger war stärker.

»Was für eine Magische ist sie?«, erkundigte sie sich zwischen zwei Bissen.

»Eine Hexe oder eine Fee, sehr mächtig ... Es hieß, sie halte Feen im Keller gefangen ... Mit eisernen Ketten ...« Tericia verschluckte sich fast an ihren Nicht-Reimen und den Unmengen Ragout, die sie in sich hineinstopfte.

»Warum das?«

»Um ihre Tränen zu sammeln ...«

»Wer hat von meinem Tellerchen gegessen?«, fragte jemand und sie fuhren ertappt herum. In der Küchentür stand eine alte Frau in Jeans und Gummistiefeln. Ihr dunkelblondes, von grauen Strähnen durchzogenes Haar, war zu einem Knoten aufgesteckt. Die Arme verschränkt, musterte sie Natalie und Tericia kalt. »Ihr kommt in mein Haus und speist ganz genüsslich. Wer seid ihr, wenn die Frage erlaubt ist?«

Das hat ja kommen müssen, dachte Natalie. »Es tut uns leid. Wir hatten solchen Hunger und da war der Topf auf dem Herd ... Wir konnten nicht widerstehen.«

»Ihr hättet fragen können.«

»Sie waren nicht da. Wir haben geklopft und gerufen.«

»Das gibt euch trotzdem kein Recht.«

»Entschuldigen Sie bitte.«

»Irmin«, sagte Tericia. »Erkennst du mich? Ich bin Tericia von Nahrstein ...«

Für einen albtraumhaften Moment krümmte sich die Zeit und Natalie hatte anstelle von Tericia die Vision einer fein gekleideten Burgfrau vor Augen, das weißblonde Haar mit edelsteinbesetzten Nadeln zu einer wunderschönen Frisur aufgetürmt. Die Küche sah aus wie im Mittelalter, statt eines Herds gab es einen alten Ofen, anstelle von Schränken hingen Töpfe und Kessel an Nägeln befestigt an den Wänden und der Kühlschrank war einer Erdnische gewichen. Die alte Frau trug ein grünes Kleid mit engem Mieder. In ihren Augen loderte das Feuer uralter Macht.

Einen Herzschlag später war die Vision verpufft und alles wie zuvor.

Irmin lächelte süßlich. »Tericia. Bist du letztlich doch entkommen.« Sie wandte sich Natalie zu. »Und wer bist du?«

»Natalie Windersom.«

»Also schön, ihr beiden. Hat es wenigstens geschmeckt, ja? Das Ziegenherz und die Schafsgedärme? Froschlaich ist auch dabei. Und das Hirn einer Katze.«

Erschrocken warf Natalie einen Blick in den Topf. Keine Spur von dem köstlichen Ragout. Der Inhalt war ein Mischmasch blutiger Fleischklumpen, um die sich bläulich schimmernde Haut schlängelte. Auf ihrem Löffel klebte Blut. Sofort stieg akuter Brechreiz in ihr auf. Auch Tericia würgte und hustete.

Irmin lachte schadenfroh. »Ja, so kann es einem ergehen, wenn man ungebeten in ein fremdes Haus eindringt. Und jetzt verschwindet. Dort ist die Tür.«

Natalie wäre sofort losgestürmt, aber Tericia hielt sie am Arm fest. »Wir können nicht gehen, ich habe es vorausgesehen. Du wirst sie heilen, und sie wird beenden dein unsterbliches Verweilen …«

»Red' nicht solchen Stuss! Ist ja nicht auszuhalten.« Irmin schnippte beiläufig mit den Fingern und Tericias Gesicht verwandelte sich in einen glitschig grauen Fischkopf, dessen Maul auf- und zuschnappte.

»Sie wird ersticken!«, rief Natalie entsetzt, als Tericia sich an die Kehle griff und zu taumeln begann.

»Gutes Argument.«

Irmin schnippte erneut. Die Kiemen an Tericias Hals bildeten sich zurück, ihr Fischkopf allerdings blieb. Unter Verrenkungen beäugte sie ihr Spiegelbild am blank geputzten Edelstahlkühlschrank.

»Nun zu dir. Was willst du von mir?«

Natalie bekam selbst kaum noch Luft. »Tericia hat mich hergebracht. Sie meinte, Sie wären mein *Heil.* Ich verstehe das auch nicht. Ich weiß nur, dass ich herkommen musste. Es war wie ein innerer Zwang.«

Irmin umrundete Natalie langsam. Ihre Stimme war nun leise, nachdenklich. »Du warst eine Magische. Aber dein Blut ist erkaltet. Oder fast, ein paar Fünkchen sind noch tief in dir verborgen. Doch was du da bei dir trägst …« Gier flackerte in ihren Augen auf. »Darin steckt unglaubliche Macht.«

»Ich trage nichts bei mir.«

»Oh doch.« Mit einem raschen Griff in Natalies Jackentasche beförderte sie den glühenden Stein zutage. Zwischen Daumen und Zeigefinger hielt sie ihn ans Licht. »Ein Seelenstein. Woher hast du ihn?«

Seelenstein? »Das ist meiner. Geben Sie her!«

Der Stein erstrahlte hell, als Natalie sich nach ihm streckte. Doch etwas donnerte auf ihren Arm herab, sodass der Schmerz ihr Tränen in die Augen trieb. Als sie wieder klar sehen konnte, war Irmin verschwunden. Tericia wedelte mit beiden Händen in Richtung Garten. Ihr Fischmund pumpte, aber sie brachte keinen Laut zustande.

Natalie rannte nach draußen. Irmin hatte den Stein mitten im Garten auf einen großen Holzpflock gelegt. Was immer sie mit ihm tat, es ließ ihn nur heller leuchten. Beiläufig hob sie den Blick – und Natalie bekam einen Stoß vor die Brust, der sie zurücktaumeln ließ. Dieses Hexenweib beherrschte Bannmagie! Keuchend rang sie um Atem.

Inzwischen stand Irmin direkt am Teichufer. Sie hob den Arm, holte aus …

»Nein, nicht!«

Natalie setzte über den Zaun und stürmte los. Da wurde sie selbst gepackt, meterhoch in die Luft getragen und direkt über dem Teich fallen gelassen. Sie plumpste in das tiefschwarze Wasser. Kälte schlug über ihrem Kopf zusammen. Ihr Herzschlag stockte, ihre Gefäße schienen sich zu verengen, als pures Eis an ihre Haut drang. Innerhalb kürzester Zeit sog sich ihre Jacke voll. Sie sackte nach unten wie ein Stein.

Erst jetzt schaltete sich ihr Überlebensinstinkt ein.

Der Teich schien bodenlos zu sein. Da war kein Grund, von dem sie sich abstoßen konnte. Ein paar Schwimmzüge brachten sie an die Oberfläche, doch als sie hoffte, sie zu durchbrechen, rammte sie mit dem Kopf gegen ein Hindernis. Sie riss die Augen auf.

Blau schillerndes Eis bedeckte den Teich. Und sie war darunter gefangen.

Panisch trommelte sie mit den Fäusten dagegen. Die Kälte lähmte sie, in ihren Lungen stach es und dann sprangen Bilder durch ihr Gedächtnis: *Der Schacht in den Klagenden Gängen. Die Handschellen, mit denen sie an die Leiter gefesselt war. Cronis. Keine Luft …*

Das Brennen in ihrem Brustkorb holte sie zurück in die Realität. Der Flashback hatte ihr wertvolle Sekunden geraubt. Wenn sie diese Eisplatte nicht sofort durchstieß, würde sie sterben.

Ein Lichtschein schimmerte zu ihrer Linken. Sie schwamm darauf zu. War das …? Tatsächlich, da lag der Stein auf dem Eis, strahlend hell wie ein Leuchtfeuer.

Luftbläschen stiegen aus Natalies Nase empor. Das Bedürfnis zu atmen wurde unerträglich. In ihrem Kopf schwamm zähe Leere. Etwas zupfte an ihrem Fuß.

Was wollte sie noch gleich?

Friedlich, lockte eine Stimme aus der Tiefe. *Ruhig. Komm nur, komm. Und du kannst für immer schlafen.*

Jetzt schlang sich etwas um ihren Knöchel. Eine gewaltige Kraft zog sie hinab.

Ein Schrei brach aus ihr hervor. Mit letzter Kraft donnerte sie die Faust gegen das Eis, genau an der Stelle, an der das Licht sie blendete.

Es knirschte. Im nächsten Moment spürte sie Luft an ihrem Gesicht, fast warm, so kam sie ihr vor. Sie sog sie ein, begierig, erleichtert, wieder und wieder, doch die Schlinge um ihren Knöchel war immer noch da und zerrte sie zurück ins schwarze Nichts. Sie trat danach, ruderte mit den Armen, schluckte Wasser, bekam den Stein zu fassen, krallte die Finger darum und kämpfte gegen den unerbittlichen Zug an.

Da sah sie Irmin am Ufer stehen.

»Du verdammte Hexe! Hol mich raus! Sonst verlierst du den Stein!«

Mit einem Ruck flog sie aus dem Teich und prallte auf hartem Erdboden auf.

Irmin entwand ihr den Stein. »Interessant. Eure Seelen sind verknüpft. Du darfst bleiben.«

Zitternd ließ Natalie den Kopf ins Gras sinken. Bleiben? Sie wollte nicht bleiben. Sie wollte fort, nur fort!

26

Nie hätte Kilian sich träumen lassen, dass er einmal Bundeswehrsoldaten in einem Schnellkurs das Reiten beibrachte. Genau das tat er seit ihrer Ankunft. Mittlerweile hing es ihm zum Hals raus.

Sie hatten auf dem Weg nach Mitran im Ausbildungszentrum Infanterie Süringen gestoppt. Ursprünglich hatten sie nur ihre Wasservorräte auffüllen und eine Nacht rasten wollen, doch seither saßen sie hier fest.

Das lag am General. Vielmehr *Brigadegeneral* Luis Grösch, der die Kaserne leitete. Er war um die sechzig, ein Mann mit außergewöhnlichem Charisma, und die Menschen umschwirrten ihn wie Bienen einen Honigtopf. Viele hatten sich seinem Trupp bereits angeschlossen, Bewohner der umliegenden Gemeinden, aber auch Menschen, denen die Flucht aus Mitran gelungen war. Schutzsuchende und Kampfwillige, sie alle hörten auf sein Kommando. Und täglich wurden es mehr.

Kilians Schüler, ein schlaksiger Soldat, hing wie ein Kartoffelsack auf dem Fuchswallach, der an der Longe gehorsam seine Trabrunden drehte.

Grösch hatte die Pferde hier im Reitzentrum beschlagnahmen lassen. Durch die Nähe zur Kaserne waren sie alle schussfest und eigneten sich vor allem für die Aufklärung. Ein paar der gepanzerten Fahrzeuge hatten sie zwar wieder zum Laufen gebracht, doch Treibstoff war knapp, die meisten Notstromaggregate waren beschädigt und ihn per Hand aus den Tanklagern hochzupumpen eine mühsame Angelegenheit. Zudem waren die Hauptverkehrsrouten durch liegen gebliebene Fahrzeuge blockiert. Beim Angriff auf Mitran würde der Großteil der Soldaten zu Fuß marschieren müssen, immerhin gute vierzig Kilometer.

Das also hatte Raikun vollbracht: Sie würden wie im Mittelalter in die Schlacht ziehen.

Wenn es nur endlich so weit wäre! Hier auszuharren kostete Kilian enorme Beherrschung.

»Okay!«, rief er seinem Schüler zu. »Nächste Gangart: Galopp …«

Ein Signal ertönte von der nahen Kaserne, kein Alarm, sondern ein Dreiklang, der alle Soldaten zurückrief. Offenbar gab es wichtige Neuigkeiten. Der Soldat grinste, erleichtert, dass sie den Galopp vertagen mussten. Sie brachten den Wallach auf die Weide und liefen hinüber.

Die Kaserne war arg in Mitleidenschaft gezogen. Raikuns Magische hatten sie bereits in den ersten Tagen nach dem Magiesturm heimgesucht, zu einem Zeitpunkt, da alles im Chaos versank. Ein paar Wohnblocks und Versorgungseinheiten hatte man verteidigen können, doch das meiste war Riesenfäusten und ungezügelter Trollwut zum Opfer gefallen. Seither arbeiteten die Soldaten rund um die Uhr daran, die Gebäude instand zu setzen, während die anderen trainierten. Schießen, Nahkampf und eben Reiten.

Die Kantine, die auch als Versammlungsraum diente, war brechend voll. Cleo winkte Kilian zu und er kam zu ihr an den Tisch, wo sie ihm einen Stuhl frei gehalten hatte. Während ihres Aufenthalts war sie rasch zum Liebling aller avanciert. Kein Wunder, Cleo war eben … Cleo. Hübsch, freundlich, gütig. Sie vereinte alles in sich, was man sich von einer Königin nur wünschen konnte.

Zur Begrüßung drückte sie ihm einen Kuss auf die Wange. »Die ersten Kundschafter sind zurück. Der General hat zur Einsatzbesprechung gerufen.«

Kilians Blick schwenkte nach vorn. Einige Offiziere saßen an Gröschs Seite. Das versprach interessant zu werden.

»Wird auch Zeit«, kommentierte Jolly, die sich über das Tischbein nach oben schlängelte.

Vor drei Tagen hatte sie sich wieder zurückverwandelt, wodurch ihre Laune einen neuen Tiefpunkt erreicht hatte. Die fröhliche, allzeit optimistische Jolly mit den flotten Sprüchen war Vergangenheit.

Kilian kannte den wahren Grund: Sie litt. Unter der Trennung von Natalie. Der Ungewissheit betreffend Paige und ihren Eltern. Und weil sie hier vor Langeweile umkam. Die Kälte setzte ihr ebenfalls zu. Er hatte ihr mehrmals angeboten, unter seine Jacke zu schlüpfen, immerhin war das stets ihr bevorzugtes Plätzchen gewesen. Doch das kam für sie nicht infrage. »Ich bin nicht deine Freundin. Das wäre so was von oberpeinlich, wenn ich mich an deine Brust schmiege«, hatte sie entrüstet erklärt.

Der General erhob sich und wartete, bis das Gemurmel verebbte. Er hatte die militärischen Hierarchien und Strukturen gelockert, sodass auch jene, die nicht Teil der Bundeswehr waren, sich halbwegs gut aufgehoben fühlten. Das war nur vernünftig und weit zielführender als jeglicher Drill. Sein Vater, schoss es Kilian mit Wehmut durch den Kopf, hätte seine Freude an Grösch gehabt. Mittlerweile fragte er sich, ob die ominöse Krankheit, an der König Ralph so plötzlich gelitten hatte, auch Raikuns Werk war.

Er sah sich in der Kantine um und nach einigem Suchen entdeckte er die Zwerge in einer Ecke. Dass sie sich absonderten, war nichts Neues. Sie wohnten auch nicht hier, sondern lagerten im Wald. Einerseits blieben sie gern unter sich, andererseits wussten sie, dass die Menschen sie nur deshalb duldeten, weil Kilian und Cleo sich für sie verbürgt hatten. Nur zu Versammlungen gesellten sie sich zu dem bunten Haufen Gestrandeter in der Kaserne.

Der General kam ohne Einleitung zur Sache. »Meine Offiziere berichten, dass es an einigen Standorten gelungen ist, die Stromversorgung zumindest kurzzeitig wiederherzustellen.«

Jubel brach aus. Elektrizität war der Lebenssaft jeglicher Zivilisation. Umso mehr, da der Winter bevorstand.

Grösch gebot Ruhe. »Leider war das nicht von Dauer und beschränkte sich wie gesagt auf einige wenige Gebiete. Die Kraftwerke und Leitungen sind stark beschädigt, es fehlt an schwerem Gerät, Material und Arbeitskraft. Doch es soll uns ein Hoffnungsschimmer sein. Da draußen arbeiten Männer und Frauen rund um die Uhr daran, unser Land neu aufzubauen.« Er wartete den Applaus ab. »Unsere Kundschafter haben die schlimmsten Befürchtungen bestätigt: Auch die Nachbarländer sind betroffen, die Welle der Zerstörung zieht sich durch ganz Europa. Aus den Städten werden zum Teil katastrophale Zustände gemeldet, die medizinische Versorgung ist komplett zusammengebrochen, es fehlt an Lebensmitteln und vielerorts an Trinkwasser. In kleineren Gemeinden sieht die Lage oft besser aus, viele Orte können sich autark versorgen.«

Ein Raunen ging durch den Raum. Ein Mann aus den hinteren Reihen trat vor.

»Gibt es denn irgendeine Möglichkeit der Kommunikation? Telefon können wir wohl vergessen. Brieftauben vielleicht?« Gelächter setzte ein. »Wir alle haben Familie und Freunde da draußen. Wir müssen wissen, wie es ihnen geht.«

Der General nickte. »Auch daran wird mit vereinten Kräften gearbeitet. Alles steht und fällt mit der Stromversorgung. Sobald wir mehr wissen, werden wir die Informationen natürlich sofort weitergeben.«

»Was ist mit Hilfe aus dem Ausland?«, rief eine Frau. »Die USA, Kanada, Russland? Die verdammte UNO?«

»Wir wissen es nicht. Es wird vermutet, dass sich die Magiewellen durch das Erdmagienetz ausgebreitet haben und – wie wir hoffen in abgeschwächter Form – womöglich auch auf anderen Kontinenten Schäden verursacht haben.«

Cleo sprang auf. »Gibt es Nachricht aus Schweden?«

»Nein, Eure Hoheit, wir können nur das Beste hoffen.«

Grösch nickte ihr zu, als sie sich wieder setzte. »Nun zum Wichtigsten: Wir haben bislang keinen Kontakt zur Bundesregierung, weder zum Krisenstab noch zu Einzelpersonen, auch nicht zum Bundesamt für Katastrophenhilfe. Wir wissen mit Sicherheit, dass Bundespräsident Huibner, Kanzler Mildenweith und Innenminister Pohland umgekommen sind oder ermordet wurden. Es gibt allerdings Hinweise, dass Familienministerin Weck und Staatssekretär Klingenbach überlebt haben. Die Bundeswehr erkennt die selbst ernannte Regentin Raikun Comanescu nicht an. Im ganzen Land formieren sich unsere Streitkräfte, um sie so schnell wie möglich zu stürzen ...«

»Stürzen?«, warf ein junger Mann ein. »Töten, meinen Sie wohl! Sie und gleich alle Magischen dazu!«

Tosender Beifall und bestätigende Zurufe folgten.

»Die Trolle haben mein Haus zertrümmert!«, schrie ein Kerl mit Schnauzbart. »Die gehören abgeschlachtet!«

»Sie und die Riesen müssen wir zuerst vernichten«, stimmte eine Soldatin zu. »Wir können unmöglich operieren, wenn wir ständig Gefahr laufen, angegriffen zu werden.«

Gröschs Augen wurden schmal, doch er äußerte sich nicht dazu. »Die Kaserne Süringen ist der am strategisch günstigsten gelegene Stützpunkt, von dem aus ein Angriff auf Mitran gestartet werden kann. In den kommenden Wochen erwarten wir laufend Truppen zur Verstärkung.«

»Wie soll das funktionieren? Ohne Panzer und Raketen?« Der Sprecher stammte aus Mitran, er war noch vor Raikuns Gewaltherrschaft aus der Stadt geflohen. »Man hört, die Durchgeknallte hätte massive Mauern um die Stadt hochgezogen.«

»Richtig«, sagte Grösch. »Eure Einwände sind alle richtig. Und wir werden jeden davon erörtern, das verspreche ich. Doch zunächst geht es um einen ersten Schritt: Wir müssen Leute in die Stadt einschleusen. Freiwillige, die uns mit Informationen versorgen. Die innerhalb der Mauern eine Widerstandsbewegung aufbauen, die Rebellion vorantreiben.« Er sah sich um, bedächtig, taxierend, und bei einigen blieb sein Blick für den Bruchteil einer Sekunde hängen. »Wir müssen Mitran infiltrieren.«

Kilian saß auf der Mauerkante unter dem desolaten Dach des Wohnblocks, starrte in den sternenklaren Himmel und schickte seine Gedanken hinaus in die Nacht.

Wo immer du sein magst, ich bin bei dir. Ich trage dich in mir. Deinen Atem. Deinen Herzschlag. Dein Lachen. Dein Licht.

Er tat das nicht zum ersten Mal, es war ihm zum Ritual geworden, sich zumindest einmal am Tag zu besinnen, wem seine wahren Gefühle galten, nämlich Natalie. Wenn er auch nichts aus ihrer gemeinsamen Vergangenheit wusste – die letzten Stunden mit ihr waren jederzeit greifbar: ihre verflochtenen Finger, Wiesengeruch in ihrem Haar, ihre Haut elektrisierend an seiner, fast, fast konnte er ihre Lippen schmecken …

»Denkst du auch an sie?«

Kilian fuhr herum. »Jolly! Was machst du hier?«

Die Schlange glitt zu ihm auf die Mauer und schielte nach unten. »Ich bin dir gefolgt. Ich wollte fragen, wie die Dinge so stehen. Wegen Mitran, du weißt schon. Immerhin hast du dich für das Todeskommando gemeldet. Und ich …« Sie druckste herum. »Na ja … ich bin irgendwie auf dich angewiesen. So ganz ohne Beine.«

»Du kommst natürlich mit. Ich lass dich doch nicht hier zurück.«

»Oh. Das ist gut zu hören. Danke. Und Cleo?«

Er schwieg.

»Hm. Hab ich mir fast gedacht. Also wenn du mich fragst, und auch, wenn du mich nicht fragst – es gibt nur eine Lösung für dein Problem.«

»Und die wäre?«

Jolly erhob sich neben ihm. Ihre Zähne blitzten im fahlen Nachtlicht. »Ihr müsst euch trennen, du und Cleo.«

»Ich habe versprochen, sie zu beschützen.« Es war der Zauber, der seine Worte formte, das war ihm bewusst. Er klebte nach wie vor an seinem Verstand, beeinflusste jede seiner Entscheidungen, machte ihn zum Sklaven.

»Sie kommt wunderbar allein klar«, sagte Jolly. »Alle lieben sie. Niemand wird ihr was antun und hier ist sie doch gut aufgehoben.«

»Das ist es nicht. Ich weiß nicht, wie ich es dir erklären soll …«

»Mann, Kilian, du brauchst mir nichts zu erklären! Hältst du mich für blöd? Glaubst du, ich krieg nicht mit, wie du dich in ihrer Gegenwart veränderst? Der Zauber verwandelt dich in einen liebestollen Vollidioten. Genau deshalb musst du auf Distanz gehen. Das bist du Nat schuldig.«

Ärger keimte in ihm auf. »Du tust gerade so, als hätte ich es mit Absicht getan.«

»Niemand hat irgendwas mit Absicht getan, außer den üblichen Verdächtigen, Raikun und Brisko, Königin Antonia, Marik …«

»Jolly!«

»Ja, ja. Du bist ein Opfer. Aber jetzt weißt du Bescheid. Du musst die Konsequenzen ziehen. Es nicht zu tun …«

»… wäre Natalie gegenüber nicht fair«, vollendete er ihren Satz. *Und Cleo gegenüber genauso wenig.* »Ich rede mit ihr.«

»Gut. Sie ist nämlich auf dem Weg hierher.« Als er sie verständnislos anblickte, fügte sie hastig hinzu: »Sie hat dich gesucht und ich habe ihr einen Tipp gegeben. Oder mehrere. Ich glaub, da kommt sie schon. Ich verzieh mich mal.« Die Schlange sauste davon, ein weißer Schemen, der mit der Dunkelheit verschmolz.

Tatsächlich erklangen Cleos leichte Schritte hinter ihm. »Hier bist du also. Jolly hat mich quer durch den Wohnblock geschickt. Manchmal kann sie richtig gehässig sein.« Sie legte ihm die Hand auf die Schulter und ließ sich vorsichtig neben ihm nieder. »Ah, Sternenhimmel, wie romantisch.«

»Es geht ihr nicht gut«, sagte Kilian schnell. »Die Situation macht sie ziemlich fertig.«

»Verständlich. Als Schlange hat sie es doppelt schwer.«

So viel Verständnis … Schon spürte er, dass der Zauber sich in ihm regte. War das ein Fortschritt, dass er erkannte, wann er die Kontrolle verlor?

»Cleo …«

Sie fiel ihm ins Wort. »Die Zwerge kommen also mit uns. Das ist gut. Mit dem Tarnamulett werden wir ungesehen in die Stadt gelangen.«

»Hat dir Grösch denn erlaubt, die Mission zu begleiten?«, fragte er verwundert und gleichermaßen erleichtert, dass er hier ansetzen konnte. *Du Idiot! Rede Klartext, Kilian! Sag es ihr!*

Sie runzelte die Stirn. »Der General hat mir nichts zu erlauben oder zu verbieten. Ich bin erwachsen, ich treffe meine eigenen Entscheidungen.«

»Du bist Schwedens rechtmäßige Königin. Du darfst dich dieser Gefahr nicht aussetzen.«

Ihre Miene versteinerte. »Schweden. Ich dachte, ich wäre *deine* Königin.«

»Ja. Schon …« *Nein! Nein, verdammt!* »Gerade deshalb will ich, dass du in Sicherheit bist.«

»Weil ich ein Mädchen bin. Schwach und unfähig, mich zu verteidigen?«

»Nein. Das habe ich nicht gemeint …«

»Was meinst du dann? Du machst es mir echt schwer, Kilian. Langsam verstehe ich wirklich nichts mehr. Hilf mir!« Sanft streichelte sie seine Wange.

Er wandte den Kopf, sah ihr ins Gesicht, sah ihre großen blauen Augen schimmern und schon war es um ihn geschehen.

Seine Hand verirrte sich in ihr Haar. Locken streiften seine Finger, fedrig weich auf seiner Haut. Sie beugte sich zu ihm. Ihr Atem roch nach einer Frucht, Apfel, ja. Zögernd kostete er von ihren Lippen.

Cleo schlang die Arme um ihn, schmiegte sich an seine Brust und öffnete bereitwillig ihren Mund. Er küsste sie, und gefangen in einem Wirbel aus Leidenschaft und Hitze nestelten seine Hände an ihrem Pullover. Er wollte sie, wollte sie mehr als alles andere …

Ein Räuspern schnitt wie ein Messer durch seinen Verstand. Kurz darauf folgte ein Flüstern. »Denk an Nat.«

Cleo zuckte zusammen. »Hast du was gesagt?«

Er keuchte. Kämpfte mit aller Gewalt gegen die Umklammerung des Zaubers an. Schob Cleo von sich, Zentimeter für Zentimeter, obwohl sich alles in ihm danach verzehrte, sich in ihren Küssen zu verlieren. *Das ist nicht echt, das willst du nicht …*

»Kilian?« Besorgt strich sie ihm übers Haar. »Geht es dir nicht gut?«

»Ich kann nicht«, presste er hervor, den Blick abgewandt. *Schau sie nicht an, schau sie bloß nicht an.*

»Kilian. Bitte, sprich mit mir. Ich weiß, was du durchmachst …«

Plötzlich klinkte sich etwas in ihm aus. Sein Verstand schien aus zwei Hälften zu bestehen, und eine davon war rote, heiße Wut, die ihn überrollte.

»Du weißt nichts! Du weißt nicht, wie es ist, wenn sich etwas in deine Gedanken krallt und dir einflüstert, was du tun oder sagen musst. Du weißt nicht, wie es ist, wenn du alles vergessen hast, was dir einst wichtig war. Und du weißt nicht, wie es ist, gegen etwas anzukämpfen, das du nicht sehen kannst, weil es in deinem verdammten Kopf sitzt!«

Er atmete tief durch. Sie hatte seinen Zorn nicht verdient – und genau diese ihm auferlegte Erkenntnis fachte ihn nur noch mehr an. Es konnte ihm scheißegal sein, wie es ihr dabei ging. Jetzt, in diesem Moment, da er sich endlich freispielte, war nur eins wichtig: Ihr die Wahrheit zu sagen. Er zwang sich, sie nun doch anzusehen. Er war kein verdammter Feigling, er hatte sich bloß zu einem machen lassen.

»Ich kann dich nicht mitnehmen.« Abgehackt kam es aus seinem Mund, jedes Wort wie ein Felsbrocken, den er über seine Zunge schieben musste. »Und ich will nicht. Ich halte dich in meiner Nähe nicht mehr aus. Jede Berührung wird mir von dem Zauber befohlen. Jede Umarmung. Jeder Kuss. Das bin nicht ich, das ist diese Hexenmacht. Ich liebe dich nicht, Cleo. Nicht heute, nicht morgen. Ich liebe … Ich liebe Natalie.«

Stille fiel auf ihn herab, scharf wie eine Klinge.

»Das war deutlich«, sagte Cleo nach einer unerträglich langen Pause. Sie erhob sich steif. Und wieder konnte er sie für ihre Größe nur bewundern. »Keine Sorge, ich werde mich von dir fernhalten. Vielleicht ist mein Platz wirklich in Schweden, bei meinem Volk. Nur eine Bitte habe ich: Bring meine Schwestern nach Hause.« Damit ging sie davon, ihr Schritt wie stets federnd, ihre Haltung aufrecht.

Stöhnend sackte er in sich zusammen. Klamme Erschöpfung ergriff seine Glieder, ihn fröstelte. Er fühlte sich, als hätte er einen Kampf gegen sich selbst ausgefochten.

»Man kann dich keine Sekunde allein lassen«, zischelte Jolly hinter ihm. »Fast hättest du es vergeigt.«

Kilian brachte die Antwort kaum über die Lippen, er war müde, so unglaublich müde. »Ich sagte doch, komm unter meine Jacke. Jetzt weißt du, warum.«

»Du willst doch nur, dass ich dir notfalls auf die Finger klopfe.«

Die Schlange wand sich seinen Arm empor zur Schulter. Zögerte kurz. »Na los«, murmelte er. »Ich beiß dich nicht.« Da schlängelte sie sich um seinen Nacken und unter seinen Jackenkragen.

»Warm.« Ein wohliges Aufseufzen. »Aber nur für die gute Sache. Und keinesfalls an deiner nackten Brust. Igitt.«

27

Irmin hatte ihr den Vertrag ins Herz geschrieben. Natalie hatte nicht einmal den Hauch einer Ahnung gehabt, dass so etwas möglich war, doch sie hatte jeden einzelnen Buchstaben als glühend heißen Stich in der Brust gespürt.

Noch während der Prozedur hätte sie am liebsten einen Rückzieher gemacht. Was hatte sie nur geritten, sich auf diesen Handel einzulassen?

Ein Stück vom Horn eines Einhorns.

Die Tränen einer Fee.

Die Kröte aus dem Brunnen in den Wäldern vor Schloss Nauders.

Diese drei Dinge musste sie Irmin innerhalb eines Jahres bringen. Im Gegenzug würde sie Natalie auf den Kampf gegen Raikun vorbereiten.

Sie hatte Irmin alles erzählt. Die ganze vertrackte Geschichte. Und mithilfe von Tericias Sehergabe war es gelungen, selbst das kleinste Detail aus ihrem Gedächtnis zu schälen: alles, was zwischen ihr und Raikun vorgefallen war, sogar Natalies Gefühle, ihre Ängste und Zweifel, jeden Hoffnungsschimmer. Am Ende wusste Irmin ebenso gut Bescheid, als wäre sie an ihrer Stelle gewesen.

»Ich kann dir helfen«, hatte sie zu Natalie gesagt. »Du trägst Magie in dir.«

»Das Innovatis hat meine Magyära vernichtet. Ich spüre sie nicht mehr.«

»Wie schon erwähnt: Ein wenig Magie ist noch in dir vorhanden. Und das Blut des Mächtigen, das nun durch deine Adern fließt, enthält jede Menge. Noch sind sie inaktiv, daher werden wir sie erwecken, und dafür sorgen, dass sich eure Magie verbindet. Doch das wird nicht genügen. Du wirst hart arbeiten müssen. Als Lohn für meine Dienste erwarte ich von dir, dass du mich von meinem Dasein erlöst.«

Falls nicht, falls sie den Vertrag nicht erfüllen konnte, würde ihr der Zauber das Herz zerquetschen. Und das war keine leere Drohung. Sobald sie auch nur eine Sekunde darüber grübelte, wie sie dem Dilemma entrinnen könnte, begann ihr Herz derart zu stechen, dass sie sich vor Schmerzen und in Todesangst krümmte. Ihr war, als säße ein kleiner Dämon darin, der sie mit feurigen Klauen für ihre ketzerischen Gedanken bestrafte.

Drei Tage vergingen, in denen Natalie die wichtigsten Grundlagen der Hexenkunst erlernte. Irmin war gnadenlos effizient. Sie knallte einen Stapel Bücher auf den Tisch, stellte Natalie Papier, Feder und Tintenfass hin und forderte von ihr, dass sie die Anleitungen zur Herstellung von Zaubertränken, magischen Essenzen und Pulvern abschrieb.

»Mit der alten kratzigen Feder? Und auf einem einzigen Stück Papier?«

»Die Feder ist magisch, ein uraltes Artefakt aus dem Nahen Osten. Jedes Wort schreibt sich direkt in dein Gehirn. Fang an, sonst dauert das ewig.«

Das würde es so oder so. Die Bücher waren dick, die Seiten eng beschrieben. Natalie zweifelte nicht daran, dass der Zauber funktionierte, sie fragte sich eher, ob es Zeitvergeudung war. »Wozu brauche ich das?«

»Dir fehlt die Grundausbildung. Du musst wissen, wozu eine Hexe imstande ist, um gegen Raikun zu bestehen. Du musst ihre Tricks beherrschen. Denken wie sie.«

Das klang einleuchtend. Also schrieb sie. Tericia saß Tag und Nacht neben ihr, starrte sie aus traurigen schwarzen Augen an, fiepte hin und wieder und führte ihre Hand, wenn diese erschlaffte. Auf Natalies Bitte, den Fisch wieder wegzuzaubern, hatte Irmin Tericia einen Mäusekopf verpasst.

In der dritten Nacht hatte Natalie das Gefühl, ihr Kopf wäre kurz vor dem Platzen, und ihre Finger waren so steif und schmerzhaft geschwollen, dass sie jedes neue Wort unglaubliche Überwindung kostete. Als endlich auch das letzte Wort in ihr Gehirn gestanzt war, sank ihr Kopf auf den Tisch und sie schlief auf der Stelle ein. Nur wenig später, die Morgendämmerung war trübem Tageslicht gewichen, wurde sie bereits von Irmin geweckt.

»Ich habe eine neue Aufgabe für dich.«

Natalie wollte nur noch hinauf in ihre Kammer und sich dort aufs Bett werfen. »Ich muss schlafen.«

»Du hast gerade geschlafen«, erwiderte Irmin erbarmungslos. Mit einem Schnippen ließ sie Bücher und Schreibmaterial vom Tisch verschwinden. »Hier. Du wirst eine Rüstung brauchen. Näh dir eine.«

Ein schweres Paket fiel ihr in den Schoß. Sie pustete die Spinnweben weg. Leder. So dunkel wie der Nachthimmel. Seidenweich. Unglaublich fest. »Was ist das?«

»Drachenleder.« Nadel und Garn landeten auf dem Tisch.

»Ich soll mir eine Rüstung aus Drachenleder nähen? Wozu?«

»Sich zu schützen ist kein Zeichen von Unfähigkeit, es ist klug. Und notwendig.«

»Das ist ja schön und gut, aber kann ich nicht zumindest ein paar Stunden Pause machen, bevor ich anfange?« Natalie hob ihre Hand, sie konnte die Finger kaum beugen. »Meine Gelenke sind entzündet. So kann ich nicht arbeiten.«

»Dann nimm die Linke.«

Wortlos hielt sie ihr die andere Hand hin, die durch ihren fehlenden Zeigefinger gehandicapt war.

Irmin verdrehte die Augen. »Also schön, du armes gepeinigtes Ding. Ich heile dich, aber pass in Zukunft besser auf deine Körperteile auf.«

Diesmal griff Irmin in einen Lederbeutel an ihrem Gürtel und stäubte ein farbloses Pulver in die Luft. Zusätzlich intonierte sie einen Zauberspruch, so schnell und leise, dass Natalie nicht ein Wort verstand. Unmittelbar darauf fuhr ihr glühender Schmerz durch beide Hände. Ein schriller Schrei entwich ihr, vor ihren Augen flimmerte es und dann … und dann … sah sie ihren Zeigefinger wachsen. Wie im Zeitraffer bildeten sich Knochen und Fleisch und ein Fingernagel.

»So«, sagte Irmin. »Jetzt fang an.«

Was *war* diese Frau? Eine Hexe? Eine Zauberin? Beides? Außerdem beherrschte sie Bannmagie. Ihre Kräfte schienen keiner Regel unterworfen zu sein, sie wandte sie ganz willkürlich an.

Ungläubig betrachtete Natalie ihren Finger, betastete und bewegte ihn, bis der Schmerz einem tauben Gefühl wich. »Kannst du auch Köpfe wieder anwachsen lassen?«

Irmin tippte sich vielsagend an die Stirn. »Deine Rüstung.«

Natalie entfaltete das Drachenleder auf dem Tisch. »Schere? Stift? Maßband?« Wie aus dem Nichts materialisierte sich das Gewünschte vor ihr. »Ein Schnittmuster vielleicht?«

»Benutz deine Fantasie.«

Seufzend machte sie sich daran, ihre Körpermaße auf das Drachenleder zu übertragen, zumindest entsprach das ihrer Vorstellung von einem ersten Arbeitsschritt. Nähen konnte sie, aber vom Schneidern hatte sie keine Ahnung. Und ihr Gehirn hatte den neuen Finger noch nicht akzeptiert. *Das wird die hässlichste Rüstung aller Zeiten.*

Irmin zauberte eine Tasse Tee herbei und ließ sich in den Ohrensessel gegenüber sinken. Nachdenklich betrachtete sie Tericia, die mit beiden Händen ihre spitze Schnauze putzte, als wäre sie tatsächlich eine Maus.

»Warum tust du ihr das an?«, fragte Natalie.

Irmin verzog die Lippen zu einem hämischen Grinsen. »Sie ist eine Tratsche. War sie schon immer. Hat sie erzählt, wie sie der Königin in die Falle getappt ist?«

»Sie konnte sich gerade mal an ihren Namen erinnern.«

»Magische waren am königlichen Hof nicht gerade beliebt, aber die Königin hat ihr versprochen, sie in ihre erlauchten Kreise aufzunehmen. Keiner wusste, dass sie auch Kontakt zu einem Zauberer pflegte.«

»Ich dachte, die Königin hätte sie in den Spiegel verbannt.«

»Sie war eine Hexe, doch sicherlich keines Spiegelzaubers mächtig.« Irmin schlürfte von ihrem Tee und sagte salbungsvoll: »Dies ward die Strafe für ihre Eitelkeit.«

Natalie griff zur Schere. »Sie war fünfhundert Jahre in einem Spiegel eingesperrt. Wofür bestrafst du sie jetzt? Für ihre Dummheit? Erlöse sie!«

Irmins Augen glitzerten belustigt. »Erlöse sie doch selbst.«

»Ich bin eine Hexe«, erwiderte Natalie. »Nur Zauberer beherrschen Verwandlungszauber. Und langsam frage ich mich, woher du solche Kräfte hast.«

»Wird auch Zeit. Was meinst du, wie hat Raikun diesen Phönixzauber zustande gebracht?«

»Sie hat ihn gemeinsam mit Brisko gesprochen.« Als Irmin sie nur auffordernd ansah, überlegte Natalie weiter. »Irgendwie haben sie ihre Magie verbunden. Raikuns großer Traum war immer eine Machtübertragung. Ist dir das gelungen?«

Irmin wiegte den Kopf. »Ich habe gelernt, die Grenzen zu überschreiten. Sie existieren nur in unseren Köpfen. Bannmagie zum Beispiel. Dein Großvater war ein begnadeter Bannmagier, sicherlich der Beste auf seinem Gebiet. Und hier sind wir beim Kern. Ein Koch, der immer nur Hühnersuppe kocht, wird sein Können bis zur Perfektion treiben. Er wird exzellente Suppe kochen, aber kann er auch Kuchen dieser Qualität backen? Nein.«

»Soll das heißen, dass wir Magischen mehr vollbringen könnten, wenn wir uns vom alten Schema lösen?«

»Mehr? Alles! Du kannst alles sein, was du willst, Natalie: Hexe, Bannmagierin, Zauberin, Seherin. Die Magie ist im Überfluss vorhanden. Wenn du erst gelernt hast, sie richtig zu nutzen, kannst du Tericia befreien. Und du wirst Raikun vernichten können.«

Irmin hatte von ihr verlangt, den Zaubertrank, der ihre Kräfte endgültig aktivieren sollte, selbst zu brauen. Natalie hatte bereits einige Vorzauber über sich ergehen lassen müssen, sie hatte abscheulich schmeckende Essenzen hinuntergewürgt und wäre beinahe an einem Pulver erstickt, das ihre Luftröhre verätzte.

Gebracht hatte es bislang nichts. Sie konnte die Magie nach wie vor nicht wahrnehmen, weder spüren noch sehen, geschweige denn nutzen. Sie müsse Geduld haben, war alles, was sie von Irmin zu hören bekam.

In ihrem Topf schwammen bereits in fünf Kellen Teichwasser diverse Zutaten. Eine obskurer als die andere, hätte sie vor wenigen Tagen noch behauptet, doch nun, da sie über das nötige Hexenwissen verfügte, erschien es ihr nur logisch, Schneckenschleim, Entenfedern oder Samen vom Schwarzen Bilsenkraut in den Trank zu tun. Insgesamt brauchte sie von den wichtigsten Pflanzen und Tieren, denen Zauberkräfte innewohnten, jeweils einen Bestandteil. Als Letztes sollte sie das Blut eines Hahns beifügen, was bedeutete, dass sie das arme Tier, das sie auf einem nahe gelegenen Bauernhof gefangen hatte, ermorden musste.

Sie stand mit erhobenem Hackbeil vor dem Hexenpflock im Garten. Den Hahn hatte sie mit ein wenig Schlafpulver betäubt, obwohl Irmin das höchst lächerlich fand. Alles, was sie tun musste, war zuzuschlagen. Tericia, nun mit einem Hasenkopf gesegnet, schnupperte ängstlich, als röche sie das Unheil, das sich zusammenbraute.

»Mach schon«, knurrte Irmin. »Der Trank muss endlich kochen, er steht schon viel zu lang herum.«

Natalie holte Schwung – und ließ das Beil sinken. »Ich kann das nicht. Warum muss es ausgerechnet sein Blut sein? Nehmen wir doch einfach eine Kralle.«

»Blut enthält nun mal die größte Macht. Ohne dieses Blut wird dein Trank nicht dieselbe Wirkung entfalten.«

Natalie legte das Hackbeil weg. »Ich kann ihn nicht töten.«

»Und wie willst du dann Raikun töten? Wenn du an einem Hahn scheiterst, wie willst du ihr beikommen?«

Furcht erfasste Natalie in Anbetracht des unheilvollen Echos, das auf einmal in Irmins Stimme mitschwang. Dennoch streckte sie den Rücken durch. »Ich weiß es nicht. Ich weiß nur, dass …«

»Du Närrin!«, brüllte Irmin und der Zauber, der ihre Worte nun verstärkte, ergoss sich über Garten und Haus, Teich und Wald, sodass alles zu erstarren schien. »Du willst Macht, aber du bist nicht bereit für sie! Die Erde schenkt dir ihre Kraft, aber du scheust dich davor, sie anzunehmen! Dieses Tier spendet dir sein Blut, es opfert sich für dich, aber du bist nicht bereit, selbst ein Opfer zu bringen! Du bist der Magie nicht würdig, nach der es dich verlangt! Stünde die Welt nicht am Abgrund, so würde ich dich jetzt hochkant rauswerfen!«

»Abgrund?«, wiederholte Natalie irritiert.

Irmin fuhr zu Tericia herum. »Zeig es ihr! Zeig ihr, was uns schon so lange quält!«

Uns? Eine Seherin war sie auch noch?

Mit zitternden Händen hielt ihr Tericia die Spiegelscherbe hin. Schleier wirbelten über das Glas. Dann zuckten Bilder auf: zerstörte Städte in ganz Europa. Häuserruinen, Brücken und Straßen in Trümmern, entgleiste Züge, gekenterte Schiffe, umgekippte Lastwagen, abgestürzte Flugzeuge. Fabriken und Tanklager, die in Flammen standen. Massenweise Tote, die in den Straßen verwesten, Tiere, die in Ställen verendeten. Hass und Gewalt unter den Überlebenden, die um die wenigen Nahrungsmittel, um Trinkwasser oder um die letzten Medikamente kämpften. Chaos und Verwüstung überall, das hatte Raikun angerichtet.

»Mit dem Magiesturm hat sie sich den Weg für ihre Herrschaft geebnet. Noch fehlt ihr einiges zur absoluten Macht, doch wenn sie die erst hat, wird sie dieses Land in Dunkelheit stürzen. Nur du kannst sie aufhalten.«

»Wieso nicht du? Du verfügst über Zauberkräfte, die ich nie besitzen werde!«

»Weil ich …« Irmins Stimme versagte, der Zauber erlosch. »Weil ich verflucht bin«, sagte sie nun leise. »Seit über fünfhundert Jahren bin ich mit unsichtbaren Fesseln an dieses Haus gebunden. Ich besitze alle Macht der Welt, doch nutzen kann ich sie nur hier.«

»So hast du dich also gegen den Magiesturm geschützt.«

»Geschützt? Nein. Wozu auch? Denkst du wirklich, was du siehst, entspricht der Wahrheit?«

Irmin machte eine sachte Handbewegung und Natalie stolperte entsetzt zurück. Das schmucke Haus mit der modernen Einrichtung, die Kleidung, sogar das Aussehen der Hexe – das alles war nur Illusion.

Vor ihr stand ein uraltes buckeliges Weib, das totenschädelartige Gesicht voller Runzeln und Warzen, die Zähne halb verfault. Ihr Kleid war ein einziges Flickwerk, ihre Schuhe löchrig. Sie strömte einen süßlich fauligen Geruch aus, bei dem sich Natalie der Magen umdrehte.

Irmins Haus war eine Baracke aus Stein, Holz und Stroh. Garten und Wald bargen nicht das kleinste bisschen Leben, mehr noch, sie schienen ebenfalls von einem Zauber befallen zu sein. Das Holz war tot und weiß und bei genauerem Hinsehen erkannte Natalie, dass es von einem Gespinst überzogen war. Und der Teich war eine schleimige Kloake, in der es unheilvoll blubberte.

Wohin sie auch blickte, der Fluch sprang ihr förmlich in die Augen.

»Nun weißt du, was ich bin, und warum ich dich an mich gebunden habe«, krächzte die Alte. Wieder bewegte sie die Hand und sofort verschwand das Grauen.

Irritiert pflückte Natalie eine schwarz glänzende Brombeere.

Sie war echt, ihr Geruchssinn täuschte sie nicht, doch sie zu kosten, wagte sie nicht. Sie musste an die Blutsuppe denken und sofort wallte Übelkeit in ihr auf. *Wer weiß, was du bisher alles gegessen hast.*

»Dir ist es bestimmt, Raikun zu vernichten«, sagte Irmin, jetzt wieder in der Gestalt der modernen Sechzigjährigen. »Meine Macht hat dich hergeführt. Doch ich kann deine Zauberkräfte nicht wecken, wenn du dich meinen Anordnungen widersetzt.«

»Was für eine Art von Magie ist es, die durch den Tod eines unschuldigen Wesens geweckt wird?«, hielt Natalie dagegen. »Doch nur eine dunkle, bösartige. Die will ich nicht. Ich werde den Hahn nicht töten. Es muss einen anderen Weg geben.«

Irmin schwieg. »Es ist eine Schwäche«, sagte sie endlich, »vor der Dunkelheit zurückzuschrecken. Es genügt nicht, Nein zu ihr zu sagen. Sie wird wiederkehren, weil sie seit Anbeginn der Zeit in unseren Genen verankert ist. Sie wird kommen, sich um deine Seele schlingen und jeden Funken Licht löschen. Und dann wirst du sie nicht mehr besiegen können, weil du selbst zu Dunkelheit wirst.« Sie schüttelte sachte den Kopf. »Aber vielleicht ist der Zaubertrank nicht das Richtige für dich. Vielleicht gibt es ja tatsächlich einen anderen Weg.«

Erleichtert seufzte Natalie auf.

»Freu dich nicht zu früh.« Irmin zauberte den Stein aus Natalies Jackentasche in ihre Hand. Nachdenklich betrachtete sie ihn. »Du wirst noch einmal ins Wasser gehen müssen.«

»Dein Aufzug ist absurd.«

Natalie konnte Irmin nicht widersprechen. Ihre »Rüstung« war ein Witz. Das langärmelige Oberteil war um die Brust zu eng, die Hose warf Falten und die geforderten Stiefel hatte sie gar nicht erst hinbekommen.

»Das ist das letzte Mal, dass ich dir aushelfe. Danach«, Irmin nickte zum Teich, »wirst du schön alles selbst erledigen.«

Mit einem äußerst mulmigen Gefühl im Magen starrte Natalie auf das schwarze Wasser. Als sie den Kopf wieder abwandte, hatte Irmin ihren Zauber bereits vollendet. Tericia, neuerdings mit einem Eulenkopf unterwegs, richtete ihre goldenen Augen auf Natalie und schuhute begeistert.

Sie blickte an sich hinunter. »Oho! Wow!«

Ihr dilettantisches Werk war einem zweiteiligen Kampfanzug aus schmaler Hose und eng anliegender Jacke gewichen. Der Kragen lag hochgeschlossen an ihrem Hals, die Ärmel liefen über ihren Handgelenken spitz zu und sie trug leichte Handschuhe, ebenfalls aus Drachenleder. Die Stiefel waren fest und zugleich bequem, sie konnte gut darin laufen.

»Danke. Das ist um Welten besser – aber doch hoffentlich keine Illusion?«

Irmin grunzte amüsiert. »Nein. Echt.«

»Und du meinst, der Anzug wird mich vor dem schützen, was da unten auf mich wartet?«

»Das bezweifle ich. Er wird dich vor der Kälte schützen, für den Rest bist du zuständig.«

»Für den Rest? Welchen Rest? Was ist dort unten?«

Irmin schwieg.

»Was ist meine Aufgabe?«

»Zu überleben.«

Natalie konnte nichts mehr erwidern. Die schon bekannte Magie packte sie und schleuderte sie in den Teich, wo sie unter Platschen versank. Sofort kam sie wieder an die Oberfläche. Die Kälte brannte auf ihrer Kopfhaut und in ihrem Gesicht, doch nur dort. Das Drachenleder ließ keinen Tropfen Wasser an ihren Körper. Es sog sich auch nicht voll, weich und elastisch folgte es ihren Schwimmbewegungen wie eine zweite Haut.

»Du hättest mich wenigstens vorwarnen können!«, rief sie Irmin zu.

»Vergiss den Seelenstein nicht!«

Er beschrieb einen glimmenden Lichtbogen, als er durch die

Luft flog. Natalie schwamm los, um ihn zu fangen, merkte aber schon, dass sie viel zu weit weg war. Das Wasser schluckte den Stein mit einem gierigen Plopp, etwa drei Meter von ihr entfernt.

»Nein!«

Sie hatte noch nicht begriffen, warum der Stein so wichtig für sie war, sie wusste nur, sie durfte ihn nicht verlieren. Er ging unter, tauchte aber im Handumdrehen wieder auf und tanzte auf den Wellen. Noch zwei Meter. Sie streckte die Hand aus.

Ein Knistern ließ sie aufschrecken. Eis breitete sich vom Ufer her auf dem Teich aus. Rasend schnell glitt es auf Natalie zu, die Bruchkanten scharf wie Klingen. *Noch ein kleines Stück. Fast da …*

Hölle, nein! Das Eis schoss unter dem Stein weg, er wurde ein Stück in die Luft getragen und prallte erneut auf, diesmal auf der gefrorenen Oberfläche. Unerreichbar für sie. Hektisch und mit paddelnden Füßen drehte sie sich um die eigene Achse. Von allen Seiten rückte das Eis auf sie zu. Gleich würde es sich über dem Teich schließen – und ihr den Kopf vom Hals säbeln.

Panisch suchte sie nach einem Ausweg. *Denk nach, sonst bist du tot!*

»Du musst tauchen!«, riet ihr Irmin.

Genau das wollte sie vermeiden. Wenn sich die Eisdecke über ihr schloss, war alles aus. Vielleicht könnte sie sich ja an der Kante hochstemmen und hinaufklettern? Hastig schwamm sie dem schimmernden Eis entgegen und zog sich mit Schwung hoch. War sie zu schwer? Ihr Versuch zu halbherzig? Sie kam bloß bis zum Bauch aus dem Wasser. Trotz ihres Schutzanzugs schien es sie förmlich nach unten zu saugen.

Hinter ihr knarrte und knirschte es, ihr Bewegungsradius wurde immer kleiner. Ein Meter Durchmesser, neunzig, achtzig …

Noch einmal drückte sie die Hände aufs Eis und schob sich schwungvoll aus dem Wasser, doch auch diesmal verließen sie ihre Kräfte.

Vierzig, dreißig, die Kanten blitzten, sie steckte im Rachen eines Ungeheuers, gleich würde es sie verschlingen. Ihr blieb gerade noch Zeit zum Luftholen, dann musste sie abtauchen. Mit einem Schleifen sauste das Eis dicht über ihren Kopf hinweg. Ein letztes Knarren, und sie war im Teich gefangen.

Ihr Herz hämmerte schnell und laut. Spätestens jetzt musste auch dieses Untier, das sie in der Tiefe vermutete, auf sie aufmerksam werden.

Okay, ganz ruhig. Du hast es schon mal geschafft. Finde den Stein, dort kannst du durchbrechen.

In einiger Entfernung erspähte sie schließlich ein schwaches Leuchten. Sie schwamm hin und trat direkt darunter Wasser. Aber so oft sie auch die Faust gegen das Eis rammte, es wollte nicht brechen. Nicht einmal ein Sprung zeigte sich. Die Eisschicht musste viel dicker sein als beim letzten Mal.

Gib auf, forderte eine säuselnde Stimme und aus der Tiefe schlängelte sich Dunkelheit heran.

Aufgeben ist keine Option, schoss ihr Raikuns Ausspruch durch den Kopf. Die gespeicherte Atemluft drückte gegen ihren Brustkorb. Sie entließ ein paar Luftbläschen und trommelte weiter unermüdlich gegen das Eis.

Nicht mehr kämpfen. Einfach schlafen. Fast zärtlich strich etwas über ihre Beine, dann schien es zurückzuzucken. *Uh, Drachenhaut.*

Natalie ließ noch einmal Luft entweichen. Jetzt waren ihre Lungen leer, der Wunsch einzuatmen bereits unerträglich. Ihre Arme erlahmten, und langsam auch ihr Wille.

Etwas tauchte neben ihr empor und plötzlich sah sie sich dem flachen Gesicht einer Nixe gegenüber. Ihr langes graues Haar hatte einen blauvioletten Schimmer und umwölkte sie bei jeder Bewegung wie Farbe. Ein verführerisches Lächeln lag auf ihren Lippen, schon presste sie ihren Mund auf Natalies.

Der Gedanke an Atemluft schwand augenblicklich, alles, was zählte, war dieser Kuss, so süß und verheißungsvoll.

Komm mit mir, du Schöne, hörte Natalie es in ihrem Kopf. *Vergiss deine sterbliche Hülle und komm in mein Reich.*

Wer bist du?, rauschte ihre Frage durch ihre Gedanken.

Ich bin der Teich. Bin die Stille und die Dunkelheit. Der Tod und das Leben. In meinen Armen wirst du nie wieder leiden. Gib dich mir hin.

Die Hände der Nixe waren überall, ihr Fischschwanz streifte über Natalies Beine und sie spürte, wie Wasser in ihre Stiefel drang. Eisig kaltes Wasser, das sie wieder zur Besinnung brachte.

Nein! Sie stieß die Nixe von sich. *Verschwinde!*

Die Nixe legte den Kopf schief und leckte sich über die Lippen. *Du gehörst mir so oder so. Wehr dich und erleide einen schmerzhaften Tod. Oder folge mir freiwillig.*

Natalie schwanden die Sinne. In ihren Lungen wütete Feuer, Wasser füllte ihre Kehle, doch noch hielt sie die Luftröhre mit aller Gewalt verschlossen. Sie stieß die Faust gegen das Eis, dort, wo das Licht nun viel heller strahlte als vorhin.

Vor ihren Augen verwandelte sich die Nixe. Ihr Körper zerrann in rauchblaue Dunkelheit, die Natalie umwaberte. Sie schlang sich erst um eins ihrer Beine, und als sie zu strampeln begann, auch um das andere, um ihren Bauch und schließlich um ihre Arme, sodass sie sich nicht mehr rühren konnte.

Wehr dich! Ein letztes Aufflackern von Kampfgeist mochte ihr diesen Gedanken eingetrichtert haben. Oder war es die Dunkelheit? *Wehr dich ruhig, meine Schöne.*

Gefesselt und bewegungsunfähig hing sie direkt unter dem Stein im Wasser. Die weichen Schwaden hüllten sie ein. Strichen über ihr Gesicht, zärtlich, lockend. Öffneten sanft ihre Lippen. Drangen in ihren Mund vor.

Und jetzt atme. Atme mich ein.

Sie ergab sich. Und als sie Wasser und Dunkelheit einatmete, erreichte der Schmerz einen neuen Höhepunkt. Sie driftete davon, sackte hinunter in die Tiefe. Starb.

Bis sich auf einmal grelles Licht über sie ergoss.

Atme! Atme mich ein. Die Stimme war eine andere. Nicht so heimtückisch sanft, sondern fordernd, irgendwie vertraut, und Natalie tat, was sie verlangte. Sie atmete das Licht ein. *Alles, atme alles ein. Erkenne, was dich durchdringt.*

Millionen winziger Funken stoben durch ihren Leib und erfüllten ihn mit neuem Leben. Sie konnte spüren, wie sie durch ihre Zellen flitzten, die Dunkelheit vertrieben. Sie blinzelte. Direkt vor ihr schwebte der Stein, aber sein Leuchten wurde schwächer.

Atme, Natalie, atme!

Die Schmerzen waren fort. Sie atmete. Atmete weiter das Licht ein. Atmete unter Wasser und mit jedem Atemzug fühlte sie sich besser. Kraft kehrte in ihren Körper zurück, mehr Kraft als sie je besessen hatte, sie *war* Kraft, pure Kraft und Energie.

Der Stein schimmerte nur noch leicht. Er schien sich aufzulösen.

Atme! Gut so. Ein letztes Mal – und jetzt … durchstoße das Eis!

Sie brauchte nur einen Gedanken. Die Eisschicht zersprang und sie sauste nach oben an die frische Luft. Kein Wasser füllte ihre Lunge, sie musste noch nicht einmal husten.

Zwischen ihr und dem rettenden Ufer lag blankes Eis. Sie hob die Hand – und wischte es beiseite. Noch während sie schwamm, begriff sie, dass sie Magie dafür benutzt hatte. Irmin hatte recht! Ihr stand eine solche Fülle an Magie zur Verfügung, dass es beinahe unlogisch erschien, sie nicht für jeden Handgriff einzusetzen.

»Nun mach schon!«, rief Irmin ihr zu. »Du wirst doch hier nicht ernsthaft *schwimmen!*«

Sie verdichtete die Magie – zu Bannmagie! Was für ein unsinniges Wort! –, warf sie wie ein Lasso an den nächsten Baum und zog sich daran selbst aus dem Teich. Atemlos landete sie vor Irmin. Tericia applaudierte mit geplustertem Federkleid und zog sie in die Arme.

»Gut gemacht«, knurrte Irmin. »Ich hätte eigentlich gedacht, dass du dabei draufgehst, aber auch ich kann mich irren.«

»Der Stein!«, stieß Natalie hervor. »Ich war bereits Teil der Dunkelheit. Ich war tot und glitt in die Tiefe, da hat er mich gerettet – mein Großvater, der Mächtige! Er hat zu mir gesprochen! Wusstest du, dass er mir seine Magie spenden wird?«

»Ich hatte da so eine Ahnung. Ursprünglich wollte ich dich durch den Trank an den Rand der Dunkelheit führen. Aber so hat es am Ende auch geklappt.«

»Ich bin erfüllt von Magie. Sie ballt sich nicht als Knoten in meinem Inneren wie früher. Sie ist …« Natalie starrte auf ihre Hände. »Sie ist überall. Sie durchdringt mich von Kopf bis Fuß. Und steht immer zur Verfügung.«

»So ist es und so muss es sein.«

»Ich kann …«, sie lachte auf, »… jeden Zauber … sehen, jeden Fluch. Wie ein Band purer Magie. Es schlingt sich um Körper und Seelen. Sogar deinen sehe ich. Er liegt auf deinem Herzen, während deine Seele … Sie ist im Teich?«

Irmin knurrte zustimmend.

»Du hast gelogen. Als du sagtest, wir müssten nur die Grenzen überwinden, um alles zu sein. Das war gelogen. Du hast eine Machtübertragung durchgeführt!« Ihr war genau das gelungen, was Raikun so heiß begehrte und woran sie mit Hanjo gescheitert war.

Irmin nickte, sachte und bedauernd. »Ja, das habe ich. Ich hatte meine Gründe, doch es gibt keinen Tag, an dem ich mich nicht dafür verwünsche. Ich habe das Herz eines Zauberers vereinnahmt und mir seine Macht angeeignet. Wider Erwarten hat er mich ausgetrickst, er war noch mächtiger, als ich ahnte. Ich konnte ihn in den Teich verbannen, er jedoch wehrte sich mit einem Fluch. Er hat sich meine Seele gekrallt und mit in die Tiefe gerissen. Jetzt ist dort nur noch Dunkelheit. Seither bin ich an diesen Ort gebunden und zu ewigem Leben verdammt. Es sei denn – jemand erlöst mich.«

»Ich kann den Zauber nicht lösen«, sagte Natalie. »Er ist an Worte gebunden, die ich nicht lesen kann. Sie sehen aus wie … Hieroglyphen. Ein Zauberspruch?«

Irmin nickte. »Er offenbart sich nur dem Zauberer selbst.«

»Außerdem braucht es dazu … Oh.« Der Dämon, der sich in ihrem Herzen eingenistet hatte, frohlockte.

»Genau. Es steht in deinem Vertrag.«

Sie fuhr zu Tericia herum, die sie mit ihren großen Eulenaugen beobachtete. »Aber *deinen* Zauber kann ich lösen.« Es war ein lächerlich einfacher Zauber, nicht durch Worte gebunden. Nur ein schimmerndes Magieband umhüllte Tericias Kopf. Natalie ergriff es mit den Fingern und zog sachte daran. Sofort fiel es ab. Der Kopf der Eule verwandelte sich in den der Seherin.

Lachend fiel Tericia ihr um den Hals. »Ich wusste es! Ich wusste, dass Irmin uns rettet!«

Irmin fixierte Natalie. Sie brauchte nichts zu sagen, der Ausdruck in ihren Augen sprach für sich: *Ich habe meinen Teil des Vertrags erfüllt. Nun geh, rette die Welt – und erlöse mich.*

28

Kein Herumschreien mehr, kein Rütteln an den Gitterstäben – ihr Zorn war abgeflaut. Für Resignation wiederum war es zu früh. Noch empfand Paige Zuversicht, auch wenn sie manchmal tief in sich graben musste, um sie hervorzuzerren.

Ihre Zelle verdiente den Namen nicht, es war ein Loch, stockfinster, feucht, kalt. Wahrscheinlich hatte vor ihr ein Zentaur darin gehaust, denn es stank bestialisch nach Pferdeexkrementen. Man hatte ihr frisches Stroh zugestanden und sie hatte es zu einem Lager aufgetürmt. Paige hatte schon auf schlechteren Matratzen geschlafen.

Nun, nachdem Liam die übrigen Banngitter gelöst und gemeinsam mit Brisko und Raikuns Leuten die durch den Magiesturm entstandenen Schäden an den Zellen behoben hatte, waren sie und Ed die einzigen Gefangenen im Verlies der Organisation. Sie hatten ihn in die Nachbarzelle gesperrt, durch dicke Mauern von ihr getrennt. Paige hatte erfahren, dass die Magischen ihn nach dem Magieausbruch aus seinem Arbeitszimmer befreit hatten, wo er hinter einem Schuttberg eingeschlossen war.

Er sprach nur wenig. Manchmal hörte sie ihn schnarchen, manchmal stöhnen. Und vor Kurzem hatte sie sich eingebildet, ihn weinen zu hören.

Beide steckten sie in grauer Gefängniskluft, nicht einmal Socken oder Schuhe hatten sie behalten dürfen. »Stilecht«, hatte Raikun mit süßlichem Lächeln geflötet. »Ist das nicht großartig, Ed? Endlich dürfen Sie Ihr Etablissement testen.« Paige hingegen hatte sie lange gemustert und dann mit einem Kopfschütteln bedacht. »Was für eine Verschwendung«, war ihr einziger Kommentar gewesen und seither rätselte Paige, wie das zu verstehen war.

Schritte näherten sich. Ein Lichtschein. Endlich! Paige fuhr von ihrem Strohlager auf und tappte zum Gitter. Der Moment, da Raikuns Leute hier unten auftauchten, zählte zu den Höhepunkten ihres Daseins. Zweimal täglich gab es Brei und Wasser, einmal täglich Eimerwechsel. Ihre Wachen überanstrengten sich nicht wirklich.

Sie hatte sich angewöhnt, sie anzusprechen. Mit stoischer Hartnäckigkeit versuchte sie immer wieder, sie zu einer Reaktion zu bewegen. »Ist es morgens oder abends?«

»Töpfchen, koche!«, befahl der Glatzkopf, dessen Vollbart sich bis zu den Augenbrauen hochkräuselte. Der magische Topf gehorchte und produzierte heißen, süßen Hirsebrei.

»Es ist sechs Uhr morgens.« Die andere Wache, fast noch ein Junge, reichte ihr eine Plastikschüssel durchs Gitter. Löffel gab es natürlich keinen, wo wäre da auch das echte Gefängnisfeeling?

Hab ich dich. »Wie viele Tage sind wir hier?«

Die zwei wechselten einen Blick. Keine Antwort.

»Wie lange soll das noch so gehen?«

Der Junge zuckte mit den Schultern. »Das wird Raikun entscheiden.«

»Du sollst nicht mit den Gefangenen reden«, mahnte der Vollbart. »Denk ans letzte Mal.«

Paige betrachtete den Jungen genauer. Er konnte keine achtzehn sein. Zahnlücke, fehlender Ringfinger. Außerdem hatte er ein steifes Bein und eine wulstige Narbe, die sich von der Nase weg bis zum Ohr zog und sein Gesicht entstellte. So richtig entstellte, mit Fratzen kannte sie sich aus. »Bist du Cronis?«

Er zuckte zusammen.

»Ich habe gehört, dass du immer nett zu Natalie warst.«

Überraschung schlich sich in seine Züge. »Ach?«

»Sie mochte dich.«

»Davon hab ich nichts bemerkt, als sie mich hinter ein Banngitter sperrte.«

»Cronis! Los, weiter!« Der Vollbart nickte zu Eds Zelle hinüber.

»Du wurdest beim Kampf um den Greifspalast verletzt, stimmt's?«

Cronis gab keine Antwort mehr, aber Paige sah, dass sein Nacken rot angelaufen war. Die Wachen teilten den Hirsebrei an Ed aus, beendeten den Kochvorgang mit einem »Töpfchen, steh!« und machten sich auf den Rückweg.

»Lasst uns wenigstens die Laterne da!«, rief Paige ihnen zu. »Bitte!«

Sie hörte die zwei leise diskutieren, verstand Wortfetzen wie »Fee« und »vielleicht gefährlich« und seufzte erleichtert auf, als Cronis die Laterne tatsächlich an einen Haken neben der Tür hängte. Es wurde still.

Paige schaufelte etwa drei Viertel des Breis in sich hinein. Den Rest verteilte sie in kleinen Klecksen auf dem Boden ihrer Zelle. Futter für die Ratten, die aus ihren Löchern gewieselt kamen, sobald sie auch nur eine Minute stillsaß.

»Das wird sie nur noch mehr anlocken«, knurrte Ed, obwohl er ihr Ritual bereits kannte.

»Tut es nicht. Zumindest stürzen sie sich nicht sofort auf mich.«

Fünf, maximal sieben waren es, gegen die sie sich verteidigen musste. Oft schon war sie aufgewacht, weil die Biester an ihrer Haut knabberten. Für Ed war es noch schlimmer, seine Beine, das hatte er ihr erzählt, waren bereits mit Bisswunden übersät.

Ein Grunzen. Nach einer Weile sagte er düster: »Wir kommen hier nicht raus, auch wenn du dich mit Raikuns Leuten anfreundest.«

»Kann sein. Aber gerade Cronis …«

»Vergiss es! Scheiße, verdammt!« Sie hörte es scheppern, Hirsebrei spritzte auf – er hatte seine Schüssel gegen das Gitter geworfen. »Scheiße!«

»Ed«, sagte sie sanft, aber er fluchte weiter vor sich hin. »Ed.«

»Was?!«

»Gib nicht auf.«

Er schnaubte. »Das sagt sich so leicht.«

»Ich weiß. Aber deine Agenten sind da draußen. Die lassen ihren Boss nicht hängen.«

Er hatte ihr erzählt, dass sich mit ihm auch der Koch, zwei Frauen vom Reinigungspersonal und ein Junge, der als sein Gehilfe gearbeitet hatte, im Hauptquartier befunden hatten. Sämtliche Agenten jedoch waren zur Zeit des Magiesturms im Einsatz gewesen. Warum noch keiner von ihnen versucht hatte, ins OMB-Gebäude zurückzukehren, konnte viele Ursachen haben. Es bedeutete nicht, dass sie alle tot waren.

»Was denkst du, hat sie mit uns vor?«, fragte Paige nach einer Weile.

Es blieb still. Sie wussten es beide. Sie waren Raikuns Spielzeug. Sie würde schon noch Verwendung für sie finden. Und was immer sie sich gerade ausdachte, es war bestimmt nichts Angenehmes.

»Ed?« Stunden mochten vergangen sein, in denen Paige in den warmen Lichtkegel gestarrt und mit sich gerungen hatte, ob sie das *Thema* ansprechen sollte. Bisher hatten sie es beide gekonnt umschifft. Aber wozu eigentlich?

»Hm?«

»Was weißt du über Feen? Ich meine, du hattest doch sicher schon mit einigen zu tun.«

Sie hörte ein Scharren, als er sich aufsetzte. Es waren seine Beine, die er über den rauen Stein schob. »Ja.«

»Welche Fähigkeiten haben sie? Was können sie vollbringen?«

»Es gibt drei Gruppen. Kleine. Große. Hohe. Alle gehören zu den menschlichen Magischen. Klein und groß bezieht sich auf die Körpermaße und zugleich auf ihre Zauberkräfte. Je größer, umso begabter. Die Hohen Feen bilden eine eigene Gruppe. Sie sind reinblütig, verfügen über extreme Kräfte und werden sehr alt. Frau Holle war eine.«

»Zu welcher Gruppe zähle ich?«, fragte Paige.

»Du bist ein Mischblut. Eine kleine, würde ich sagen. Obwohl dein Feenglanz dagegenspricht. Seit wann hast du den?«

»Seit dem Magiesturm.«

»Dann hat er vielleicht deine Kräfte aktiviert.«

»Zu dem Schluss bin ich auch schon gekommen. Was fange ich jetzt damit an?«

Ed zögerte. »Du könntest Moos und Flechten auf den Wänden wachsen lassen.«

Paige betrachtete die feuchten Mauern. »Das bringt uns nicht weiter.«

»Du könntest dich in eine Spinne verwandeln. Oder in eine Ratte. Und Hilfe holen.«

»Und wie stelle ich das an?«

»Bin ich etwa eine Fee?« Er schnaubte. »Glaub mir, hätte ich Zauberkräfte, würde ich nur eins tun: Brisko in meine Zelle befehlen und ihm die Gurgel zerfetzen.« Die letzten Worte hatte er voller Verbitterung hervorgestoßen. Paige rann es eiskalt den Rücken hinunter.

»Rache also.«

»Rache«, bestätigte er grimmig. »Weißt du, wie lang ich mich schon danach verzehre? Seit Yvonnes Tod kann ich an nichts anderes mehr denken. Ich wache morgens damit auf und gehe abends damit zu Bett. Es verfolgt mich in meine Träume. Ich will Brisko tot sehen, er soll endlich dafür büßen, was er an meiner Schwester verbrochen hat.«

Sie konnte die Last spüren, die auf ihm lag. Ein tonnenschwerer Schatten, der sein Innerstes zerfraß. »Es wird dich nicht befreien.«

»Das ist mir egal. Ich habe so oder so kein Leben mehr. Ich

töte ihn, das schwöre ich, bei allem, was mir heilig ist. Und wenn es das Letzte ist, was ich tue.«

Die große Ratte fiel Paige das erste Mal auf, als sie die anderen vertrieb. Sie hatte bereits beobachtet, dass die Tiere aufeinander losgingen und sich gegenseitig bissen, um selbst an den Brei zu gelangen. Dann gab es meist Gequietsche oder einen Kampf, bis die Unterlegenen abzogen.

Diese Ratte war anders. Sie kam, sträubte das Fell, und alle wichen zur Seite. Als wäre sie der König unter ihnen. Paige hatte keine Ahnung von der Rangordnung innerhalb eines Rattenrudels – lebten sie überhaupt in Rudeln? Dieses Verhalten jedoch kam ihr seltsam vor.

Wäre es ihr wirklich möglich, die Gestalt eines Tieres anzunehmen? Sich in eine Ratte zu verwandeln?

Bisher hatte sie ihre Kräfte instinktiv eingesetzt. Louisas Tod, der Lebensfaden, den sie durchtrennt hatte. Oder Eds Rettung. Beides könnte natürlich Zufall gewesen sein, andererseits hatte sie sich dabei wie in einem anderen Bewusstseinszustand gefühlt. Als wäre sie in eine Dimension abgeglitten, in der alles möglich war, alles … magisch.

»Hey, Kleiner.« Sie hielt der Ratte ihre Schüssel hin, in der noch Brei klebte. »Du bist doch ein Er, oder?«

Die Ratte lief herbei und schnupperte. Ihr Näschen hob sich. Dann reckte sie den Kopf und funkelte Paige aus listigen Augen an. »Waf foll die blöde Frage? Bift du blind?«

Erschrocken zuckte sie zurück.

»Haft du nichtf anderef alf Brei?«

»Ähm. Nein?«

Die Ratte pfiff durch ihre großen Vorderzähne. »Oben ift die Verköfftigung beffer.«

»Das hält dich aber nicht davon ab, meinen Brei zu futtern!«

»Gibt nicht mehr viel fu holen. Man muff fehen, wo man bleibt.«

Lärm drang von der Treppe herüber. Die Ratte lauschte für einen Moment, dann stob sie davon.

»Hey, warte! Wie heißt du?«

»Kafimir«, erklang es aus der Ecke, schon ganz leise.

Paige schloss die Augen und atmete tief durch. *Rattenpost.* Wim, der elende Wicht, hatte davon gesprochen, dass die Ratten das Nachrichtensystem im Schatten waren. Sie trugen Informationen weiter.

Sie musste sich nicht in eine Ratte verwandeln, dem Himmel sei Dank! Sie musste nur Kasimir dazu bringen, jemanden zu kontaktieren, der sie hier rausholen konnte.

»Hast du das mitgekriegt, Ed? Die Ratte kann uns helfen.«

»Meine Euphorie ist grenzenlos«, brummte er.

»Alter Miesmacher. Sei nicht so destruktiv.« Kopfschüttelnd stellte sie sich ans Gitter. Den Schritten nach zu urteilen, kamen mehr als nur zwei Personen die Treppe herunter.

»Vorwärts! Geht weiter, los, los! Weiter!«

Die Wachen trieben zehn menschliche Gefangene in grauer Sträflingskleidung vorwärts, darunter zwei Frauen. Sie erkannte Merten Salmwender, den Vorsitzenden von Pro Mensch. Und dahinter …

»Rouven.«

Verwirrt wandte er den Kopf. »Paige?«

Der Gewehrlauf stieß in seinen Rücken. »Weiter, du Hund!«, bellte die Wache, eine Zwergin, und Rouven stolperte aus ihrem Blickfeld.

Lauter Pro-Mensch-Aktivisten. Paige war nicht sicher, ob sie Schadenfreude empfinden oder sich fürchten sollte, davor, was Raikun mit ihnen vorhatte.

»Paige.« Marik trat an ihr Zellengitter und winkte in Richtung Nachbarzelle. »Ed. Ihr seid hoffentlich guter Dinge? Alles okay hier unten?«

»Du verdammter Arsch!«, brauste Ed auf. »Wenn ich dich je in die Finger kriege, kannst du was erleben!«

Marik lachte. »Ist dir schon aufgefallen, dass du am Boden liegst? Im Dreck? Du kannst vor mir kriechen, mehr ist nicht drin.«

Mit einem Aufschrei donnerte Ed die Fäuste an das Gitter. Marik lachte nur noch mehr.

Angewidert starrte Paige ihn an. »Du bist ein Ekel, Marik! Und ein Idiot dazu! Raikun benutzt dich doch nur!«

»Ich habe dir jemanden mitgebracht, Paige«, erwiderte er gelassen und wich zur Seite, sodass sie den Gefangenen dahinter sehen konnte. Zwei Wachen hielten ihn zwischen sich. Sie hatten ihn ordentlich zugerichtet. Blut tropfte von seinen Lippen, sein Auge war zugeschwollen, doch das andere weitete sich vor Überraschung.

»Papa«, flüsterte Paige.

Marik klopfte ihrem Vater auf die Schulter. »Familienzusammenführung! Ist doch was Feines. Sperrt ihn gegenüber ein, damit er sich ansehen kann, was aus seiner schönen Tochter geworden ist.«

Sie stießen ihren Vater in die Zelle. Er nahm keine Notiz von ihr, schoss nur mit hasserfüllten Blicken um sich.

»Papa?«, fragte sie noch einmal und dann, als er sich demonstrativ von ihr abwandte, brach es einfach aus ihr heraus: »Louisa ist tot. Sie ist tot, hörst du? Ich war bei ihr, ich habe ihre Hand gehalten, als sie starb. Und du treibst dich mit diesem Abschaum herum?!«

Ihr Vater gab einen erstickten Laut von sich. Den Rücken ans Gitter gepresst, sank er zu Boden und schlug die Hände vors Gesicht.

»Was für eine Freude«, meinte Marik grinsend. »Ihr werdet viel Spaß haben.« Er rief seine Wachen. »Lasst eine zweite Laterne da. Damit ihnen ja nichts entgeht.«

»Was habt ihr mit uns vor?«, rief Paige.

Marik war schon auf dem Weg zur Treppe. »Was denkst du wohl, Paige? Was macht Raikun mit jenen, die sich gegen sie stellen? Kurzen Prozess, würde ich sagen, oder, was meint ihr, Leute?«

Die Wachen lachten, einige unterstrichen Mariks Worte mit unmissverständlichen Gesten. Dann waren sie fort.

»Du hast recht, Paige«, sagte Ed in die Stille hinein. »Ich sollte meine negative Einstellung wirklich überdenken.«

29

Ließ es sich mit ihren moralischen Grundsätzen vereinbaren, wenn sie den Feldhasen, der auf der Wiese an den letzten Herbstgräsern mümmelte, in einen Braten verwandelte? Natalies Magen beantwortete diese Gewissensfrage mit einem eindeutigen Ja.

Tericia war ebenfalls dafür. »Genau genommen tötest du ihn ja nicht. Es ist nicht das Gleiche wie bei dem Hahn.«

Die Seherin hatte sich entschieden, sie auch weiterhin zu begleiten, zumindest, bis der Vertrag erfüllt wäre, worüber Natalie unendlich froh war. Tericia war ihr zu einer Freundin geworden, die sie nicht mehr missen wollte. Zudem ersetzte ihre Sehergabe jedes Navi.

»Oder bist du eine von denen, die nur grün isst?«

Natalie schmunzelte. »Du meinst, eine Vegetarierin?« Der Hase richtete die Ohren nach vorn und witterte. »Nein, aber das wäre vielleicht eine Alternative.«

Tericia setzte eine betont nachdenkliche Miene auf. »Es gibt genügend Wurzeln. Oder Pilze. Ein paar Beeren noch. Aber sobald der erste Schnee fällt …«

»Na schön. Du hast mich überzeugt«, seufzte Natalie. Doch gerade, als sie ihre Zauberkraft einsetzen wollte, schrak der Hase auf und sauste im Zickzack davon.

Tericia räusperte sich. »Nun ja, da drüben wächst Alant. Die Wurzeln sind sehr nahrhaft. Beim nächsten Mal solltest du vielleicht schneller zu einem Entschluss gelangen.«

Es gab viele nächste Male, und Natalie bekam eine Ahnung davon, warum manche nicht widerstehen konnten, die Magie zu ihrem Vorteil zu nutzen. Man schlitterte einfach hinein.

Eine Ausnahme hier, eine falsche Entscheidung da – was war so schlimm daran, die gesellschaftlichen Normen zu brechen? Und schon war der erste Schritt getan. Nur, dass es nicht bei einem blieb, und mit jedem weiteren verschwammen die Grenzen zwischen Recht und Unrecht ein wenig mehr. War es bei Brisko so gewesen? Bei Raikun?

Natalie jedenfalls war im Zuge ihrer Reise bewusst geworden, welche Verantwortung sie beim Einsatz ihrer Kräfte trug. Für sich und ihr Handeln, aber auch für andere, in erster Linie für Menschen.

So wie für die uniformierten und schwer bewaffneten Soldaten, in deren Fänge sie gerieten. Sie hatten sie in einem Waldgebiet nahe Mitran eingekreist und richteten nun ihre Gewehre auf sie.

»Tu was«, flüsterte Tericia angespannt.

»Was denn?«, zischte Natalie. »Soll ich sie etwa alle erschlagen?«

Ein bulliger Soldat, der Anführer vermutlich, unter dessen Helm dunkles Haar hervorlugte, trat näher und musterte Natalie von oben bis unten, sichtlich skeptisch, was er von ihrem Kampfanzug halten sollte. Bestimmt war ihm Drachenleder nie zuvor untergekommen. »Wer seid ihr? Und wohin wollt ihr?«

Sie seufzte. »Ich bin Natalie, das ist Tericia. Wir wollen nach Mitran.«

Seine Augen verengten sich. »Ihr seid Magische.« Eine Feststellung, keine Frage. »Niemand geht freiwillig nach Mitran.« Er wandte sich an die anderen. »Nehmt sie gefangen, wir bringen sie in die Kaserne.«

Jetzt war guter Rat teuer. Die Soldaten waren zu viert. Sie könnte sie mit Magieschlägen auseinandertreiben oder an Bäume fesseln. Sie könnte sie in Mäuse verwandeln. Oder in Entenküken. Aber irgendwann würde sie sie auch wieder erlösen müssen.

Im Grunde war die Kaserne ohnehin ihr Ziel, weil Tericia

eine undeutliche Vision empfangen hatte, der zufolge Natalie dort eventuell auf etwas Wichtiges stoßen könnte. »Etwas Wichtiges?«, hatte sich Natalie gewundert. »Geht's vielleicht ein bisschen genauer?« Und Tericia hatte erwidert: »Die Zukunft ist noch nicht geschrieben.«

Das war das Problem mit ihrer Sehergabe. Sie konnte Vergangenes und Gegenwärtiges bis ins kleinste Detail empfangen und auf den Spiegel projizieren. Doch Zukünftiges war dem Strom der Ereignisse unterworfen und nur selten festzumachen. Selbst ein einziges neu gestelltes Rädchen konnte fatale Auswirkungen haben.

Also entschied Natalie, vorerst abzuwarten. Sie ließ es zu, dass man sie durchsuchte, ihr das Messer und den Rucksack abnahm und sie mit Kabelbindern fesselte.

Tericia hingegen wollte die Spiegelscherbe nicht hergeben. »Nein! Ihr könnt alles haben, nur das nicht!«

Das brachte Schwung in die Truppe.

»Habt ihr gehört, sie gibt uns *alles!*«, rief einer der Kerle.

Die anderen grölten. Ein bärtiger Soldat leckte sich über die Lippen. »Sie ist zwar ein bisschen älter, aber immer noch knackig.«

Gelächter. Sie begannen Tericia zu bedrängen, einer packte sie. Sie schrie und strampelte mit den Beinen, doch er war weit stärker als sie. »Wer will zuerst?«

»Pfeif sie zurück!«, zischte Natalie dem Anführer zu, der ungerührt zusah. »Dein Vorgesetzter wird nicht sehr erfreut sein, wenn er das erfährt. Und er *wird* es erfahren.«

Er verzog keine Miene. Offenbar dachte er nicht daran einzuschreiten. Der Bärtige betatschte Tericias Brüste. Sie kreischte jetzt, die Augen fest zugekniffen.

Es half alles nichts, sie musste ihr beistehen. Natalie hatte ihre Hände nicht frei, aber vielleicht klappte es auch so.

Sie hatte geübt. Ausprobiert, was sich mit ihren Kräften anstellen ließ. Eine gute Kräuterhexe würde wohl nie aus ihr werden, das Sammeln von Zutaten und das anschließende Kochen waren ihr zutiefst zuwider. Doch Magie zu verdichten und zu formen, also alles, was sie früher als Bannmagie bezeichnet hatte, beherrschte sie perfekt. Wirklich überrascht war sie über ihre neue Fähigkeit, Zauber zu wirken. Dafür brauchte sie noch nicht einmal einen richtigen Zauberspruch, ihre Vorstellungskraft, verstärkt durch ein paar beschreibende Worte, genügte, um der Magie die Rutsche zu legen.

Sie beschwor das Bild eines Truthahns vor ihrem inneren Auge herauf – sein schwarzbraunes Gefieder, den rot und blau leuchtenden Kopf, den Hautlappen, der ihm über den Schnabel hing – und konzentrierte sich dabei auf den Bärtigen: *Sei ein Truthahn, ein abgrundtief hässlicher Truthahn.*

Kaum hatte sie den Gedanken vollendet, verwandelte er sich. Die übrigen Soldaten keuchten erschrocken auf und wichen zurück, während der Truthahn seine Runden drehte, durchaus echauffiert, wie Natalie amüsiert feststellte.

Der Anführer schoss ihr einen wilden Blick zu. »Mach das rückgängig!«

Sie blinzelte unschuldig. »Wie kommst du auf die Idee, ich hätte etwas damit zu tun?«

»Hast du. Verwandle ihn zurück!«

»Lasst Tericia in Ruhe!«

»Okay. Ja. Aber so kann er nicht bleiben.«

»Steht ihm doch gut.«

Er knurrte und schien kurz davor, ihr ins Gesicht zu springen. Seufzend gab sie sich geschlagen. Sie zupfte am magischen Band und anstelle des Truthahns watschelte der Bärtige herum. Den Kopf gereckt schrie er aus voller Kehle, bis er merkte, dass ihn alle anstarrten. Hochrot im Gesicht richtete er sich auf.

»Alles okay, Tericia?«, fragte Natalie besorgt.

Sie nickte, blinzelte die Tränen weg und ließ sich fesseln. Einer der Soldaten überreichte dem Anführer die Spiegelscherbe. »Genug mit den Faxen. Auf zur Kaserne.«

Ein wenig zerknirscht vermerkte Natalie den Vorfall auf ihrer geistigen Liste unter »Unabdingbarer Magieeinsatz« und beruhigte ihr Gewissen mit dem Gedanken, dass der Kahlrasierte jetzt hoffentlich für immer geläutert war.

Die Kaserne Süringen wirkte desolat auf Natalie, offenbar war sie vom Magiesturm schwer getroffen worden. Der Schilderteppich, der die Einfahrt pflasterte, machte den Besucher darauf aufmerksam, dass er Militärgelände betrat. *Sicherheitsbereich*, hieß es da. *Fotografierverbot. Ausweiskontrolle.* Oder: *Vorsicht, Schusswaffengebrauch!* Nun ja, nicht alles war noch von Relevanz.

Beim Näherkommen fiel Natalie auf, dass viele Schäden bereits behoben worden waren oder gerade repariert wurden. Mauern wurden errichtet, Stützbalken aufgestellt, Dächer gedeckt – auf dem weitläufigen Gelände herrschte Hochbetrieb. So viele Soldaten! Sie schienen in den unzähligen Zelten zu schlafen, die in praktisch jedem Winkel aufgestellt waren, aber wo waren sie alle hergekommen? Dann hörte sie einen Motor brummen und ein altes Militärfahrzeug bog um eine Ecke. Von der anderen Seite vernahm sie Wiehern und Hufgetrappel. *Da hast du deine Antwort: Sie haben Autos und Pferde!*

Der Kommandant der Kaserne wurde ihnen als der »General« vorgestellt. Er musterte sie beide ohne ein Wort, betrachtete das Messer und die Spiegelscherbe auf seinem Tisch, dann lehnte er sich in seinem Stuhl zurück. »Hm. Eine Hexe und eine Seherin, aufgegriffen von einer Patrouille in direkter Nähe zur Kaserne. Was sagt mir das?«

Natalie riss sich vom Anblick des Bettes los, das in der Ecke seines Arbeitszimmers stand. *Matratze. Kissen. Decke.* Sie hätte alles für ein paar Stunden Schlaf darin gegeben.

»Vier Soldaten, die eine Frau vergewaltigen wollten«, hielt sie dagegen. »Mir sagt das, dass Sie Ihre Leute nicht im Griff haben.«

Tericia senkte beschämt den Kopf, als wäre es ihre Schuld, dass die Typen sich an ihr vergriffen hatten.

Der General runzelte die Stirn. »Das Anwenden von Magie ohne Lizenz ist verboten.«

»Klar. Steht das im Internet? Warten wir gemeinsam auf die Drohne?«

Er beugte sich vor, einen verbissenen Zug um den Mund. »In Zeiten wie diesen werden Mädchen zu Königinnen und Hexen zu Regentinnen. Wir müssen uns alle umstellen. Doch deshalb verlieren die Gesetze noch lange nicht ihre Gültigkeit.«

»Ich habe Magie benutzt, um Tericia zu verteidigen. Und ich würde es jederzeit wieder …« Das Heulen einer Sirene riss ihr die Worte von den Lippen.

»Angriff!« Der General sprang auf und stürmte auf den Flur. »Alle auf ihre Posten! Schießerlaubnis bei Sichtkontakt! Ich wiederhole: Schießt die Drecksäcke nieder!« Er fuhr herum und funkelte Natalie wütend an. »Wusste ich's doch, dass ihr nicht ohne Grund hier aufkreuzt! Was war euer Auftrag?«

»Auftrag?« Natalie tauschte einen Blick mit Tericia. »Wovon reden Sie?«

Soldaten trampelten an der offenen Tür vorbei, die Gewehre bereits im Anschlag. Draußen fielen erste Schüsse. Der General eilte zum Fenster. Ein grimmiges Lächeln zuckte über seinen Mund.

»War ja klar, dass sie kommen«, murmelte er mehr zu sich selbst. »Wir stellen eine Bedrohung dar.«

Natalie schaute aus dem zweiten Fenster. Und keuchte auf. Die Kaserne wurde von Adaleas Magischen überrannt. Mittlerweile hatte sich die Gruppe vergrößert, hundertfünfzig waren es bestimmt.

»Machen Sie uns los!«, forderte sie. »Ich kann helfen.«

»Ihr gehört zu denen!«, fauchte er.

»So ein Blödsinn!« Sie beobachtete, wie er sein Gewehr lud. »Was haben Sie vor?«

Tericia schrie auf, als riesige krallenbewehrte Klauen durchs Fenster brachen. Natalie riss sie zurück.

»Ein Greif!«

Der General drängte sich neben sie, legte an und jagte eine Salve Schüsse hinaus. Sie hörten das Ungetüm kreischen.

»Na, was wohl? Kämpfen!«, knüpfte er an ihre Frage an. Schon war er durch die Tür.

In ihrer Hektik verwandelte Natalie die Kabelbinder in Seile – die sie jedoch nach wie vor fesselten. Sie hatte nicht die Ruhe für einen zweiten Versuch. Sie lehnte sich über den Tisch, um an das Messer zu gelangen, und dabei stieß sie es unabsichtlich zu Boden.

»Tericia! Das Messer! Tericia, verdammt, hilf mir!«

Leichenblass im Gesicht starrte die Seherin in die Spiegelscherbe. »Weg hier, schnell!«

»Was …?«

»Sofort!«

Die Warnung kam keine Sekunde zu spät. Tericia drängte Natalie zur Tür, da donnerte auch schon eine Riesenfaust ins Zimmer. Sie stürzten auf den Flur, während hinter ihnen die Decke herabkrachte und sie in eine Staubwolke hüllte.

»Du musst unten eingreifen!«, rief Tericia hustend. »Ich kann es schon fast sehen!«

»Ach ja? Ich kann rein gar nichts sehen!«

Noch einmal schlug der Riese zu, versenkte seine Faust bis ins Treppenhaus, und sie stolperten durch einen Schuttregen die Stufen hinunter. In letzter Sekunde entkamen sie ins Freie. Und schraken zurück.

Dunkle Wolken waren über der Kaserne aufgezogen und daraus entluden sich Blitze auf die Soldaten, die zum Teil in Zweikämpfe verwickelt waren, während andere aus sicherer Deckung auf die Magischen schossen. Reihum wurden die Menschen niedergestreckt, Zwerge, Hexen, Zauberer und Feen hingegen blieben von den Blitzschlägen verschont.

Die Riesen Jost und Serk stapften zwischen den Gebäuden umher und zermalmten, was ihnen unter die Füße kam: Zelte, Fahrzeuge, Menschen, ungeachtet dessen, dass die Soldaten sie unter Beschuss genommen hatten. Die Kugeln konnten ihnen nicht viel anhaben, wahrscheinlich blieben sie in der Haut stecken und drangen nicht tiefer in den Körper ein.

Natalie schubste Tericia zurück in den Hauseingang, wo sie vorerst geschützt waren. Sie musste diese Fesseln loswerden. Diesmal behalf sie sich bei ihrem Zauber mit der Vorstellung von Spaghetti und das klappte. Erleichtert riss sie die Hände nach vorn, auch Tericia streifte die weichen Nudeln ab.

In direkter Nähe ertönte ein Knall, dann ein Fauchen und plötzlich zerfetzte ein Geschoss den Brustkorb von Jost. Eine Druckwelle rauschte heran, Blut spritzte und der Riese stürzte donnernd zu Boden. Viel war nicht von ihm übrig.

Natalie würgte, auch Tericia war kreidebleich. »Was … war das denn?«

»Panzerfaust!«, rief ein Soldat, der gerade an ihnen vorbeirannte. »Jetzt schlagen wir zurück!«

Der nächste Schuss holte einen Greif vom Himmel. Gröschs Truppen gewannen tatsächlich die Oberhand.

»Natalie!« Tericia deutete zu einem Baum an der Einfahrt. Dort stand Adalea und dirigierte die Elemente. Mit einer Hand beeinflusste sie die Blitze, mit der anderen schickte sie Äste los, die die Soldaten niederpeitschten, und Ruten, die sie fesselten. »Sie ist eine Fee!«

»Als wüsste ich das nicht … Oh!«

»Ja – oh.«

Das also war es, was Tericia vorausgesehen hatte. »Und wie bringe ich sie zum Weinen?«

Natalie wusste durch ihre neuen Hexenkenntnisse inzwischen, dass die Tränen von Feen Zauberkräfte besaßen – beispielsweise konnten sie Blinden zu neuem Augenlicht verhelfen, je nachdem, wie mächtig die Fee war. Was sie sonst noch wusste, war, dass Feen äußerst selten weinten. Sie verscheuchte den abstrusen Gedanken an Zwiebeln, Adalea würde ihr ihre Tränen ohnehin nicht freiwillig überlassen.

Ein gellender Schrei ließ sie aufhorchen. Eine der Ruten hatte sich um eine blond gelockte Frau geschlungen und wirbelte sie durch die Luft wie ein Stück Holz.

»Ist das … Cleo?«, fragte Tericia ungläubig.

Natalie nickte und lief los. Im Laufen verdichtete sie die Magie zu einer Klinge, scharf genug, um Cleo zu befreien. Doch da peitschten Schüsse auf. Instinktiv warf sie sich zu Boden, riss die Arme hoch und formte einen Schutzschild.

Es war der General, der auf sie schoss. Sie entdeckte ihn in einem demolierten Auto, wo er sich gemeinsam mit drei anderen Soldaten verschanzt hielt.

»General!«, schrie sie. »Seien Sie nicht dumm! Lassen Sie mich helfen!« Cleo kreischte, als sie in den Fängen der Rute quer über den Hof schlitterte. Der General zog ein zweifelndes Gesicht. »Wollen Sie, dass Schwedens Königin stirbt?«

Er nickte knapp und senkte das Gewehr. Sofort feuerte Natalie ihre magische Klinge ab und sie durchtrennte die Rute mit einem einzigen Schlag.

Von der Magie abgeschnitten fielen die Reste von Cleo ab. Ihre Kleidung war durchgescheuert, darunter schimmerte rohes Fleisch, doch sie setzte sich selbstständig auf und starrte Natalie aus weit aufgerissenen Augen an. »Du?«

»Alles okay?«

Hastig sprang die kleine Schwedin auf. Rote Flecken leuchteten in ihrem bleichen Gesicht. »Du! *Dra åt helvete!*«

»Ich dachte, ihr seid in Mitran. Tericia hat es mir doch gezeigt …« Genau genommen hatte sie weder Cleo noch die Zwerge im Spiegel gesehen, nur Kilian, und ihn am Leben zu wissen, war ihr genug gewesen. »Wo ist Kilian?«

»Kilian?! Kilian will nichts mehr mit dir zu tun haben! Du kannst ihn dir abschminken! Du hast ihn verlassen, damals im

Wald! Du bist gegangen! Glaub ja nicht, dass du ihn jetzt zurückhaben kannst!« Cleos Stimme überschlug sich, schrill sprudelten die Worte aus ihr heraus. »Er hat versprochen, meine Schwestern zu retten und uns nach Schweden zu bringen! Wir sind verheiratet! Er ist mein König! *Meiner!* Nichts kann uns trennen! Verstanden?!«

Natalie hob die Hände. »Beruhige dich …«

»*Fan!* Hau ab, Natalie! Hau ab und lass Kilian und mich in Ruhe! Er gehört mir! Er …« Ein Stein sauste herbei und traf Cleo an der Schläfe. Sie verdrehte die Augen und klappte zusammen.

Tericia zuckte schuldbewusst mit den Schultern. »Das war ein einschneidendes Erlebnis. So kann sie es besser verarbeiten. Und du hast noch was zu erledigen.«

Doch Adalea war nicht mehr auf ihrem Posten beim Baum. Natalie machte sich auf die Suche nach ihr, schnitt nebenbei Baumfesseln entzwei, löste ein paar Illusionszauber, die die Hexen zustande gebracht hatten, und schlug einen Zwerg nieder, der einer jungen Soldatin die Kehle durchschneiden wollte. Die Gewitterwolken hatten sich verzogen, der Kampf schien abzuflauen. Beide Riesen und die Greife waren tot, die Magischen ergriffen die Flucht. Nur Adalea schien es nicht sonderlich eilig zu haben.

Von der Mauer, die die Kaserne umschloss, blickte sie auf Natalie herab. Ihr weißes Haar schimmerte in der hereinbrechenden Dämmerung bläulich und sie öffnete den Mund zu einem hämischen Grinsen.

»Du bist nicht totzukriegen, Bannmagierin! Und was für einen hübschen Kampfanzug du da trägst. Taugt der auch was?«

»Finde es doch heraus!«

Adalea neigte den Kopf. »Ein andermal.«

Ehe Natalie reagieren konnte, sprang sie ab und jagte in ihren Siebenmeilenstiefeln davon. *Das war's dann mit dem Zwiebelprojekt. Keine Tränen. Nicht von dieser Fee.*

Sie blieb an Ort und Stelle stehen und starrte ins Leere. Was Cleo ihr an den Kopf geworfen hatte, nagte an ihr. Sie wusste, sie durfte dem keine Bedeutung beimessen, es war nur das gedankenlose Geschrei eines zutiefst geschockten Mädchens. Trotzdem tat es weh.

Der Zauber verrichtet sein Werk, dachte sie und erstmals seit sie über ihre neue Magie verfügte, schlug die Traurigkeit in ihr wieder Wellen. Was, wenn sie Kilian längst verloren hatte?

30

Ohne Wim und sein Amulett hätten sie einpacken können. Die längste Zeit fragte sich Kilian schon, was den Zwerg dazu bewog, bei ihm zu bleiben. Nun, da er ihn und die drei Offiziere in die Stadt gebracht hatte, hätte er seiner Wege gehen können, aber das tat er nicht. Und seine Freunde ebenso wenig.

Gröschs Männer waren losgezogen, um ihren Teil zu erledigen: Informationen sammeln, mögliche Angriffsziele lokalisieren, Kontakt zu den überlebenden Mitgliedern der Bundesregierung herstellen.

Kilian wiederum war Gerüchten nachgegangen, wonach die OMB-Agenten sich im Hänsel-und-Gretel-Theater im Vergnügungspark Schlaraffenland verschanzt hielten, ein Magischentheater, geführt von der Familie Lorek, Magische der Klasse A mit tadelloser Reputation. Nicht, dass dies noch eine Bedeutung hätte.

Und hier kauerte er nun hinter einem Gebüsch mit Sicht auf das Theater, dicht neben ihm die Zwerge Thyk und Gorim. Risse durchzogen die Lebkuchenmauer, die Splitter eines Schokoladenschornsteins und jede Menge Zuckerstangen bedeckten den Boden. Ein Gitter war vor den Eingang geschoben, Türen und Fenster mit Brettern verbarrikadiert. Er hatte geklopft und gerufen, aber keine Antwort erhalten, also hatte er Jolly auf Erkundung geschickt.

Soeben enttarnte sich Wim vor ihnen und drückte jedem ein Stück Lebkuchen in die Hand. »Mehr konnte ich nicht auftreiben. Vor der Tischlein-Deck-Dich-Filiale stehen die Leute Schlange.«

Raikun hatte die Fastfoodkette übernommen und kostenlose

Ausspeisungen eingeführt. In ganz Mitran hingen die Plakate, mit denen sie sich als Wohltäterin präsentierte. Doch eine Millionenstadt durchzufüttern, sprengte die Kapazitäten von TDD, daran konnte auch sie nichts ändern. Hunger war für die Bevölkerung zum Alltag geworden.

»Hühnerkacke, wo bleibt sie denn? Mir friert noch der Zipfel ab, so kalt ist es«, knurrte Wim, und Thyk und Gorim erweiterten das Bild um einige stimmige Details.

Der Wind war schneidend, Kilian fror selbst entsetzlich. Er knabberte an dem betonharten Lebkuchen und ließ den Blick schweifen. Die Magie hatte das Schlaraffenland förmlich zerlegt. Vom Rapunzelturm ragte nur noch die Rutsche wie eine Zunge aus dem Schutt. Die Flügel der magischen Mühle hingen schlaff herab und die Sitzreihen schlugen bei jeder Böe klirrend aneinander. Verdorbene Bratwürste und von grünem Schimmelrasen überwucherte Reisklumpen häuften sich auf den Wegen. Die magischen Adern hatten sich neu vernetzt, wodurch viele Attraktionen, nun nicht mehr von ihnen gespeist, abgestorben waren.

Kilians Gedanken wanderten zu Natalie. Durch die Trennung von Cleo hatte der Zauber im Moment keine Bedeutung. Aufkeimende Bedenken konnte er zumeist rasch zerstreuen. War er der rechtmäßige König? Ja. War er Cleos König? Ihr Ehemann? Nein. Liebte er sie? Um Himmels willen, nein!

Er liebte Natalie.

Wie mochte es ihr gerade ergehen? Ob sie gefunden hatte, wonach sie suchte? Dass ihr etwas zugestoßen sein könnte, schob er entschieden von sich. Sie lebte. Und sie würden einander wiedersehen. Daran hielt er sich fest.

Ein Zischeln. Jolly glitt an Kilians Hosenbein nach oben. »Ich bestehe auf einen Ganzkörperneoprenanzug, bevor du mich das nächste Mal zum Nordpol schickst«, fauchte sie.

Er musste grinsen.

»Ich kann dich denken hören.« Wieder an ihrem angestammten Platz um seinen Hals erklärte sie: »Auf der Rückseite des Theaters gibt es einen geheimen Zustieg zum Depot. Dort erwarten sie uns.«

Getarnt liefen sie um das Gebäude herum. Sie hatten dem überdimensionalen Backofen zuvor keine Beachtung geschenkt, jetzt entpuppte sich die Ofenklappe als Geheimtür.

Es war Vajos, der öffnete, nur Herzschläge nach dem Klopfen. Kopfschüttelnd riss er die Augen auf, als Kilian Wims Hand losließ und sich so zu erkennen gab. Sie kletterten in einen düsteren Raum hinunter und Vajos verriegelte die Klappe.

»Kilian! Mann, tut das gut, dich zu sehen. Wir dachten, du wärst tot. Oder in Schweden?« Vajos fackelte nie lang, er klärte die Dinge lieber gleich. »Du trägst einen Ring. Wen hast du geheiratet?«

»Er lässt sich nicht mehr abziehen. Zu viel gefuttert.« Kilian hatte es mehrmals erfolglos probiert und war zu dem Schluss gekommen, dass der Ring auf obskure Weise mit dem Zauber in Verbindung stand.

Vajos prustete los. »Richtig fett bist du geworden. Und wen haben wir da? Ist das nicht Wim, der alte Hochstapler?« Er schlug dem Zwerg so kräftig auf die Schulter, dass er vornüberkippte. »Kocht er wieder sein eigenes Süppchen?«

Kilian streifte die Zwerge mit einem Blick. »Wir sind ein Team«, erwiderte er und sie nickten einvernehmlich.

»Klasse. Kommt mit, ich zeige euch das Rebellenlager.«

Rebellenlager. Ein Wort, das Hoffnung in Kilian weckte. Rebellenlager klang nach organisiertem Widerstand, nach bewaffneten Truppen, nach einem baldigen Sieg.

Ein Bär brüllte sie an, Fliegen umsurrten sie und ein Wildschwein mit gefährlich blitzenden Hauern rannte auf sie zu, als Vajos sie zwischen magischen 3D-Bühnenbildern zu »Schneeweißchen und Rosenrot« und »Das tapfere Schneiderlein« durch den Fundus lotste.

»Kilian!«

Sam stürmte auf ihn zu, dahinter entdeckte er Lydia. Außerdem Wilko und Bennet und ein paar von den Jungagenten, die ebenfalls herankamen.

»Hey.« Sein Herzschlag wummerte. Das hier waren seine Freunde, seine Kameraden, in ihrer Mitte war sein Zuhause. Dass er den Dienst bei der OMB quittiert hatte, war ein schlechter Witz. »Wo ist Tristan? Und der Rest der Bande?«

Sam seufzte schwer. »Griffin hält Wache auf dem Dach, die alte Schnarchnase. Drei sind unterwegs …«

»Die anderen haben es nicht geschafft«, ergänzte Bennet. Er war ein hellhäutiger Typ, der bei jeglicher Gefühlsregung rot anlief. Wilko, sein Freund und Partner, legte ihm die Hand auf die Schulter.

»Tristan haben wir erst gestern verloren«, sagte Lydia leise, den Blick ins Leere gerichtet. »Raikuns Leute haben ihn geschnappt. Wir wissen nicht, ob er noch lebt.«

»Und Marik, der verdammte Arsch, hat Ishi erschossen!«, rief Sam unter Tränen.

Kilian schloss für einige Sekunden die Augen. Die stille, feinfühlige Ishi. Tristan, ihr Partner. Wie verzweifelt musste er gewesen sein? War er ein zu großes Risiko eingegangen, weil er sie hatte rächen wollen?

Er spürte, dass Schock und Trauer unter seinen Freunden tief saßen. Vajos bestätigte den Eindruck: »Dass du hier bist, Kilian, ist der erste Lichtblick seit Wochen.«

Wie er erfuhr, war der Sohn der Familie Lorek mit Griffin befreundet und hatte ihm und zwei weiteren Agenten Unterschlupf im Theater angeboten. Die anderen hatten sich in den Tagen danach zu ihnen durchgekämpft.

»Was ist mit Ed?«, erkundigte sich Kilian.

»Wir glauben, dass er verschüttet wurde«, erwiderte Lydia. »Oh Kilian, ihr müsst uns helfen, ihn zu finden! Ich spüre, dass er noch lebt.« Lydia sah ihn noch immer nicht an und als sie nach seinem Arm tastete, wurde ihm klar, warum.

»Was ist mit deinen Augen passiert?«

Fahrig strich sie über ihre Schläfe. »Die Okularimplantate sind hinüber. Der elektromagnetische Puls. Ohne Medium kann ich meine Gabe nicht kanalisieren. Jetzt bin ich komplett blind. Ich bin euch keine Hilfe mehr.«

Sam drückte sie an sich. »Oh doch, das bist du. Und vielleicht stellt sich dein Gehirn ja um und du kannst deine Gabe anders nutzen.«

Lydia schien wenig überzeugt.

»Sobald das ausgestanden ist, kümmern wir uns darum. Es gibt bestimmt eine Lösung«, versuchte Kilian sie zu trösten. »Ihr wollt ins Hauptquartier eindringen?«, sagte er an Vajos gerichtet.

»Wir haben es schon mal versucht«, sagte Vajos. »Und sind gescheitert. Dabei ist das mit Ishi passiert …«

»Aber jetzt hat sich die Lage geändert«, fiel Sam ihm aufgeregt ins Wort. »Raikun ist in den Greifspalast gezogen.«

»In den Greifspalast?«, wiederholte Kilian ungläubig.

Vajos nickte. »Noch nicht gesehen? Sie haben ihm das kitschblaue Magieglas übergezogen. Ich warte nur noch auf rosa Türmchen und goldene Gitter.«

»Dieses Magieglas – sagt man nicht, es stamme vom Glasberg? Ich dachte, seit der ›Trommler‹ die Hexe ins Feuer geworfen hat, gäbe es dort kein Glas mehr?«

Lydia nickte. »Lukan Ehringer, genau. Aber es kursierten immer wieder Gerüchte über Glasfunde. Offenbar zu Recht.«

»Und ist es wirklich kugelsicher?«, fragte Kilian.

»Das reinste Panzerglas«, antwortete Vajos. »Mitran ist eine einzige Festung, und Raikun ist noch lange nicht fertig mit ihrem Werk.«

»Aber irgendetwas muss es doch zerstören können.«

Vajos zuckte mit den Schultern. »Raketen?«

Bennet stieß ein Schnauben aus. »Ja, genau. Davon haben wir ja massig.«

»Magie«, meinte Lydia. »Einen Zauber kann man nur mit einem Zauber bekämpfen.«

»Dann brauchen wir einen Zauber, der Mauern einstürzen lässt«, überlegte Kilian. »Bilde ich mir das ein, oder gibt es da nicht ein Artefakt ... War es eine Glocke? Der Mächtige hatte doch eine. Wisst ihr noch? Beim Blitzeinschlag vor dem Greifspalast.«

»Stimmt«, sagte Sam. »Um zu verkünden, dass die Laserwaffen außer Funktion sind. Aber das war nur eine normale Glocke und ein Megafonzauber.«

»Doch! Da gibt es ein Artefakt!« Lydia runzelte die Stirn. »Ein Horn, glaube ich. Haben wir eine Ausgabe der Magischen Chroniken hier?«

Vajos rieb sich den Nacken. »Ohne Tablet?«

Sie boxte nach ihm, erwischte ihn aber nicht. »Ein Buch, du Blödmann! Keine Datei. Ich muss das nachschlagen ... Mist, ich kann es nicht lesen! Das macht mich wahnsinnig, verdammt!«

»Ich weiß, welches Horn du meinst«, vermeldete Jolly. Träge schlängelte sie sich auf Kilians Schulter und öffnete das Maul zu einem Gähnen. »Brr, kalt. Es lässt Mauern einstürzen. Alle Mauern. Was zu einem winzigen Problem werden könnte, bedenkt man, dass in Mitran Häuser stehen, viele Häuser, jede Menge Häuser.«

Ernüchtert musterte Kilian die erschöpften Gesichter. In einem Nebenraum lagerten zwischen Kostümen und Requisiten etwa vierzig Leute, darunter fünf Kinder und drei betagte Personen, denen er nicht zutraute, überhaupt einen Schritt ohne Gehhilfe zu machen – die Rebellen, wie Vajos stolz erklärt hatte.

»Na bravo«, bemerkte Jolly und verzog sich wieder unter den Kragen seiner Jacke.

Das ist alles?, wollte er fragen, da wurde ihm erst bewusst, dass er nicht nur Menschen vor sich hatte. Feenglanz strahlte ihn gleich aus zwei Augenpaaren an, eine dicke Zwergin nickte ihm zu und in einer Ecke übte sich ein Zauberer an Verwandlungszaubern, mehr oder weniger erfolglos, denn das Seil zu seinen Füßen blieb auch nach dem dritten Zauberspruch, was es war.

»Menschen und Magische?«, meinte Kilian ungläubig. »Geht das gut?«

»Warum denn nicht?« Vajos nickte zu Wim und seinen Kumpanen. »Nicht alle Magischen unterstützen Raikun.«

»Vajos«, Kilian senkte die Stimme, »was willst du mit denen denn anfangen? Das sind viel zu wenige und die Hälfte von ihnen kann nicht kämpfen. Hast du eine Vorstellung davon, wie viele Anhänger Raikun um sich geschart hat?«

Vajos zog eine Grimasse. »Habe ich. Hast *du* bemerkt, dass da draußen ein Krieg tobt? Raikun greift hart durch, sie schnappt sich alle, die sich ihr nicht beugen. Wir müssen vorsichtig sein, du ahnst nicht wie sehr. Vergiss nicht, wir stehen erst am Anfang. Es wird noch ein paar Monate dauern, bis wir eine Kampftruppe aufgebaut haben.«

»Wir haben keine Monate, Vajos. Raikuns Regentschaft darf nicht zur Normalität werden. Sie wird Verbündete im Ausland finden. Was, wenn die ihre Truppen schicken? Je länger sie an der Macht ist, umso schwieriger wird es werden, sie zu stürzen. Der Winter steht vor der Tür. Das Land und seine Menschen sind dafür nicht gerüstet, es fehlt an Nahrungsmitteln und Heizmaterial, sogar an simplen Öfen. Tausende werden sterben.«

»Was schlägst du also vor?«

»Wir müssen das im Alleingang schaffen. Ich weiß noch nicht wie, aber …« Grösch würde Soldaten nach Mitran einschleusen müssen. Kilian musste so schnell wie möglich Kontakt zu ihm aufnehmen.

»Hühnerkacke, riecht Ihr das?« Wim rümpfte die Nase. »Es brennt.«

Tatsächlich schien sich Rauch in der Luft zu kräuseln.

»Vielleicht heizt oben jemand«, überlegte Vajos. »Die Familie Lorek wohnt ja hier …«

In diesem Moment stürzte Griffin in den Raum. »Alle raus! Der Drache! Er fackelt alles ab!«

Die Leute gerieten in Panik und schrien durcheinander. Manche begannen, ihre Sachen einzusammeln, Taschen, Kleidung, sogar Zahnbürsten.

Vajos stieß einen Pfiff aus. »Stopp! Lasst alles stehen und liegen und folgt mir! Jeder, der kann, nimmt ein Kind oder führt einen der Älteren. Los, macht schon!«

Vajos' Autorität wirkte. Es war auch höchste Zeit. Von oben drückte Rauch in den Keller des Theaters und kratzte in Kilians Kehle, die Sicht wurde zunehmend schlechter. Vor der Tür trafen sie auf die Agenten, Sam führte Lydia am Arm.

»Oben brennt der Dachstuhl«, berichtete Griffin. »Der Drache fliegt regelrechte Angriffe auf das Theater. Das ist nicht normal. Schnell, die Bühne brennt bereits!«

Sie hasteten durch die langen Gänge des Theaterfundus zur Publikumsgarderobe, die sich ebenfalls im Untergeschoss befand. Eine prunkvolle Treppe führte nach oben vor den Saal. Dichte Rauchschwaden quollen ihnen entgegen. Kilians Augen tränten. Die Kinder husteten, einige weinten bereits.

»Moment, wartet!«, rief Kilian. »Griffin, bist du sicher, dass wir oben rauskönnen?«

Er nickte. »Die Loreks sind durch das Foyer entkommen. Sie haben die Bretter vom Haupteingang entfernt.«

»Ja, aber haben sie die Türen offen gelassen?«

»Ich denke schon.«

»Du denkst? Und was, wenn nicht? Vielleicht schaffen wir es bis rauf, aber wenn dort abgesperrt ist, dann gute Nacht.«

Ein heftiger Hustenanfall schüttelte Sam. »Wo könnten … wir sonst noch raus?«

»Nirgends«, erwiderte Vajos. »Wenn wir die Ofenklappe öffnen, fachen wir das Feuer nur an. Womöglich entzünden sich die Rauchgase, dann werden wir alle gegrillt. Und sollte oben zu sein, haben wir das gleiche Problem. Griffin?«

Er nickte entschieden. »Es *ist* offen. Der starke Rauch kommt vom Vorhang und den Sitzbezügen im Saal, der kann nicht so schnell abziehen.«

»Dann los. Bildet eine Kette. Haltet euch ganz links am Handlauf. Die Treppe endet gegenüber der Tür.«

Je ein Erwachsener nahm ein Kind, dahinter reihten sich die drei Alten ein, danach die Zwerge, die Jungagenten, Sam und Lydia, schließlich folgte Kilian mit den anderen.

»Ähm, ich verdünnisiere mich mal, wenn's recht ist.« Jolly wartete die Antwort nicht ab. Kilian spürte sie noch an seinem Bein, dann war sie fort. Er ging davon aus, dass sie es allein hinausschaffte. Gerade jetzt hätte er gern mit ihr getauscht.

Die Treppe schien kein Ende zu nehmen und sie kamen nur langsam voran. Der Rauch stach in Kilians Lungen. Er atmete nur noch flach und durch den Kragen seiner Jacke, doch ihn begann bereits zu schwindeln. Krachen ertönte von oben, das Feuer fraß sich durch Balken und Wände. Fenster zerplatzten förmlich in der Hitze, das Klirren der Scheiben wie ein Stakkato. *Schneller*, dachte er, *schneller, schneller.* Über die letzten Stufen stolperte er nur noch.

Im Foyer des Theaters sah er dann auch zum ersten Mal das Feuer. Meterhohe Flammen schlugen aus dem Theatersaal. Hitze und Rauch waren dicht wie eine Wand. Er bekam kaum noch Luft.

»Weiter!«, brüllte Vajos hinter ihm. »Raus, Kilian, nach draußen!«

Ja, nach draußen. Nur, wo war das? Er hatte komplett die Orientierung verloren. Lydia, die er gerade noch vor Augen gehabt hatte, war verschwunden. Die Beine knickten ihm ein und ein Gedanke durchzuckte ihn, dass es ganz okay wäre, sich einfach fallen zu lassen.

Jemand packte ihn am Arm und er ließ sich vorwärtsziehen.

Direkt vor ihm tauchte ein helles Rechteck auf. Sie fielen förmlich aus der Tür. Luft! Begierig sog er sie ein, ignorierte das Rasseln, den Schmerz, den Husten, der aus ihm herausbrach, und atmete, atmete, atmete.

Dann ein Rauschen.

Es kam nicht aus dem Theater, wo es nach wie vor prasselte und krachte. Nein, es kam von vorn. Kilian hob den Kopf.

Die anderen standen oder kauerten ebenfalls vor dem Theater, direkt vor ihm Lydia und Sam, neben ihm Vajos, weiter vorn entdeckte er Griffin und die Zwerge. Sie alle blickten suchend auf, genau wie er.

Und als sie entdeckten, was das Rauschen verursachte, dass es Flügelschläge waren, die den Wind teilten, war es zu spät.

Der Drache hielt auf sie zu. Er flog so tief, dass Kilian die Schuppen ausnehmen konnte, die ungewöhnlich hellen Reptilienaugen, die spitzen Zahnreihen, als er das Maul aufriss und einen Flammenstoß ausspie.

Eine Feuerwand raste herbei.

Kilians Reaktion blieb aus. Die Sekunden dehnten sich und in jenem Moment der Starre erfasste er, dass vor ihm Menschen und Magische taumelten, ihre Körper lodernde Umrisse.

Endlich hechtete er zur Seite. Er verspürte einen Schlag in die Rippen, stürzte, rappelte sich auf und jagte weiter. Hitze und Glut rauschten wie ein Zug an ihm vorbei. Er hörte einen Schrei und stellte verwirrt fest, dass es sein eigener war. Erst jetzt nahm er den Schmerz wahr, der über seine Schulter raste, intensiver als alles, was er je gefühlt hatte. Seine Jacke brannte, seine Hose – *er* brannte!

Er warf sich zu Boden, rollte herum, wieder und wieder, bis die Flammen erstickt waren. Keine zwei Meter weiter wälzte sich Vajos im Gras.

Hustend kam er auf die Knie, den Kopf in den Nacken gelegt. Der Drache war über dem Theater aufgestiegen und schwenkte in eine Kreisbahn ein. Er würde wiederkommen.

Kilian wagte kaum, den Blick zu senken. *Wer? Wer? Wer?*, hämmerte es in seinem Verstand gleichermaßen wie in seinem Herzen. Die Feuerschneise war am Erlöschen, alles, alles hatte sie versengt. Übrig waren nur brennende, zum Teil bereits verkohlte Leiber. Rauch. Gestank.

Da ertönte ein Schrei. »Saaam!«

Kilians Welt kippte. Er fand kein Oben, kein Unten, Himmel und Erde vermengten sich zu einem Wirbel, der ihn verschlang. In ihm war ein einziges vernichtendes Tosen. Losgelöst von seinem Körper registrierte er seine Fäuste, die auf den dampfend heißen Boden eintrommelten. Schreie, die aus der Mitte seines Selbst entstiegen. Und zerbrachen. »Nein …«

Irgendwie kroch er an Vajos' Seite. Beugte sich über Sam und Lydia, die in seltsam verhedderter Haltung da lagen, Arme und Beine verschlungen, als hätten sie sich in jenem letzten ersterbenden Herzschlag aneinander festgehalten. Tot jetzt. Tot …

Vajos weinte und schrie und schlug um sich, als Kilian und Bennet – oder war es Wilko? Sein Gesicht war schwarz, sein Haar schwarz, er erkannte ihn nicht; und da drüben, da drüben ein Kind! Oder ein Zwerg? –, als sie ihn hochzerrten, weg von Sam und Lydia und den anderen, die im Feuer umgekommen waren.

Schon stieß der Drache auf sie herab, sein Kreischen eine eindeutige Warnung: *Flieht! Flieht! Flieht!*

Sie flohen.

31

Der Alltag hinter Gittern ließ jeden Widerstand bröckeln. Paige hatte die drei Phasen selbst durchlebt, den neuen Gefangenen erging es nicht anders. Zuerst die Wut, das Schimpfen und Toben. Dann die Verzweiflung, die sich umso tiefer in die Seele fraß, je mehr Zeit in der trostlosen Finsternis verstrich. Zuletzt die stille Akzeptanz. Nun ging es nur noch darum, die Ratten zu bekämpfen, mit den Hungerkrämpfen klarzukommen, in der Eintönigkeit der zäh versickernden Stunden nicht den Verstand zu verlieren.

»Paige?«

Sie hatte schon nicht mehr damit gerechnet, dass ihr Vater je das Wort an sie richtete, darum nahm sie seine brüchige Stimme anfangs gar nicht wahr.

»Paige, bitte.«

Sie trat ans Gitter. Er war ebenfalls aufgestanden und krallte die Finger um die Eisenstäbe.

»Wie ist sie gestorben?«

»Warum bist du nicht nach Hause gekommen?«, erwiderte sie mit einer Gegenfrage. »Warum hast du dich nicht um sie gekümmert?«

»Dieser Sturm hat eine der Produktionshallen verwüstet. Alles flog in die Luft. Du kannst dir das Ausmaß der Zerstörung nicht vorstellen …« Seine heilige Chemiewaffenfabrik war dem Erdboden gleichgemacht. Paige verspürte nichts als Befriedigung. »Ich kam einfach nicht durch die Stadt. Ich habe es versucht, aber …«

»… aber deine Freunde von Pro Mensch haben dich aufgehalten. Warst du dabei? Hast du mit diesen verabscheuungswürdigen Subjekten gemeinsame Sache gemacht? Hast du Magische getötet, ja? Bist du deshalb hier?«

»Nein, ich habe nur …«

»… zugesehen?«

»Paige …«

»Lass es. Spar dir deine Ausreden.«

Er schwieg.

»Sie wurde von einem der Deckenbalken erschlagen«, sagte sie nach einer langen Pause, in der ihr Vater sie immer wieder flehend angeblickt hatte.

Er atmete scharf ein. Legte die Stirn ans Gitter. »Warst du bei ihr, als es geschah?«

»Nein.« *Sie hat einen ganzen Tag gelitten.* Das sagte sie nicht. Wozu es noch aufbauschen? »Ich kam erst später vorbei. Ich wollte nach euch sehen.«

»Hat sie … noch etwas gesagt?«

Paige schüttelte den Kopf. Was hatte er gehofft zu hören? Dass seine Frau in Gedanken an ihn gestorben war? »Ich habe sie in den Tod …« Sie schluckte. Alles war so viel komplizierter, als sie mit Worten auszudrücken vermochte.

»Was?« Die Stimme ihres Vaters zitterte. »Sprich weiter, bitte.«

Wozu? Er sah es ihr doch an. »Ich habe mit Mama gesprochen. Wusstest du, dass sie ein Siegel für mich hinterlegt hatte?«

Verständnislos zog er die Augenbrauen zusammen. »Mit *Mama?* Mit deiner … Mutter? Greta? Was für ein Siegel?«

»Ein Siegel mit Lebenswasser. Im Gute-Fee-Krankenhaus. Ein paar Tropfen nur, doch sie haben mir das Leben gerettet. Und hinterher ist sie mir an ihrem Grab erschienen. Sie hat mir … Ich glaube, sie hat mir mächtige Feenkräfte verliehen.«

Er schnaubte zweifelnd.

»Ja, es klingt verrückt. Aber nun weiß ich, dass du uns Magische schon immer verabscheut hast.«

»Du bist keine Magische!«

»Sieh mich an.« Sie wies auf ihre Augen. »Willst du das etwa abstreiten? Ich bin eine Fee, genau wie Mama. Wie habt ihr das all die Zeit geheim gehalten? Und warum hast du mich nicht sofort nach ihrem Tod verstoßen?«

Stumm schüttelte er den Kopf.

»Antworte mir! Du hast dich in eine Fee verliebt, hast mit ihr ein Kind gezeugt – wie konntest du bloß von ihr verlangen, zum Menschen zu werden?

»Ich … Nein … Sie war doch auch dafür!« Er holte tief Luft. »Greta war wie ein Wunder, so schön, so rein, sie konnte in mein Herz blicken, in meiner Seele lesen – und ich habe mich in sie verliebt, obwohl sie eine Fee war. Anfangs hat sie den Feenglanz nur vor meinen Eltern verborgen, dann vor meinen Freunden und Geschäftspartnern, schließlich wurde es zur Gewohnheit. Gemischte Ehen waren verpönt in den Kreisen, in denen ich verkehrte, deshalb spielten wir das Theater weiter. Ein Mensch zu sein, machte das Leben … einfacher, sie hat es selbst zugegeben. Wir wollten nur das Beste für dich, Paige, darum entschieden wir, euch beide ›menschlich‹ zu machen und eure Daten zu fälschen. Sie … sie hat lange ignoriert, dass sie Krebs hatte, sie hat es mir verschwiegen und einfach getan, als wäre nichts, bis ihr Körper bereits voller Metastasen war und man ihr sagte, ihr Fall sei hoffnungslos. Und als sie dann auch noch heimlich die Therapie abbrach, war es ganz aus. Wie konnte sie mir das antun? Sie hätte alle Möglichkeiten der Welt gehabt: medizinische und magische. Und sie gibt einfach auf? Sagt nichts, siecht dahin, wartet auf den Tod?« Tränen lösten sich aus seinen Augenwinkeln. »Warum? Aus Angst, sie könnte mir damit schaden? Ich hätte alles für sie getan, ich hätte dieses Lebenswasser besorgt, Eimer davon, oder illegale Zauber für sie gekauft, ich hätte gegen jedes verdammte Gesetz verstoßen, um sie zu retten. Aber die Frau, die ich über alles liebte, hat mir nicht vertraut. Ich dachte, ich müsste sie erschlagen.«

Paiges Herz verkrampfte sich. Ihr Vater hatte eiserne Prinzipien, hatte er sich einmal für etwas entschieden, so blieb er dabei. Er konnte leidenschaftlich lieben oder mit der gleichen Inbrunst hassen. Ihre Mutter hatte ihn schützen wollen und er hatte das als Verrat an ihrer Liebe empfunden.

»Als sie starb, wurde alles in mir dunkel. Mein Licht war verschwunden und ich ...« Er schluchzte auf. »Ich verlor mich. Ich verlor mich, Paige ...«

Stumm wartete sie, bis sein Ausbruch abklang.

»Ich verlor mich in Verbitterung und Hass auf alles Magische und ich hätte ... Ich weiß nicht, was ich getan hätte, wärst du nicht gewesen, Paige. Für dich wollte ich weitermachen. Du solltest nicht darunter leiden, weder unter mir noch unter deiner Herkunft. Also habe ich mir eine neue Familie aufgebaut, eine menschliche, und für eine Zeit lang war alles gut. Wir waren glücklich. Als Jolly dann diese Begeisterung für alles Magische entwickelte, war das wie ein Schlag ins Gesicht für mich. Es riss alles wieder auf, womit ich abgeschlossen hatte. Und je mehr sie bohrte und drängte, umso mehr arbeitete ich dagegen. Nie wieder wollte ich mit Magie in Berührung kommen, mehr noch, ich wollte sie ganz aus unserer Welt verbannen. Ich habe mich ... komplett verrannt.«

Ihr Schweigen hätte einen Canyon füllen können. Paige hatte das Gefühl, hinter ihrem Vater an der Klippe zu stehen. Sie hätte lügen können, Verständnis heucheln, Trost spenden, aber sie wollte nicht. Es tat ihr nicht mal leid, ihm den Todesstoß zu versetzen.

Sie blickte ihn an und sagte: »Du bist kein Idiot, und auch kein Kind, Papa. Sondern ein intelligenter Mann, der falsch von richtig unterscheiden kann. Du hast Pro Mensch unterstützt, du hast das Projekt Purgatio von MitranBiotec gefördert, du hast Millionenbeträge in ein Medikament investiert, das Magische auslöscht, Magische wie Greta, wie mich. An deinen Händen klebt Blut. Dafür gibt es keine Entschuldigung. Und keine Vergebung.«

Er schloss die Augen. Dann drehte er ihr den Rücken zu und sie sprachen für lange Zeit kein Wort mehr.

Stunden oder auch Tage später, erwachte Paige durch flüsterleise Stimmen, die da nicht sein sollten. Nicht in der Ecke ihrer Gefängniszelle. Es sei denn, Kasimir hätte einen Freund zum Dinner eingeladen.

»Was soll ich denn hier unten, du Doofzahn. Ich wollte hinauf, in die Gemächer des Mächtigen. Das sind eindeutig keine Gemächer, das ist ja hier schlimmer als in der Kanalisation.«

»Hier gibt ef aber Brei. Wir find den ganfen Tag gelaufen. Ich habe Hunger.«

»Brei? Seit wann fressen Ratten Brei? Und was heißt hier gelaufen? Du vielleicht.«

Paige rappelte sich auf. Sie traute ihren Ohren kaum.

»Man muff nehmen, waf man kriegen kann.«

»Hör auf, so große Töne zu spucken. Wenn ich mir nämlich nehme, was ich kriegen kann, dann war's das mit deinem Rattenleben. Den Rückweg finde ich allein …«

»Jolly? Bist du das?«, flüsterte Paige.

Stille. Nur das Schaben der Rattenzähne war zu hören. Sie glaubte schon, sich getäuscht zu haben, da zischte urplötzlich ein weißes Etwas auf sie zu. Sie erschauerte unter der Erinnerung an die samtweiche Haut, unmittelbar darauf flammte Freude in ihr auf. Die Schlange glitt um ihren Hals, rundherum, rundherum wie ein Perpetuum Mobile.

»Paige! Was machst du hier? Du bist am Leben, es geht dir gut, ich kann's nicht glauben! Ach Paige!«

Sie musste lachen. »Jolly!«

»Paige!«

»Wo kommst du her? Wie hast du den Magiesturm überstanden? Wo ist Natalie? Weißt du was von Valeriu?«

Jolly erstarrte kurz, wand sich um ihren Arm und erhob sich, sodass sie Paige ins Gesicht blickte. Ihre Schwanzspitze zuckte. »Kilian ist auch in der Stadt. Wir haben Pläne, große Pläne. Nat ist … Was ist mit deinen Augen los? Die glühen ja wie zwei Scheinwerfer!«

»Ich bin jetzt … ich bin eine … na ja …« Es war ihr fast peinlich. Obwohl Jolly bestimmt die Letzte war, die etwas gegen eine Magische hatte. »Fee.«

»Auweia!« Jolly drehte eine Extrarunde um ihren Hals. »Wie das?«

»Lange Geschichte. Sehr lang. Ed ist auch hier, hast du ihn gesehen? Ach ja, und Papa sitzt in der Zelle gegenüber.«

Jolly erstarrte. Gab keinen Ton von sich. Nur ihr Kopf schwenkte zu der schlafenden Person hinüber.

»Vielleicht möchtest du ihm Hallo sagen?«, schlug Paige vor.

»Nein. Hallo gehört nicht zu den Dingen, die ich ihm sagen möchte.«

Paige atmete scharf ein. Jollys Stimmfarbe hatte sich verändert, fast war es ihr, als läge nicht bloß Ärger darin oder Ablehnung. Sie wirkte bedrückt. Irgendwie schwermütig. Was hatte ihre Schwester erlebt, dass sie ihren Optimismus verloren hatte?

»Jolly? Ist alles okay mit dir?« Sie entdeckte die dunkle Stelle an der Unterseite der Schlange. Vernarbte Haut? »Was hast du auf dem Bauch?«

»Hm? Ach das. Nur eine Brandwunde, nicht schlimm.«

Nicht schlimm? Erdrückende Traurigkeit umspülte diese beiden Worte.

Jetzt schlängelte sich Jolly doch nach unten und überquerte in Windeseile den Gang zwischen den beiden Zellen. Paige sah, wie sie durch die Gitterstäbe flitzte und vor dem Lager ihres Vaters zögerte.

Hatte er sie reden hören? War er die ganze Zeit über wach gewesen? Vielleicht hatte er sie auch gespürt, seine Töchter. Jedenfalls setzte er sich auf.

»Joleen?«

Jolly blickte ihn reglos an. Paige streckte all ihre Sinne nach ihrer Schwester aus, spendete in Gedanken Wärme, wo nur Kälte lauerte, Liebe, wo sie vor langer Zeit erloschen war. Es war egal, was sie von ihrem Vater hielt. Ihre Differenzen waren nichts, was Jolly belasten sollte.

»Joleen, ich …« Die nächsten Worte presste er hervor, als ob sie ihn seine ganze Kraft kosteten. »Es tut mir leid.«

Noch immer rührte sich Jolly nicht. Starrte ihn nur aus ihren silberhellen Augen an, bis er sich beschämt abwandte. Dann sauste sie zurück zu Paige.

»Hör zu, ich habe hier einen Auftrag zu erledigen. Es dauert nicht lang. Danach komme ich zurück und wir besprechen, wie wir euch hier rausschaffen können.«

»Was denn für einen Auftrag?«, fragte Paige überrascht.

»Ich muss etwas holen, aus Natalies Räumen. Etwas, das alles verändern könnte. Es ist wichtig, Paige. Kannst du so lange warten?«

»Ja, klar. Wo soll ich auch sonst hin?«

»Okay. Bis gleich.«

Verwundert blickte Paige der Schlange nach, wie sie um die Ecke zur Treppe schoss.

»Wo will sie hin?«, erkundigte sich ihr Vater.

»Ich glaube, in die Gemächer des Mächtigen.«

»Und wenn ihr was zustößt, bei diesem … Auftrag?«

»Sie ist eine Schlange. Sie kann schon auf sich aufpassen. Ich frage mich nur, was sie holen soll.«

»Da oben lagern sämtliche Artefakte der Organisation«, vermeldete Ed und zum ersten Mal schwang in seiner Stimme etwas mit, das Paige nur als Hoffnung deuten konnte. »Vieles ist unnützer Kram, aber wer weiß, vielleicht gibt es wirklich einen Plan …«

32

Mitrans Mauern waren aus Glas. Leuchtend blau wie Gletschereis ragten die gezackten Spitzen in den Himmel. Immer wieder blickte Natalie staunend empor. Unfassbar, was Raikun und Brisko da vollbracht hatten. Mit welchem Zauber war es möglich, eine Stadt komplett einzuschließen?

Manchmal hörte sie das Glas sogar knarren.

»Es wächst«, hatte sie beim ersten Mal erschrocken festgestellt. Und Tericia hatte ihr in ihrem neuen Spiegel eine Vision gezeigt: eine Schneekugel, groß genug für die Hand eines Gottes – und mittendrin Mitran.

»Sie baut eine Kuppel?«

»Wenn sie erst vollendet ist, ist sie unzerstörbar. Eine Welt für sich. Du musst Raikun aufhalten.«

Wie soll ich das je schaffen? Prompt rief ihr der Dämon mit seinen Krallen den Vertrag ins Gedächtnis. Das war gut, weil es ihr half, sich zu fokussieren. Und schlecht, weil sie nun, da sie sich ihrem Ziel näherte, mitunter so viele Zweifel plagten, dass sie der Schmerz völlig aus dem Konzept brachte. Es war ein schmaler Grat, auf dem sie balancierte. Sie hoffte nur, dass sie nicht abstürzte.

Es gab einige gläserne Tore in der Mauer, die sich bei Einbruch der Dunkelheit durch einen Zauber automatisch schlossen und mit dem übrigen Glas verschmolzen, wodurch die Stadt uneinnehmbar wurde. Tagsüber waren sie gut gesichert, aber Natalie hatte sich den Weg mit Magie freigekämpft. Jetzt waren die sechs Wachen vermutlich wieder bei Bewusstsein und berieten, wie sie Raikun beibringen sollten, dass sie auf ganzer Linie versagt hatten.

Je nach Sonneneinstrahlung warf das magische Glas die seltsamsten Lichter auf die Ruinen Mitrans, mal schimmerten sie bläulich, dann wieder tanzten regenbogenfarbige Schleier durch die Straßen, über Trümmer, Asphaltschollen und Autowracks.

In der geisterhaften Kulisse wirkten die Leute wie Statisten eines Horrorfilms. Viele waren wie Natalie und Tericia unterwegs. An Straßenecken und auf Plätzen wurde Tauschhandel betrieben, hauptsächlich mit Nahrungsmitteln und Medikamenten. Tausende siechten ohne medizinische Versorgung dahin, unzählige waren bereits gestorben und manchmal zog beißender Verbrennungsgestank über Mitran auf.

Das OMB-Hauptquartier, laut Grösch Raikuns Hauptsitz, sah verlassen aus. Die Fassade bot einen traurigen Anblick, all die steinernen Magiewesen und Ornamente waren abgeblättert wie alte Farbe. Auch das Tor war zerstört, Bob reagierte nicht auf Natalies Rufe, es fühlte sich an, als wäre sein Bewusstsein erloschen.

Ihr schossen die Tränen in die Augen. Einmal mehr wurde ihr klar, wie sehr sie an der Organisation und an allen, die dazugehörten, hing. Sie waren zu ihrer Familie geworden und sie vermisste sie entsetzlich. Das Gezanke zwischen Sam und Vajos, Ishis Weisheit, Lydia mit der ihr eigenen Art, jedes Problem zu strukturieren, bis es sich in Luft auflöste. Sie vermisste Kilian, ihn am meisten.

»Ich glaube, du musst deine Gefühle sammeln«, zischte Tericia und zog Natalie hinter einen Berg aufgehäufter Fassadenelemente. Steinerne Lindwurmaugen starrten sie an.

Schwere Schritte näherten sich und dazwischen nahm sie das Tappen bloßer Sohlen wahr. Raikuns Wachen brachten fünf Gefangene in grauer Häftlingsuniform nach draußen, ausgezehrte Gestalten, die allesamt nach dem Verlies rochen.

Bestürzt keuchte Natalie auf, als sie Jollys Vater entdeckte. Dann Rouven Ekert und Merten Salmwender. Dahinter leuchtete rotblondes Haar. Paige! Die sich hektisch umblickte, als ahnte sie, dass Hilfe nah war. *Hölle, ihre Augen!* Feenglanz. Kein zarter Ring, sondern kräftiges Silber, das ihre Iriden umschloss. Macht. Was war bloß geschehen? Zuletzt karrten sie Ed in seinem Rollstuhl heran.

Natalie schwindelte. Die Wachen gehörten zu Raikuns engstem Kreis, auch Xaver und Cronis waren darunter. Und da kam Marik. Er trug eine Art Uniform, dunkelblau mit goldenen Paspelierungen, und einen Waffengurt um die Hüfte und schien ausgesprochen gut gelaunt.

»Alle beisammen? Dann kann's ja losgehen. Sicherungsformation wie besprochen. Moment, wo ist der Kleine?«

»Er ist noch im Hof«, erwiderte Cronis.

»Er hat Schiss!«, rief Xaver und lachte spöttisch.

Marik verdrehte die Augen. »Dann muss er eben nachkommen. Wir warten nicht bis zum Sankt Nimmerleinstag. Abmarsch!«

»Wir müssen hinterher«, flüsterte Natalie. In Paiges Gesicht stand nun ein Ausdruck heller Panik. »Die Rotblonde. Sie ist Jollys Schwester. Ich muss sie da rausholen.«

Tericia schüttelte heftig den Kopf. »Das muss warten.«

»Warum? Sie ist in Gefahr! Wer weiß, was die vorhaben.«

Tericia schob ihr den Spiegel hin. Da war er, der Grund: Liam. Der mit erhobenem Messer vor dem Einhorn stand.

Sie fanden ihn im Innenhof, dem Trainingsplatz der Agenten. Schutt, Glassplitter und Dachziegel bedeckten den Boden, ansonsten hielten sich die Schäden in Grenzen.

Bis vor Kurzem hatte Natalie selbst hier trainiert, unter Kilians und Eds Anleitung hatte sie gelernt, ihre Bannmagie schnell und effektiv zu nutzen. Der Gedanke zauberte ihr ein Lächeln auf die Lippen. Und für Sekunden überlagerten sich zwei Bilder, ein vergangenes und das der Gegenwart, und sie sah Liam inmitten ihrer Freunde. Außer Atem, mit vom Kampf erhitzten Wangen. Glücklich.

Er hätte es werden können – die Realität sah anders aus.

Natalie schnappte nach Luft. Hier vor ihr, nur ein paar Schritte entfernt, fand sich alles, was sie brauchte. Anfang. Und Ende.

Liam hatte das Einhorn gebannt, die Magie schnürte seine Beine zusammen, auch um den Leib und am Halsansatz bemerkte Natalie Magiestränge. Trotzdem bewegte es im Fluchtinstinkt die Hufe. Seine Flanken waren nass geschwitzt, am Hals schimmerte rosa Haut durch das feuchte Fell. Den Kopf halb erhoben, blickte es zu Liam auf.

Er war so mit sich und dem Einhorn beschäftigt, dass er Natalie und Tericia nicht bemerkte. Das Messer in seiner Hand, es war ein großes, mit gezackter Klinge, fast eine Säge, blitzte im Sonnenlicht, weil er sein Zittern nicht in den Griff bekam.

»Li«, flüsterte Natalie und er fuhr herum. »Tu das nicht. Bitte.«

Sie wollte erklären, was es damit auf sich hatte, wie wichtig dieses Horn war, das er gedachte abzusäbeln, und dass es seine Zauberkraft verlor, wenn man es mit Gewalt nahm, aber sie spürte instinktiv: Er würde sie nicht anhören.

Was also konnte sie tun?

Das Naheliegende: Sie verwandelte das Messer in ein Baguette, ein köstlich knuspriges französisches Baguette.

Liam ließ es fallen, zog seinen Zauberstab und schnellte auf sie zu. Während Tericia zurücksprang, prasselten Magieschläge auf Natalie ein, viel zu schnell, viel zu unerwartet, als dass sie sich dagegen wehren konnte. Er überraschte sie. Er war gut.

»Natalie!«

Tericias Schrei riss sie aus der Lethargie. Als der nächste Magieschlag auf sie eindonnerte, fing sie ihn mit beiden Händen ab, wobei ihr die Wucht des Aufpralls fast die Luft aus den Lungen trieb, und schleuderte ihn auf Liam zurück. Doch er blieb unbehelligt. Die Magie verpuffte in einem silbernen Funkenregen.

»Ich bin geschützt«, knurrte er und holte zum Angriff aus. »Blöd gelaufen.«

Das war ihr entgangen. Sie knirschte mit den Zähnen, rollte unter dem Hieb weg und sprang auf. Das Einhorn gab ein heftiges Schnauben von sich und versuchte vergeblich, auf die Beine zu kommen. Natalie wich ein Stück zurück, lockte ihren Bruder über den Platz, weg von seinem Opfer.

»Liam, hör mir zu …«

»Wie hast du überlebt? Ich dachte, du bist tot!«

Verblüfft registrierte sie die Verzweiflung, die seine Stimme färbte. Da war auch Ärger, vermutlich darüber, dass er seine Gefühle nicht unter Kontrolle hatte, aber vor allem Verzweiflung. Über ihren Tod. *Er hat getrauert, weil er glaubte, er hätte mich verloren.*

Liams Magieschläge kamen jetzt in schneller Abfolge, sie hatte alle Hände voll zu tun, sie abzuwehren. Wer hatte ihm beigebracht, wie man einen Schutzzauber anlegte? Brisko wohl kaum.

»Großvater hat mich gerettet«, sagte Natalie.

»Großvater? Der Mächtige? Er ist tot!«

»Ja. Aber du trägst sein Blut in dir. Raikun hat es dir verabreicht, als du ›krank‹ warst, erinnerst du dich? Und Kilian gab es mir. Ohne dieses Blut wäre ich gestorben.«

Er schüttelte so heftig den Kopf, dass sein blondes Haar flog. »Nein! Unmöglich! Du lügst!«

»Liam. Ich bin deine Schwester. Ich liebe dich. Zieh nur einmal, nur für einen Moment in Betracht, dass nicht ich lüge, sondern Raikun. Dass es stimmt, was ich dir erzählt habe: unsere Gefangenschaft, deine Folter, einfach alles. Was wäre dann?«

»Nein! Nein, verdammt! Hör auf!«

Ein flirrender Magiepfeil raste auf sie zu, dicht genug, um sie wie ein Geschoss zu durchbohren. Im Wegducken packte sie den Pfeil und machte ihn sich zu eigen. Als sie ihn vor Liams Füße feuerte, stolperte er zurück und kam beinahe zu Fall.

Wut brandete in ihm auf, sein Gesicht verzerrte sich in einer Art und Weise, die Natalie schmerzhaft an früher erinnerte.

Schon als kleiner Junge hatte er um Anerkennung gerungen, immer hatte er beweisen wollen, dass mehr in ihm steckte, als Größe und Statur vermuten ließen. Sein mangelndes Selbstwertgefühl war sein wunder Punkt.

Ihr Blick huschte zum Einhorn und sie begriff, dass er Angst hatte. Angst zu versagen. Angst vor Raikun.

»Liam, bitte, du weißt, was Raikun verbrochen hat. Sie hat unsere Welt zerstört, unsere Gesellschaft vernichtet. Wir sind im Mittelalter gelandet, kein Strom, kein Telefon, kein Internet. Da draußen sterben die Menschen wie die Fliegen. Das kannst du doch nicht wirklich gutheißen!«

»Hör auf! Hör endlich auf!«, brüllte er abermals und bombardierte sie mit Magieschlägen.

Sinnlos, sie konnte sich den Mund fusselig reden – es führte zu nichts.

»Tericia«, Natalie schaute sich nach ihr um, »kannst du es ihm zeigen? Kannst du ihm die Wahrheit zeigen?«

»Schon, wenn du ihn festhältst«, erwiderte Tericia mit einem ängstlichen Nicken zu Liam.

Bisher hatte sie sich hauptsächlich verteidigt, nun aber kam sie um einen Angriff nicht herum. Sie musste ihm wehtun. Der Gedanke brachte sie fast um den Verstand.

Sein Schutzzauber war durch Worte gewobene Magie. Wie mächtig musste das Blut ihres Großvaters gewesen sein, dass Liam nun über solche Kräfte verfügte? Natalie dachte an den Seelenstein, in den er im Augenblick seines Todes all seine Macht transferiert hatte. Sie pulsierte nun auch in ihr, in Blut und Seele. Das musste der Grund sein, weshalb sie seinen Zauber lesen konnte.

Es brauchte nicht viel, ihn zu lösen. »Panzer, falle!«

Sein Schutzzauber bröckelte wie Sand davon. Fassungslos starrte Liam sie an.

Natalie ballte Magie um ihre Hand, sammelte alles zum entscheidenden Schlag. Sie wollte ihn nicht quälen, dieser Kampf musste ein Ende haben. Er versuchte noch einen magischen Schild aufzubauen, doch sie war schneller. Der Magiestoß traf Liam am Kinn und er sackte zusammen.

Ihr Herz blutete vor Sorge um ihn. Sie nahm seinen Zauberstab an sich und ging neben ihm auf die Knie. Ja, er atmete, schon blinzelte er wieder, aber bevor er sich aufsetzen konnte, fesselte sie ihn bereits mit Magie. Jetzt konnte er nur noch den Kopf bewegen.

Natalies Stimme zitterte. »Ich schwöre dir, dass ich dich gehen lasse, wenn dich nicht überzeugt, was Tericia dir nun zeigt. Aber bitte, Liam, wenn dir unsere Familie noch irgendetwas bedeutet, Mama, Papa, und ich, deine Schwester – dann sieh es dir an.«

Er kniff die Augen zu. Drehte den Kopf weg.

»Und eins solltest du wissen: Eine Seherin kann nichts verschleiern, sie kann nichts bereits Geschehenes verfälschen. Was du siehst, ist wahr.«

Tericia kauerte neben Liam nieder. Den Spiegel direkt vor seinem Gesicht, ließ sie die Vergangenheit lebendig werden.

Liams Leben, ein Film im Zeitraffer: seine ersten Schreie nach der Geburt, sein erstes Wort, die ersten Schritte. Seine Grundschulzeit. Urlaub am Meer. Natalie und er beim Schnorcheln. Ihre Mutter im Bikini. Ihr Vater, eingebuddelt bis zum Hals. Sonnenlachen. Sommerglück.

Liam blinzelte. Und endlich schaute er hin. Natalie hingegen richtete ihr Augenmerk auf die Magie.

Raikuns Hexenzauber waberte um sein Gedächtnis. Der Zauberspruch, mit dem sie die Magie freigesetzt hatte, war zusammen mit dem Pulver oder der Essenz verpufft und hatte somit keine Bedeutung mehr. Die Struktur des Zaubers hingegen war komplex, er hatte sich tief in Liams Verstand gegraben. Natalie hatte keine Ahnung, was passieren würde, wenn sie ihn löste. Vielleicht schadete sie ihm damit?

Also zupfte sie lediglich an einigen Stellen, lockerte die magischen Bänder und schaffte Raum, damit sich die wahren Erinnerungen ausbreiten konnten.

Tränen rannen über ihre Wangen, als sie erneut miterleben musste, wie Raikun ihren Bruder folterte. Tericia war schonungslos, sie unterschlug nichts, weder Liams Qualen noch Natalies Schreie angesichts seiner gepeinigten Seele.

In Liams Gesicht spiegelte sich Erschütterung, und sie merkte, wie sich etwas in ihm veränderte. Der Zauber wich an manchen Stellen, seine Fesseln gaben unter den neuen Eindrücken nach, sodass diese sich tiefer bohren konnten und dort auf längst Verschüttetes stießen, sich damit verknüpften, alles in Sekundenschnelle.

Und dann geschah etwas, mit dem sie nicht gerechnet hatte. Die Magie geriet in Bewegung, da war ein wildes Rütteln und Zerren, Schieben und Stoßen. Es war, als ob sich Liams Geist befreite, als ob er den Zauber abstieß, allein durch Willenskraft. Auch das spürte sie, Liam wollte es, er wollte es so sehr.

Da folgte sie ihrem Instinkt. Sie riss das Magieband entzwei und Raikuns Zauber erlosch.

Liam schluchzte auf. Natalie löste den magischen Bann um seinen Körper und zog ihn in ihre Arme. Sie klammerten sich aneinander, weinten und lachten und weinten noch mehr. Weinten um all das, was sie verloren hatten, und um das, was fast vernichtet worden wäre.

33

Natalie kauerte vor dem Kopf des Einhorns und strich behutsam über seine Stirn, während Liam die Bannfesseln löste. Das Fell war seidenweich, am Spiralhorn pulsierte Magie. Unter anderen Umständen hätte sie Stunden so zubringen können, um die Schönheit und das feine Wesen des Einhorns in sich aufzusaugen. Es lag ganz ruhig da, schicksalsergeben, aber sein Blut brodelte.

»Jetzt«, sagte Liam und sie sprangen zurück.

Nichts geschah.

»Ist es verletzt?«, fragte Natalie irritiert. »Hast du es vorher schon verletzt, Liam?«

»Nein. Bestimmt nicht. Nur gebannt.«

Das Einhorn schnaubte leise. Schüttelte den Kopf.

»Du bist frei«, ermunterte Natalie es. »Steh auf.«

Es zog die Vorderbeine unter den Leib, doch dann ließ es sich wieder zurücksinken. Erneut schüttelte es den Kopf, heftiger jetzt, und das Horn klackte gegen den Stein.

»Irgendetwas stimmt nicht. Tericia? Was sollen wir tun?«

Tericia bewegte die Lippen, fast wie früher, als sie nach Worten gesucht hatte, die sie in Reime verpacken konnte. Heraus kam ein Lächeln. »Abwarten.«

Es war schrecklich mitanzusehen, wie das Einhorn seinen Schädel unermüdlich gegen den Stein rammte, noch schrecklicher war das Geräusch, mit dem das Horn auf die Pflastersteine prallte. In Natalie stieg eine Ahnung auf. Wildes Herzklopfen breitete sich in ihrer Brust aus.

Und dann geschah es. Das Knacken war nicht zu überhören. Ein längliches Stück brach von der Spitze des Horns.

Unvermutet kam das Einhorn auf die Beine. Es schüttelte sich, dass die Mähne flog, und schnaubte. Natalie bückte sich nach dem fingerlangen Hornsplitter – ein freiwilliges Geschenk, wodurch sich der erste Punkt ihres Vertrags erfüllte. Der Dämon in ihr ziepte ein bisschen an ihrem Herzen, als er sich befriedigt räkelte.

Dankbar hob sie den Blick zum Himmel und schloss für einen Atemzug die Augen. Das Einhorn scharrte mit dem Vorderhuf. Vorsichtig trat sie näher und es ließ zu, dass sie seinen Hals streichelte.

»Ich danke dir.« Hatte es geahnt, wie dringend sie das Horn brauchte? War es so feinfühlig, dass es den Zauber um Natalies Herz gespürt hatte? »Ich fürchte nur, in der Stadt ist es nirgends sicher für dich.«

Das Einhorn stieß ein weiteres Schnauben aus, schüttelte den Kopf und lief hinüber zur Wiese, wo es sich auf das bräunliche Gras stürzte.

»Okay. Dann bleib fürs Erste hier.« Sie steckte das Stück Horn ein und schaute Liam an. Der Junge, der vorhin noch erbittert gegen sie gekämpft hatte, war fort. Alles in ihm war zu einem Häufchen Mutlosigkeit geschmolzen. »Wird Raikun zurückkommen? Müssen wir mit ihr rechnen?«

»Nein, sie hat nur ein paar Tage hier verbracht. Hat eingesackt, was sie brauchen konnte, und ist in den Greifspalast gezogen mit ihrem Gefolge und den magischen Wesen.«

»Welche?«

»Der Drache, die Greife, die Trolle – ihre Armee.«

Wie brachte Raikun die magischen Wesen dazu, für sie zu kämpfen? *Die Trolle eventuell, aber die Greife? Den Drachen?* »Dann bist du allein hier?«

»Ja, nur ich und das Einhorn. Ich habe es ganz in der Nähe aufgespürt, darum haben wir es hier einquartiert.« Liam lachte bitter. »Marik ist vorhin mit den Gefangenen fort. Eigentlich hätte ich mit ihm gehen sollen, aber Raikun wollte dieses Horn.«

»Wofür?« Woher kam dieses Interesse? Was hatte sie damit vor? Und wie seltsam, dass Irmin auch hinter dem Horn her war. Der Dämon ließ Natalies Herz trommeln, als sie daran dachte.

»Keine Ahnung. Sie ist völlig verrückt danach, hat mich mächtig unter Druck gesetzt. Ich sollte das Einhorn dazu bringen, mir ein Stück zu schenken, aber das hat nicht geklappt. Wie auch?« Er schnaubte. »Da dachte ich, ich könnte es doch auch einfach absäbeln. Aber ich … brachte es nicht fertig.« Er mied ihren Blick. »Das war mein fünfter Versuch.«

Natalie legte ihm die Hand auf die Schulter, doch er schüttelte sie ab. Mit der Nähe, die sie gerade geteilt hatten, war es vorbei. *Er ist kein Kind mehr. Er braucht eine andere Art von Trost.* »Liam, das ist doch gut. Es zeigt, dass du unter dem Zauber immer noch du selbst warst. Etwas in dir hat sich geweigert, so etwas Schändliches zu tun.«

»Ich habe viel Schändlicheres getan. Das alles«, bebend vor Scham hob er die Hände und schloss mit dieser Geste ihre neue, hässliche Welt ein, »das alles war ich. Ich habe das verbrochen, Nat. Ich.«

Natalie konnte ihn so gut verstehen, niemand wusste besser als sie, wie es sich anfühlte, von Schuld zerfressen zu werden. Aber in diesem Moment erkannte sie auch, dass es Vergebung gab, geben musste, und zwar jene, die man sich selbst zugesteht. Irgendwann musste man aufhören, sich zu hassen. Man musste die fortschreitende Leere aus seinem Herzen drängen, bevor sie einen erdrückte.

»Nein«, sagte sie sanft und wiederholte, was sie selbst schon so oft zu hören bekommen hatte: »Sie hat das getan, Liam. Raikun ist verantwortlich, nicht du …«

Wild schüttelte er den Kopf, radierte ihre Worte aus, setzte zu einer Entgegnung an, mit der er sich noch mehr erniedrigen, noch mehr zerstören wollte, doch da ertönte über ihren Köpfen eine Stimme.

»Hey, da unten! Kann mir mal jemand helfen?«

»Jolly!« Natalies Herz machte einen freudigen Satz, als sie die Schlange am Fenster zu ihren Räumen entdeckte. Sie mühte sich sichtlich mit einem Gegenstand ab. »Was treibst du da? Warte, wir kommen rauf!«

Sie bewältigten die Treppe in Rekordzeit. Erinnerungen schwappten in Natalie hoch, als sie die Gemächer betrat. Sie musste an den letzten Kuss denken, mit dem Kilian sich von ihr verabschiedet hatte. Damals hatte sie geglaubt, sie stünden vor dem Untergang. Heute waren sie in der Verdammnis angekommen. Nichts würde je wieder werden, wie es war.

Das Wiedersehen mit Jolly half, sie zu erden, auch wenn das Kuscheln kurz ausfiel, weil sie alle viel zu angespannt waren.

»Wow! Die Lederkluft ist ja der Hammer, Nat! Hast du auch Düsenantrieb in den Stiefelabsätzen?«

Natalie musste lächeln. Jolly hatte ihr so gefehlt. »Klar. Was denkst du, wie ich über die Glasmauer gekommen bin?«

Tericia schaute sich staunend in dem verwüsteten Raum um, Liam grub betreten die Hände in die Hosentaschen. Womöglich hatte er die Banngitter an den nun umgestürzten Regalen gelöst. Es war offenkundig, dass nicht bloß der Magiesturm das Chaos verursacht hatte, sondern gierige Hände, auf der Suche nach versteckten Schätzen.

Natalie tastete nach dem Zauber, der Jolly in die Schlangengestalt bannte, doch wie erwartet hatte Brisko die Magie mit Worten gebunden. Sie konnte den Zauberspruch, seine Handschrift nicht lesen. Und ihre Freundin demnach nicht erlösen.

Enttäuscht nahm sie Jolly das alte Jagdhorn ab, mit dem sie sich so geplagt hatte. Sie konnte sich nicht entsinnen, was es damit auf sich hatte. In jedem Fall gehörte es zur Sammlung magischer Artefakte, von der nur noch ein paar Stücke übrig waren.

»Was ist das?«

Natürlich wusste Jolly es genau. »Das ist Adam Rauhquists Horn. Er hat es von einem Köhler im Tausch gegen ein Tüchlein-deck-dich bekommen.« Sie züngelte verwundert. »Kennt ihr die Episode nicht? Die Grimms haben sie unter dem Titel ›Der Ranzen, das Hütlein und das Hörnlein‹ in die magischen Chroniken aufgenommen. Bläst man das Horn, so stürzen alle Mauern in sich zusammen.«

Sie schüttelten die Köpfe. »Nie gehört«, sagte Liam. »Aber magische Geschichte war nie so mein Ding.«

»Genau das ist unser Glück«, frohlockte Jolly. »Kaum jemand weiß von dem Horn, sonst würde es mit Sicherheit nicht mehr hier rumliegen. Kilian hat mich beauftragt, es zu holen, aber das erzähle ich dir später. Erst müssen wir Paige und Ed aus dem Rattenloch da unten befreien …«

»Zu spät!«, entfuhr es Natalie und die Hitze, die sich beim Gedanken an Kilian in ihr aufgebaut hatte, verflog.

»Wie zu spät?«

»Raikuns Leute haben sie vorhin fortgeschafft.«

Jollys Stimme schraubte sich höher. »Was? Wohin?«

»Liam?«, wandte sich Natalie an ihn. »Wo hat Marik die Gefangenen hingebracht?«

Er presste die Lippen zusammen.

Tericia beantwortete Natalies stumme Frage mit einem Kopfschütteln. Nebel wallte über ihren Spiegel. Sie war ganz blass.

»Liam!«, drängte Natalie.

»Es wird eine öffentliche Hinrichtung geben. Am Abend. Raikun hat es heute Morgen angekündigt. Sie werden alle sterben, Nat, und Hunderte werden zusehen.«

Für einen Augenblick herrschte betroffenes Schweigen. Dann schrie Jolly auf. »Was steht ihr dann hier noch herum? Los, hinterher!«

Beschwichtigend strich Natalie Jolly über den Kopf. »Einfach hinterher wird uns nicht weiterbringen. Wir brauchen einen Plan. Am besten einen, mit dem wir auch Raikun ausschalten.« Die anderen nickten, Jolly zischelte angespannt. »Was hatte Kilian mit dem Horn vor?«

»Den Greifspalast und die Stadtmauer zum Einsturz bringen«, erklärte Jolly. »Es ist so eine Art Wunderwaffe. Es gibt da eine Bundeswehrkaserne in Süringen und einen General, der eine Armee aufstellt. Sobald die Stadtmauer im Nordosten gefallen ist, könnten die Soldaten in Mitran einmarschieren.«

Natalie blickte Tericia fragend an und sie konzentrierte sich auf eine Vision in ihrem Spiegel. »Das stimmt. Das Glas wird zersplittern, wenn man ins Horn bläst. Allerdings werden auch die umliegenden Häuser einstürzen. Aber das spielt wohl keine Rolle mehr, die Stadt ist ohnehin zerstört.«

Jolly zischelte irritiert. »Auweia. Was ist denn mit Renate passiert? Sind ihre Gehirnwindungen mutiert?«

»Tericia mein Name ist, sag, hast du mich vermisst … Schlangenmädchen?«

Jolly verschlug es sichtlich die Sprache.

»Und Kilian wollte den Angriff auf den Greifspalast im Alleingang durchziehen?«, wunderte sich Natalie.

Jolly seufzte. »Gemeinsam mit den Agenten. Lydia hatte die Idee mit dem Horn, aber jetzt … sind sie alle tot.«

»Tot? Sie sind …?«

Etwas in Natalie zerbrach. Sie musste sich am Schreibtisch abstützen, als Jolly erzählte, dass der Drache den Unterschlupf der OMB-Agenten angegriffen hatte und viele ihrer Freunde im Feuer verbrannt waren. Stumme Schluchzer schüttelten sie und einmal mehr meinte sie, nicht mehr weitermachen zu können. Jolly rieb ihren Kopf an ihrer Wange, Tericia nahm sie in den Arm.

»Der Drache«, sagte Liam nachdenklich. »Wenn wir den Drachen übernehmen, könnte ein Angriff gelingen.«

»*Übernehmen?*«, wiederholte Natalie verständnislos. Sie drängte die Tränen zurück und suchte Kraft in ihrem Hass. Der Wut. Dem Wunsch nach Vergeltung.

Liam nickte. »Man kann ihn steuern.«

IV

Finsternis erzeugte
neue Finsternis.
Aus Blut wuchs noch mehr Blut.
Da formte sie in
ihren Händen einen
Funken.
Und blies ihn in die Nacht.

34

Kilian hatte Jolly zurückerwartet. Nicht die Ratte. »Sag das noch einmal.«

»Fie wollen fie hinrichten.«

Vajos schnaubte. »Sie richten andauernd jemanden hin. Gehört zum Tagesgeschäft.«

So schrecklich es war, damit hatte er recht. Raikun eliminierte rigoros Pro-Mensch-Aktivisten, zumeist öffentlich, direkt nach einem Schnellverfahren auf dem neuen Gerichtsplatz vor dem Greifspalast.

»Wen wollen sie hinrichten?«, hakte Kilian nach. »Wer hat dich geschickt?«

Die Ratte schnupperte aufgeregt, die schwarzen Äuglein auf ihre kargen Vorräte gerichtet. Bei ihrer Flucht aus dem Theater hatten sie alles zurücklassen müssen – Waffen, Decken, Kleidung, Proviant waren den Flammen zum Opfer gefallen. Der Drachenangriff hatte ihnen alles genommen und lähmende Trauer in ihre Herzen gebrannt.

Zweifelsohne hatte es sich um einen gezielten Angriff gehandelt, wenngleich ihnen nicht klar war, wie Raikun den Drachen beeinflusste. Mittels Zauber vielleicht, das jedenfalls war Wims Ansicht. Kilian glaubte eher an den Einsatz von Computertechnik und Fernsteuerung. Wenn man einen Goldesel mittels Elektrode dazu bringen konnte, magische Taler zu kacken, könnte das beim Drachen ähnlich funktionieren.

»Habt ihr Käfe?«, quäkte die Ratte.

»Nein.« Milchprodukte waren in Mitran kaum zu bekommen. Die meisten Kühe in den bäuerlichen Großbetrieben waren verendet, weil die Futtermaschinen nicht funktionierten oder sie nicht gemolken werden konnten. »Du kannst einen Keks haben«, sagte Kilian und hielt der Ratte ein kleines Stück hin.

Sie verschlang es binnen Sekunden. »Die Flange.«

»Jolly? Wo ist sie? Warum kommt sie nicht selbst?« Sie wusste doch, dass sie auf sie warteten.

Es war Jollys Vorschlag gewesen, sich in die Klagenden Gänge zu flüchten und in der Eile war ihnen keine Alternative eingefallen. Verfolgt vom Drachen waren sie an die Jesar und bis vor das magische Tor gelaufen, wo Vajos freiwillig seinen kleinen Finger geopfert hatte, um es zu öffnen. Seither lagerten sie im Technikgewölbe in den Waggons wie einst Raikuns Leute, immer noch rußverschmiert, durch Brandwunden verletzt, gefangen in einem Taumel aus Verzweiflung und Kummer.

»Woher foll ich daf wiffen?« Die Tasthaare der Ratte zitterten. »Noch einen Kekf?«

Kilian brachte die Packung außer Reichweite. »Nein. Erst die Informationen. Hat Jolly das Horn gefunden? Sie sollte es herbringen. Wo ist es?«

»Welchef Horn? Einen Kekf?«

Kilian stöhnte. »Hast du Jolly überhaupt ins Hauptquartier eingeschleust?«

»Inf Gefängnif. Kekf?«

»Waren da Häftlinge? Hat Jolly mit jemandem gesprochen?«

»Viele Männer, ein paar Frauen, kein Effen, nur Brei. Gefprochen?« Die Ratte lief ein paar Runden um ihn herum. »Ja. Mit einer, die mir Brei gibt. Kekf?«

Vajos schlug die Hände vors Gesicht und fauchte: »Jetzt gib ihr schon den verdammten Keks, Kilian!«

Er ignorierte ihn. »Eine Frau hat dir Brei gegeben? Wer? Eine Magische?«

»Ja. Eine Fee.«

Vajos sprang auf, packte die Ratte am Schwanz und hielt sie vor die Fackel an der Waggontür. »Rede, du dämlicher Nagezahn, sonst röste ich dich und verspeise dich zum Abendbrot!«

Die Ratte quiekte erbärmlich und strampelte mit den Pfoten.

»Vajos«, sagte Kilian.

»Vajos«, kam es auch von Bennet. »Lass es gut sein, das bringt doch nichts.«

Kilians Blick wanderte zu Akim und Sean, den beiden Jungagenten, die die Szene schweigend beobachteten. Wims Platz war leer, er war noch nicht von seiner Tour zu den Händlern zurück, aber bestimmt hätte er zur Diskussion auch nichts beigesteuert. Die meiste Zeit saß er auf seiner schmalen Liege und starrte vor sich hin. Der Tod seiner Kameraden hatte ihn ziemlich mitgenommen, er trauerte mindestens so sehr wie Vajos, tat das aber still, während der seine Qual in Wutausbrüchen auslebte.

Kilian wiederum hielt seine Gefühle tief in sich vergraben. Der Tod von Sam, Lydia, Griffin und Wilko war etwas, das er nicht an sich heranlassen konnte, nicht im Moment und nicht in seinem Zustand. Wann immer sich seine Gedanken in diese gefährliche Richtung bewegten, legte er ihnen eine Sperre vor. Er musste funktionieren, er musste diese Gruppe beisammenhalten, denn wie es schien, war er der Einzige, der es noch konnte.

Vajos ließ die Ratte fallen. Geschickt landete sie auf ihren Pfoten und wieselte wieder zu Kilian hinüber. »Kekf?«

»Und diese Fee bringt Gefangene zur Hinrichtung?«, fragte er, bemüht, seinen Ärger im Zaum zu halten.

»Nein. Fie foll mit den anderen hingerichtet werden. Heute Abend.«

»Wer sind die anderen?«

»Menfen. Einer, der nicht laufen kann. Die Flange hat gefagt, ich foll euch aufrichten, daff fie ihn befreien wollen. Ihr follt auch kommen und helfen. Fum Greiffpalaft. Wenn daf Horn erfallt, follt ihr bereit fein. Und die Foldaten auch. Ihr follt fie informieren. Und einer von euch foll fum Ftadttor kommen und die Fiebenmeilenftiefel mitbringen. Kriege ich jetft meinen Kekf?«

»Sie?«, wiederholte Kilian verwundert. »Sie wollen ihn befreien? Wer außer Jolly ist noch dort? Und wozu brauchen sie die Stiefel?«

Keine Antwort. Die Ratte begann sich zu putzen. Er gab ihr zwei Kekse. Sie hatte alles erzählt, was sie wusste. Mehr war nicht aus ihr herauszuholen. Grübelnd beobachtete er, wie sie die Belohnung verputzte und davonwackelte.

»Das sind nicht die besten Neuigkeiten«, meinte Bennet, neuerdings unerwartet beherrscht.

Er und Wilko waren schon als Paar in die OMB eingetreten, Wilko die Sonne und Bennet der Planet, der sie umkreiste. Nun hatte er sein Zentrum verloren. Kilian vermochte sich nicht vorzustellen, mit welchem Schmerz er jede Minute ringen musste, aber vielleicht hatte Bennet ja eine ebensolche Mauer um sein Inneres errichtet wie er.

»Das sind Scheißneuigkeiten!«, präzisierte Vajos. »Als gäbe es überhaupt jemals gute. Da werden Unmengen Schaulustige antanzen. Und heute Abend ist denkbar knapp für einen Plan. Wie sollen wir Ed da jemals rausholen? Wir sind viel zu wenige! Scheiße! Scheiße noch mal!«

»Es wird schwierig«, stimmte Kilian zu, »aber es ist nicht unmöglich. Die Zuschauer sind vielleicht sogar ein Segen. Mit dem Tarnamulett könnten wir ungesehen zu Ed gelangen und ihn befreien. Dann müssen wir ihn nur noch fortschaffen.«

»Nur noch!« Vajos rang die Hände. »Schon vergessen, dass er nicht laufen kann? Ich müsste ihn tragen, was kein Problem ist, aber dabei werde ich kaum getarnt bleiben können. Und wie soll ich mich verteidigen? Wir haben nur Sekunden, bis Raikuns Leute spitzkriegen, was da läuft.«

»Was läuft wo?« Die schnarrende Stimme war unverkennbar.

»Wim!«, rief Kilian erfreut. »Du kommst gerade recht.«

Der Zwerg kletterte in den Waggon, ein Stoffbündel in den Händen, das er nun auf dem Boden aufknüpfte. Sie staunten nicht schlecht, als sie sahen, was er ergattert hatte.

»Wundspray, Brandsalbe, sterile Verbände«, zählte er auf. »Die Seife habe ich gestohlen.«

Leises Misstrauen regte sich in Kilian. »Wie zum Teufel bist du da rangekommen?«

Ungerührt erwiderte Wim seinen Blick. »Ich kenne nun mal die richtigen Leute, das wisst Ihr doch.«

Das war ihm nicht neu. Dennoch. Medikamente wie diese aufzutreiben, war praktisch ein Ding der Unmöglichkeit. Und falls doch, waren sie unbezahlbar.

»Was musstest du dafür tun?«

»Nichts! Ich bin ein Oppenstedt, der König meiner Sippe! Man gibt mir, was ich verlange, so ist das unter Zwergen! Aber wenn Ihr das Zeug nicht wollt, behalte ich es eben für mich. Dann könnt Ihr sehen, wo Ihr bleibt!«

Sie hatten alle Verbrennungen davongetragen, aber um Wim stand es bestimmt am schlimmsten. Sein Gesicht, der Hals und der rechte Arm waren glühend rot, stellenweise warf die Haut Blasen. Verbrennungen zweiten Grades, und doch hatte er nicht ein Mal gejammert, sondern sogar die Strapazen auf sich genommen, sie mit dem Nötigsten zu versorgen.

Beschwichtigend hob Kilian die Hände. »Schon gut, alles klar. Danke, dass du mit uns teilst.«

»Das will ich meinen, Hoheit«, knurrte Wim.

»Was riecht da so gut?« Bennet schnappte sich ein in Papier eingeschlagenes Paket und öffnete es. »Oh Mann, Fleisch!«

Wim nickte. »Schweinebraten. Den konnte ich von einem Tischlein-Deck-Dich mitgehen lassen.«

Während Bennet das Fleisch in gerechte Portionen teilte, griff Vajos nach dem Verbandsmaterial und löste den verdreckten Stoffstreifen von seinem Fingerstumpf.

Eine Welle von Gefühlen stieg in Kilian auf, als ihn sein Gedächtnis mit einem Erinnerungsblitz an Natalie versorgte: sie in seinen Armen, ihr Finger ein blutiger Klumpen, ihr Gesicht staubverklebt, das Geräusch von Hufen hinter ihnen …

Mit aller Macht klammerte er sich an das Bild, wollte es ergründen, in seinen Verstand gravieren, um sich auch später noch daran zu erinnern, doch der Zauber übermalte es. Jetzt hielt er Lydia in den Armen, die er nach der Explosion in der Vonsdorfer Straße in Sicherheit gebracht hatte.

Ernüchtert schüttelte er die gefälschten Erinnerungen ab und beobachtete Akim, der Vajos beim Desinfizieren und Verbinden zur Hand ging.

»Ist die Schlange zurück?«, erkundigte sich Wim.

Kilian schüttelte den Kopf. »Sie hat uns Rattenpost geschickt. Ed soll heute hingerichtet werden. Wir planen gerade eine Rettungsaktion.« Er wandte sich an Vajos. »Was, wenn du das Amulett nimmst? Während du Ed befreist, werden wir eben sichtbar, aber bei den vielen Leuten wird das kaum auffallen. Und wenn das Horn ertönt, wird Raikuns Zauberglas zerspringen. Dann müssen wir nur noch zusehen, dass wir im allgemeinen Chaos wegkommen.«

»Das klingt vernünftig«, meinte Bennet und Vajos nickte nachdenklich.

»Wäre es nicht besser, wenn wir dort nicht alle auf einmal unsichtbar aufkreuzen?«, fragte Akim. »Fünf Leute produzieren ein ordentliches Loch in der Menge. Das wird sehr wohl auffallen.«

Das war nicht von der Hand zu weisen. »Wir müssen ohnehin jemanden zum Stadttor schicken und Gröschs Offiziere kontaktieren«, meinte Kilian. »Falls das Horn funktioniert, kann der General mit seinen Truppen in Mitran einrücken.«

»Falls es funktioniert. Falls Jolly es wirklich hat«, zischte Vajos. »Falls wir danach überhaupt noch leben.«

Wim griff in seine Hosentasche und entfaltete eines der knallgelben Plakate, auf die jeweils Raikuns Mitteilungen an die Bevölkerung gedruckt waren. »Schaut, die hängen in der ganzen Stadt.«

Kilian schnappte nach Luft. »*Herbstliches Volksfest?*«

Wim nickte. »Lest weiter.«

Raikun lud ihre geschätzten Bürger zu einem Abend mit Musik und Tanz vor dem Greifspalast. Für das leibliche Wohl und heiße Getränke sei gesorgt, hieß es da. Außerdem wurden Stargäste sowie eine Überraschung angekündigt – ein Geschenk an die Stadt.

Vajos spähte Kilian über die Schulter. »Na klar doch. Eine Hinrichtung ist ein fabelhaftes Geschenk. Ich krieg mich kaum noch ein vor Begeisterung.«

»Von einer Hinrichtung ist hier nicht die Rede«, erwiderte Wim. »Allerdings ist vor dem Greifspalast ein Podium errichtet worden. Ich dachte erst für die Tanzveranstaltung, aber man könnte darauf auch sehr schön jemanden exekutieren. Gerade riegeln Raikuns Leute den Platz ab, die lassen nur rein, wer ihnen passt. Wenn wir also zum erlesenen Publikum gehören wollen, sollten wir uns schleunigst auf den Weg machen.«

Kilian atmete tief durch. »Wir? Das Risiko ist enorm, Wim. Wenn Raikun uns auf die Schliche kommt, gehen wir mit Sicherheit alle dabei drauf. Ich hatte gehofft, du würdest uns Ulans Vlies überlassen.«

»Nein«, gab Wim zurück. »Aber ich komme mit.«

Um diese Jahreszeit senkte sich die Dämmerung früh über die Stadt. Das kam ihnen mehr als gelegen, im Finsteren würden sie besser untertauchen können.

Getarnt durch das Amulett, das Wim um den Hals trug, hatten sie sich am Kontrollpunkt in der Vonsdorfer Straße vorbeigeschmuggelt. Nun schlängelten sich Kilian, Vajos, Wim und Bennet dicht hintereinander durch die Leute, die bereits in der Parkanlage vor dem Greifspalast flanierten.

Akim und Sean hatten den Auftrag bekommen, die Kontaktperson zu treffen und Gröschs Offiziere bei einem Angriff auf das nordöstliche Stadttor zu unterstützen, bevor sich die Tore für die Nacht schlossen. Nur ein Ablenkungsmanöver, damit einer von ihnen in den Siebenmeilenstiefeln entkommen und den General über den Stand der Dinge unterrichten konnte. Vielleicht, so ihre größte Hoffnung, konnte er die Stadt heute Nacht erobern.

»Du meine Güte.« Vajos hielt abrupt inne, sodass Kilian in ihn hineinlief. »Schaut.«

Nun bestand kein Zweifel mehr, dass die Hinrichtung der Höhepunkt des Volksfests werden würde. Sechs Galgen ragten auf dem hölzernen Podium in den Nachthimmel. Allzu viel sehen würde das Publikum aber nicht. Der Mond war eine schmale Sichel, der einzige Lichtschein kam von den Fackeln an den Ständen, die am Rand des Parks aufgebaut waren. Der Andrang dort war enorm. Mit freier Verköstigung ließen sich Mitrans Bürger am Leichtesten ködern. Ein genialer Schachzug von Raikun.

Kilian knirschte mit den Zähnen. »Weiter.«

Der Bereich um das Podium war gesperrt. Unter Adaleas Aufsicht liefen mit Keulen bewaffnete Trolle am Zaun entlang. Dahinter erhob sich der Greifspalast. Das dreiflügelige Gebäude mit den gebrochenen Dachgiebeln und der düsteren Fassade war bis vor Kurzem der Sitz des Bundestags gewesen, nun erinnerte es Kilian eher an das Schloss der »Schneekönigin«.

Zwischen Greifspalast und Podium hatte Raikun aus dem blau schimmerndem Magieglas eine Tribüne errichten lassen, ein protziges Unding mit wild gezacktem Rankenwerk auf dem Dach. Außerdem zu beiden Seiten Brunnenanlagen, deren ovale Becken mit Wasser gefüllt waren. Wassermänner und Nixen tummelten sich darin, ab und zu ragten Fischschwänze aus dem Wasser.

Sie duckten sich unter der Absperrung durch und bezogen ihren Posten in unmittelbarer Nähe des Podiums, immer auf der Hut vor den Trollen. Nur Bennet blieb zurück. Sie brauchten einen Mann im Publikum, der ihnen notfalls beistehen konnte.

»Wo bleibt Jolly?«, raunte Vajos Kilian ins Ohr. »Was, wenn die Ratte nur Blödsinn von sich gegeben hat?«

»Sie wird schon kommen.«

»Deine Zuversicht möchte ich haben.«

Von Zuversicht war er weit entfernt. Kilian fühlte kribbelnde Nervosität in sich. Und gerade jetzt drohte sie in Panik umzukippen, denn man brachte die Gefangenen und führte jeden vor einen Galgen. Ihre Köpfe waren unter schwarzen Kapuzen verborgen. Bei einem von ihnen tippte Kilian aufgrund der schmalen Statur auf eine Frau. Auch Ed war leicht zu erkennen. Sie setzten ihn auf einen Stuhl.

Vier Wachen bezogen Posten zwischen den Galgen, die anderen beiden verschwanden in der Menge. Gegenüber inspizierten Catalin und Marik die Tribüne.

Kilian stupste Vajos an. »Wenn die auf uns aufmerksam werden, haben wir keine Chance.«

»Worauf warten wir dann noch?«, erwiderte Vajos voller Ungeduld. »Wir könnten längst zuschlagen.«

Wim grunzte abfällig. »Auf den richtigen Zeitpunkt.«

Das Horn. Kilian war nun selbst schon so unruhig, dass er kaum noch stillstehen konnte. Dutzende Male hatte er sich einen möglichen Ablauf bereits durch den Kopf gehen lassen. In wessen Begleitung würde Jolly hier aufkreuzen? Wer würde das Horn blasen?

Bennet hielt seine Position hinter der Absperrung, obwohl das Gedränge immer dichter wurde. Magische wie Menschen suchten sich den bestmöglichen Platz mit freiem Blick auf Podium und Tribüne. Nach und nach verstummten die Gespräche, als ob alle auf ein geheimes Zeichen hörten. Die Spannung war fast mit Händen greifbar.

»Für wen ist eigentlich der sechste Galgen?«, fragte Vajos.

Richtig, ein Todeskandidat fehlte. Kilian überlief ein Schauer, sein Magen verkrampfte sich. Er musste an Raikuns Raffinesse denken, an den Befreiungsversuch im RaicoTec-Tower, ihre

Flucht mit dem Kürbis-Aeromob, den Hinterhalt bei der Kanzler-Villa. Stets hatte sie ein Ass im Ärmel, es gab keine Eventualität, auf die sie nicht vorbereitet war.

Und hier standen sie und dachten, sie könnten ihr die Show stehlen? Wie naiv waren sie eigentlich?

Kilian wurde das Gefühl nicht los, dass sie in der Falle saßen. Was, was nur hatte er übersehen? »Wir warten nicht länger«, murmelte er. »Jetzt oder gar nicht.«

»Meine Rede. Los!« Ungeachtet Wims Protest zerrte Vajos sie beide zur Treppe.

Dort angekommen hörte Kilian endlich das vertraute Zischeln. Jolly flitzte in seine Halsbeuge. »Wo wart ihr so lange?«

»Wo warst *du?*«, hauchte er.

»Na hier. Wie hätte ich euch denn sehen sollen?«

Er unterdrückte ein Schnaufen. Das Holz knarrte ein wenig unter ihren Schritten, doch den Wachen fiel nichts auf. Ed saß vor dem zweiten Galgen und Kilian legte seine Hand an Vajos' Hüfte, als der sich vorbeugte und die Fesseln durchschnitt. Er hörte die zwei flüstern. Der dicke Blonde, der zwischen dem zweiten und dritten Galgen Wache hielt, runzelte irritiert die Stirn.

Vajos wartete, bis sich der Blonde wieder umdrehte, dann raunte er: »Sie haben Paige.«

Kilians Blick schnellte zu der Frau vor dem letzten Galgen. *Verdammt, Paige, du hast ein echtes Talent.* Ob Jolly davon wusste? Wer waren die anderen Gefangenen? Sollten sie nicht besser alle befreien?

Er wagte nicht zu antworten und verließ sich darauf, dass Vajos eine Entscheidung treffen würde. So oder so mussten sie mitziehen, wollten sie nicht entlarvt werden.

Er spürte, wie Vajos sich in Bewegung setzte, und schlich ebenfalls weiter. Da glitt Wims Hand aus seiner.

»Der Schleier fällt!«, schrie der Zwerg.

»Auweia«, murmelte Jolly.

Lachen stieg in Kilians Kehle auf, ein Anflug von Hysterie, der sofort in rasende Wut kippte, als ihm klar wurde, wie dumm, wie unsagbar dumm er gewesen war.

Er fuhr herum und donnerte Wim die Faust mitten ins Gesicht. Blut und Eiter spritzten, als die Blasen seiner Brandwunden aufplatzten. Brüllend ging der Zwerg zu Boden.

In diesem Moment flammte Licht auf.

35

Verwirrt sah sich Natalie um und entdeckte unzählige Scheinwerfer, in den Bäumen, auf der Glastribüne, an den Hausmauern gegenüber. Einer hing direkt über ihrem Kopf und ihr Versteck in der Astgabel der Linde war die längste Zeit eins gewesen. Der Herbst hatte alle Blätter abgeräumt, nun war sie sämtlichen Blicken ausgesetzt.

Noch war die Aufmerksamkeit aller anderweitig gefesselt. Bewegliche Spots streuten bunte Lichtspiralen in die Menge, die in Jubel ausbrach, als auch der Greifspalast erstrahlte.

»Strom!«, rief eine Frau direkt unter ihr. »Wir haben wieder Strom! Das ist ihr Geschenk!«

Fanfarenklänge erschallten, von unzähligen Lautsprechern in die Nacht getragen. Wieder antwortete das Publikum mit Freudengeheul. Raikun wusste genau, wie sie die Aufmerksamkeit vom eigentlichen Geschehen ablenkte.

Die Lichter schwenkten in jede erdenkliche Richtung, nur nicht zum Podium, wo ein Kampf ausgebrochen war. Schüsse und Schreie durchschnitten die Musik, Gepolter folgte, ein Krachen. Natalie hatte Mühe, die Gestalten im Dunkeln auszumachen. Wie sollte sie eingreifen, wenn sie Freund und Feind nicht unterscheiden konnte? Sie hatte die erhöhte Position gewählt, um den Überblick zu behalten, nun aber stellte sich das als Fehler heraus.

Wieder johlte die Menge. Vier Aeromobile schossen heran, kreisten über dem Park und landeten schließlich hinter der Absperrung. Mit Entsetzen registrierte Natalie, dass die Aeromobs über Waffensysteme verfügten. Auf jedem war ein Maschinengewehr montiert.

Verdammt. Sie hätte damit rechnen müssen, dass Raikun einen Trumpf in der Hand hatte. Und was hatten sie? Ein Horn! Und mit viel Glück einen Drachen, der aber womöglich kaum zu kontrollieren war. Sie durfte nicht länger auf Tericias Einsatz warten. Sie musste handeln.

Gerade als sie sich vom Ast schwingen wollte, erstarb die Musik. Gleißendes Licht schälte das Podium aus der Dunkelheit und Natalie musste ein paar Mal blinzeln, bevor sie auch nur irgendetwas erkennen konnte.

Hölle, nein! Nein, nein, nein!

Da stand Marik und hielt Kilian eine Pistole an die Stirn.

Kilian! Sie schwankte zwischen der Freude, ihn wiederzusehen, und brodelnder Angst um ihn. Für einen Herzschlag nur, denn dann bemerkte sie Vajos, der ein Stück weiter in seinem eigenen Blut lag, zuckend im Todeskampf. Alles in ihr erstarrte. Nein, bitte nicht auch noch er!

Zwei Wachen waren tot, zwei verfolgten Bennet, der gerade vom Podium mitten ins Gewühl sprang. Catalin schleifte Ed zurück auf seinen Stuhl.

Und da war Wim. Sein Gesicht war eine einzige nässende Brandwunde, Blut tränkte seinen Bart, Jolly hatte sich um seinen Hals geschlungen, doch seine Schreie waren im atemlosen Schweigen des Publikums deutlich zu vernehmen: »Hier sind sie! Und jetzt gebt mich frei, Raikun! Gebt mich endlich frei!«

Hatte Jolly nicht geschworen, Wim sei auf ihrer Seite? Dieser verfluchte Verräter!

Natalies Blick zuckte zur Tribüne, auf der Raikun in Begleitung der beiden Schwedenprinzessinnen Rut und Tyra, sowie von Stefo, Brisko und Liam aufmarschiert war. Sie hoffte auf ein beruhigendes Nicken von Liam, aber er spielte seine Rolle perfekt.

Raikun trat vor. Sie trug eine silberne Robe mit hohem Fächerkragen, sicher das auffälligste Kleidungsstück, das Natalie je an ihr gesehen hatte. Ein Spot richtete sich auf sie und sie hob beide Arme. »Willkommen!«

Ihre Stimme, verstärkt durch ein Mikrofon, schallte aus jedem Lautsprecher, glatt und souverän wie stets, doch anstelle von Überheblichkeit lag ein Hauch Wärme darin. Die Zuschauer dankten es ihr mit tosendem Applaus.

»Bürger von Mitran, ich freue mich, dass ihr meiner Einladung zu diesem denkwürdigen Abend so zahlreich gefolgt seid. Einige schlimme Wochen liegen hinter uns, ja, *uns*, denn auch für mich war es hart, meine Stadt zerstört und ihre Bewohner leiden zu sehen.«

»Das habt Ihr selbst verursacht!«, kam es von Wim, schon merklich gedämpfter. Offenbar hatte Jolly ihn gebissen. »Ihr seid verantwortlich dafür … also tut nicht so mitfühlend. Niemand … kauft Euch das ab!«

Gerade noch hatte er die Agenten verraten, jetzt prangerte er Raikuns Taten an? War das ein Trick, den sie nicht durchschaute? Natalie suchte Kilians Blick, aber er stand Raikun zugewandt und konnte sie nicht sehen.

»Vom heutigen Tage an, wird eure Not ein Ende haben«, fuhr Raikun fort und winkte Brisko an ihre Seite, der wiederum zwei Magische zu sich rief, die ein mit einem Tuch verhülltes Gerät heranschleppten. »Bestimmt fragt ihr euch, wie wir es geschafft haben, die Stromversorgung wiederherzustellen. Nun, unser Traum war es stets, moderne Technik und Magie zu verknüpfen. Das eine darf das andere nicht ausschließen. Es wäre engstirnig, auf eine solche Ressource zu verzichten. Mein geschätzter Adjutant Brisko Ostani forscht seit Jahren im Bereich der Magotechnik und nun ist ihm die Sensation gelungen. Ich präsentiere euch … den Magiegenerator, angetrieben von einer Turbine, durch die hochfrequente Magie strömt.«

Brisko lüftete das Tuch. Darunter kam eine futuristisch anmutende Maschine zum Vorschein. Sie verursachte kein Geräusch, nur die obenauf angebrachte Lampe leuchtete zum Beweis für

Raikuns Worte. Liam hatte Natalie erzählt, dass er für Brisko an diversen Geräten gearbeitet hatte, über deren Zweck ihn allerdings zumeist niemand aufgeklärt hatte.

Beifallsstürme und Jubel folgten. In einem fort skandierten die Zuschauer Raikuns Namen. Diesmal waren es nicht bloß die Magischen, nein, sie hatte alle am Haken.

»Raikun, Raikun, Raikun …«

Still lächelnd sonnte sich Raikun in ihrem Triumph. Mit einer schlichten Geste verschaffte sie sich schließlich Gehör. »Wir werden gleich zu den Feierlichkeiten übergehen. Zunächst aber noch eins: Freiheit und Gleichberechtigung sind mir ein besonderes Anliegen. Unter meiner Herrschaft, das verspreche ich, wird es gleiche Rechte für alle geben! Frieden soll über unser Land regieren!«

Abermals besänftigte sie den Applaus. »Bevor wir uns mit einer neuen Gesetzgebung befassen können, müssen wir hart durchgreifen. Ich dulde keine Verräter in unserer Mitte, keine Mörder und Terroristen, keine gewaltbereiten Aufrührer. Dutzende Magische wurden in den Tagen nach dem Magiesturm gebrandmarkt und ermordet, Männer, Frauen, Kinder, ohne Gnade. Gewalttaten, die auf das Konto von Pro Mensch gingen. Ihre Anführer stehen heute vor Gericht.«

Sie nickte den Wachen auf dem Podium zu und sie entfernten die Kapuzen. »Merten Salmwender, das Oberhaupt von Pro Mensch, und Rouven Ekert, seine rechte Hand. Marcus Dibensky, der die Entwicklung von Innovatis mit Millionenbeträgen gesponsert hat, ebenfalls ein Mitglied von Pro Mensch. Paige Dibensky, Mitarbeiterin von MitranBiotec und Leiterin der Probandenstudie zu Innovatis. Sie half mit, die toxische Wirkung des Serums zu verschleiern. Wie ihr sehen könnt, ist sie eine Magische.«

Beunruhigt hielt Natalie nach Jolly Ausschau, die von Wim abgelassen hatte. Wo war sie hin?

Buhrufe erschallten aus dem Publikum, dann zerschellte

plötzlich ein Becher am Galgen über Paige. Ihr Gesicht war hochrot, trockenes Schluchzen teilte ihre heftigen Atemzüge. Natalie konnte ihre Qual fast körperlich fühlen.

Raikun sorgte für Ruhe. »An ihrer Seite Kollaborateure aus den Reihen der OMB. Ed Kroll, Geschäftsführer. Und Kilian von Nauders, ehemals Agent.«

Nein, Hölle, nein! Sie wollte ihn mit den anderen hängen lassen? Angst krallte sich um Natalies Herz. Sie hatte bei ihrer Planung in Kauf genommen, das vieles, nun, eigentlich das meiste, unkalkulierbar blieb. Die Tarnung der Agenten allerdings hatte definitiv nicht dazugehört. Sie hatte Kilian in Sicherheit gewähnt. Und jetzt das!

»Ihre Taten sind unentschuldbar«, erklärte Raikun mit geheucheltem Bedauern. »Die Anklage lautet auf Hochverrat, Mord und Totschlag in etlichen Fällen. Ich erspare mir eine Einzelverlesung. Als zurzeit alleinige befugte Richterin im Land verhänge ich die Todesstrafe durch den Strang mit sofortiger Vollstreckung des Urteils.«

Auf ihr Zeichen legten die Wachen den Gefangenen die Schlingen um den Hals. Kilian wehrte sich heftig gegen seinen Bruder, schrie und fluchte, aber Catalin kam Marik zu Hilfe und schlug Kilian mehrmals ins Gesicht, sodass er in ihren Armen erschlaffte.

Heiße Panik schoss Natalie durch die Glieder, sie war kurz vor dem Durchdrehen. Was sollte sie bloß tun? Immer noch kein Signal von Liam, er blickte nur gelangweilt vor sich hin. *Was, wenn Raikun ihn wieder verzaubert hat?*

Catalin hielt Kilian fest, der bereits wieder blinzelte, als Marik ihm die Schlinge über den Kopf zog. Das Publikum war nun eine atmende Masse aus Stille und gespannter Erwartung. Die Trolle übernahmen jeder ein Seil. Sie würden die Todgeweihten hochziehen, sodass sie qualvoll erstickten.

»Weißt du mit Sicherheit, dass es keine Bodenklappe gibt?«, hatte Natalie Liam gefragt. »Denn davon hängt alles ab.« Er hatte genickt und ihr versichert, dass Raikun ihre Gefangenen lieber strangulierte, als ihnen durch einen Genickbruch zu einem schnellen Tod zu verhelfen. »Vertrau mir«, hatte er gesagt.

Doch nun, da auch Kilians Leben auf Messers Schneide stand und weit und breit kein Horn erschallte, geschweige denn der Drache das Publikum in Panik versetzte, gingen die Nerven mit ihr durch.

Natalie warf ein magisches Lasso an Kilians Galgen und schwang sich über die Köpfe der Leute hinweg zum Podium. In ihrer Aufregung schätzte sie die Entfernung falsch ein und landete vor der Treppe. Als sie den Fuß auf die erste Stufe setzen wollte, schob ihr ein Troll seinen massigen Bauch vors Gesicht.

»Kommen nicht durch«, artikulierte er mühsam und Speichel tropfte von seinen Lippen, ihr direkt auf die Nase. Ekel schüttelte sie, doch sie sah beharrlich zu ihm auf.

Ihn mit Magieschlägen auszuschalten, schied aus. Trolle waren von imposanter Statur und wofür der Aufwand, wenn er am Ende ja doch wieder aufstand?

»Werde zur Schildkröte«, war alles, was ihr einfiel, begleitet von einem passenden Bild, und er schrumpfte im Nu. Die Zeit reichte nicht, um auch die Trolle an den Seilen zu verwandeln, die Zeit reichte für gar nichts mehr.

Schon hob Raikun die Hand. *Liam! Tericia! Was ist los mit euch?*

Von rechts näherte sich Adalea. Natalie wehrte ihre Steinfontäne mittels Magieschild ab und stürzte die Treppe hinauf, im Kopf einen unausgereiften Plan, sich von hier aus direkt auf Kilians Galgen zu schwingen. Von oben könnte sie das Seil durchschneiden, dann weiter zu den anderen …

»Natalie!«, ertönte Raikuns heitere Stimme. »Wunderbar, dass du uns beehrst, sogar hautnah am Geschehen!«

Catalin richtete seine Pistole auf sie und der Moment gefror. Keuchend hob Natalie die Hände. Kilians Blick krallte sich in ihren und der Ausdruck in seinem Gesicht ließ sie aufschluchzen: Liebe und Schmerz vereint – ein Lebewohl, das ihr Innerstes schier zerfetzte.

Raikun senkte die Hand, Adalea knurrte einen Befehl. Und die Trolle zogen die Seile straff.

36

Als der erste Stein sie an der Schulter traf, hatte sie noch geschrien. Jetzt schluchzte sie nur noch.

Nach Gretas Tod hatte Paige zum ersten Mal über das Sterben nachgedacht. Sie war sechs Jahre alt gewesen, kurz vor dem Schuleintritt, und anstatt sich auf ihre Schultüte, neue Freunde und die Welt der Buchstaben und Zahlen zu freuen, hatte sie sich ausgemalt, wie es sich anfühlen musste, wenn man aufhörte zu atmen. Zu denken. Zu existieren.

Was schoss einem wohl durch den Kopf? Konnte man den letzten, allerletzten Herzschlag spüren? Und wie mochte es sein, wenn jedes Licht erlosch?

Sie hatte sich so in diese Vorstellung vertieft, dass sich ihr Herz unwillkürlich verkrampfte und sie meinte, Felsen würden auf ihrer Brust liegen. Voller Angst hatte sie die halbe Nacht in ihr Kissen geweint. Noch Tage später hatte sie dieses Gefühl verfolgt. Also hatte sie sich jeden Gedanken an das Sterben verboten. Sie hatte sich immer daran gehalten.

Bis heute.

Mit der Kapuze über dem Kopf war es leicht gewesen zu hoffen. Sie hatte die Geräusche ausgeblendet und sich eingeredet, dass sie nicht allein war. Dass jemand kommen und sie retten würde – genauer gesagt Jolly und Kilian. Denn bestimmt hatte ihre Schwester die leeren Zellen bemerkt und ihm davon erzählt. Und ganz bestimmt hatte Kilian daraufhin einen Plan ausgetüftelt, eine großangelegte Rettungsaktion oder auch eine kleine, Paige war es gleich. Hauptsache, sie kamen frei.

Ihrer Sicht nicht länger beraubt, hätte sie angesichts des Spektakels und der endlosen Selbstbeweihräucherung Raikuns am liebsten geheult, aber die verdammten Tränen waren natürlich ausgeblieben. Kilians Gefangennahme sowie Raikuns Behauptung, Paige habe die Toxizität von Innovatis vertuscht (gerade sie!), hatten ihr den Rest gegeben.

Niemand würde sie retten. Sie würde sterben.

Sie konnte die aufpeitschende Erregung des Publikums spüren, als man ihr den Strick um den Hals legte. Raikuns Rede hatte die Leute berauscht und nun trieben sie auf den Höhepunkt zu, trunken vor Sensationsgier.

Paige erinnerte sich, gehört zu haben, dass öffentliche Hinrichtungen eine Mischung aus Abscheu und perverser Faszination bei den Zuschauern auslösten, das war vor Hunderten von Jahren schon so gewesen und trotz Abschaffung der Todesstrafe hatte sich daran im 21. Jahrhundert nichts geändert.

Sie sah, wie Kilian gegen seinen eigenen Bruder ankämpfte. Wie sie ihn niederschlugen. Ihm ebenfalls die Schlinge umlegten. Sie sah Ed um Vajos weinen, der in einer Blutlache lag. Sie blickte ihrem Vater in die Augen, sah seine Tränen und den Schmerz, sein verzweifeltes Kopfschütteln, weil jede Hoffnung dahin war.

Sie entdeckte Natalie und hörte, wie Raikun sie begrüßte. Natalie! Für Sekunden blinden Vertrauens glaubte sie tatsächlich an ein Wunder. Es gab sie doch ... Wunder, oder? Es musste sie geben und dieses gehörte ihnen, allein ihnen.

Doch dann schlug ihr die Ekstase des Publikums entgegen. Paige hörte, sah, spürte das kollektive Einatmen. Da begriff sie es. Den Tod zu Gesicht zu bekommen war das, was jeder fürchtete und zugleich auf makabre Art ersehnte, um endlich, endlich etwas darüber zu lernen. Wie war es, das Sterben? Was kam danach? Dies war wohl die bitterste Erfahrung der Existenz: diese Mischung aus Angst und Erwartung, in dem Wissen, dass es für jeden ein Ende gab. Unausweichlich.

Das Seil straffte sich. Nackte Panik krallte sich um ihr Inneres. Jetzt also, jetzt. Das Sterben. Der letzte Atemzug. Der letzte, allerletzte Gedanke. Warme Nässe rann über ihre Schenkel, als sie mit einem Ruck emporgezogen wurde. Ihr Herz schrie.

Und ihre Seele flog davon.

Raikuns amüsiertes Lachen perlte von unten herauf.

Eben noch war Paige gestorben und nun trug sie der Wind in die Lüfte. Sie kreiste hoch über dem hell erleuchteten Podium. Alles unter ihr war winzig klein. Die baumelnden, zuckenden Körper. Die gereckten Köpfe der Zuschauer. Die funkelnden Lichter. Sogar der Greifspalast mit seinen blau schimmernden Glaswänden blieb zurück, als sie höher und höher flatterte.

Flügel. Ihre Seele hatte Flügel? Wie überaus seltsam.

Sie hatte erwartet, dass ihre Seele verpuffte. Oder irgendwohin strömte. An einen Ort vollkommenen Friedens. Wo jede Art von Schmerz gewichen war, wo es keine Ängste, keine Fesseln mehr gab.

Das konnte unmöglich dieser Ort sein. Das war einfach nur der Himmel über Mitran. Und ihr unbeholfenes Flattern sorgte nicht dafür, dass sie sich besser fühlte.

Sie wandte den Blick nach unten, zu ihrem Körper, der am Galgen hing. Hängen sollte. Denn sie fand nichts vor als eine leere Schlinge, die hin und her schwang.

Paige stieß einen Schrei aus, doch was sie von sich gab, war lediglich ein verzweifeltes Piepen. Aus ihrem *Schnabel.* Eiskaltes Grauen überlief sie, als sie endlich realisierte, was geschehen war.

Sie war eine Fee. Und nun war sie ein Vogel.

Ein Vogel! Sie hatte sich in einen Vogel verwandelt und alles, was sie noch in der Luft hielt, waren diese lächerlich kleinen Flügel.

Nun, da sie darüber nachdachte, bewegten sie sich nicht mehr automatisch. Sie waren wie ein Fremdkörper, über den sie keinesfalls gebieten konnte. Fliegen. Himmel noch mal, woher sollte sie wissen, wie man das machte?

Auf und ab, befahl sie sich. *Beweg dich, Paige, sonst klatscht du dort unten auf wie ein nasser Lappen.* Sie versuchte es, immerhin verfügte sie über genügend Zauberkraft, sich zu verwandeln, da würde sie doch wohl fliegen können!

Der Wind pfiff durch ihr Federkleid und sie trudelte abwärts. Schneller und schneller kam das Podium auf sie zu, als sie vor sich, noch in einiger Entfernung, aber zweifellos auf Kollisionskurs, einen riesigen Schatten wahrnahm.

Taube? Falke? Storch? Nein, dieses Wesen ließ sich nicht unter »Artgenosse« einreihen, es war größer, gewaltiger und ohne jeden Zweifel tödlich – auch für sie. Ein Drache! Der Schreck zuckte wie ein Stromschlag durch ihren kleinen Vogelkörper.

Der Drache zog majestätisch über den Park, die Schwingen weit ausgebreitet, und entließ einen Feuerstoß auf die Trolle und ihre Seile. Es gab ein Poltern, als die Gehängten aufs Podium stürzten, dann fegte der Drache unter Paige hinweg, so dicht, dass sein Zackenkamm ihre Beine streifte.

Beine! Arme! Haare, die ihr ins Gesicht wehten, als sie kopfüber nach unten stürzte! Und eine Stimme. Sie schrie aus Leibeskräften und diesmal kam auch wirklich ein Schrei heraus. Ihre Freude darüber hielt sich in Grenzen.

Großartig, Paige. Als wäre einmal sterben nicht genug.

Sie schlug auf und wieder fühlte sich alles falsch an. Nicht, dass sie sich beschweren wollte, immerhin war noch alles an ihr dran und keineswegs zermatscht, aber sie hätte erwartet, diesmal wirklich und endgültig zu sterben.

Das war nicht geschehen. Etwas hatte sie abgefangen wie ein unsichtbares Netz. Waren das wieder ihre Feenkräfte?

Die Antwort fand sie in Natalies schockierter Miene. »Alles okay?«

Paige brachte ein Nicken zustande. Bannmagie also. Sie konnte noch nicht einmal Dankbarkeit empfinden, so durcheinander war sie. Natalie nickte ebenfalls. Das Netz verpuffte und Paige rollte auf das Podium, direkt vor Catalin, der stöhnend den Kopf schüttelte, in der Hand nicht länger eine Pistole, sondern ein Plastikschwert.

Kilian lag auf Knien. Natalie schnitt seine Fesseln durch und er streifte die Schlinge von seinem Hals ab, röchelnd und hustend. Was war mit den anderen? Paige blickte sich um und erschrak. Ringsherum nur Chaos.

Rauch quoll über dem Podium, es roch nach verbranntem Fleisch. Der Drache hatte eine Schneise aus Glut und Asche gezogen, dabei die Trolle, aber auch drei Galgen in Brand gesteckt. Zwei Personen taumelten als lebendige Fackeln umher, ihre Schreie zerrissen die Nacht. Nicht ihr Vater, er brannte nicht und regte sich, dem Himmel sei Dank.

Neben Vajos' Leichnam waren Marik und ein junger Agent, dessen Namen sie vergessen hatte, in einen Kampf verwickelt. Kilian wiederum nahm Wim in die Mangel. Seine Stimme war ein einziges Krächzen.

»Du hast uns verraten!«

Der Zwerg lag im Sterben, sein Lebensfaden war nur noch hauchdünn. »Ich … konnte nicht anders … Spionzauber … Sie hat mich gezwungen … Tötet sie, Hoheit, tötet Raikun für mich … Vergebt mir … vergebt …«

Der Faden riss und Kilian ließ von Wim ab. Ed krümmte sich keuchend, eine tiefrote Linie prangte an seinem Hals. Paige stürzte zu ihm und löste seine Fesseln. Erstmals registrierte sie, dass sie keineswegs nackt war, sondern immer noch in ihren grauen und teilweise nassen Sachen steckte. Für Scham war keine Zeit.

Ein Knarren, als einer der Brennenden im Fallen gegen einen der ebenfalls in Flammen stehenden Galgen stieß. Der Pfosten geriet in Schieflage, kippte und schlug krachend aufs Podium. Funken sprühten. Schreie erklangen.

»Paige!« Die Hose ihres Vaters brannte. Er bemühte sich, auf die Beine zu kommen, strauchelte aber und fiel. »Paige – Joleen!«

Paiges Blick flog hinüber und hinter dem umgestürzten Galgen entdeckte sie die Schlange, ihre Schwester, Himmel, sie brannte! Sie schnellte hoch, wollte zu ihr, nahm all ihren Mut zusammen, um über den brennenden Pfosten zu springen, doch mit einem Mal fing auch das Podium Feuer und die Flammen schlugen ihr förmlich ins Gesicht.

»Nicht!«, brüllte ihr Vater, der in wilden Verrenkungen versuchte, die letzte Glut an seiner Hose zu ersticken.

Doch! Paige würde keinesfalls zusehen, wie ihre kleine Schwester elendig verbrannte. Noch wand sich die Schlange, noch zuckte sie, noch war es nicht zu spät.

Wasser. Sie brauchte Wasser. Die Brunnen!

Sie stürzte an die Kante des Podiums, da fiel ihr ein, dass sie nichts hatte, um das Wasser herauszuschöpfen, geschweige denn, es zu transportieren. Verzweiflung schnürte ihr die Kehle zusammen. *Jolly! Nicht Jolly!*

Verbissen suchte sie nach einer Lösung, als eine Erinnerung in ihr zündete. Das Abwasserrohr, Pennyfee, unter deren Fingern die Kloake als Wassersäule emporstieg. *Du musst dein Wissenschaftlerhirn ausschalten, dann kann es funktionieren.* Alles, was sie bisher vollbracht hatte, war sie intuitiv angegangen, aus einer inneren Notwendigkeit heraus, einem unbändigen Wunsch folgend.

Welcher Wunsch könnte dringlicher sein, als ihre Schwester zu retten?

Gefühl, ermahnte sie sich, schloss die Augen und stellte sich vor, in kühles, weiches Wasser einzutauchen. Wellen umschmeichelten sie, umschlossen sie, vereinigten sich mit ihr, und da, plötzlich, hörte sie das Wasser wie schon einmal säuseln und plätschern und lachen und schließlich sprach es zu ihr mit seiner glucksenden Stimme: *Ich bin das Wasser, oh mächtige Fee, benutze mich …* Sie nahm das Wasser in sich auf, jede Faser in ihr wurde zu Tropfen und Woge und Flut. Sie *war* Wasser. Wasser, das sich erhob, in einem Wirbel emporstieg und sich als Springflut auf das Podium ergoss. *Ich bin das Wasser, oh mächtige Fee, koche mich …*

Das gewaltige Platschen holte sie zurück in die Wirklichkeit. Der Brunnen vor ihr war leer, zwei Wassermänner paddelten mit ihren Fischschwänzen hilflos in den verbliebenen Pfützen. Das Podium aber stand unter Wasser. Heißer Dampf stieg auf, als auch die letzte Glut erlosch. Zurück blieben zwei verkohlte Leichen.

Paige strich sich das triefend nasse Haar aus der Stirn. Sie war komplett geduscht, auch die anderen waren klitschnass und starrten sie entgeistert an, selbst Catalin und Marik hatten innegehalten.

»Paige!«, rief Natalie kopfschüttelnd. »Du meine Güte, das war unglaublich!«

Paige konnte selbst kaum fassen, was gerade passiert war.

»Und habt ihr das gerade gesehen? Habt ihr Jolly auch gesehen? Nicht die Schlange, sondern Jolly, nur für eine Sekunde!« Natalie blickte aufgeregt in die Runde.

Kilian nickte, ebenso wie ihr Vater. Tränen trübten seine Augen und Paige fand Ehrfurcht darin, Dankbarkeit, Freude. Sie begriff nicht, was die drei meinten, sie hatte nichts gesehen, zu sehr war sie damit beschäftigt gewesen, das Wasser zu beherrschen, ihm zu lauschen. *Koche mich?* Was mochte das bedeuten? Sie schlitterte zu Jolly, sprach sie an, suchte nach einem Lebenszeichen. Aber lediglich ein Zucken überlief den Schlangenleib, der stellenweise schwarz und verkohlt war. Vielleicht zu schwarz. Zu verkohlt.

Vielleicht … war es doch zu spät.

37

Eine kurze Atempause nur, mehr war ihr nicht vergönnt. Im Gegensatz zu den anderen war Natalie unter ihrem Drachenleder trocken geblieben. Was mochte es bedeuten, dass sie Jolly in ihrer Menschengestalt gesehen hatte? Hatte es etwas mit dem Fluch zu tun? Sie wollte zu ihr, wollte sich davon überzeugen, dass sie noch lebte, dass Paige sie mit ihrer unfassbaren Feenmacht gerettet hatte, aber sie konnte nicht. Raikun erforderte ihre volle Aufmerksamkeit.

»Natalie! Musste das sein? Musst du immer alles zunichtemachen?«

Sie klang höchst aufgebracht, wie Natalie befriedigt feststellte. Ein Kreischen riss ihren Blick nach oben. Der Drache kreiste über dem Park. Die verbliebenen Zuschauer nahmen schreiend Reißaus, als er beidrehte, die Flügel spreizte und Bäume und Sträucher in Brand steckte.

Hatte Liam ihn noch unter Kontrolle? Unbemerkt von Raikun hatte er die Tribüne verlassen und hockte nun auf dem Dach hinter den Zackenornamenten, von wo aus er den Drachen lenkte.

»Raikun hat den Drachen mit einem Zauber eingefangen und ich musste ihn bannen«, hatte er Natalie erzählt. »Brisko hat ihm jede Menge Elektroden und Computerchips ins Gehirn implantiert und ihm die Steuerungselektronik mit einem Navigationssystem unter die Haut geschoben. Jetzt lässt er sich mittels Fernsteuerung dirigieren, wohin man will, und man kann ihn zum Feuerspeien stimulieren. Ein Drachenroboter, Reichweite etwa ein Kilometer.«

Sie hatte davon gehört, dass so etwas bei Ratten problemlos funktionierte, aber bei einem Drachen? Bisher war er stets von Brisko gesteuert und auf Einsätze geschickt worden, aber Liam hatte vorhin eindrucksvoll bewiesen, dass er das ebenso gut schaffte. Ein wahres Meisterstück an Präzision und Timing.

Soeben entdeckte Raikun, dass Liam fehlte, und gab Brisko einen Wink. Er sprintete über die Treppe der Tribüne nach unten, hielt nach dem Drachen Ausschau und sprach etwas in das Gerät an seinem Handgelenk. Ein Walkie-Talkie? Eine Smartwatch? Egal. Tatsache war, das Ding funktionierte. Genau wie die Aeromobs, die sich kurz darauf in die Lüfte erhoben, genau wie der Drache mit seinen implantierten Elektroden.

»Du fragst dich bestimmt, woher die Elektronikbauteile stammen.« Raikun hatte ihre irritierte Miene richtig interpretiert. »Du kennst die RaicoTec-Produktionsstätte am Stadtrand? Nun, da gibt es unterirdische Bunker bis obenhin voll damit, ein jeder gebaut wie ein Faraday'scher Käfig mit Schutzschaltungen. Sie haben den Magiesturm unbeschadet überstanden.«

Wie schön, danke für die Auskunft. Was hatte sie noch in petto? Kampfdrohnen? Vermutlich war mit allem zu rechnen.

Die Aeromobs tauchten durch die Rauchwolken, um Jagd auf den Drachen zu machen. Brisko suchte indessen nach seinem Navigator – Liam. Natalie wagte nicht, ihrem Bruder ein Zeichen zu geben. Sie musste ihre Sorge um ihn ablegen. Er hatte bewiesen, dass er sehr gut allein klarkam.

Kilian drosch unerbittlich auf Catalin ein. Woher er nach seinem Todeskampf vorhin die Kraft nahm, war ihr unerklärlich. Vielleicht war es blinde Wut, die ihn antrieb, vielleicht nahm er auch Rache für Vajos.

Bennet hatte Marik überwältigt und schleifte ihn zu einem der verbliebenen Galgen. »Willst du oder soll ich ihn töten?«, rief er Kilian zu, doch der krümmte sich gerade unter einem Fausthieb in den Magen.

Schüsse knatterten, als die Aeromobs ihren Angriff auf den Drachen flogen. Geschickt wich er aus, doch sie nahmen ihn in die Zange und konnten Treffer platzieren. Er kreischte gepeinigt auf, hielt sich aber in der Luft und steckte eines der Aeromobs in Brand, sodass es in einem Feuerball explodierte. *Da waren's nur noch drei.*

»Fessle ihn«, beantwortete Natalie Bennets Frage. Mariks Leben war nichts, worüber sie zu entscheiden hatten. »Und kannst du bitte die Kinder wegbringen?« Sie zeigte auf die Zwillingsmädchen und Stefo, die sich auf der Tribüne verängstigt in eine Ecke drängten.

Bennet nickte. Sie sah noch, dass er losrannte, dann musste sie sich gegen Adalea zur Wehr setzen. Die Fee war klitschnass und hatte den Drachenangriff unbeschadet überstanden. Jetzt rief sie Äste eines nahen Baums herbei.

Den Trick kannte Natalie bereits. Sie benutzte die Ruten, die auf sie zuschossen, als Ankerpunkt für ihr Magieseil und katapultierte sich selbst hinter Adalea. Überrumpelt fuhr die Fee herum. Und Natalie verwandelte sie in eine Katze, die auch sofort entrüstet zu maunzen begann.

Raikun klatschte in die Hände. »Bravo! Ich bin zutiefst beeindruckt. Auch, dass du Liam wieder übernommen hast.«

Übernommen bestimmt nicht, du krankes Scheusal!

»Das zeugt von großer Macht. Wie hast du es geschafft, Innovatis zu überleben? Der Mächtige, nicht wahr? Wie gut, dass ich die Blutbeutel im Schloss nicht entsorgt habe!« Ihr Tonfall ließ vermuten, dass sie sie nicht einfach vergessen hatte. Sie hatte von Antonias Vorhaben gewusst, vielleicht hatte gar sie ihr das Innovatis besorgt. Hatte Raikun das Blut womöglich extra für Natalie zurückgelassen? »Sein Blut fließt also in deinen Adern. Doch etwas irritiert mich. Die DNA der Magyära stimmt nicht mit deiner überein, sondern mit Liams. Sie sollten inaktiv sein. Wieso also verfügst du über solche Kräfte?«

»Das wüsstest du wohl gern.«

Raikun lächelte zufrieden und Natalie ärgerte sich, dass sie sich zu einer Antwort hatte hinreißen lassen.

Zeit, dich da runterzuholen. Mit dem Hornsignal rechnete sie nicht mehr, irgendetwas musste Tericia zugestoßen sein. Sie mussten allein mit Raikun fertigwerden.

Kilian trieb Catalin mit Faustschlägen vor sich her. Er sah erschöpft aus, das Gesicht bis auf die Würgemale und eine leuchtende Brandwunde am Hals kreidebleich, die Augenlider tiefviolett gefärbt. Gerade als Natalie wieder hochkletterte, um ihm beizustehen, landete er den entscheidenden Treffer. Catalin knallte mit dem Kopf auf eine Ecke des Podiums und verdrehte die Augen. Er rührte sich nicht mehr.

Liam hatte seinen Platz auf dem Dach verlassen und kauerte nun an einem der Brunnen. Der Drache reagierte auf die Signale der Fernsteuerung und jagte Raikuns Leute vom Platz, die der Meisterin zu Hilfe kommen wollten. Dann nahm er die Tribüne ins Visier. Das Aeromob auf seinem Abfangkurs fiel dem ersten Feuerstoß zum Opfer, lichterloh brennend stürzte es ab und schlug halb auf dem Podium auf. Das Holz glomm auf, doch aufgrund der Feuchtigkeit entwickelte sich hauptsächlich beißender Rauch. Paige barg Jolly an ihrer Brust, ihr Vater legte sich Eds Arm um die Schultern, und sie sprangen ab.

»Bringt euch in Sicherheit!«, rief Natalie, wenig überzeugt davon, dass sie auf sie hörten. Schließlich hätten sie das längst tun können und doch waren sie noch hier.

Der Drache entließ eine Flammenwand auf die Tribüne. Sie erglühte in allen Farben und für mehrere Lidschläge gab sich Natalie der trügerischen Hoffnung hin, sie würde schmelzen und Raikun in dem brodelnden Glasbrei einschließen. Das Bild eines in Bernstein konservierten Insekts stand ihr deutlich vor Augen. Dummerweise erlosch das Feuer.

Die Tribüne hatte lediglich an Form verloren. Das ornamentale Rankenwerk am Dach war geschmolzen, teilweise glühte das Glas noch in allen Rot- und Blautönen. Raikun aber war verschwunden.

Mist! Suchend blickte sich Natalie um.

Bennet kehrte zurück, sprang über einen Trollleichnam und gab ihr per Handzeichen ein Okay. Erleichtert nickte sie – die Kinder waren außer Gefahr.

Kilian tätschelte Mariks Wangen, bis er blinzelte, dann rammte er seinem Bruder die Faust in die Nieren. »Für vorhin! Und das ist noch viel zu milde!« Der nächste Hieb. »Ich sollte dich umbringen. Oder hängen. Wie du mich hängen lassen wolltest.« Und wieder einer. »Aber ich warte erst mal ab, was der Tag noch so bringt. Vielleicht wirst du ja noch gegrillt. Oder erschossen. Das wäre dann dein Glück.«

Knurrend ließ er von ihm ab und stob über die Treppe nach unten und auf Brisko zu, der gegen Liam kämpfte. Während Brisko mit erhobenem Zauberstab einen Fluch nach dem anderen gegen seinen ehemaligen Schüler aussprach, verteidigte der sich lediglich mit Bannmagie und versuchte zugleich, den Drachen im Auge zu behalten. Das konnte nicht lange gutgehen, unmöglich. Natalie wollte Kilian folgen, aber eine Stimme hielt sie auf.

»Eine Machtübertragung, nicht wahr?« Raikun war zu ihr aufs Podium gestiegen. Am Saum und am Kragen ihres Kleides klebten Glasreste wie blaue Eiszapfen, auch an ihrer Schulter verlief ein schimmernder Strang, da, wo das flüssige Glas an ihrem Ärmel hinabgelaufen war. Es musste höllisch schmerzen, aber sie ließ sich nichts anmerken. »Sie hat dir zur Magie verholfen. Aber wie? Wessen Herz hast du vereinnahmt? Woher hattest du die Tränen? Und das Horn? Wann hast du das Einhorn dazu gebracht, dir etwas zu geben?«

Etwas in Natalie vibrierte – der Dämon regte sich. Horn und Tränen standen im Vertrag. Hatte Irmin etwa vor, Natalies Macht zu übernehmen? War sie blindlings in die Falle getappt?

Raikun war ihre Gefühlsregung nicht entgangen. Wie stets bohrte sie tiefer. »Du hast mit Hanjo gesprochen. Hat er dir erzählt, was wir damals falsch machten? Dass ich mich dagegen entschied, sein Herz zu vereinnahmen?«

Diese Bezeichnung machte Natalie ganz krank. Sie hatte keinen Schimmer, was damit gemeint war. Ein Herz ließ sich nicht vereinnahmen, man schenkte es dem, den man liebte. Sie wollte ihr neues Hexenwissen nach einem solchen Ritual durchforschen, aber Raikun gönnte ihr keine Pause.

»Und hier stehen wir nun.« Sie breitete die Arme aus – die Göttin ihrer eigenen Apokalypse. In Szene gesetzt von unzähligen Scheinwerfern. Umgeben von Leichen, dem stöhnenden Marik und ihrem Bruder Catalin, der auch mehr tot als lebendig aussah. »Alles, was ich vor so langer Zeit plante, erfüllt sich.«

»Du hast deinen Tod geplant? Interessant.«

»Du rechnest mit der Armee des Generals, aber sie wird nicht kommen«, flötete Raikun selbstsicher. »Ich habe vorhin meine Magischen an die Stadtmauer geschickt, als ich davon informiert wurde, dass ihr einen eurer Leute durch das Tor geschleust habt.«

Tericia, oh nein! Na warte, du krankes Monster! Natalie ballte Magie um ihre Faust. Ein gezielter Schlag könnte Raikun außer Gefecht setzen.

Und was dann? Wirst du sie einsperren? Ist das Strafe genug für die Frau, die deine Eltern ermordet, Tausende Leben ausgelöscht und alles zugrunde gerichtet hat?

Wahrscheinlich nicht. Wahrscheinlich war keine Strafe genug. Man konnte eben ein Leben nicht gegen ein anderes aufwiegen. *Komm schon, schalte sie aus.* Ein schneller Tod, und das Kapitel Raikun wäre für immer abgeschlossen.

Sie musste an den Hahn denken. An die Abzweigung, von der sie Jolly erzählt hatte. Musste sie sich für die Dunkelheit entscheiden, damit ihr Weg wieder ins Licht führen konnte? Aber welches Recht hatte sie, ein Leben zu beenden?

»Nicht doch, Natalie«, sagte Raikun mit leichtem Tadel, als wüsste sie um ihren inneren Konflikt. »Dachtest du, ich wäre so dumm, dir ohne Schutzzauber entgegenzutreten? Adalea hat mich vorgewarnt.«

Richtig, Liam hatte es ja erwähnt, und jetzt, da Raikun sie darauf hinwies, entdeckte Natalie den fein gesponnenen Zauber, den sie in ihrem Gefühlschaos übersehen hatte. Liams Handschrift, nicht Briskos. Der war viel zu arrogant, sich mit solchen Kinkerlitzchen abzugeben.

Raikun lächelte. »Bestimmt hast du auch einen. Oder nur diesen, wie ich zugeben muss, extrem schicken Kampfanzug?«

Sie hatte keinen Schutzzauber. Sie hatte nicht daran gedacht. Durch das Drachenleder und die Magie, die sie beständig in sich spürte, hatte sie sich überlegen gefühlt. Ihre vermeintliche Stärke war ihre Achillesferse, davor hatte Kilian sie früher schon gewarnt. Jetzt war es zu spät, alles, was sie tun konnte, war, Raikun in ihrem Glauben zu bestärken.

Natalie setzte genau jene herablassende Miene auf, die sie Dutzende Male an ihr gesehen hatte. *Tarnen und täuschen, Meisterin, du hast es mich gelehrt.*

Sie konnte den von Liam erstellten Schutzzauber an Raikun problemlos lesen. Entschlossen formte sie die Magie zu einem Pfeil, bereit, sofort zuzuschlagen, nachdem sie die Worte gesprochen und den Zauber aufgelöst hatte.

»Zudem bist du gar nicht fähig, mich zu töten, Natalie.«

»Du hast ja keine Ahnung …«

»Rede kein dummes Zeug, Kind! Ich kenne dich besser als du dich selbst. Ich habe dein Potenzial schon erkannt, als du noch mit der Bannmagie gespielt hast. Du hast magische Muster ersonnen, herzige Tiere geformt, erinnerst du dich?«

Die Magie verpuffte in Natalies Hand ohne ihr Zutun. Was Raikun da andeutete … Nein, das konnte nicht wahr sein!

Verunsichert riskierte Natalie einen Blick über die Schulter. Um sie herum wallten Feuer und Rauch, der Drache hatte das dritte Aeromob vom Himmel geholt. Das vierte aber drehte einen waghalsigen Looping und war plötzlich hinter ihm. Eine Salve Schüsse ging auf seinen Kopf nieder. Die Flügel klappten nach oben, als er trudelnd abstürzte. Er krachte auf die Tribüne, rutschte über das Glas hinweg und landete mit einem Donnerschlag. Staub wirbelte auf.

Raikun sah nicht einmal hin. »Aber Viola wollte ihre Tochter nicht ausbilden lassen und Alvis hat sich ihrer Entscheidung gefügt, obwohl er genau wie ich wusste, was sich mit so viel Macht anfangen ließe.«

»Du hast mich beobachtet?« Raikun hatte doch erzählt, sie habe Natalie das erste Mal im Fernsehen gesehen, im Zuge des Amoklaufs des Riesen. Natalie lachte bitter. *Eine Lüge natürlich, was dachtest du denn?*

»Dein ganzes Leben lang. Leider ist deine Gabe wieder erloschen. Ich war so enttäuscht und wütend. Wir hätten von deiner Magie zehren können, wir alle, aber Alvis, dieser halsstarrige Idiot, musste ja alles kaputt machen. Dafür sollte er bezahlen.«

»Du hast dafür gesorgt, dass sich meine Mutter von ihm distanzierte.« Jetzt passte es endlich ins Bild.

»Allerdings. Und er hat gelitten wie ein Hund.«

Wieder schaute sich Natalie um. Brisko bekam Unterstützung vom vierten und letzten Aeromob. Schüsse ratterten. Kilian und Bennet warfen sich hinter einem der Brunnen in den Dreck. Paige und ihr Vater gingen unter dem Podium in Deckung. Ed aber robbte auf Brisko zu. Liam wiederum schickte dem Aeromob mit dem Zauberstab einen Magiestoß entgegen. Das alles war so bizarr, so schrecklich, dass es Natalie die Tränen in die Augen trieb.

Raikun stieß ein kurzes Seufzen aus. »Aber dann lernte ich Brisko kennen und er konnte sich für meine Pläne erwärmen. Gemeinsam wollten wir die Magie in dir wecken.«

»Was?« Nur ein Flüstern, zu mehr war Natalie nicht fähig. Sie hatte das Gefühl, dass Raikun sie auf einen eigens für sie kreierten Höhepunkt zuführte. Jedes verdammte Wort rammte sie tief in ihre Seele. »Was meinst du damit?«

»Ich sagte dir doch schon, dass das, was du bist, allein mein Werk ist.«

»Was … hast du getan?«

»Ich wurde auf Antonia und ihren Lieblingssohn aufmerksam.« Sie bedachte den ohnmächtigen Marik mit einem verächtlichen Zischen. »Dumm nur, dass er zu jung war. Aber Antonia hatte eine Lösung, von der wir beide profitierten. Sie hatte Probleme mit ihrem älteren Sohn, der sich ihr dauernd widersetzte.«

»Kilian.«

Er fuhr herum, als hätte sie seinen Namen gebrüllt. Mit zusammengezogenen Brauen schätzte er die Situation ein. Diesen winzigen Augenblick, da er abgelenkt war, nutzte Brisko. Sein Zauberstab tanzte über die gläserne Brunnenumrandung. Zwei eisblaue Pfeile entwuchsen dem Glas und schossen auf Kilian zu. Natalies Herzschlag setzte aus.

»Nein!« Bennets Schrei erklang zeitgleich mit ihrem und noch bevor Natalie erfasste, was geschah, warf er sich vor Kilian.

Einer der Pfeile durchbohrte Bennets Brust. Der zweite Pfeil traf Kilian an der Schulter. Blut tränkte in Sekundenschnelle seine Jacke.

»Nein! Bennet!« Kilians Stimme war voller Qual. Mit beiden Händen umfasste er den Pfeil, konnte ihn aber nicht herausziehen. Er brüllte. Da stürzte Paige an seine Seite. Natalie kapierte nicht, was sie tat, aber Kilians verzerrte Miene entspannte sich und mit Paiges Hilfe entfernte er den Pfeil. Er sank auf die Knie und drückte Bennet kurz an sich. Tränen schossen Natalie in die Augen, sie schluchzte auf.

Brisko hatte längst neue Glaspfeile parat. Die Gefahr sah er nicht kommen. Marcus Dibensky sprang ihn von hinten an und riss ihn zu Boden. Brisko rollte herum, aber sofort war Liam zur Stelle, schwang den Zauberstab und bannte ihn. Ed robbte heran und schnappte sich einen von Briskos blau schimmernden Pfeilen. Taxierend wog er ihn in der Hand, in seinen Augen brannte Hass.

Die Szene vollzog sich innerhalb von Sekunden und in unwirklicher Stille, fast, als wären sie nur Statisten, die ihre Rolle spielten. Inmitten von Chaos, Asche und Tod kannten sie nur ein Ziel.

Nicht!, wollte Natalie rufen, aber da holte Ed schon aus und rammte Brisko den Glaspfeil in einem gewaltigen Stoß tief in die Brust. Der Stich war exakt gesetzt. Natalie hörte Brisko noch einmal stöhnen, dann war er tot.

Raikun runzelte die Stirn, mehr Gefühl brachte sie für ihren langjährigen Partner nicht auf. »Nun ja. Das war's dann wohl mit der Erlösung deiner Freundin, Natalie. Lebt sie überhaupt noch?«

»Du dreckiges Miststück!« Natalies Beherrschung war dahin. Sie wollte Raikun mit bloßen Händen erwürgen, wollte ihr das Herz aus dem Leib reißen …

»Wie dem auch sei«, meinte Raikun, »Antonia war betrübt, als sich abzeichnete, dass Kilian nicht daran dachte, die Thronfolge anzutreten. Und für meine Zwecke war er ein leidlich passender Kandidat. Also trafen wir eine Vereinbarung. Antonia wollte ihn mir für eine Weile überlassen und im Gegenzug würde ich ihm später den Weg weisen.«

Eis schien in ihren Adern zu knistern. »*Überlassen*?«

»Ich habe ihn damals auf dich angesetzt. Mit einem Liebeszauber.«

38

Natalie öffnete den Mund. Und schloss ihn wieder.

Raikun legte den Kopf schief. »Dachtest du wirklich, ein Prinz verfällt einem Mädchen wie dir? So schnell, so intensiv? Nach einem zweistündigen Gespräch in der Cafeteria? Dachtest du wirklich, seine Liebe wäre echt?«

Zack. Sie hatte es erneut getan. Mit ein paar Worten hatte sie ihr den Boden unter den Füßen weggerissen. Natalie spürte, wie sie schwankte.

Hände packten sie an den Oberarmen. Kilian. »Natalie …«

»Nat! Hör nicht auf sie!«, schrie auch Liam. Immer noch kämpfte er gegen das Aeromob. Stellte Banngitter auf und erschuf Schilde, an denen die Kugeln abprallten, damit Paige und ihr Vater Ed in den Schutz des Podiums ziehen konnten. Natalie hörte die Schüsse schon gar nicht mehr.

»Das … ist nicht wahr«, brachte sie endlich hervor. Ihre Stimme war dünn, jedes Wort pure Qual. »Du lügst!«

»Ich habe nachgeholfen. Seiner Liebe einen Schubs gegeben«, fügte Raikun hinzu und schenkte Kilian ein mitleidiges Lächeln. »Er ist so leicht zu beeinflussen.«

»Natalie, sieh mich an, sieh mich an«, sagte Kilian. »Ich liebe dich. Ich liebe dich, ganz egal, welche Zauber sie mir auferlegt hat, bitte: Glaub mir das.«

Er hielt ihren Blick fest und kurz meinte sie, darin zu versinken. Sie fand Schmerz und Trauer, Sehnsucht und Entschlossenheit, und wusste, dass er die Wahrheit sprach. Aber war diese Wahrheit nicht auch das Ergebnis des Zaubers? Das Produkt einer Lüge?

»Ich …« Sie horchte auf. *Ist das … ? Hölle, ja!*

Alle horchten sie auf, Paige, Ed, Dibensky und Kilian. Sogar Raikun riss den Kopf hoch, als das Horn endlich, endlich erschallte. Ein einziger langer Ton aus der Ferne, der neuen Mut in Natalie entfachte, vor allem auch deshalb, weil unmittelbar darauf ein dumpfes Grollen über Mitran hinwegrollte.

Die Stadtmauer fiel! Tericia hatte es geschafft! Sie blies das Horn, zwar viel später als vereinbart, aber dennoch, sie hatte es geschafft!

Und was tat *sie*? Sie ließ sich von Raikun einwickeln! Sie *redete* mit ihr, anstatt sie zu bekämpfen! War sie noch bei Trost? Irmin hatte recht, sie brachte es nicht fertig, sie zu töten, aber nicht aufgrund ihrer Schwäche oder weil sie vor der Dunkelheit zurückscheute. Sondern weil sie einfach dämlich war.

Sie drückte Kilian einen Kuss auf die Lippen, wirbelte herum und löste Raikuns Schutzzauber, indem sie die passenden Worte aussprach: »Weiche, Schutz des Leibes! Weiche, Schutz der Seele!«

Raikun stieß ein verblüfftes Keuchen aus, als der Zauber erlosch. Eine Reihe von Gefühlen wanderte über ihr Gesicht, Bestürzung, Verwirrung, Empörung, Zorn – bis am Ende nur noch eins vorherrschte: Gier. Sie glitzerte in Raikuns Augen, hinter ihrer Stirn schien es zu rattern.

Das hast du nicht erwartet, hm? »Schluss mit dem Kaffeekränzchen! Bringen wir es zu Ende!«

Natalie schleuderte Raikun einen Magiestoß an die Brust, unter dem sie zurücktaumelte. Auf den ersten folgte der nächste und wieder einer. Schlag um Schlag traktierte sie Raikun, bis sie vom Podium stolperte.

Natalie sprang ebenfalls hinunter. Unerwartet schnell hatte sich Raikun aufgerappelt und zog nun eine Waffe aus ihrem Mieder hervor, ein winziges Ding, das sie auch sofort abfeuerte. Eds Warnruf kam zu spät.

Raikuns Schüsse trafen erst Paige im Gesicht, dann auch ihren Vater, ehe Liam die Waffe in einen Gummiball verwandelte.

Natalies Schreck wich. Es waren nur Farbspritzer, keine Kugeln! Eine von Raikuns Essenzen, offenbar jene, die sie auch beim Kampf vor der Kanzler-Villa verwendet hatte, um die Agenten zu beeinflussen. Der Zauber tat sofort seine Wirkung. Paige und ihr Vater bewegten sich zombieartig auf Liam zu und er wich irritiert zurück, als er merkte, dass sie vorhatten, ihn anzugreifen.

»Nat? Was soll ich tun?«

So völlig außer sich sahen die zwei tatsächlich zum Fürchten aus, dennoch hatte er Scheu, sich zu verteidigen. »Keine Sorge, wir erledigen das!«, rief sie. »Kümmere dich um das Aeromob!«

Kilian schnellte auf Dibensky zu und nahm ihn von hinten in den Schwitzkasten, ungeachtet dessen, dass Paige sich auf ihn stürzte, sich in seinem Hals verbiss und ihre Fingernägel in seine Haut rammte, sodass Blut hervortrat.

»Hast du keine neuen Tricks auf Lager, Raikun?« Natalie löste den Zauber, der Paige gefangen hielt, dann auch den ihres Vaters. Zwei rasche Handbewegungen, mehr war es nicht. Verdutzt ließen die beiden von Kilian ab.

Raikuns Mundwinkel hoben sich befriedigt und da dämmerte Natalie plötzlich, was sie umtrieb: *Natürlich. Sie hat spitzgekriegt, dass du über noch größere Macht verfügst als angenommen. Und jetzt ist sie darauf aus. Alles, was sie will, bist du!*

Kilian wischte sich das Blut ab. »Scheiße noch mal!«, knurrte er. »Bring sie endlich zur Strecke, Nat!«

Nat? Seit er in Raikuns Fänge geraten war, hatte er sie nicht mehr so genannt. Unwillkürlich warf sie ihm ein Lächeln zu und er erwiderte es. Ein winziger Austausch, der ihr alles, alles bedeutete. *Ich liebe dich!*

Sie nickte knapp, bereit für den letzten Schritt, aber das Aeromob kam ihr dazwischen. Es drehte bei und nahm sie unter Beschuss. Instinktiv erschuf Natalie einen magischen Schild.

»Liam! In das Cockpit! Jetzt!«

Er wusste sofort, was sie meinte, war jedoch einen Tick zu

langsam. Sein Magiepfeil verfehlte das Cockpit um einen halben Meter. »Scheiße!«, brüllte er, zornig über sich selbst.

»Ganz ruhig, Li! Noch mal!« Das Aeromob zog eine Schleife und visierte sie abermals an. Kugeln prallten knatternd an ihrem Schild ab. Ihr Puls raste, doch sie zwang sich zur Ruhe. *Gleich* … »Jetzt!«

Diesmal traf er. Die Scheibe zersplitterte, der Pilot sackte in sich zusammen und das führerlose Gefährt sauste an ihnen vorbei. Funken sprühten, als es den Boden touchierte. Ungebremst schoss es weiter. Erst der tote Drache hielt es auf und es bohrte sich mit der Schnauze tief in seinen Leib.

Als Natalie sich umdrehte, hatte Raikun Paige in ihre Gewalt gebracht. Sie drückte ihr einen zarten Dolch an die Brust, mehr ein Stilett mit edelsteinbesetztem Griff – eine ihrer Haarnadeln, wie Natalie bemerkte. Kilian war mit halb erhobenen Händen vor den beiden erstarrt, Dibensky presste vor Verzweiflung die Finger an die Schläfen, Ed stöhnte.

Fragend schaute Natalie zu Liam und er schüttelte den Kopf. Das Risiko war zu groß.

Paige atmete schwer.

»Es tut mir furchtbar leid um Ihren Geliebten, werte Paige«, säuselte Raikun. »Ach, das wussten Sie nicht? Hat Ihnen niemand gesagt, dass Valeriu tot ist?«

In Paiges Gesicht erlosch etwas. »Nein … nein … Natalie?«

Sie biss sich auf die Lippen. *Nicht das auch noch* … »Es war noch keine Zeit … Hat Jolly nichts gesagt …?«

»Nein, bitte, bitte, sag, dass das nicht wahr ist!«

Raikun drückte das Stilett tiefer. Ein Blutfleck bildete sich auf Paiges grauer Häftlingsjacke. »Es ist wahr. Valeriu wurde beim Angriff auf Schloss Nauders geköpft. Glauben Sie mir, ich bin selbst untröstlich über seinen Tod.«

Ein entsetzlicher Laut löste sich aus Paiges Kehle. In Natalie verkrampfte sich alles, jeder Muskel wurde hart wie Stein. Paiges Qual mitzuerleben, war unerträglich. Sie spürte, wie ihr heiße

Tränen vom Kinn tropften. Paige allerdings weinte nicht. Sie schluchzte trocken und stieß weiter diese abgehackten Klagelaute aus.

»Vielleicht kann ich noch etwas für Valeriu tun, Paige«, sagte Raikun jetzt und blickte Natalie fest in die Augen. »Sie müssten nur mit mir kommen, zu seinem Grab …«

Mehr konnte Natalie nicht verstehen, denn das Horn erschallte aufs Neue, diesmal ganz nah. Sie blickte sich um und entdeckte Tericia neben der Tribüne, neongelbe Siebenmeilenstiefel an den Füßen. Sie winkte und blies noch einmal ins Horn. Risse bildeten sich in den Mauern des Greifspalasts. Schnell wie Blitze jagten sie über das Glas und als das Horn verstummte, als sich für einen Herzschlag Stille in jeder Ecke des Parks ballte, vernahm Natalie das unheilvolle Knacken. Danach ertönte ein Grollen und Rumpeln aus Richtung der angrenzenden Gebäude. Die Häuser! Jolly und Tericia hatten es prophezeit: Das Horn ließ *alle* Mauern in unmittelbarer Umgebung einstürzen.

Auch die Tribüne war von netzartigen Sprüngen überzogen, schon klafften die Bruchstellen auseinander, das Glas knarrte. Vom Greifspalast platzte der erste Splitter ab.

»Lauft!«, schrie Natalie den anderen zu und packte mit an, als Paiges Vater Ed hochriss.

Im nächsten Moment barst die Tribüne auseinander. Riesige Glastrümmer krachten herunter und zerschellten beim Aufprall. Es regnete Scherben. Das Drachenleder hielt, aber Natalie spürte sie im Gesicht und auf der Kopfhaut wie winzige Messerklingen.

Sie flüchteten durch das prasselnde Glas, das unangenehm grelle Klirren in den Ohren. In einiger Entfernung erst hielten sie an. Eine dichte Staubwolke wallte über dem Platz, die sich nur langsam verzog. Natalie konnte kaum etwas erkennen, doch da geriet die Luft vor ihnen in Bewegung, Glas und Staub wirbelten auf.

»Nat!« Kilian packte sie am Arm. »Paige!«

»Hölle, nein!«

Paige und Raikun waren in einen blau flirrenden Sog gehüllt, immer schneller, immer dichter umkreiste er die beiden, bis sich der Wind säulenartig in den Himmel erhob.

Vor ihren Augen verwandelte sich Paige in einen Tornado und trug Raikun davon.

39

Endlich war wieder Ruhe eingekehrt. Ab und zu hörte Natalie noch Steine poltern, aber zum größten Teil war die Zerstörungswelle zum Stillstand gekommen. Der Greifspalast und die Häuser ringsum glichen einem Trümmerfeld, das blaue Zauberglas war zur Gänze zersplittert und bedeckte stellenweise meterhoch den Boden. Das Horn hatte seinen Zweck erfüllt.

Tericia war am Ende ihrer Kräfte. Sie war auf ihrem Weg zum Stadttor viel langsamer vorangekommen als erhofft. »Die OMB-Agenten haben bis zur letzten Minute auf mich gewartet, aber dann mussten sie jemanden zum General schicken, ehe sich die Tore schlossen. Also musste ich wiederum warten, bis der Soldat mit den Siebenmeilenstiefeln zurückkehrte. Ohne die hätte ich es nie quer durch die Stadt geschafft. Und ins Horn konnte ich erst blasen, als die Truppen im Anmarsch waren, weil wir fürchteten, das Glas würde sich womöglich selbstständig wieder erneuen, schließlich wächst es ja ständig. Ich konnte gerade noch fliehen, bevor die Magischen auftauchten. Tut mir so leid.«

Natalie richtete sich kurz auf, wischte sich Staub und Schweiß von der Stirn und nickte Tericia zu. »Schon gut.«

»Was machst du hier eigentlich? Hast du was verloren?«

Verloren? Ja. Alles. Die Furcht pulsierte wellenartig durch ihre Glieder. Furcht um Jolly, die hier irgendwo unter den Glasbergen liegen musste. Furcht um Paige. Und davor, dass der Kampf gegen Raikun noch mehr Tote fordern würde.

»Jolly. Ich suche nach Jolly.« Herr Dibensky wühlte ebenfalls im Glas, sogar Ed. Gerade als Tericia sich bückte, um mitzuhelfen, stieß Natalie auf den weichen Schlangenleib. Vorsichtig schaufelte sie die Splitter beiseite und nahm Jolly auf die Arme. »Ich habe sie! Sie lebt!«

»Dem Himmel sei Dank!« Dibensky stürzte an Natalies Seite. Mit der Fingerspitze strich er Jolly über den Kopf, der wie der Rest ihres Körpers schwere Brandwunden aufwies. »Joleen?«

Keine Antwort. Die Schlange zuckte lediglich. Natalie wurde ganz schwummrig vor Panik. »Jolly? Jolly antworte! Bitte, Jolly …«

»Sie stirbt«, sagte Ed leise. »Solche großflächigen Verbrennungen kann sie nicht überleben.«

Was sollten sie bloß tun? Natalie schwirrte der Kopf, sie konnte keinen klaren Gedanken fassen. Eine einzelne Träne rollte aus ihrem Augenwinkel, sie schmeckte Salz auf den Lippen. »Nein, sie darf nicht sterben …«

Soeben kam Kilian in Liams Begleitung vom Aeromob zurück. »Wir können sofort losfliegen. Der Drache hat den Absturz abgefangen. Bis auf die Windschutzscheibe hat das Cockpit nichts abgekriegt.«

»Ich habe das Glas mit einem Zauber repariert«, ergänzte Liam.

Ruckartig hielten sie inne, als sie Jolly bemerkten. »Jolly!«, rief Kilian alarmiert. »Ist sie … tot?«

Ed seufzte schwer. »Noch nicht.«

»Seltsam, ich dachte, sie hätte sich vorhin zurückverwandelt …«

Natalie horchte auf. »Du hast es also auch gesehen?«

Als der Wasserschwall auf die brennende Schlange traf, hatte Jolly für den Bruchteil einer Sekunde in ihrer Menschengestalt auf dem Podium gelegen, eingehüllt in Wasserdampf. Unmittelbar darauf war sie wieder zur Schlange geworden.

»Ich auch«, sagte Dibensky. »Als Paige die Flammen gelöscht hat.«

Kilian nickte. »Genau. Da dachte ich, der Fluch sei auf irgendeine Weise gebrochen worden. Das war wohl ein Irrtum.«

»Vielleicht bewirkt ja Feuer die Verwandlung«, vermutete Tericia. »Dann könnte das Wasser den Vorgang gestoppt haben.«

»Hölle, das Hintertürchen!«, rief Natalie. »Das wäre Jollys Rettung! Sie wäre auf einen Schlag geheilt – und wieder ein Mensch! Aber …«, sie schluckte, »… das hieße, wir müssten sie … verbrennen …«

»Sie würde nicht verbrennen, nicht richtig jedenfalls. Sie wäre erlöst.«

»Und wenn du dich irrst? Wir brauchen Gewissheit, Tericia. Kannst du … eventuell sehen, was wir tun müssen, um sie zu retten?«

Tericia zog ihren Spiegel zurate. »Ich kann die Zukunft momentan nur schwer deuten. Wir … bewegen uns auf einen Wendepunkt zu … er überlagert alles. Dinge, die nicht unmittelbar etwas damit zu tun haben … kann ich kaum herausfiltern …« Seufzend blickte sie auf. »Gib mir eine Minute, ich versuche mein Bestes.«

»Was, wenn es andersrum ist?«, überlegte Liam. »Wenn Wasser den Fluch bricht? Das können wir sofort überprüfen.« Er zog seinen Zauberstab hervor und formte aus einem Glasbrocken einen Topf. Rasch lief er zum zweiten, noch vollen Brunnen, schöpfte Wasser heraus und kehrte damit zurück. »Leg sie rein.«

Etwas wie Hoffnung schlich sich in Natalies Herz. Zögernd ließ sie die Schlange in den Topf gleiten. Sie atmete ein. Atmete aus. Nichts geschah. Ihre Hoffnung zerstob.

Sie nahm Jolly wieder an sich, wartete auf ein Zeichen, auf einen Hinweis, dass sie nach wie vor am Leben war, ein Zucken, einen Laut, irgendetwas – aber die Schlange regte sich nicht.

»Wir brauchen eine Lösung! Schnell!« *Das Horn!*, fiel es ihr ein. *Das Horn des Einhorns könnte sie heilen …*

»Vielleicht heißes Wasser?«, meinte Dibensky, in dessen Stimme Enttäuschung mitschwang.

Zweifelnd schüttelte Kilian den Kopf. »Das Wasser vorhin war aber nicht heiß. Weshalb hätte also der Verwandlungsprozess eingesetzt?«

Tericia blickte vom Spiegel auf. »Es muss kochen.«

Natalie entwich ein scharfer Atemzug. »Was?«

»Du musst sie in kochendes Wasser tauchen. Dadurch wird Jolly geheilt und der Fluch gebrochen.«

»Bist du sicher?«, hakte Kilian nach. »Wasser erhitzt sich nicht, wenn es Feuer löscht. Es entzieht ihm lediglich Energie und verdampft.«

»Der Spiegel hat es mir gezeigt.« Tericia legte ihre Hand auf Natalies Arm. »Vertrau mir, Natalie.«

Das hatte sie stets getan und Tericia hatte immer recht behalten. Doch in diesem Fall … »Ich werfe doch nicht meine Freundin in kochendes Wasser!«, protestierte sie. »Ich habe das Horn. Das kann sie heilen.«

»Möglich«, sagte Tericia sanft. »Doch weißt du, was du damit tun musst? Legt man es auf die Wunden? Braut man daraus einen Trank und flößt ihn ein?«

»Letzteres, da bin ich mir ziemlich sicher. Aber wie soll sie ihn schlucken?«

Tericia nickte vielsagend. »Wenn wir mit dem Versuch kostbare Zeit verplempern und es funktioniert nicht, könnte es für Jolly zu spät sein. Außerdem brauchst du das Horn noch …« Sie ließ den Satz unvollendet.

Natalie machte einen zittrigen Atemzug. »Was, wenn ich sie damit erst recht umbringe? Ich meine … es ist Jolly … meine Jolly!«

»Und meine Tochter«, fügte Dibensky hinzu. »Ich kann sie nicht verlieren, nicht auch noch sie.«

Ein Beben durchzuckte den Leib der Schlange, sie züngelte schwach. Dann erstarrte sie unter Natalies Händen.

»Tu es jetzt, Natalie«, drängte Tericia. »Es wird ihr nichts geschehen, ich verspreche es. Und sie wird endlich erlöst sein.«

Natalie blickte in die Runde. Kilian nickte, genau wie Ed – sie waren dafür. Jollys Vater stöhnte nur. Und Liam … Liam brachte das Wasser im Topf mit einem Zauber zum Kochen.

»Tericia hat recht«, sagte er. »Jetzt oder nie, Nat.«

Die Entscheidung lag bei ihr. Entweder würde sie ihre Freundin endgültig töten – falls sie nicht bereits tot war – oder erlösen. *Wie würdest du entscheiden, Jolly?* Sie musste an ihr Gespräch am Brunnen denken. Daran, wie traurig Jolly geklungen hatte. *Sie würde den Versuch wagen und alles auf eine Karte setzen*, beantwortete sie sich ihre Frage im nächsten Atemzug. Sie nickte. *Bitte, bitte, bitte*, dachte sie. Gefolgt von: *Augen zu und durch.*

Sie warf die Schlange in den Topf.

Es gab einen Knall. Das Glas zerbarst unter der jäh aufwallenden Magie und sie zogen vor den umherschießenden Splittern die Köpfe ein. Danach war es still. Natalie blinzelte. Das Herz schlug ihr bis zum Hals.

Leblos lag die Schlange in ihrer Mitte.

»Ihre Haut!«, rief Tericia.

Tatsächlich war die Reptilienhaut jetzt reinweiß. Keine Brandwunden, keine schlecht verheilten Verletzungen mehr. Das Wasser war verdampft, kein nasser Fleck, ja nicht einmal ein Tropfen fand sich auf dem Boden.

Und dann, endlich, Natalie hatte schon nicht mehr damit gerechnet, tat sich etwas. Es lief ganz anders ab als unter dem Gegenmittel. Der Schlangenkörper verschwand, während das Mädchen wie aus dem Nichts erschien, zusammengerollt und erstaunlicherweise bekleidet, mit jenen Sachen, die sie am Tag ihrer Verwandlung getragen hatte.

Vorsichtig tippte Natalie ihrer Freundin auf die Schulter. »Jolly?«

Sie schoss so schnell hoch, dass alle vor Schreck aufschrien. »Was? Was ist …? Oh. Oooh.« Fast andächtig betastete sie ihren neuen alten Körper, ihr Gesicht, ihr lockiges Haar. Ein Strahlen überwältigte sie, dann ein Schluchzen, das in Lachen überging. »Das … fühlt sich anders an, nämlich richtig, richtig gut!«

»So niedergeschlagen kenne ich dich nicht.«

Sanft strich Natalie durch Kilians Haar. Blut klebte in den dunklen Strähnen. Blut, Rauch und Schweiß. Sie ertastete einen winzigen Glassplitter. Sein Gesicht war von Schnitten übersät. Und die verletzte Schulter nur notdürftig verbunden.

Es waren die ersten Minuten, die sie für sich hatten. Sie wollte ihm so viel sagen. Lauter Dinge, die von Bedeutung waren, drängten auf ihre Zunge, schneller, als sie sie aussprechen konnte, und schon entglitten sie ihr wieder.

Er seufzte. »Ich bin nicht niedergeschlagen, ich bin …«

… *aufgewühlt? Kaputt? Gebrochen?* Das war sie auch. Das waren sie alle.

Natalie blickte aus dem kleinen Fenster des Frachtraums. Draußen zog die Nacht vorbei. In wenigen Minuten würde das Aeromob vor Schloss Nauders landen.

Ohne Zweifel hatte Paige Raikun dorthin »entführt« oder vielmehr war es wohl Raikun gewesen, die Paige dazu gebracht hatte, sie mithilfe ihrer Feenkräfte über das Land bis nach Schloss Nauders zu tragen. Doch was sie damit bezweckte, war die große Frage.

»Sie will dich, Nat. Deine Macht«, hatte Liam vorhin gesagt und damit Natalies Vermutung bestätigt. Mit Paige als Geisel verfügte Raikun nun über die Tränen einer Fee und sie ging wohl davon aus, dass Natalie im Besitz des Einhornhorns war. Wenn sie im Gespräch mit Raikun alles richtig verstanden hatte, fehlte also nur noch das Herz für eine Machtübertragung – Natalies Herz.

Marcus Dibensky hatte darauf bestanden mitzukommen, um Paige zu befreien. Er saß am Steuer und Jolly war mit ihm im Cockpit. Ihr Vater hatte einen emotionalen Zusammenbruch erlitten und sie angefleht, ihm zu verzeihen. Sie hatte ihn wortlos umarmt, doch sie würden Zeit brauchen, sich wieder anzunähern, mehr Zeit, als der kurze Flug bieten konnte.

Liam, der Natalie gegenüber hockte, tat, als würde er schlafen. Ein Lächeln zuckte in ihr auf. Den fiesen kleinen Trick hatte er schon früher höchst erfolgreich bei ihren Eltern eingesetzt, um ihren Gesprächen zu lauschen.

Neben ihm saß Tericia, vertieft in ihre Visionen. Ab und zu nur sah sie vom Spiegel auf und warf Natalie ein beruhigendes Lächeln zu. Dann wieder verdüsterte sich ihre Miene. Die Zukunft war unstet, der Wendepunkt nicht festzumachen.

»Dieser Liebeszauber«, sagte Kilian endlich. »Raikun hat gelogen, es gibt ihn nicht, oder?«

Ihr Herz zog sich schmerzhaft zusammen. Während des Kampfes vorhin, als sie gefangen zwischen Hektik und Wahnsinn um ihr aller Überleben bangen musste, hatte sie nicht darauf geachtet, doch nun konzentrierte sie sich auf die Magie. Sie entdeckte zwei silbrige Geflechte, die sich in unzähligen feinen Fäden um Kilians Verstand schlangen und tief in sein Gedächtnis gruben. Sie unterschieden sich deutlich voneinander, waren jedoch in sich verwoben und wirkten ungleich komplexer auf sie als Liams Zauber.

»Doch, es gibt ihn. Ausnahmsweise hat sie die Wahrheit gesagt. Beide Zauber sind tief in deinem Bewusstsein verankert. Ich weiß nicht, ob ich sie so einfach entfernen kann. Du … könntest Teile deines Gedächtnisses verlieren. Du wärst vielleicht nicht mehr derselbe.«

»Ich habe schon so viele meiner Erinnerungen eingebüßt, auf ein paar mehr kommt es nicht an. Dann verliebe ich mich eben noch einmal in dich.«

Sie flüsterte nur noch. Wagte kaum, ihn anzublicken. »Dein Gehirn könnte irreparablen Schaden nehmen.«

»Dann … Das bedeutet …« Er verzog das Gesicht zu einem stummen Fluch.

»Wir dürfen Raikun nicht töten, ehe sie dich nicht davon erlöst hat«, sprach Natalie seine Gedanken aus.

Kilian schüttelte den Kopf. »Das ist es nicht wert. Wir nehmen sie unter Beschuss, sobald sich die Möglichkeit ergibt – wie besprochen.« Als Natalie schwieg, fuhr er fort: »Die Hexenzauber sind bedeutungslos. Das mit Cleo ist vorbei, ich konnte mich ihr entziehen. Und der Liebeszauber … Es ist völlig egal, was mich damals dazu gebracht hat, mich in dich zu verlieben. Ich liebe dich, Nat, das ist alles, was zählt.«

Sie berührte mit den Fingerspitzen seine aufgesprungenen Lippen. »Ich liebe dich auch. Aber …«

»Aber?« Er nahm ihre Hand in seine und drückte sie. »Wir können sie besiegen. Sie hat keine Verbündeten mehr. In einem Kampf hat sie keine Chance gegen uns.«

»Das ist es, was mir zu schaffen macht. Noch einen Kampf ertrage ich nicht. Nicht noch mehr Tote.«

Sie hatten die Leichen nur kurz gesichtet. Wim war an den Folgen seiner Verletzungen und Jollys Gift gestorben. Marik war ebenfalls tot, erschlagen von einem Glasteil. Catalin, Brisko, sogar Adalea, die Katze – alle tot. Und so viele ihrer Freunde.

Sie hatten Vajos und Bennet liegen lassen müssen und das tat weh. Zum Trauern war keine Zeit geblieben. Zumindest war Ed bei ihnen und erwartete General Grösch und seine Truppen. Sie hatten Raikuns Leute an der Stadtmauer besiegt und nun bereits die Hälfte der Strecke zum Greifspalast hinter sich gebracht, umjubelt von Mitrans Bevölkerung – das hatten sie vom Aeromob aus gesehen.

»Ich ja auch nicht. Glaub mir, Nat, ich möchte einen Kampf auch vermeiden. Ich würde jede andere Lösung bevorzugen. Nur, mir fällt keine ein.«

Tja, mir auch nicht … Oder halt! Vielleicht doch. Raikun hatte es auf ihre Kräfte abgesehen. Was, wenn sie sich das zunutze machte? Wenn sie ihr genau das gab, wonach es sie so sehr verlangte, wenn sie auf ihr krankes Spiel einging, konnten sie dann im richtigen Moment zuschlagen?

Natalie wusste nicht, wie eine Machtübertragung genau ablief, ihr neues Hexenwissen enthielt keine derartige Anleitung. Allerdings würde sich Raikun vermutlich darauf konzentrieren müssen und wäre höchstwahrscheinlich abgelenkt. Sich ihrer Sache zu sicher. Verwundbar. *Es könnte funktionieren. Bloß wird Kilian das jemals zulassen?*

»Dibensky ist ein hervorragender Schütze«, sagte er. »Ein gezielter Schuss, und wir sind sie für immer los.«

»Ja«, Natalie nickte langsam, »vielleicht hast du recht. Erledigen wir Raikun, und dann beschäftigen wir uns mit dem Rest.«

Besagter Rest lag ihr schwer im Magen. Noch hatte sie Kilian nicht vom Vertrag mit Irmin erzählt. Zum Glück hakte er nicht nach, sondern nickte nur und drückte ihr einen Kuss auf die Stirn. Sie sehnte sich nach mehr, wollte Trost in seinen Armen finden, seine Lippen auf ihren spüren, aber da öffnete Jolly das Schiebefenster zum Frachtraum.

»Wir sind da.«

40

Die Turmspitzen von Schloss Nauders ragten zu ihrer Linken in den Nachthimmel. Jollys Vater überflog den Schlosspark, und sie stöhnten geschlossen auf, als sie Raikun am Brunnen entdeckten, direkt vor Valerius Grab. Fackeln waren in die Erde gerammt und ihr zuckender Schein erhellte die unwirkliche Szene.

»Unfassbar, sie ist wirklich hier«, murmelte Kilian.

Natürlich hatte Raikun das Aeromob kommen hören und natürlich war sie vorbereitet. Sie hielt Paige fest umschlungen und drehte sich mit, als Dibensky eine Schleife flog.

»Kein freies Schussfeld«, sagte er grimmig. »Sie benutzt Paige als Schild.«

»Das war zu erwarten«, erwiderte Kilian. »Landen Sie in einiger Entfernung und halten Sie sich hinter dem Aeromob verschanzt. Wir versuchen, Paige freizubekommen. Schießen Sie, sobald sich die Möglichkeit ergibt.«

»Bitte«, jammerte Jolly, »holt Paige zurück. Und geht dabei nicht selbst drauf. Schafft ihr das? Auweia, mir ist ganz schlecht vor Angst.«

Natalie bemühte sich um Zuversicht. »Schon gut. Keine Sorge, wir kriegen das hin.«

Tericia senkte ihren Spiegel. Natalie konnte den Ausdruck in ihrem Gesicht nicht deuten. »Die Zukunft …«

»… ist im Fluss. Ich weiß. Was auch geschehen mag – danke. Danke für alles.«

»Ich danke dir. Du hast mich zurück ins Leben geholt. Das werde ich dir nie vergessen.«

Kaum waren sie nach der Landung ausgestiegen, peitschten

Schüsse auf. Obwohl sie hinter dem Aeromob in Deckung waren, zog Natalie instinktiv den Kopf ein.

»Sie hat sich eine Waffe besorgt.«

Raikun erhob die Stimme. »Das hat lange gedauert. Hast du uns absichtlich warten lassen, Natalie? Komm zu mir und bring Kilian und Liam mit.«

»Was willst du?«

»Das weißt du haargenau.«

Meine Macht. Nun gab es keinen Zweifel mehr an Raikuns Absichten.

»Ich komme erst, wenn du Paige gehen lässt!«, antwortete Natalie.

»Unfug! Du weißt, dass ich am längeren Hebel sitze! Also mach es uns nicht so schwer!«

Ein gellender Schrei von Paige verdeutlichte, dass Raikun es ernst meinte. Sie tauschten Blicke, Tericia befragte ihren Spiegel. Dibensky bezog mit angelegtem Gewehr Posten.

»Was jetzt?«, murmelte Liam.

»Wir tun, was sie verlangt«, entschied Natalie und Kilian nickte.

»Natalie!« Raikun. »Wo bleibst du?«

Kilian warf Dibensky einen letzten Blick zu, dann marschierten sie los, sorgsam darauf bedacht, nicht in die Schusslinie zu geraten. Doch Raikun war auf der Hut, sie hielt sich stets hinter Paige.

Verwandle dich, Paige!, dachte Natalie und suchte ihren Blick. *Vogel, Ameise – völlig egal, bloß tu was! Ich weiß, dass du es kannst!*

Aber Paige wimmerte nur. Blut sickerte unaufhörlich aus einer Wunde an ihrem Hals. Sie wirkte zutiefst verstört und gezeichnet von den Ereignissen beim Greifspalast, vielleicht auch von der Begegnung mit ihren eigenen Kräften.

Als sie näher kamen, bemerkte Natalie einen Spaten auf dem Boden und einen Erdhügel. Paiges Hände waren schmutzig, sie war komplett verschwitzt, ihr Blick flackerte ständig nach links, wo sich in einer Grube Valerius Wolfskörper und sein Kopf abzeichneten. *Sie hat Paige das Grab ausheben lassen.*

Natalie hatte damit gerechnet, dass Raikun ihr alles abverlangen würde, um an ihre Tränen zu gelangen, doch das war der Gipfel der Grausamkeit. Hatte Paige bereits geweint?

In einem Abstand von etwa fünf Metern blieben sie stehen.

»Lass Paige gehen«, forderte Natalie.

Raikun lachte lediglich. »Bevor wir noch mehr Zeit mit unnötigem Gerede vertrödeln, lass mich etwas klarstellen: *Durere!*«

Durere? Das war Rumänisch und Natalie hatte das Wort schon mal gehört … Bloß wo? Sie konnte nicht darüber nachdenken, denn Kilian schrie auf und presste die Handballen an die Schläfen.

»Was ist?«, rief sie erschrocken. »Was hast du?«

Er gab keine Antwort. Mit schmerzverzerrtem Gesicht sackte er auf die Knie. Ein Schuss knallte, als Raikun hinter Paige hervortrat, doch sie duckte sich und die Kugel verfehlte sie.

»Tötet mich, und er wird daran zugrunde gehen!«, zischte sie und deutete auf Kilian, der sich vor Qual krümmte.

»Nicht schießen!«, schrie Natalie an Dibensky gewandt. »Nicht schießen! Feuer einstellen!«

Dibensky begriff offenbar, es wurde still. Nur Kilians Stöhnen durchschnitt die Nacht. Natalie kauerte neben ihm nieder, sie strich ihm durchs Haar, merkte, dass er schwitzte. Er konnte kaum sprechen. »Mein Kopf … zerspringt … Sie hat …«

»Schmerz. Brisko hat gemeinsam mit meinem Vergessenszauber einen Auslöser für einen dritten Zauber verankert«, gab Raikun bereitwillig Auskunft, die Pistole jetzt wieder auf Paige gerichtet. »Solange ich ihn nicht wieder aufhebe, wird er leiden. Stunden, Tage, Wochen, für immer …«

Brisko, genau! Natalie erinnerte sich wieder, woher sie das Wort kannte. Und noch jemand kannte es … »Gib ihn frei!«

»Nein, Natalie. Nicht ohne Gegenleistung.« In Raikuns Stimme schwang eine unmissverständliche Schärfe mit.

»Und wer garantiert mir, dass du ihn erlöst, sobald du hast, was du willst? Denkst du wirklich, ich verlasse mich auf dein Wort?«

»Du hast keine Wahl, nicht wahr?«

So war es. Dies war Raikuns Trumpf, ein letzter Zweikampf, nur zwischen ihnen beiden. Sie hatte ihn angekündigt, hatte Natalie förmlich dazu eingeladen, und sie war ihr wider besseren Wissens hierher gefolgt. Weil ihr Mitgefühl ihre größte Schwäche war.

Und deine ist Überheblichkeit. Du meinst, alles über mich zu wissen, doch da liegst du falsch. Konnte sie Raikun mit ihrer eigenen Waffe schlagen?

Kilian ächzte, er zitterte jetzt am ganzen Körper. »Mach das … nicht … Nat.«

Alles verkrampfte sich in ihr, jeder Muskel schmerzte, als sie ihn so leiden sah. Niemand sollte je wieder leiden müssen, niemand sollte mehr sterben, nicht ihretwegen, nicht wegen Raikun. Da entschied sie, es zu wagen. Es konnte gelingen. Sie würde Raikun alles geben – und alles nehmen.

Der Dämon klammerte sich mit feurigen Klauen an ihr Herz, er hatte sie durchschaut. Entschlossen verbannte sie ihn aus ihrem Bewusstsein. Zog Mauern um ihre Seele. Nichts durfte ihr jetzt in die Quere kommen, nichts durfte sie abhalten.

Natalie nahm Kilians Gesicht zwischen ihre Hände und küsste ihn sanft. »Bald ist es vorbei.«

Sie ignorierte seinen gepeinigten Schrei und stand auf. Von ihrem eigenen Mut überwältigt zog sie das Hornstück des Einhorns aus der Tasche und hielt es Raikun auf der flachen Hand hin. »Also gut, du bekommst meine Macht.«

Ein tiefer Atemzug ging durch Raikun. Unbändiges Verlangen flammte in ihren Augen auf. »Ich wusste, dass du es hast!«, rief sie triumphierend. »Ich brauche Liam für das Ritual, danach können er und Paige gehen, ich habe dann keine Verwendung mehr für sie.«

Paige schluchzte auf.

»Und Kilian?«, hakte Natalie nach.

»Ich werde ihn erlösen, das schwöre ich dir.«

Ihrem Schwur konnte man nicht trauen, keiner ihrer Versprechungen, Raikun würde sie ohnehin nicht einhalten. »Liam«, Natalie tastete nach seiner Hand, »ich verlasse mich auf dich …«

Er schüttelte heftig den Kopf. »Nein! Du darfst dich nicht opfern …«

»Bitte«, wisperte sie. »Vertrau mir. So wie ich dir vertraue. Und falls sie Kilian nicht freigibt … dann frag Tericia. Tericia, verstanden?«

Liam runzelte die Stirn. Nickte schwach. Sie war so unsagbar stolz auf ihn. Er hatte heute an ihrer Seite gekämpft, und obwohl sie gerade erst zueinandergefunden hatten, war er bereit, auch diesen Schritt mit ihr zu gehen.

Raikun zog ihren Phiolenbund aus der Rocktasche ihres vom Sturmwind zerfetzten Kleides und öffnete eines der Glasröhrchen. »Mach deinen Arm frei, Liam.«

Angst schoss Natalie durch die Glieder. »Wozu?«

»Er geht mir nur zur Hand, ihm passiert nichts«, versicherte Raikun und als Liam nach kurzem Zögern gehorchte, ließ sie eine tiefschwarze zähe Flüssigkeit auf seinen Unterarm tropfen. Dann intonierte sie einen Zauberspruch auf Rumänisch und noch während sie sprach, ätzte er sich Wort für Wort in Liams Haut. Er stöhnte, doch Raikun packte sein Handgelenk und hielt ihn unerbittlich fest.

Natalie atmete zitternd aus. Die Magie rankte sich von Liams Arm zu seinem Kopf. Nun hatte Raikun ihn unter Kontrolle, er würde den Zauberspruch für sie aufsagen müssen, sobald sie es verlangte, ob er wollte oder nicht.

»Ich kann kein Rumänisch«, wandte er ein.

»Das ist unerheblich«, erwiderte Raikun. »Der Zauber wird deine Zunge leiten. Wir brauchen einen Kelch, Natalie. Kein Metall. Stein wäre gut. Oder Holz. Du musst das Horn darin zermahlen.«

Sie entdeckte ein Stück Marmorbruch vom Springbrunnen und formte daraus einen Kelch. Mit einem klobigen Stein zerkleinerte sie das Horn und zweigte heimlich einen Brocken ab, den sie in ihre Hosentasche schob.

Raikun stieß Paige auf die Knie und bohrte ihr den Lauf der Waffe in den Nacken. »Nehmen Sie den Wolfskopf aus dem Grab.«

Paige blinzelte verzweifelt. »Das … Ich … kann nicht …«

»Er hat Ihren Namen gerufen, Paige, kurz vor seinem Tod«, log Raikun. »Holen Sie ihn gefälligst da raus! Sofort! Und du«, sie entriss Natalie den Kelch und drückte ihn Liam in die Hand, »sammle ihre Tränen.«

Schluchzend fügte sich Paige. Und als sie den Kopf in Händen hielt, geschah es tatsächlich. Sie begann zu weinen. Ihr Anblick zerriss Natalie fast das Herz.

Die Tränen flossen nur so über ihre Wangen, silbrig schimmernd und kostbar tropften sie in Valerius Fell. Liam fing sie im Kelch auf. Bläulicher Rauch kräuselte sich, als sich die Tränen und das pulverisierte Horn verbanden.

»Knie nieder, Natalie.«

Ein heißer Schauer durchlief sie, ihre Beine knickten ganz von selbst ein. Kilian rief ihren Namen und sie warf einen hastigen Blick über die Schulter. Er hatte sich hochgestemmt, seine Augen glänzten fiebrig und seine Stimme war brüchig vor Schmerz. »Nat … nicht!«

Ich liebe dich. Schnell drehte sie sich wieder um. Raikun rief Liam zu sich und beide kauerten sich zu ihr, den Kelch in ihrer Mitte.

Raikun zog ihr Stilett. »Bist du bereit, Natalie?«

Bereit? Ihr Herz raste, ihr Atem ging in heftigen Stößen, so schnell, dass ihr schwindelte. »Erst … will ich Paige in Sicherheit wissen«, keuchte sie.

Raikun verdrehte die Augen, gab Paige aber einen Wink. »Sie können gehen. Na los, gehen Sie.«

Im Zurückweichen stieß Paige eine Fackel um, die in Valerius Grab fiel und sein Fell entzündete. In fliegender Hast mühte sie sich ab, die Flammen mit Erde zu ersticken.

»Verschwinden Sie! Sofort!«, brüllte Raikun und endlich stolperte Paige davon. »Natalie«, sagte sie ruhiger. »Darf ich dein Herz nun vereinnahmen?«

Wie? Wie sollte das geschehen?

Furcht überwältigte sie und alles in ihr gefror zu Eis. Nur ein Gedanke beherrschte ihren Verstand: *Worauf hast du dich nur eingelassen?*

Sie verhakte ihren Blick in Liams, der bei jedem Atemzug schluchzte, und zwang sich zu einem Ja. Es war richtig so. Ihr Weg führte in die Dunkelheit.

»Gut. Öffne deine Kleidung.«

Natalie riss die Jacke ihres Drachenlederanzugs auf und die kalte Luft prickelte auf ihrer Haut. Sie hatte vermutet, dass Blut ein wichtiger Bestandteil des Tranks war, doch nun, da die Waffe im Mondlicht todbringend glänzte, wurde ihr etwas bewusst.

»Man braucht Herzblut«, sagte sie und jedes Wort kratzte in ihrer Kehle, so trocken war sie. »Das hast du bei Hanjo aber nicht genommen, oder?«

»Nein. Wir haben das Ritual abgeändert. Ich wollte die Magie aus seiner Seele leiten, denn wie konnte ich das Herz jenes Mannes vereinnahmen, den ich liebte? Zudem hatte ich kein Einhornhorn, nur Lebenswasser.«

»Lebenswasser?«

»Das Wasser des Lebens. Du erinnerst dich, wie ich Kilian gerettet habe, ja? Die Essenz enthielt eben jenes Lebenswasser. Oder dachtest du wirklich, ich könnte Tote wiedererwecken? Ach, Natalie.« Sie lachte leise. »Die Machtübertragung damals war ein dilettantischer Versuch. Doch nun machen wir es richtig, nicht wahr? Ich danke dir für dein Opfer.«

Raikuns Hand schoss vor. Sie packte Natalie im Nacken. Hob

das Stilett an und rammte es ihr mit einer gezielten Bewegung in die Brust.

Das also tat man, wenn man ein Herz vereinnahmte. Man durchbohrte es.

Kilians Brüllen hallte über die Wiese, all seine Verzweiflung und Qual darin gebündelt. Natalie wünschte sich mehr als alles auf der Welt, er wäre an ihrer Seite. Dass er sie hielt und ihr die nötige Kraft spendete. Seinen Kuss wollte sie jetzt spüren, das und nichts sonst.

Eine plötzliche Schwäche ergriff von ihr Besitz. Sie sank zurück, lag nun schwer in Raikuns Arm. Feuer wütete in ihrem Brustkorb.

Liam begann zu sprechen. Sie hörte an seiner tränenerstickten Stimme, wie er gegen den Zauber ankämpfte. Dennoch verließ ein Wort nach dem anderen seine Lippen:

»Ridica-te si ieși din corpul care te înconjoară.
Urmează ti darurile tale care îți arata drumul cel bun.
In noul tau corp vei călători.«

Tapferer Liam. Sie wollte ihm sagen, wie sehr sie ihn liebte und für seine Stärke bewunderte. Dass er in der kurzen Zeit mehr Mut entwickelt hatte als irgendjemand sonst. Aber nur ein Atemhauch entstieg ihrem Mund.

Raikun zog das Stilett heraus.

Es ist so weit, huschte es durch Natalies fliehendes Bewusstsein. *Mein Blut strömt in den Kelch … Es verbindet sich mit den Tränen und dem Horn zu einem Trank … Ich muss Raikun töten, bevor sie meine Macht übernimmt …*

Doch nichts geschah.

Da strömte kein Blut. Weder in den Kelch noch über ihre Brust. Da war nur ein dünnes Rinnsal.

Verwirrung breitete sich auf Raikuns Gesicht aus und sie stach noch einmal zu, tiefer jetzt, fester. Natalie schrie, schrie ihren Schmerz in die Nacht, und Raikun drehte die Waffe, ruckte vor und zurück und stieß abermals zu, wieder und wieder.

Und konnte doch nichts ausrichten.

Ja, kämpfe, kleiner Dämon! Kämpfe! Sie hatte darauf gehofft. Sie war sich nicht sicher gewesen, hatte aber so sehr gehofft, dass es eine Macht gab, die größer war als Raikuns Gier: der Vertrag. Ein Zauber, geschrieben in Natalies Herz, Fluch und Schutz zugleich, nicht zu lösen, nicht zu zerbrechen, nicht zu durchstoßen.

Sie schrie noch immer, weil es so wehtat, so unglaublich brannte, als sich die Magie des Vertrags den tödlichen Stichen widersetzte.

Sie hatte sich auf ein Spiel mit dem Feuer eingelassen, auf einen Höllenritt – ein Risiko, das sie bewusst auf sich genommen hatte. Und innerhalb des Wimpernschlags, in dem sie nun alles begriff, kam ihr der verrückte Gedanke, Irmin hätte genau das bezweckt und ihr mit dem Vertrag absichtlich die eine Waffe geschenkt, mit der sie Raikun vernichten konnte.

Liefere dich der Dunkelheit aus und du wirst sie besiegen.

Natalie packte Raikuns Handgelenk, doch der Schmerz war eine glühend heiße Welle, die ihr jede Kraft raubte. Sie schaffte es nicht, ihr das Stilett zu entreißen. Gleich, gleich wäre Raikuns Schock verflogen, dann war alles vorbei.

Ein Schatten senkte sich über Natalie, eine warme Hand schob ihre zur Seite.

41

Paige entwand Raikun das Stilett und zerrte ihren Kopf an den Haaren in den Nacken. Ein Schrei brach aus ihr heraus, als sie die Klinge tief in ihrem Hals versenkte. Es fühlte sich an wie eine Befreiung. Als käme endlich in Balance, was aus dem Gleichgewicht geraten war. Die Welt tat einen einzigen erleichterten Atemzug und Paige mit ihr.

Raikuns Gesichtsausdruck, ihre grenzenlose Verblüffung über den unerwarteten Angriff, verwandelte sich in Schock.

»Mit mir hast du nicht mehr gerechnet, was?«, stieß Paige hervor.

Blut sprudelte aus der Wunde und aus Raikuns Mund, sie röchelte und zuckte, doch Paige hielt sie mit aller Kraft, all ihrem Willen fest und sah zu, wie sie starb. Das Licht brach in ihren Augen, dann schlossen sie sich ein letztes Mal.

Paige ließ sie los, keuchend, für einige Sekunden angeekelt und zu entsetzt über ihre Tat. Dann sank sie neben Natalie nieder und nahm sie in die Arme.

»Kelch«, keuchte sie. »Der Trank … Er heilt.«

Liam setzte den Kelch an Natalies Lippen. Ein Schluck genügte. Die Wunden über ihrem Herzen, diese ausgefransten Löcher rohen Fleisches, die Raikun mit ihrem Stochern erzeugt hatte, schlossen sich, die Haut heilte. Die blau glühende Flüssigkeit hatte erstaunliche Kräfte.

»Paige«, flüsterte Natalie verwundert.

»Du lebst.«

»Ich lebe.« Sie setzte sich auf und umarmte Liam kurz. »Ich lebe und Raikun ist tot. Dank dir, Paige. Ich hatte nicht mehr die Kraft, sie zu töten. Aber du …«

»Kilian«, stellte Paige richtig. »Eigentlich war er es, der … mich dazu gebracht hat.« Als Raikun sich in ihrem Wahn verlor und alles um sich herum vergaß, hatte er Paige angefleht, sie zu töten. Vor Schmerzen fast bewusstlos hatte er trotzdem nur an Natalie gedacht.

»Kilian!« Natalie kroch zu ihm hinüber und Paige und Liam folgten ihr. Zitternd lag er da, den Kopf in seinen Armen geborgen, und gab keinen Laut von sich. Sie zog ihn vorsichtig an sich und strich ihm das schweißnasse Haar aus der Stirn.

»Nat …« Sogar im schwachen Schein der Fackeln sah Paige, dass seine Augen blutunterlaufen waren.

»Ich bin da. Gleich wird alles gut.« Natalie blickte auf. »Holt Tericia, schnell!«

Liam sprang auf, aber da kamen die anderen auch schon angelaufen.

»Tericia«, sagte Natalie, »bitte, du musst uns helfen. Der Vergessenszauber, den Raikun über Kilian gesprochen hat. Kannst du mir die Szene zeigen?«

Die Seherin ließ in ihrem winzigen Spiegel ein Schauspiel real werden, bei dem es Paige eiskalt über den Rücken lief. Die Königin, Kilians eigene Mutter, sah dabei zu, wie Raikun und Brisko ihren Sohn »bearbeiteten«.

»Stopp!«, rief Natalie plötzlich. »Die Stelle, als Brisko spricht, noch mal bitte.«

Tericia nickte.

»Durere«, sagte Brisko, den Zauberstab auf Kilian gerichtet, und nach einer kurzen Pause: *»Mireasă cea adevărată.«*

»Mireasă cea adevărată«, wiederholte Natalie und sprach dabei in Kilians Ohr. Der Effekt war verblüffend. Augenblicklich entspannten sich Kilians verzerrte Züge. Er machte einen tiefen Atemzug, blinzelte und atmete dann ungläubig mehrmals hörbar ein und aus.

»Besser?«, fragte Natalie.

Er nickte sachte. »Weg. Die Schmerzen sind weg.«

Und als er befreit auflachte, stimmten alle mit ein. Nur langsam kamen Gespräche in Gang. Es schien, als müssten sie erst verdauen, was gerade geschehen war.

»Es tut mir leid«, sagte Paiges Vater, »ich wusste nicht, was ich tun sollte …«

Natalie wehrte entschieden ab. »Nichts. Sie hätten nichts tun können. Abzuwarten war das einzig Richtige.«

»Ich bin so froh, dass alles gut ausgegangen ist«, flüsterte Tericia.

Jolly war weniger einfühlsam. »Mach so was nie, niemals mehr wieder, Nat. Ich dachte, ich müsste sterben vor Angst um dich. Und ja, mir ist klar, dass ich vom Sterben rede und du gerade von den Toten auferstanden bist, verdammt noch eins, du hattest einen Dolch in der Brust!«

»Ein Stilett«, korrigierte Natalie und alle Blicke schwenkten zu Raikun, die in ihrem eigenen Blut lag. Jolly zischte erbost. »Ist ja gut, ich verspreche es.«

Erst da wurde Paige stutzig. »Jolly! Du bist … ein Mensch!«

»Ja, ich bin wieder ganz und gar Jolly! Und so schnell werdet ihr mich nicht mehr los!«

Fassungslos drückte Paige ihre Schwester an sich, dann auch ihren Vater.

Liam füllte den Rest des Tranks in eine von Raikuns Phiolen, die er zuvor geleert und ausgewaschen hatte. Kilian half Natalie auf die Beine und sie stützten sich gegenseitig. Seine Miene war nicht zu deuten. Paige spürte, dass noch etwas auf ihm lastete, und Natalie wirkte ebenfalls angespannt. Aber vielleicht war es zu früh und sie alle noch viel zu aufgewühlt, um echte Erleichterung zu empfinden.

In ihr jedenfalls brodelte noch etwas anderes. Sie ging zu Valerius Grab hinüber und kniete nieder. Unter Raikuns unaussprechlicher Grausamkeit hatte sie keinen Zugang mehr zu ihren Kräften gefunden. Sie war eine Fee, sie hatte sich in einen Vogel verwandelt, hatte das Wasser beherrscht, war als Sturmwind durch die Lüfte geflogen, getrieben von einem winzigen Hoffnungsschimmer, den diese grässliche Frau in ihr entfacht hatte. Aber dann, angesichts des geköpften Wolfes … war jedes Gefühl in ihr erloschen. Sie hatte nur Leere in sich vorgefunden, eine Taubheit, die sie lähmte, die in jeder Faser steckte, in jedem Gedanken.

Der Mann, den sie liebte, war tot und noch viel schlimmer war, dass er selbst jetzt noch in seiner Wolfsgestalt gefangen war. Nicht einmal der Tod hatte ihn befreit.

Doch als Raikun von ihr verlangt hatte, den Wolfskopf zu berühren, als sie um Valeriu geweint hatte, hatte sich mit ihren Tränen auch die Sperre in ihr gelöst. Sie hatte beobachtet, wie die silbrigen Tropfen in seinem Fell versickerten, und da hatte sie ihn gespürt, seinen Lebensfaden. Er war noch da. Aus einem ihr unerfindlichen, unmöglichen, wunderbaren Grund, war er nicht gerissen. Dann das Feuer, die Fackel, die in sein Grab gefallen war, die Flammen, die an seinem Fell geleckt hatten. Sie hatten ihr etwas verraten …

Paige spürte eine Hand auf ihrer Schulter und blickte auf. Natalie und die anderen umringten sie mit betretenen Gesichtern.

»Ich hatte keine Ahnung, dass du es nicht wusstest, Paige«, sagte Natalie leise. »Ich dachte, jemand …«

Paige unterbrach sie. »Ich möchte, dass wir ihn verbrennen.«

»Okay … meinst du wirklich …?«

»Wie habt ihr Jolly erlöst?«

Natalie starrte sie nur verwirrt an, also ergriff Kilian das Wort: »Wir hatten sie in ihrer Menschengestalt gesehen. Als du das Feuer gelöscht hast, Paige, da lag sie auf einmal da. Für Sekunden nur, aber …« Er zuckte mit den Schultern. »Es war ein Versuch, eine Mischung aus verrückter Hoffnung und Tericias Vision, die uns dazu brachte.«

»Ihr habt die Schlange in kochendes Wasser geworfen.«

»Woher weißt du das?«, fragte ihr Vater erstaunt.

»Das Wasser hat zu mir gesprochen, es sagte: ›Koche mich.‹ Ich bin nicht verrückt, ich bin eine Fee, ich verstehe … die Elemente«, fügte sie schnell hinzu, als die anderen besorgte Blicke tauschten. »Und vorhin fiel die Fackel um und Valerius Fell fing Feuer. Es hat ebenfalls zu mir gesprochen.«

»›Verbrenne mich‹«, wisperte Jolly atemlos. »Erst köpfen, dann verbrennen? Das ist ja noch grausamer als bei Prinz Emmerich, dem Fuchs aus ›Der goldene Vogel‹, dem man Kopf und Pfoten abhacken musste. Da wollte Hanjo wohl auf Nummer sicher gehen.«

Natalie wiegte den Kopf. »Möglich wär's. Ist euch aufgefallen, dass der Wolf nicht stinkt? Die Verwesung sollte doch inzwischen eingesetzt haben, oder? Schließlich liegt er schon eine ganze Weile hier.«

»Es ist kalt, da verzögert sich der Prozess mitunter«, meinte Paiges Vater und Kilian nickte nachdenklich.

Tericia runzelte die Stirn, behielt allerdings für sich, was der Spiegel ihr zeigte.

»Daran liegt es nicht«, widersprach Paige. »Ich spüre seinen Lebensfaden.« Keiner reagierte, was in Anbetracht des abgetrennten Wolfsschädels wenig verwunderlich war. Einen eindeutigeren Tod gab es wohl nicht. »Glaubt mir oder glaubt mir nicht, das ist mir egal.« Sie unterdrückte ein Schluchzen. »Und wenn es nichts nützt, wenn ich tatsächlich verrückt geworden bin, finde ich eine Feuerbestattung angemessener für ihn, als ihn hier einfach wieder einzugraben wie ein Stück Vieh.«

»Das ist eine schöne Zeremonie, um Abschied zu nehmen«, sagte ihr Vater und Paige war ihm unendlich dankbar, denn das stimmte endlich auch den Rest der Gruppe um.

Sie holten Holz vom Wirtschaftsgebäude, schichteten es zu einem Scheiterhaufen auf. Paige musste wegschauen, als Kilian und ihr Vater den Wolf nach oben hievten. *Ist das wirklich unser Abschied, Valeriu? Kann es sein, dass ich mich irre?*

Wenig später züngelten die ersten Flammen auf und trugen

warmes Licht und Knistern in die Nacht. Sie versammelten sich ringsherum und fassten einander an den Händen. Paiges Herz klopfte wie wild. Abermals tastete sie nach Valerius Lebensfaden. Ja, da war es, das silberne Band, und sie streckte all ihre Sinne danach aus, hielt es fest, verknüpfte es mit ihrem Herzen.

Und formulierte ihren größten Wunsch: *Lebe!*

Die Flammen griffen auf den Wolf über, und Paiges Knie wurden vor Aufregung weich. Es knackte und zischte und das Feuer loderte zu einer Stichflamme auf, die hoch in den klirrend kalten Nachthimmel schlug.

Lebe!

Ein Fauchen, ein Knall, der sie vor Schreck aufschreien ließ – und das Feuer erlosch.

Mitten im halb verkohlten Holzhaufen kauerte eine Gestalt.

Paige hörte, dass Jolly ein Quietschen hinunterschluckte, sie hörte die anderen atmen, so absolut war die Stille.

»Valeriu?«, hauchte sie. Er war es, er war es, er lebte, war ganz Mensch, nicht nackt wie sonst nach einer Verwandlung, sondern mit Jeans und einer Lederjacke bekleidet, die sie zuletzt vor ihrer Trennung an ihm gesehen hatte, und sein Haar trug er ebenfalls wie früher … Er lebte! »Valeriu.«

Er hob den Kopf. Starrte blicklos ins Nichts, während seine Hand an seinen Hals wanderte. Langsam richtete er sich auf.

Paige hielt es nicht mehr aus. Barfuß, wie sie war, lief sie über das schwelende Holz, durch die glühende Asche und warf sich in seine Arme.

»Paige!« Valeriu packte sie um die Mitte, hob sie hoch und sah sie einfach nur an.

Es gab so vieles zu erklären: *Raikun und Brisko sind tot.* Und in erster Linie: *Du bist erlöst.* Aber in diesem Moment, da seine granitgrauen Augen auf ihr ruhten und sein Blick ihr sagte, dass sie, dass ihre Liebe kostbarer war als jede Erlösung, stockte ihr der Atem und alles verlor an Bedeutung. Nichts zählte mehr. Nur sein Kuss.

42

Für ein paar Stunden hatte sich Kilian der trügerischen Illusion hingegeben, alles wäre in Ordnung.

Sie hatten das Feuer neu entzündet und waren davor eingeschlafen, Natalie in seinen Armen, Paige an Valeriu geschmiegt, Jolly an ihren Vater. Nur Tericia hatte sich nicht von ihrem Spiegel trennen können, und als Kilian heute Morgen steif vor Kälte aufgewacht war, schien ihm, als hätte sich ihre Haltung nicht verändert.

Nur zögernd war Natalie mit der Wahrheit herausgerückt: Es gäbe noch ein kleines Problem mit einer Hexe namens Irmin zu lösen, wie sie sich ausdrückte. Jetzt standen sie inmitten des verwüsteten Antennenfeldes und das kleine Problem hatte sich zu einem großen ausgeweitet.

Der Brunnen war ein tiefes Loch aus gesättigter Schwärze. Valeriu ließ einen Stein hineinfallen und sie warteten auf ein Plätschern oder ein dumpfes Geräusch beim Aufschlag. Aber nichts. Und definitiv hauste hier keine Kröte.

Valeriu blickte auf. »Sieht nicht gut aus.«

Natalie seufzte tief. »Also hat Wim die Kröte damals wirklich getötet.«

Hatte er? Hatte er nicht? Spielte es überhaupt eine Rolle? Die Kröte war fort, der Brunnen leer. Natalie konnte den Vertrag nicht erfüllen.

Es war nicht vorbei.

Vielleicht würde es nie vorbei sein. Vielleicht würde Raikun sie bis ans Ende ihrer Tage verfolgen. Kilian war es leid, so, so leid.

Grelle Punkte flackerten vor seinen Augen auf. Hinter seiner Stirn meinte er, einen Rest von glühendem Schmerz zu verspüren. Der Fluch war inaktiv, doch es genügte ein einziges Wort, ihn neu zu entfachen. Er musste ihn loswerden, ihn und die verdammten Hexenzauber dazu, sonst würde er niemals mehr Ruhe finden.

Nach einem Moment der Stille meinte Valeriu: »Wir kommen mit dir, Natalie. Wir werden Irmin alles erklären und sie bitten, den Vertrag zu lösen.« Er blickte auffordernd in die Runde. »Das ist das Mindeste, was wir tun können, oder?«

Er war wie verwandelt. Fast, als wäre seine ernste, kaltschnäuzige Schale im Feuer geschmolzen. Kilian hätte nie erwartet, dass er ihn je akzeptieren oder sogar mögen könnte, aber so war es. Dieser neue Valeriu, der lachte, Herzlichkeit verströmte und der Paige auf Händen trug, war ihm sympathisch. Unglaublich, wie sehr es jemanden veränderte, wenn ihm die größte Last von der Seele genommen wurde.

»Natürlich kommen wir mit!«, rief Jolly stellvertretend für alle. »Was für eine Frage! Wir lassen dich nicht allein zu dieser kranken Hexe gehen, Nat.«

Kilian war mehr als überrascht, als Natalie nach einigen Flugstunden auf ein idyllisch gelegenes Haus am Waldrand wies. Sie saß neben ihm im Cockpit des Aeromobs, der Rest der Truppe hatte sich in den Frachtraum gezwängt, nur Dibensky hatten sie zuvor in Mitran abgesetzt.

Sie hatten die Zeit genutzt, um einander zu erzählen, was sie seit ihrer Trennung erlebt hatten, doch gegen Ende ihrer Reise war Natalie immer stiller geworden und nun starrte sie stumm aus dem Fenster auf den Teich, der verstörend schwarz auf Kilian wirkte. Die spiegelglatte Oberfläche schien jegliches Licht zu schlucken wie ein gieriger Schlund. Nichts wurde reflektiert, nicht die Wolken am Himmel, nicht die Bäume am Ufer.

»Seltsam«, murmelte er.

»Tödlich«, erwiderte sie, die Stimme ein raues Flüstern.

Nach der Landung und noch im Cockpit strich Kilian ihr über die Wange. Er hatte sich inzwischen beruhigt und keinesfalls wollte er Natalie spüren lassen, wie ausgelaugt, wie mutlos er war. *Erst der Vertrag, dann kommt dein Gehirn dran. Das wird wieder*, redete er sich gut zu und laut sagte er: »Hey, wir schaffen das. Irmin wird dich freigeben.«

Natalie nickte sichtlich bemüht. »Okay.«

Die anderen waren bereits ausgestiegen und betrachteten das schmucke Haus und den verwilderten Garten, in dem Hagebutten und Vogelbeeren für Farbtupfer sorgten.

»Hübsch hier.« Valeriu lächelte aufmunternd. »Sie lässt bestimmt mit sich reden. Immerhin kommst du freiwillig.«

Natalie schüttelte den Kopf. »Lasst euch nicht täuschen. Hier ist nichts, wie es scheint. *Sie* ist nicht, was sie vorgibt zu sein, sie ist anders. Und ihre Macht …« Seufzend brach sie ab. »Ihr hättet nicht mitkommen dürfen.«

»Natalie Amalia Windersom«, Jolly stemmte die Hände in die Hüften, »deine Vorsicht in allen Ehren, aber wir können auf uns aufpassen. Wir haben Raikun überlebt, da werden wir ja wohl mit dieser Irmi fertigwerden …«

»Irmin«, korrigierte eine harsche Stimme. Am Gartentor entdeckte Kilian eine Frau in Gummistiefeln und Schürze.

Sie war eine flotte Mitsechzigerin, das zum Teil ergraute Haar mit einem Zopfgummi gebändigt, eine Lesebrille an einem Band um den Hals. Sie stimmte so überhaupt nicht mit seiner Vorstellung von der gehässigen Alten überein, die Natalies Erzählung in ihm erzeugt hatte.

Mit schmalen Augen musterte sie ihre Besucher und Natalie stellte jeden vor: »Kilian, Liam, Jolly, Paige und Valeriu. Tericia kennst du ja bereits.«

Schweigen. Irmin vertiefte sich in Paiges Feenglanz und ihre Wangenmuskeln zuckten kurz, als sie bei Liam ankam.

»Du hast Verstärkung mitgebracht, Natalie«, knurrte sie schließlich. »Was ist der Grund dafür?«

»Das sind meine Freunde …«

»Wir wollten Natalie begleiten.« Kilian trat vor. »Sie hat ihr Leben für uns aufs Spiel gesetzt. Jetzt sind wir dran, sie zu beschützen.«

Irmin lachte keckernd. »Wie kommst du auf die Idee, sie müsste beschützt werden, Eure königliche Hoheit, Kilian von Nauders?« Er fühlte sich entblößt. Was wusste diese Hexe noch von ihm? »Wenn sie den Vertrag erfüllt, gibt es keinen Grund, meinst du nicht?«

»Da kommen wir zum Punkt. Ich …« Natalie presste die Hand an die Brust und machte einen keuchenden Atemzug, der in Kilian jähe Furcht entfachte. »Ich kann ihn nicht erfüllen.«

Irmins Augen glitzerten kalt. »Dann geh. Das Jahr ist noch nicht verstrichen, du hast genug Zeit.« Sie verschwand. Kein Rauch, kein Knall, kein großes Abgangsszenario, sie verschwand einfach.

»Die Kröte ist tot, Irmin!«, schrie Natalie. »Ich kann dir die Kröte nicht bringen, sie ist tot!«

»Tot.« Die Stimme schien von überallher zu kommen, sie umschwirrte sie geradezu, fand Kilian. »Das ist schlecht.«

Natalie riss das Gartentor auf und steuerte auf das Haus zu. Kilian folgte ihr, die anderen hinter sich wissend. Mit einem Mal änderte sie die Richtung, lief in den Garten und kniete vor einem Holzpflock nieder, der dort in die Erde getrieben war.

»Irmin!«

»Scheiße«, entfuhr es Kilian. Sie mussten dringend über wahnwitzigen Heldenmut und Selbstaufopferung sprechen. Der Pflock hatte schon fast den Durchmesser eines Bartisches, er wollte sich nicht ausmalen, wofür er diente.

»Irmin, komm zurück!«, rief Natalie jetzt. »Ich habe die Tränen einer Fee, zwar vermischt mit Hornpulver, aber das Horn habe ich auch extra. Und die Fee ist hier, notfalls könnte sie dir neue Tränen spenden.« Sie holte das Stück Horn und die Phiole hervor und hielt beides hoch. »Bloß die Kröte habe ich nicht, sie ist schon vor mehr als einem Jahr getötet worden. Ich weiß, dass ich den Vertrag breche, aber ich kann ihn unmöglich erfüllen. Es tut mir leid.«

»Es tut dir leid?«, fauchte Irmin aus dem Nichts, sodass der Boden unter Kilians Füßen erbebte und die Fensterscheiben klirrten. »Sie war meine Tochter!«

»Auweia«, murmelte Jolly und rieb sich die Arme.

Tericia trug ihr typisches Seherlächeln auf den Lippen. »Das wusstest du doch, Irmin! Du wusstest es schon, als du Natalie den Vertrag aufgezwungen hast.«

Irmin materialisierte sich vor dem Holzpflock. »Spielverderberin. Willst du wieder zum Fisch werden?«

Natalie blinzelte zu ihr auf. »Lass sie in Ruhe, bitte! Lass sie alle in Ruhe, sie haben nichts damit zu tun.«

»Dann, meine Liebe, hättest du sie nicht mit reinziehen sollen! Wozu hast du sie mitgebracht?«

Liam straffte die Schultern. »Wir sind freiwillig mitgekommen«, sagte er unerwartet scharf. »Ich bin Natalies Bruder, ich würde sie nie im Stich lassen.«

»Ich bin die Fee, deren Tränen du begehrst«, erklärte Paige mit gerecktem Kinn. »Also sei vorsichtig, was du sagst.«

»Ich bin Natalies Freundin«, verkündete Jolly. »Ich werde den Teufel tun und von ihrer Seite weichen.«

»Natalie ist meine Cousine«, sagte Valeriu. »Wir sind eine Familie, wir stehen füreinander ein.«

Kilian nickte dankbar. »Ich liebe Nat. Ich lasse sie nicht allein.«

»Und ich …«, setzte Tericia an, aber da schnippte Irmin mit den Fingern und sie verstummte, die Lippen aufeinandergepresst.

Kilian bemerkte, dass er den Mund selbst nicht mehr aufbekam. Seine Lippen waren wie mit Klebstoff versiegelt. Am Entsetzen in den Gesichtern der anderen und an ihren hektischen Gesten wurde deutlich, dass auch sie es nicht schafften. Irmin hatte sie alle zum Schweigen gebracht.

»Hör auf!«, rief Natalie erbost und hob die Hand in Kilians Richtung, doch im nächsten Moment zuckte sie unter einem unsichtbaren Schlag zurück – Magie.

»Hör du auf!«, knurrte Irmin. »Warum kniest du hier vor mir, du dummes Ding? Warum kämpfst du nicht, wie du gegen Raikun gekämpft hast? Steh auf!« Der Befehl senkte sich wie Donnergrollen herab. Natalie gehorchte. »Gebrauche deinen Verstand! Wozu solltest du mir die Kröte bringen?«

Was sollte das nun wieder? Verwirrt blickte Natalie sie an. »Wenn … sie deine Tochter ist … wurde sie … verzaubert?« Irmin gab einen zustimmenden Laut von sich. Nun sprudelte es aus Natalie heraus. »Von dem Zauberer, dessen Macht du an dich gerissen hast? Du bist ihm gefolgt und hast sein Herz vereinnahmt, damit du sie erlösen kannst. Aber es ging schief. Und nun … sollte ich sie zu dir bringen, damit sie gerettet werden kann. Du hattest vor, den Zauberer aus dem Teich zu befreien und ihn zu bitten, den Fluch aufzuheben.« Sie runzelte die Stirn. »Nein, Tericia behauptet ja, du hättest bereits vom Tod der Kröte gewusst …«

»Nicht schlecht, Natalie, doch du hast nicht annähernd durchschaut, was mich umtreibt.«

»Warum hat er sie verzaubert?«, überlegte Natalie weiter. »Er hat sie gehasst … Oder geliebt? Ja, geliebt! Aber du … Nein, *sie* hat ihn zurückgewiesen. Ein verschmähter Freier, der Rache an seiner großen Liebe nahm. Richtig?«

»Hm.«

»Du hast versucht, sie zu retten, und wolltest ihn bestrafen, aber dann bist du seiner Macht erlegen!«

Irmin seufzte. »So war es tatsächlich. Hexen, Zauberer, Seher – alle kamen sie durch den Brunnen zu mir ins Feenreich, weil sie davon hörten, dass ich nicht kleinlich bin. Gute Arbeit hat ihren Preis, und wer mir diente, der wurde angemessen entlohnt. Doch der Rausch des Goldes lockte auch die zu mir, die schlechten Herzens waren. Ich eignete mir ihre Kräfte an, tötete sie jedoch nicht, sondern entließ sie mit Pech beschmiert und gedemütigt in ihre Welt. Der Zauberer aber war mächtiger als erwartet. Er verwandelte meine Tochter in eine Kröte und floh. Sie war die Schönste von allen, musst du wissen, die Schönste, aber nicht die Liebenswerteste. Trotzdem konnte ich ihm das nicht durchgehen lassen. Den Rest kennst du.« Vielsagend blickte sie in die Runde.

»Du bist …« Natalies Augen wurden groß.

Kilian stöhnte innerlich. Die Gesten der anderen bestätigten ihm, dass auch sie die Wahrheit erkannt hatten. Paige betastete ihre Lippen, Jolly schlug sich mit der flachen Hand an die Stirn, Valeriu schüttelte ungläubig den Kopf. Nur Tericia lächelte.

»Du bist Frau Holle!«, rief Natalie.

»Irmin Holle, ja. Gebannt an diesen Ort, zur Unsterblichkeit verdammt.«

Sachte hob sie die Hand und die Umgebung veränderte sich, als fiele ein Schleier von ihr ab, der jegliche Schönheit mit sich riss und nur das Hässliche, Kalte zurückließ. Haus, Garten, Wald, erfüllt von Tod und Verderben, überzogen von zentimeterdicken Spinnweben. Der Teich, eine schlammige Brühe, die gluckerte und Blasen warf, schien das einzig Lebendige in sich zu bergen.

Frau Holle selbst, die mächtigste aller Feen, wie es in den Magischen Chroniken der Gebrüder Grimm hieß, hatte ihre Maske ebenfalls fallen lassen. Womöglich wurde ihr Körper ja nur noch von der Magie zusammengehalten, alles an ihr befand sich im Stadium der Verwesung.

Kilian musste vor Übelkeit würgen. *All die Magischen, deren Macht sie gestohlen hat! Sie ist nicht besser als Raikun. Sie hat es verdient.*

»Dumm gelaufen für die Frau Holle«, krächzte die Alte. »Nicht nötig, meine Zauber länger aufrechtzuerhalten. Doch meine Erscheinung kann ich euch ersparen.« Sie wischte mit der Hand wie beiläufig über ihr Gesicht und verwandelte sich zurück. Kilian atmete auf, der Brechreiz legte sich.

»Und jetzt möchtest du zurück ins Feenreich, zu den deinen«, sagte Natalie.

Irmin machte eine wegwerfende Handbewegung. »Nicht doch! Die *meinen* kommen gut allein klar. Ich alter Knochen wäre ihnen nur im Weg. Nein, ich will nicht zurück. Ich will endlich gehen.«

»Deshalb der Vertrag? Ich soll dir ermöglichen zu sterben.«

»Die Tränen sollen meine Seele an mich binden. Das Horn den Zauberer heilen«, erklärte Irmin und machte eine kleine wohlgesetzte Pause. »Und dann braucht es noch ein gemartertes Herz.«

Kilian spürte Angst in sich aufwallen. Wie ein kleiner Vogel jagte sie gegen die Mauer des ihm auferlegten Schweigens. *Gemartertes Herz*, dachte er unentwegt. *Das darfst du nicht tun! Kämpfe! Bitte, Nat!*

»Das Herz meiner Tochter wäre ideal gewesen. Sie hat lange genug gelitten, sie hätte sich mit Freuden geopfert. Aber da sie tot war, sah ich keine andere Möglichkeit, als auf deins zurückzugreifen.«

»Meins?«, wiederholte Natalie mit bebender Stimme.

»Ja, mein Kind. Dein Herz hat so viel ertragen, so viel Schmerz und Kummer. Trotzdem ist es nicht daran zerbrochen. Sogar dem Vertrag hat es getrotzt. Es ist perfekt für meine Zwecke.«

43

Natalie taumelte einen Schritt zurück. Die Qual in Kilians Augen drohte ihr Inneres schier zu zerreißen. Der Dämon lachte und tobte und leckte mit Feuerzungen an ihrem Herzen.

Sie kratzte den letzten Rest Mut in sich zusammen. Schüttelte den Kopf. »Ich überlasse es dir nicht.«

Irmins Zähne blitzten, als sich ihr Mund zu einem schäbigen Lächeln verzog. »Eine kluge Entscheidung, leider zu spät. Der Vertrag bindet dein Herz an mich. Zudem hast du gerade vor mir gekniet. Damit hast du deinen freien Willen abgelegt und dich mir ausgeliefert. Also gehörst du mir.«

Nein! Nein …

Jemand packte sie an den Schultern, riss sie herum, doch nicht Kilian – es war Tericia. Mit klagenden Lauten versuchte sie, Natalie etwas mitzuteilen, ließ dann aber von ihr ab und fiel vor Irmin auf die Knie, wobei sie unentwegt auf ihre Brust klopfte. Sie gab keine Ruhe, faltete die Hände, sah wieder zu Natalie und jammerte und wimmerte in einem fort.

Natalie hatte längst begriffen. »Tericia …«

»Mir scheint, sie hat uns etwas zu sagen«, meinte Irmin. Mit einem Fingerschnippen löste sie den Schweigezauber von Tericia.

Sie atmete hörbar auf. »Ich mache es. Ich opfere mich an Natalies Stelle. Du kannst mein Herz haben, Irmin. Ich war fünfhundert Jahre im Spiegel eingesperrt, ich habe alles verloren, meinen Mann, meine Kinder, sogar meinen Verstand. Mein Herz ist mindestens so gemartert wie ihres. Es ist ideal. Ich gehe für Natalie in den Teich. Der Zauberer wird mein Opfer akzeptieren.« Sie hielt Irmin ihren Spiegel hin. »Ich habe es gesehen.«

»Nein, Tericia«, flüsterte Natalie. »Nein …«

»Doch.« Sie lächelte unter Tränen. »Der Spiegel zeigt es mir schon lange, aber ich konnte die Zukunft nicht deuten. Ich dachte immer, es wäre *deine* Zukunft. Jetzt weiß ich es. Es ist richtig, ich fühle es, bitte lass mich das für dich tun.« Wieder faltete sie die Hände. »Irmin? Frau Holle?«

Gelangweilt hob die mächtige Fee eine Schulter – die ihr eigene Art der Zustimmung. Natalie schluckte schwer.

Tericia sprang auf und sah sie liebevoll an. »Siehst du, sie ist einverstanden. Bitte sag Ja. Es ist mein Dank, dafür, dass du mich befreit hast.«

Ihre Sicht verschwamm, heftig blinzelnd drängte sie die Tränen zurück. Ein Kloß ballte sich in ihrer Kehle, sie konnte kaum antworten. »Das war der Magiesturm, nicht ich.«

»Das warst du, Natalie, du hast mich aus meinem geistigen Gefängnis geholt, du allein. Ich gehöre nicht in diese Welt, lass mich mit Irmin gehen, bitte. Bitte!«

Sie warf einen Blick zu Irmin, zu Frau Holle, den diese ruhig erwiderte. Es schien, als hätte sich ihr Gesicht geglättet. Als könnte auch sie sich der Liebe nicht verwehren, die Tericia ihr schenkte.

Natalie brachte ein Nicken zustande. Nun weinte sie auch. Sie fielen einander in die Arme, ihr Schluchzen war das einzige Geräusch in der unwirklichen Stille, die sich um sie erhob. Bis Irmins ruppige Stimme sie durchbrach.

»Ihr zehrt an meinen Nerven. Seid ihr euch nun einig?«

Tericia funkelte Irmin an. »Ja. Und jetzt entferne den Vertrag aus Natalies Herzen.«

Irmin seufzte theatralisch, hob aber die Hand und legte sie auf Natalies Brust. »Ich entbinde dich von diesem Vertrag. Alle Schulden sind getilgt.«

Es fühlte sich an, als fiele eine Art Gitter von ihrem Herzen, das es in eine ganz bestimmte Form gezwungen hatte. Natalie atmete auf.

»Als Nächstes der Schweigezauber«, forderte Tericia.

»Muss das sein? Ich finde die Stille höchst angenehm.«

»Das kann ich ja auch machen«, erklärte Natalie.

Sie begann bei Kilian. Ein magisches Band verschloss seinen Mund und sie löste es mit einem Ruck ab.

»Danke«, murmelte er und sie küssten sich flüchtig.

Danach stellte sie sich Jollys Entrüstung. »Ich fasse es nicht! Du hast uns ein Versprechen gegeben, Nat! Und dann machst du denselben Mist noch mal?«

Das hatte sie wohl, aber sie hatte ihnen auch klargemacht, dass es allein an Irmin lag, sie aus dem Vertrag zu entlassen. Das mit dem Knien war nicht ihre beste Idee gewesen, das musste sie zugeben, aber Hölle noch mal, sie hatte die Grenzen ihrer Belastbarkeit längst überschritten.

»Entschuldige.« Mehr fiel ihr zu ihrer Verteidigung nicht ein. Sie erlöste auch die anderen, die ähnlich aufgebracht waren und durcheinanderredeten, bis sich Tericia Gehör verschaffte.

»Irmin!« Sie blickte sie scharf an. »Ich habe eine weitere Bedingung …«

»Ach, tatsächlich? Ganz schön forsch für einen Fischkopf.«

Ungerührt sprach Tericia weiter. »Kilian steht immer noch unter Raikuns Zauber und Brisko hat ihn verflucht. Befreie ihn davon. Das kannst du doch, mächtige Frau Holle, oder?«

Eingehend betrachtete Irmin Kilian. »In der Tat. Es ist kein richtiger Fluch, mehr ein Schadenszauber, nicht sehr angenehm. Deshalb sieht er also aus, als stünde er mit einem Bein im Grab. Ich habe mich schon gewundert. Kennt ihr die beiden Schlüssel?«

»Schlüssel?« Erkenntnis durchfuhr Natalie. »Ach so, die Zaubersprüche!«

»Du solltest dich demnächst eingehend mit deinem gesammelten Hexenwissen beschäftigen«, sagte Irmin säuerlich und ließ sich die Schlüssel von Natalie ins Ohr sagen. »Rumänisch auch noch! Also gut, junger König. Dich davon zu befreien ist eine Kleinigkeit.« Sie schnippte mit den Fingern. »*Durere – Mireasă cea adevărată.*« Kilian stieß erst einen Schrei aus, atmete aber sogleich wieder auf. Irmin schnippte erneut. »Bitte sehr.«

»Das bedeutet ›Die wahre Braut‹«, knurrte Valeriu kopfschüttelnd. »Typisch Brisko.«

»Danke«, sagte Kilian verdutzt. »Und die anderen Zauber?«

Irmin winkte ab. »Mit denen kannst du doch bestimmt ganz gut leben. Komm, Tericia, lass uns endlich gehen.«

Tericia stellte sich Irmin in den Weg. »Kann er nicht.«

Nun meldete sich Kilian zu Wort. »Kann ich nicht. Und will ich auch nicht. Ich will …« Er blickte Natalie an und seine Stimme wurde weich. »Anfangs dachte ich auch, diese Zauber würden mir nichts ausmachen. Aber jetzt sehe ich das anders. Raikun hat unser Leben buchstäblich geschrottet, nichts ist davon übrig. Dieser Kampf hat mich innerlich ausgehöhlt. Er hat mir alles genommen, meine Kraft, meinen Optimismus, meinen Glauben. Meine Liebe.« Er drückte Natalies Hand und sie erwiderte die Geste, während ihr abermals Tränen über die Wangen liefen. »Ich weiß, wir werden das überstehen, wir werden heilen, irgendwann. Aber dass auch nach Raikuns Tod etwas von ihr an mir zurückbleiben soll, auf ewig an mir kleben wird, ist mir unerträglich. Die Zauber müssen weg. Ich will endlich wieder echte Gefühle empfinden. Ich will sicher sein, dass es *meine* Liebe ist, die ich dir schenke, Nat. Meine Liebe, mein Herz, meine Küsse.«

Natalie nickte dankbar. Sie war so froh, dass dieser Wunsch nun auch von ihm kam. Sie hätte ihn ungern zu dieser gefährlichen Prozedur überredet.

Kilian wandte sich wieder an Irmin. »Natalie meinte, es könnte etwas schiefgehen, wenn sie die Zauber entfernt …«

»Nicht unberechtigt. Diese Zauber zu lösen ist tatsächlich kompliziert. Aber deine rührseligen Worte haben mich überzeugt. Du sollst frei sein, junger König, wie auch ich frei sein werde.« Sie klatschte in die Hände. »Dann wollen wir mal gemeinsam ans Werk gehen. Euer Einsatz, meine Herrschaften: Du da, Fee!«

Paige rollte mit den Augen. »Ich heiße Paige.«

»Genau. Du hast ganz passable Kräfte. Komm her. Du kümmerst dich um seinen Lebensfaden. Du, Wolfszauberer, hältst Kilian fest, damit er uns nicht umkippt. Natalie, du wirst beide Zauber entfernen. Mach es mit einem Ruck, nicht zaudern, klar?« Natalie nickte. Bei Kilians verkrampftem Gesichtsausdruck wurde ihr bang, doch sie bemühte sich um ein Lächeln. Es war der einzige Weg, ihn zu erlösen. Sie beide, endgültig. »Und du, Tericia offenbarst im Spiegel alles, was du über ihn und Natalie siehst. Lass nichts aus, keinen Streit, keine Ohrfeige, keinen Kuss. Und natürlich auch nicht den Sex …«

Jolly grinste. »Ja, vergiss bloß nicht die essenziellen Dinge, Tericia.«

Irmin schoss ihr einen strafenden Blick zu. »Du plapperst zu viel, Schlange.«

Jolly schluckte und verzichtete auf weitere Kommentare.

»Und was machst du, Irmin?«, erkundigte sich Tericia.

»Ich werde ihm die Erinnerungen zurückgeben, sobald die Zauber von ihm abfallen. Alle bereit?« Sie wartete keine Antwort ab. »Jetzt, Natalie!«

Beherzt griff sie an die beiden Netze, die Kilians Verstand umwoben, nahm je einen Faden in die linke und einen in die rechte Hand und riss daran.

Kilian gab ein Stöhnen von sich und sackte in Valerius Arme. Seine Lider flatterten, sein Atem stockte hörbar, aber Paige nickte Irmin zu und so legte sie eine Hand auf den Spiegel, die andere auf Kilians Stirn und transferierte die Bilder in sein Gedächtnis. Es dauerte keine zwei Minuten.

»Fertig«, verkündete sie. Und im nächsten Atemzug: »Verabschiede dich, Tericia, wir wollen los.«

Valeriu schob Kilian von sich, der sich langsam wieder orientierte.

»Kilian?«, flüsterte Natalie.

Angestrengt studierte er ihr Gesicht. »Wer bist du?«

Sie schnappte nach Luft. Da begann er zu lachen und nie zuvor hatte sein Lachen unbeschwerter geklungen. Sie konnte ihm nicht böse sein. Er packte sie um die Mitte, wie er es früher so oft getan hatte, und wirbelte sie herum. Sein Glück spülte durch ihren Körper und entsandte Licht in all ihre dunklen, vernarbten Winkel.

Irmin und Tericia standen im Teich, das Wasser reichte ihnen nun bis zur Brust. Beide warfen sie einen Blick zurück, und Natalie hob die Hand zu einem befangenen Winken. Ein hörbarer Atemzug entwich ihr und sie musste gegen die Tränen anblinzeln. Schon wieder.

Sie war froh, ihre Freunde um sich zu haben: Liam, ihr Bruder, den sie endlich zurückhatte. Jolly, mit der sie gegen den Rest der Welt gekämpft hatte. Paige und Valeriu, deren Liebe alles überstrahlte. Kilian.

Er hielt sie fest umfangen und seine Nähe verursachte ein Prickeln auf ihrer Haut. Die Vertrautheit war wieder in ihnen erwacht, nun, da nichts, wirklich gar nichts mehr zwischen ihnen stand. Sie war so unendlich dankbar und zugleich unendlich traurig.

Irmin kippte die Mischung aus Horn und Feentränen ins Wasser. Die ruhige Oberfläche schien zu erbeben. Die leuchtend blaue Flüssigkeit breitete sich aus wie Öl, bis sie den Teich vollständig bedeckte. In einem einzigen Sog wich das Wasser ans Ufer zurück und gab die Mitte frei, in der nichts als Dunkelheit schwelte.

Ein Schauer überlief Natalie. Sie erinnerte sich an die Liebkosungen der Nixe, an die Küsse, an die Sehnsucht und den Wunsch nach Frieden, die sie in ihr entfacht hatten. Sie hoffte, hoffte so sehr, dass es sich für Irmin und Tericia ähnlich anfühlte.

Unbeirrt schritten sie weiter. Erste Schwaden leckten an ihren Beinen, krochen höher und begannen sie zu umschmeicheln, kreisend, wallend, aufsteigend. Als der dunkle Nebel ihre Gesichter umschloss, keuchte Natalie auf. Schluchzend sank sie an Kilians Brust.

In einem Schwall kehrte das Wasser zurück und deckte die Dunkelheit zu. Dumpfe Verzweiflung schüttelte Natalie und Kilians Arme schlossen sich fester um sie, waren ihr Halt und ihre Zuflucht, während sie beobachtete, wie das gesamte Teichwasser in einer silbernen Fontäne in den Himmel auffuhr.

Augenblicke später fiel es wieder herab und kehrte in sein Bett zurück. Wellen schlugen ans Ufer, glitzernd blau und schäumend vor Gischt. Es dauerte eine Weile, bis sich die Oberfläche glättete, aber danach … danach war der Teich klar und man konnte bis auf den mit grauen Kieseln bedeckten Grund sehen, über den Forellen schossen, die glitzernden Leiber ein Gewirr an überbordender Lebensfreude.

Auch der Garten steckte plötzlich voller Leben. Eine Amsel zeterte auf einem Ast und pickte nach Vogelbeeren. Ein Eichhörnchen huschte über die Wiese, eine Nuss im Maul. Durch den Wald, der herbstkahl und tannengrün war, säuselte leichter Wind. Das Haus aber war verfallen und von Heckenrosen überwuchert, die trotz der Jahreszeit blühten.

»Schau«, flüsterte Kilian und zeigte zum Himmel. Dort zogen drei orangegolden gefiederte Phönixe unter der Wolkendecke ihre Runden. Die Schreie, die sie ausstießen, hörten sich an wie ein Gruß an die Freiheit.

Natalie lächelte unter Tränen wie auch Tericia immer gelächelt hatte. Die Seherin hatte ihr Herz beseelt. Und nun hatte sie es befreit.

44

Nachdenklich drehte Natalie die Glasphiole mit dem letzten Brocken Horn in der Hand, dem mächtigsten Heilmittel überhaupt. Sie hatte es Ed überreicht, gleich nach ihrer Rückkehr nach Mitran, aber er hatte abgelehnt. Und vorhin erneut. Sie spielten dieses Spiel schon eine Weile. Irgendwann würde hoffentlich der Tag kommen, an dem er ihr Geschenk annahm.

Kilian setzte sich zu ihr an den Tisch, nahm ihre linke Hand in seine und küsste ihre Fingerspitzen. Beim Zeigefinger verharrte er. »Ihn liebe ich am meisten. Er ist ein Symbol, findest du nicht?«

Lachend stupste sie ihm mit der Fingerspitze gegen die Lippen. »Idiot. Irmin hat ihn mir nur zurückgegeben, damit ich den Kampfanzug nähen konnte.«

»Eben. Finger – Kampfanzug – neue Macht – unglaubliche Stärke – Kampf gegen Raikun – Sieg. Finger gleich Sieg. Ein eindeutiges Symbol.«

»Dann sind wir mal froh, dass es der Zeigefinger ist.«

Er grinste und begann wieder mit dem Küssen.

Natalie sammelte diese kostbaren Momente, für die sie beide abwechselnd sorgten. Wenn sie sich vor Erschöpfung kaum noch auf den Beinen halten konnte, fischte sie einen aus ihrem Gedächtnis und gleich ging es ihr besser.

Es gab gute Tage und schlechte. Die guten waren rar. Doch sie spendeten die Kraft, weiterzumachen und die schlechten zu überstehen.

Zu behaupten, dass sich die Lage im Land normalisierte, hätte die Realität beschönigt. Doch zumindest zeichneten sich Lichtblicke ab. Die ersten Hilfspakete aus dem Ausland beispielsweise. Oder die Bildung einer Übergangsregierung unter Familienministerin Carmen Weck. Die stundenweise Stromversorgung in großen Teilen Mitrans.

Sie arbeiteten hart in diesen Wochen, vor allem Natalie, Liam und Paige waren ununterbrochen im Einsatz. Mit Magie ließ sich vieles vereinfachen. Sie halfen mit, Trümmer, Autowracks und Züge fortzuschaffen, Schienen und Brückenträger geradezubiegen und den Wiederaufbau zu beschleunigen. Das viele Glas eignete sich gut als Baumaterial und bald schmückten eisblaue Dächer, Fensterrahmen oder Gartenzäune die Stadt. Mit Verwandlungszaubern stellten sie dringend benötigte Gebrauchsgegenstände her. Die Leute lieferten Kaputtgegangenes ab und konnten sich etwas Neues mitnehmen. Paige wiederum beherrschte ihre Kräfte mittlerweile ausgezeichnet und nutzte sie, um die Elemente zu beeinflussen. Sie staute die Jesar auf, damit ihr Bett repariert werden konnte, glättete Erde unter aufgewölbten Asphaltschollen, rief Regen herbei, um den Dreck von den Straßen zu schwemmen. Dann wieder half sie Todgeweihten zu gehen oder hielt die Lebensfäden derer fest, die Chance auf Rettung hatten.

Nebenbei lernten sie Zauberer, Hexen und Feen an, damit sie sie unterstützen konnten. Und wie zu erwarten war, beobachteten viele das mit wachsender Skepsis. Die Angst saß tief in den Köpfen der Menschen. Was sie durchgemacht hatten, ließ sich nicht einfach ausradieren, auch wenn Natalie sehr oft über einen solchen Zauber nachdachte.

»Wäre es nicht angenehm, alles vergessen zu können?«, meinte sie eines nachts zu Kilian, als sie beide aus dem Schlaf hochfuhren, weil einer von ihnen – sie konnten nicht eruieren, wer – im Traum aufgeschrien hatte. »All das Schlimme, den Schmerz, die Angst …«

»Das erzählst du dem Falschen«, erwiderte Kilian.

»Es wäre eine andere Art von Vergessen, eine heilende, meinst du nicht?«

Sie küsste seine schweißnasse Stirn. Während sie von nebulösen Traumfetzen geplagt wurde, in denen sie erfolglos versuchte, ihr Herz oder einen leuchtenden Stein zu beschützen, erlebte er in seinen Träumen die Schrecknisse immer wieder aufs Neue mit, glasklar und in allen Einzelheiten: das Drachenfeuer vor dem Theater, seine Hinrichtung, er auf den Knien, handlungsunfähig vor Schmerz.

Als Kilian nicht antwortete, sie nur eng an sich zog, seine Hände um ihren Brustkorb verschränkt, seine Lippen warm und weich an ihrem Nacken, fügte sie hinzu: »Denn wie kann man neu anfangen, wenn Herz und Seele in Scherben liegen? Worauf soll man aufbauen? Doch sicherlich nicht auf Hass und Gewalt? Kilian?«

»Ich denke nach«, murmelte er, sank aber bereits wieder in tiefen Schlaf, wo vermutlich der nächste Traum auf ihn wartete.

Sie hingegen lag noch lange wach und wälzte Gedanken, um die Träume fernzuhalten.

Gestern erst waren in einer feierlichen Zeremonie die Magiegesetze verbrannt worden, symbolisch natürlich. Familienministerin Weck hatte vor den Augen Hunderter Zuschauer eine alte Schriftrolle ins Feuer geworfen. Nach der anschließenden Schweigeminute für die Opfer hatte sie in ihrer Rede angekündigt, sich für eine gerechte Gesetzgebung starkmachen zu wollen. Die Nutzung von Magie müsse reglementiert werden, doch auf der anderen Seite solle auch für die Gleichstellung der Magischen gesorgt sein. Die Klasseneinteilung sei ein für alle Mal Geschichte.

Die Magischen würden eine starke Vertretung brauchen und es war naheliegend, dass diese Aufgabe der OMB zufallen könnte, sobald ihre Umstrukturierung abgeschlossen war. Es galt, neue Ziele und Leitsätze zu definieren, und Kilian und Ed machten sich mit Feuereifer an die Arbeit. Tagelang diskutierten sie über einen passenden Namen und einigten sich schließlich auf »Windersom-Stiftung für Magie«. Nicht auf der

Agentenausbildung sollte das Hauptaugenmerk liegen, sondern auf der Schulung der Magischen im Umgang mit ihren Kräften, einschließlich ethischer Grundsätze und gesellschaftlicher Normen.

Cleo hatte einige Zeit mit ihren Schwestern bei ihnen im Hauptquartier verbracht. Anfangs hatte Natalie versucht, ihr aus dem Weg zu gehen, aber bald einsehen müssen, dass das ein Ding der Unmöglichkeit war. Schließlich saßen sie abends alle gemeinsam in der Kantine beim Essen und sie hatte keine Lust, darauf zu verzichten. Dann war ihr Wiedersehen überraschend unspektakulär verlaufen. Sie hatten sich angesehen, gelächelt und waren beide mit einer Entschuldigung herausgeplatzt. Tage später war Cleo mit ihren Schwestern nach Schweden abgereist. Kilian hatte sich noch von ihr verabschiedet und ihr den Ring zurückgegeben.

»Sie hat unglücklich auf mich gewirkt«, erzählte er anschließend beim Abendessen. »Aber das ist verständlich, so geht es uns allen.«

»Nein.« Natalie blickte in die Runde und plötzlich durchströmte sie Gewissheit. »Ich weiß nicht, wie es euch geht, aber ich bin nicht unglücklich. Im Gegenteil.«

»Klar doch, wir sind alle unfassbar glücklich«, brummte Ed.

»Wie könnte man unter diesen Umständen glücklich sein?« Paiges Gesichtsausdruck strafte ihre Worte Lügen und als Valeriu sie flüchtig küsste, strahlte sie ihn an.

»Nicht im herkömmlichen Sinn glücklich«, sagte Natalie, »aber ich bin dankbar, erleichtert, frei. Ihr nicht auch? Für mich ist Glück etwas, das mich innerlich zum Leuchten bringt. Sieh dich an, Paige – du leuchtest. Wir alle tun das. Wir haben so viel verloren, so viel gekämpft, so viel gelitten. In mir sitzt immer noch die Angst und oft schüttelt sie mich wie ein wildes Tier. Aber vor mir … liegt das Leben. Und hier mit euch zu sein, und zu wissen, dass es einen neuen Anfang gibt, egal wie mühsam er sein mag – das ist mein größtes Glück.«

Jolly warf die Hände in die Luft. »Nat hat recht, Leute, wir sind *überglücklich.* Mehr Glück wäre sowieso nicht zu verkraften. Es wäre die pure Verschwendung, wenn es an uns abperlen müsste, weil wir schon total übersättigt sind.«

Alle lachten. Und von diesem Zeitpunkt an wurde »glücklich« ihr geheimes Codewort, dass sie benutzten, wenn sich Trauer und Mutlosigkeit in ihr Herz schlichen.

Jolly verbrachte viel Zeit mit Kilians kleinem Bruder Stefo, der an ihr einen Narren gefressen hatte. Abends stieß Liam zu ihnen und dann machte das verrückte Dreiergespann das Hauptquartier unsicher. Jolly und Stefo unterbreiteten Liam ihre Wünsche und er zauberte sie herbei, hauptsächlich unnütze Dinge wie eine winzige Kutsche aus blauem Magieglas für die Pixies, die sich unter dem Dach eingenistet hatten, ein singendes Kissen mit Heliumstimme, eine Drohne, die mit Bonbons schoss. Er erfand auch einen Anti-Bob-Regenschirm, der sich automatisch aufspannte, wenn man unter dem neu errichteten Torbogen durchging und Gefahr lief, das Opfer von Bobs Zaubergüssen zu werden.

Es war ihre Art, das Grauen zu verarbeiten, und wenn ihr Lachen und Kichern über die Flure hallte, in denen sonst nur dunkle Erinnerungen wohnten, hatte Natalie das Gefühl, dass sie die Welt zu einem besseren Ort machten.

Nur manchmal erwischte sie Jolly dabei, wie sie missgelaunt vor sich hinstarrte. Der Tod ihrer Mutter nagte an ihr. Sie steckte tief in einer Phase, die Natalie als »Trauerwut« bezeichnete und die sie nur zu gut kannte. In solchen Fällen nahm sie ihre Freundin in die Arme und hielt sie, bis ihr angespannter Körper weich wurde und sie sich an sie schmiegte – ein kleiner Rest Schlange, der noch in ihr weilte und den es nach Wärme und Nähe verlangte.

»Ich habe die Antwort«, sagte Kilian an einem der seltenen Tage, an denen sie nicht arbeiteten und stattdessen hauptsächlich im Bett oder in der Kantine herumlungerten und zusahen, wie die Stunden verrannen, ohne dass auch nur ein panischer Gedanke ihren Verstand heimsuchte.

Er stand am Fenster. Sonnenfunkelnder Schnee wirbelte in winzigen Flocken vom Himmel, getrieben vom eisig kalten Januarwind. Der Jahreswechsel war an ihnen vorbeigeglitten, eine Verschiebung der Zeit, deren Bedeutung Natalie erst jetzt so richtig bewusst wurde. Sie hatten das alte Jahr überstanden, das neue war da, um erobert zu werden.

Lächelnd lehnte sie den Kopf an seine Schulter. Manchmal brauchten seine Gedanken, um den Weg auf seine Lippen zu finden. »Worauf denn?«

»Das Vergessen macht uns kleiner, denke ich. Es schmälert unsere Erfahrungen. Unser Wissen. Und ja, auch unseren Schmerz. Aber wir sind fühlende Wesen, Schmerz ist ein Teil von uns. Er mahnt uns, mit unserem Leben sorgsam umzugehen.«

Natalie erschauerte. Ihre nackten Zehen bohrten sich in den kalten Steinboden, in die Ritzen, die die Magie hineingerissen hatte.

»Wir dürfen nicht vergessen. Wir müssen uns darauf besinnen, was uns an den Punkt gebracht hat, an dem wir uns das Vergessen herbeiwünschen. Nur dann können wir daraus etwas Neues, Besseres formen, eine Zukunft, in der es keinen Grund gibt, etwas vergessen zu wollen.«

»Das sind ganz schön schwere Worte für einen Glitzertag wie diesen«, stellte sie fest.

Kilian blickte sie an. »Stimmt. Viel zu schwere Worte.«

»Man könnte meinen, wir wären *unglücklich.*«

»Das sind wir aber nicht.« Er grinste und hob sie auf seine Hüften und sie schlang die Beine um ihn. »Wir haben unser wahres Glück gefunden. Und jetzt … sollten wir es einfach einen Tag lang genießen.«

»Was schlägst du vor?«

»Beginnen wir am Anfang. Wo waren wir stehen geblieben, als wir uns verloren haben?«

Am Anfang? Verloren? Oh. »Ich glaube, wir hatten eine Verabredung in einem Café.«

Seine Lippen fanden ihren Mund. »Überspringen wir das. Beginnen wir beim ersten Kuss.«

Nachwort und Dank

Die Idee zu »Almost a Fairy Tale« entstand im Gespräch mit Emily Huggins von Ueberreuter, die mir vom Märchen »Die wahre Braut« erzählte und damit den einen Funken entzündete – danke, Emily. Grundzüge des Märchens habe ich übernommen, das meiste aber entsprang meiner Fantasie. Die HAARP-Antennenanlage gab es tatsächlich, doch natürlich wurde keine Magie in die Ionosphäre geschickt, sondern Radiowellen.

Auch diesmal möchte ich mich bei all jenen bedanken, die mich auf meiner Reise durch die Märchenwelt begleitet haben:

Der größte Dank gilt meinem Mann, der sich zu jeder Tages- und Nachtzeit meiner Plotideen annahm und mir half, aus meinen gedanklichen Sackgassen auszubrechen. Danke, Martin, dass du mir im Sommer den Rücken freigehalten hast, du bist und bleibst der »beste Mann von Welt«.

Ein Riesendankeschön geht an meine Lektorin Angela Iacenda, die mich dazu bringt, das Beste aus der Geschichte herauszuholen, und an das ganze Ueberreuter-Team für ihren unermüdlichen Einsatz.

Danke auch an meinen Agenten Dr. Michael Wenzel.

Jeanette Thiedigk und ihrem Mann danke ich für die aufschlussreichen Fakten zum Thema Bundeswehr.

Ich danke meiner Familie und meinen Freunden für ihr Verständnis. Ich arbeite an meinem Zeitmanagement, irgendwann habe ich es hoffentlich im Griff.

Herzlichen Dank an euch, liebe Leser, für eure Unterstützung und für die Begeisterung, mit der ihr mir in meine moderne Märchenwelt gefolgt seid.